HEYNE BÜCHER

SCIENCE FICTION

Herausgegeben
von Wolfgang Jeschke

Von Tom Holt erschienen in der Reihe
HEYNE SCIENCE FICTION & FANTASY:

Wer hat Angst vor Beowulf? · 06/5059
Der Fliegende Holländer · 06/5079
Wir haben Sie irgendwie größer erwartet · 06/5107 (in Vorb.)
Der Ziegenchor · 06/5171 (in Vorb.)
Der Garten hinter der Mauer · 06/5172 (in Vorb.)

Weitere Romane in Vorbereitung

TOM HOLT

DER FLIEGENDE HOLLÄNDER

Roman

Aus dem Englischen übersetzt
von
KALLA WEFEL

Deutsche Erstausgabe

WILHELM HEYNE VERLAG
MÜNCHEN

HEYNE SCIENCE FICTION & FANTASY
Band 06/5079

Titel der englischen Originalausgabe
FLYING DUTCH
Deutsche Übersetzung von Kalla Wefel
Umschlagbild: Andreas Reiner

Redaktion: Friedel Wahren

Die Originalausgabe erschien bei Orbit Books,
a division of Macdonald & Company (Publishers) Limited, London

Printed in Germany 1993
Umschlaggestaltung: Atelier Ingrid Schütz, München
Technische Betreuung: Manfred Spinola
Satz: Schaber Satz- und Datentechnik, Wels
Druck und Bindung: Ebner Ulm

ISBN 3-453-07243-X

1. KAPITEL

Es ist immer ein wenig erschreckend, wenn man irgendwo unverhofft seinen Namen hört, und so erstarrte auch Vanderdecker — im Gegensatz zum Bier in seinem Glas, dessen Schaum ihm an die Nase spritzte. Schließlich stellte er das Glas ab und hörte genauer hin.

»Die Geschichte vom Fliegenden Holländer ...«, hatte der Mann am Nebentisch eben gesagt. Langsam, um nicht beim Hinsehen ertappt zu werden, drehte sich Vanderdecker zur Seite. Durch seinen Beruf war er darin geschult, sämtliche Informationen, die man für ein vorläufiges Urteil benötigte, mit schnellem Blick zu erfassen. Was er sah, war ein rundlicher junger Mann, der eine Kordjacke und ein rosafarbenes Hemd mit weißem Kragen trug. Die Hose etwas zu eng. Nickelbrille mit runden Gläsern. Amerikaner. Er unterhielt sich mit einem wenigstens sieben Jahre jüngeren Mädchen. Zwar war Vanderdecker von dem Anblick, der sich ihm bot, nicht sonderlich angetan, hörte aber dennoch weiter zu.

»Die meisten Leute denken, daß Wagner die Geschichte vom Fliegenden Holländer erfunden hat«, fuhr der rundliche junge Mann fort, »aber das ist falsch.«

»Ach, wirklich?« fragte das Mädchen.

»Absolut falsch«, versicherte ihr der rundliche junge Mann. »Die Legende kann bis ins frühe siebzehnte Jahrhundert zurückverfolgt werden. Meine Theorie ist, daß sie auf irgendeiner Fehlinterpretation beruht, was mit dem Auftauchen der holländischen Flotte auf dem Medway zusammenhängt.«

»Wo genau liegt eigentlich der Medway?« fragte das Mädchen, aber der rundliche junge Mann hatte ihr gar nicht zugehört. Als wäre sie ein Geist, sah er durch sie hindurch und erblickte dahinter das weit entfernte, aber unwiderstehliche Trugbild seiner eigenen Klugheit.

Vanderdecker wußte genau, wo der Medway lag, und runzelte die Stirn. Es gefiel ihm nicht, wenn man von ihm bereits zu seinen Lebzeiten als Legende sprach. Aber der rundliche junge Mann war noch nicht fertig.

»Die Version, die Wagner benutzt — ich sage benutzt, aber selbstverständlich hat der Meister sie für seine Zwecke zurechtgestutzt —, erzählt von einem holländischen Kapitän, der, ungeachtet der Gefahren eines furchtbaren Sturms, versucht, das Kap der Guten Hoffnung zu umsegeln, und schwört, dieses Kunststück zu schaffen, selbst wenn er bis in alle Ewigkeit dazu brauchen würde.«

»Ach, was Sie nicht sagen ...«, warf das Mädchen mit vorgetäuschter Neugier ein.

»Kaum ist ihm dieser schicksalshafte Schwur über die Lippen gekommen«, fuhr der junge Mann fort, »da erfährt Satan von dem Gelübde und verdammt diesen elenden Frevler, bis zum Jüngsten Tag auf den Meeren zu segeln, ohne Ziel und ohne Hoffnung auf Erlösung, bis er eine Frau findet, die ihm treu ist bis zum Tod. Alle sieben Jahre erlaubt ihm der Teufel, einmal an Land zu gehen, um nach einer derartigen Frau zu suchen; und bei solch einer Gelegenheit ...«

»Ich hab immer gedacht, der Fliegende Holländer ist ein Buch oder ein Film«, unterbrach ihn das Mädchen.

Diese Worte wirkten sich auf den rundlichen jungen Mann so schlagartig aus wie Zucker auf einen vollen Benzintank. Er hörte auf zu reden, bat aber gleich darauf um etwas, das Vanderdecker ihm liebend gern abgeschlagen hätte.

»Verzeihung?« stammelte er.

»Oder verwechsle ich das mit dem fliegenden Klassenzimmer?« korrigierte sich das Mädchen, dem klar wurde, daß der Witz einer Erklärung bedurfte, bevor ein Amerikaner ihn verstehen konnte. Bei der Wirkung, die sie erzielte, hätte sie allerdings ebensogut Lettisch sprechen können, und nach einem Moment der Verwirrung legte der rundliche junge Mann unverdrossen mit Details über die Daland-Senta-Handlung aus Wagners Oper los. An diesem Punkt konzentrierte sich Vanderdecker wieder auf das Bierglas, denn er konnte diese Geschichte einfach nicht mehr hören. Als die Oper damals uraufgeführt worden war, hatte er ernsthaft in Erwägung gezogen, eine Klage einzureichen, aber die Schwierigkeiten, seine Identität zu beweisen, wären unüberwindlich gewesen.

Obwohl nicht einmal Vanderdecker etwas davon wußte, war dieser rundliche junge Mann durch einen merkwürdigen Zufall sein Ururururururururenkel; das Endprodukt eines evolutionären Prozesses, der mit einem flüchtigen Abenteuer zwischen ihm und einer Bardame 1674 in Neuengland begonnen hatte. Und es gab Beweise, falls diese überhaupt notwendig waren, daß sich die Version von der Geschichte, die Junior gerade zum besten gegeben hatte, aus einem Haufen Lügen zusammensetzte; zumal Vanderdecker auf und davon gelaufen war, ohne abzuwarten, ob die betreffende Bardame treu bis zum Tod oder auch nur bis zu einer leichten Erkältung sein würde. Natürlich war er damals jünger — ein Grünschnabel von hundertsechzehn Jahren — und noch von dem wilden Leitgedanken besessen, hin und wieder seinen Spaß zu haben. Bei den seltenen Gelegenheiten, bei denen er heutzutage noch Bardamen kennenlernte, betrachtete er sie lediglich als weibliche Wesen, die dafür bezahlt wurden, ihm alkoholische Getränke zu verkaufen.

Das Mädchen schaute zum drittenmal innerhalb von vier Minuten auf die Uhr und schlug vor, sich lieber auf die Beine zu machen, da sie ansonsten zum ersten Akt zu spät kommen könnten. Ihr Begleiter meinte, das habe keine Eile und außerdem wolle er ihr noch die ganze Handlung zu Ende erzählen. Sie antwortete, daß sie sich schon irgendwie durchwursteln werde, und Vanderdecker gewann immer mehr den Eindruck, daß sie sich nicht besonders amüsierte.

Schließlich standen die beiden auf und gingen. Der Fliegende Holländer starrte in sein Glas und fragte sich, warum sich die Menschheit ausgerechnet die Braukunst als Experimentierwiese hatte aussuchen müssen, wenn sich über all die Jahrhunderte hinweg im Grunde so wenig geändert hatte. Zu seiner Zeit warf man etwas Malz in einen Kübel, schüttete kochendes Wasser hinzu und ließ das Gebräu etwa eine Woche lang in der Ecke stehen. Zumindest in seiner Erinnerung war das Ergebnis dieser Laisser-faire-Methode dem modernen Verfahren in jeder Hinsicht vorzuziehen — oder sollte es sich dabei nur um ein weiteres Indiz handeln, daß er allmählich älter wurde? Glücklicherweise hatte er natürlich nicht wirklich mit dem Alter zu kämpfen. Er sah genauso aus wie im Jahre 1585 und fühlte sich auch so — was man seiner Ansicht nach von Dover Castle nicht gerade behaupten konnte.

Seine melancholischen Gedanken zum Thema Bier brachten ihn auf weit melancholischere Gedanken bezüglich der Irrungen und Wirrungen des Daseins an sich und welche Rolle er darin spielte — zumal sein Leben bereits sehr viel länger als das jedes anderen Menschen währte. Seines Wissens war seine Rolle in der Geschichte nicht bedeutender als die von anderen Menschen und entsprach eher der von Kartoffeln bei einem durchschnittlichen Kantinenessen: sie erfüllen keinen sinnvollen Zweck, aber es gibt immer eine Menge davon. Aber auch das war keineswegs ein neuer Gedankengang, und er wußte mittlerweile, wie er damit umzugehen hatte. Er trank aus und bestellte sich an der Bar ein weiteres Bier.

Während er am Tresen stand und in der Tasche nach Kleingeld suchte, erging er sich an dem alten ›Das-waren-noch-Zeiten‹-Spiel, an dem er vor etwa einem Jahrhundert kurzfristig Gefallen gefunden hatte, das ihn heute allerdings nur noch wütend machte. Das waren noch Zeiten, sagte er sich, als Geld noch richtiges Geld war, das aus massivem Silber hergestellt wurde und mit einer Menge römischer Zahlen versehen war. Das waren noch Zeiten, als man noch zum selben Preis wie für dieses lächerliche Glas den gesamten Biervorrat von Bayern hätte kaufen können, und zwar samt Getränkesteuer und Fracht. Das waren noch Zeiten, als es noch Hosen mit Schlag gab — daran merkt man, wie alt man wird.

Während er sich mit seinem Glas an einen Tisch setzte, versuchte er an etwas zu denken, das ihn ausnahmsweise einmal von den ständigen Gedanken um sein Alter ablenken könnte.

Er versuchte daran zu denken, was er als nächstes vorhatte. Aber das würde ihm natürlich auch nicht sehr viel weiterhelfen, weil er ganz genau wußte, was er als nächstes vorhatte. Zunächst würde er sich schrecklich besaufen, dann ins Hotel zurückkriechen und am nächsten Morgen mit dickem Kopf aufwachen, was alles andere als eine gute Voraussetzung war, um anschließend in der Geschäftsstraße Hatton Garden seine Zeit mit dem Verscherbeln von Goldbarren zu verbringen. Nach dem Verkauf der Goldbarren wollte er durch ein paar Buchläden ziehen und sich ausreichend Lesematerial besorgen, das ihn davor bewahren sollte, während der nächsten sieben Jahre total verrückt zu werden. Anschließend wollte er die restlichen Einkäufe erledigen, und danach würde ihm noch genug Zeit verbleiben, um sich vor seiner Rückkehr nach Bridport — wo sein beschissenes Schiff und seine noch beschisseneren Schiffskameraden bereits auf ihn warteten — sinnlos zu besaufen. Es war nicht einmal so, daß er keine Frau finden wollte, die ihm bis zum Tode treu wäre, ihm fehlte schlichtweg die Zeit dazu.

Während er mit fast religiösem Eifer den ersten Teil dieses Programms schon so gut wie erfüllt hatte, kamen einige Stunden später der rundliche junge Mann und das Mädchen auf ein letztes Getränk herein. Vanderdekker hoffte, die beiden würden wenigstens den Alkohol genießen und ihn als Ausgleich für einen ansonsten völlig belanglosen Abend verstehen, an dem sie Zeugen einer reinen Persiflage auf seine Lebensgeschichte gewesen waren. Er selbst hatte sich wie üblich mit dem modernen Bier abgefunden und sah die Welt mittlerweile ganz allgemein mit freundlicheren Augen. Es war ihm längst egal, ob er besoffen wirkte und andere mit seinem Suffblick anstierte. Leute angaffen machte Spaß — auf jeden Fall war es weit unterhaltsamer als das, was er die letzten sieben Jahre getan hatte — und es konnte ihm dabei helfen, wieder einen klaren Kopf zu bekommen.

»Die Kostüme waren sehr hübsch«, merkte das Mädchen nach einer längeren Unterbrechung an.

Ihr Begleiter warf ihr einen Blick zu, den er sich für einen Touristen hätte aufsparen sollen, der nach Rom fährt, um das Gaswerk zu besichtigen. »Und was haben Sie von der Musik gehalten?« fragte er mit offensichtlicher Zurückhaltung.

»Nach einer Weile hab ich mich dran gewöhnen können«, antwortete sie und fügte nach einer kurzen Denkpause hinzu: »Wie an einen tropfenden Wasserhahn.«

Für den rundlichen jungen Mann schien der Abend damit gelaufen zu sein.

»Ach, ist es wirklich schon so spät?« stellte er fest, ohne auf die Uhr zu blicken. »Ich muß jetzt los, sonst verpasse ich den letzten Zug.«

»Wirklich? Schade, aber macht nichts. Ich will nur noch in Ruhe austrinken.«

»Dann bis morgen«, verabschiedete sich der Mann.

»Vielleicht können wir uns ja schon am Vormittag mit den Zahlen für Juli beschäftigen.«

Kurz darauf war er verschwunden. Vanderdecker aber stierte immer noch hinüber. Falls das Mädchen etwas davon spürte, ließ es sich zumindest nichts davon anmerken, denn es las interessiert im Programm; wahrscheinlich eine Zusammenfassung der Handlung, wie Vanderdecker argwöhnte. Die schreiende Ungerechtigkeit dieses Machwerks machte ihn plötzlich wütend, obwohl er im Innersten wußte, daß es heutzutage längst zu spät war, noch etwas dagegen zu unternehmen. Er trank aus und stand auf.

Sein Weg zum Ausgang führte direkt am Tisch des Mädchens vorbei. Als er auf gleicher Höhe war, hörte er sich selbst reden.

»Dieser ganze Mist über Engel und Treue bis zum Tod ist doch der reinste Schwachsinn«, grummelte er. »Es lag alles nur an diesem bestialischen Gestank.«

Das Mädchen blickte entrüstet auf, und erst als sich Vanderdecker noch einmal umblickte, bevor er durch die Tür hinausging, konnte sie einen kurzen Blick von seinem Gesicht erhaschen. Irgendwie hatte sie das undeutliche und völlig unerklärliche Gefühl, daß sie ihn irgendwo schon einmal gesehen hatte.

»Das waren noch Zeiten, als Geld noch richtiges Geld war«, sagte der Fremde.

»Das stimmt allerdings, Kollege«, antwortete sein neuer Freund. »Pfund, Shilling und Pence.«

»Und Testons und Groats und Placks und Engelstaler und Ryals und Dukaten und Louisdor und Louis d'argent und ...«

»Und was?«

»Und der Nobel natürlich«, fuhr der Fremde fort. »Das waren noch Zeiten, als wir noch für einen Nobel bis zum Erbrechen saufen konnten. Danach haben wir uns immer in einem Backhaus den Bauch vollgehauen und uns anschließend die Bärenhatz angesehen, und am Schluß hatten wir noch Kleingeld übrig.«

Der Wirt blickte etwas argwöhnisch zu den beiden herüber; Betrunkene waren kein Problem, aber Bekloppte mußte er nicht haben.

»Wovon redest du überhaupt?« fragte der neue Freund des Fremden in einem Ton, dem zu entnehmen war, daß ihre Freundschaft so schnell zu Ende sein könnte, wie sie begonnen hatte.

»Von dem, was vor deiner Zeit war«, erklärte der Fremde und schüttelte das Bier in seinem Glas, um die verwelkende Blume wiederzubeleben. »Ich kann nicht von dir erwarten, daß du dich an eine Münze wie den Nobel erinnerst.«

»Nimmst du etwa irgendwelche Dro ...«

»Nein, du?«

Wenn man in diesem Stadtteil von Southampton zwanzig Jahre lang ein Pub geführt hat, entwickelt man einen fast übernatürlichen Instinkt für das Entstehen von Schlägereien. Unglücklicherweise stand der Wirt gerade am anderen Ende des Tresens, und bevor er eingreifen konnte, hatte der neue Freund des Fremden dem Fremden mit voller Wucht die Faust ins Gesicht geschlagen.

»Das gibt's doch gar nicht!« fluchte der neue Freund des Fremden, als er das Blut aus seinen aufgeplatzten Knöcheln spritzen sah.

Der Fremde grinste nur. »Nun mach schon! Hau ruhig weiter zu«, forderte er seinen neuen Freund auf.

Bevor diese Aufforderung angenommen werden konnte, wurden beide Parteien von zwei trainierten Händen kräftig am Kragen gepackt und auf die Straße gesetzt. Was den Fremden betraf, so landete er ungünstig auf den Beinen, geriet ins Straucheln, verlor das Gleichgewicht und krachte mit voller Wucht gegen eine Parkuhr, die daraufhin — im Gegensatz zum Fremden — zu Bruch ging. Er kam mit leichter Verzögerung wieder auf die Beine, schaute sich kurz um und taumelte auf ein anderes Pub zu, an das er sich in diesem Stadtteil erinnerte. Als er dort ankam, war die Kneipe jedoch mit Brettern vernagelt. Sie war seit sieben Jahren geschlossen, und zwar genau seit dem Zeitpunkt, als zwischen einer Gruppe Marinesoldaten und einem fremden Mann eine Schlägerei ausgebrochen war, nach der fünf völlig verstörte königliche Matrosen mit gebrochenen Händen und Füßen ins Krankenhaus eingeliefert werden mußten.

Zum gegenwärtigen Zeitpunkt war der Dow-Jones-Index natürlich noch stabil, dem Hang Seng war es noch nie besser gegangen, der Aktienindex der Financial Times stieg wie an einer durchdrehenden Seilwinde in die Höhe, Termingeschäfte wurden abgeschlossen, als gäbe es kein Morgen, und die einzige Währungseinheit, die nicht ganz so gut abschnitt, war der ECU.

In einer Garagenzufahrt im Zentrum von Cádiz pirschte sich ein völlig zerzauster Kater an eine leere Tüte Kartoffelchips heran.

Gerade als er sich entschlossen hatte, zum Sprung anzusetzen, wurde die Chipstüte von einem Windstoß erfaßt und mitten auf die schmale Hauptstraße geweht, über die ein mit Tomatendosen beladener Sattelschlepper rollte. Obwohl der Kater den großen Lkw auf sich zukommen sah, entschied er sich, seiner Beute hinterherzujagen. Seit über einer halben Stunde hatte er sich immer wieder an sein Opfer herangepirscht, und er dachte gar nicht daran, es sich jetzt noch durch die Krallen gehen zu lassen.

Es ehrte den Lkw-Fahrer wirklich, daß er alles tat, um noch rechtzeitig abzubremsen, aber einem schwerbeladenen Sattelschlepper die Eigendynamik zu nehmen, ist kein leichtes Unterfangen. Es gab ein dumpfes Geräusch, und der Kater flog quer über die Straße. Der

Lkw-Fahrer setzte die Fahrt fort und vergaß kurz darauf diesen Zwischenfall.

Der Kater kam leicht mitgenommen wieder auf die Beine und hielt nach der Chipspackung Ausschau, die aber nirgendwo zu sehen war. Im selben Augenblick kam eine englische Touristin und Katzenliebhaberin über die Straße gelaufen, um die Verletzungen des armen Tiers zu begutachten.

Als sie den Kater aufstehen sah, traute sie ihren Augen nicht. Schließlich hatte sie kurz zuvor mit eigenen Augen beobachtet, wie er vom Lastwagen überfahren worden war und eigentlich hätte getötet werden müssen, was aber ganz offensichtlich nicht der Fall war. Als sie sich dem Tier bis auf ein paar Schritte genähert hatte, nahm sie plötzlich diesen unglaublichen Gestank wahr.

Mit beiden Händen vor dem Gesicht taumelte sie zunächst ein paar Schritte rückwärts und tastete sich dann an den Hauswänden entlang davon.

Der Kater war an solche Reaktionen gewöhnt, was diese allerdings nicht erfreulicher machte. Etwa zehn Minuten lang schmollte er vor sich hin, bis sein Blick auf eine weggeworfene Fruchtsafttüte fiel und sich seine Gedanken wieder auf die ernsthafte Aufgabe der Jagd konzentrierten. In seinem schier unendlich langen Leben hatte er gelernt, wie er seine Prioritäten richtig setzen mußte.

Auf der Rückfahrt mit der U-Bahn in den Londoner Stadtteil Maida Vale langweilte sich das Mädchen, das zuvor den Fliegenden Holländer gesehen hatte, zu Tode. Sie hatte es schlichtweg vergessen, sich ein Buch für die Heimreise einzupacken. Natürlich hatte sie nicht einmal für den Bruchteil einer Sekunde mit dem Gedanken gespielt, heute abend nicht nach Hause zu fahren — Gott bewahre! Es war einzig und allein ihre Vergeßlichkeit gewesen, und die eintönige Beschäftigung mit den

Werbeplakaten und dem Opernprogramm war nun die gerechte Strafe.

Nach kurzer Stichprobe kam sie zu dem Schluß, daß das Opernprogramm wenigstens nicht ganz so abscheulich wie die überall herumhängenden Reklameposter war, und las zum wiederholten Male die Zusammenfassung der Handlung durch. Eine moderne Version der Geschichte, bei der der Holländer dazu verdammt war, den Rest seines Lebens in der Ring-U-Bahn der Londoner City herumzukreisen, und als Lesematerial lediglich die miserable Werbung von Zeitarbeitsfirmen zur Verfügung hatte, wäre ihres Erachtens ausbaufähig gewesen, aber im großen und ganzen hielt sie ihren Einfall für eher dämlich als tragisch. Der abwegigste Teil an dieser Idee war ihrer Meinung nach, daß einen der Teufel holen konnte, nur weil man sich entschlossen hatte, öffentliche Verkehrsmittel zu benutzen, um den täglichen Staus in der Stadt zu entgehen. Sollte diese von ihr aufgestellte Regel allerdings tatsächlich Geltung haben, sagte sie sich, dann könnte man sich bald vor lauter aus der U-Bahn flüchtenden Seelen nicht einmal mehr in den Kreisverkehr von Chiswick einfädeln. Aber vielleicht war ja wirklich etwas daran, das würde zumindest den Fahrstil einiger Leute erklären.

Die U-Bahn hielt in Paddington, und erst als der Zug völlig zum Stillstand gekommen war, öffneten sich automatisch die Türen. In einer Ecke des Waggons saß ein Stadtstreicher mit zerzaustem weißen Haar. Er trug furchtbar zerschlissene Schuhe und schlief fest, wobei ihm der Kopf fast zwischen den Knien baumelte. Ansonsten war das Mädchen allein. Sie ließ die Sage vom Fliegenden Holländer auf sich beruhen und wandte ihre Gedanken den Irrungen und Wirrungen des Daseins an sich zu und welche Rolle sie im Leben eigentlich zu spielen gedachte. Ich bin eine Finanzbuchhalterin, sagte sie sich, die sich in erster Linie um die Belange von Banken kümmert. Wie kann es angehen, daß ich jedesmal laut schreien möchte, sobald mir diese Tatsache wieder einmal bewußt wird?

Vielleicht war die Geschichte vom Fliegenden Holländer ja gar nicht so blöd. Vielleicht schwebte Satan unsichtbar und sprungbereit irgendwo in der Luft und wartete nur darauf, sich auf unbedachte Äußerungen zu stürzen. Sie hatte in ihrem Leben nur ein einziges Mal etwas äußerst Dummes gesagt — nämlich ›Ich will Buchhalterin werden‹ —, aber unter den verschiedenen Erklärungsmöglichkeiten ihres gegenwärtigen seelischen Zustands, über den sie sich nicht erst seit heute Gedanken machte, war die Satanstheorie so gut wie jede andere. Gab es überhaupt so etwas wie einen Teufel? Warum eigentlich nicht? Satan konnte man sich durchaus als Leibhaftigen vorstellen, wenn man Mr. Peters kannte, einen der Seniorpartner — und dessen Existenz stand außer Frage. Um sich den Gentleman mit den Hörnern vorzustellen, mußte man ihm lediglich diese muffigen mittelalterlichen Klamotten ausziehen, ihn in einen dreiteiligen Anzug stecken und das Höllenfeuer in einen Mikrowellenherd verwandeln. Dafür könnte man im Rahmen einer Opernhandlung vielleicht sogar staatliche Fördermittel erhalten.

Das Mädchen merkte, daß seine Gedankengänge allmählich bedrohlich ins Metaphysische abdrifteten, aber wenn man um Viertel vor zwölf ohne Lesestoff im Bahnhof von Paddington feststeckt, kann man es sich leisten, seiner Phantasie freien Lauf zu lassen. Plato hätte die Bakerloo-U-Bahn-Linie zu schätzen gewußt.

Ich bin zwar keine fliegende Holländerin, sagte sie sich, aber mir gefiele es bestimmt nicht, ewig zu leben. Sie erinnerte sich an eine ganz bestimmte Woche mitten in den Sommerferien, als sie noch Kind war. Jene unvermeidbare Woche, als die Freude, der Schule entronnen zu sein, bereits verpufft war, und die Furcht, demnächst wieder hin zu müssen, noch keinen Einfluß ausübte. In dieser Woche, in der alle anderen mit ihren Eltern auf

Jersey waren, Kusine Marian aus Swansea zu Besuch kam und im Fernsehen ausschließlich Live-Übertragungen aus Wimbledon liefen, gab es nichts mehr zu erledigen. Jene Woche, die frei von jedem Druck war, Dinge tun zu müssen, die man haßte, die aber auch keinerlei Vergnügungen bot, denen man nur zu gern nachgekommen wäre — jene Woche, die wenigstens einen Monat, wenn nicht länger dauerte. Kein noch so schlimmes Verbrechen, zu dem sich ein menschliches Wesen hinreißen lassen könnte, verdiente eine solch grausame Bestrafung wie eine dieser Wochen, in denen man nichts anderes zu tun hatte, als die Zeit totzuschlagen. Vielleicht sollte sie lieber aufhören, in diese Richtung weiterzudenken, bevor sie noch genauer herausfände, auf welch oberflächlichen Ebenen sich ihr Verstand allmählich bewegte.

An dieser Stelle erinnerte sie sich daran, irgendwann am heutigen Abend über ihrem Kopf eine Stimme gehört zu haben, die sinngemäß ungefähr gesagt hatte, daß das mit den Engeln und den Liebesbeteuerungen alles purer Schwachsinn und der wahre Grund der bestialische Gestank gewesen sei. Gelinde gesagt war es schon absonderlich, warum ihr Verstand ausgerechnet diese Gesprächsfetzen aus dem ganzen Müll aussortiert hatte, der in ihrem Gehirn gespeichert war; sie verglich ihren Verstand mit dem kleinen Sieb in einem Abflußloch, in dem sich Blumenkohl- und Nudelreste verfangen, wenn die Abwaschschüssel ausgeschüttet wird. Während sie noch immer über diesen Vergleich nachdachte, schlief sie schließlich ein. Die nächste Station, Warwick Avenue, nahm sie nicht wahr, und sie wachte gerade noch rechtzeitig auf, um in Maida Vale schlaftrunken aus dem Zug zu steigen und sich auf den langen Heimweg zu machen.

Es gibt da eine Kneipe in Southampton, aus der man niemals rausgeschmissen wird, egal, was man tut oder sagt, und dort lief gerade der Neuankömmling einem anderen Gast, den er sehr gut kannte, fast direkt in die Arme.

Zunächst versuchten beide, sich aus dem Weg zu gehen, zumal sie erst in drei Tagen wieder aufs Schiff mußten, wo sie abermals sieben Jahre auf engstem Raum miteinander verbringen würden. Aber dieses Vorhaben scheiterte, als der Neuankömmling feststellte, daß er kein Geld mehr hatte.

»Antonius, kannst du mir bis zum Zahltag einen Fünfer leihen?« bat er seinen Freund auf holländisch.

Antonius griff in die Tasche seines Hemds, holte einen Fünf-Pfund-Schein hervor und reichte ihn seinem Gefährten. Der Name seines Gefährten — nur der Ordnung halber — lautete Johannes, und er und Antonius wurden vor über vierhundertdreißig Jahren im selben Dorf südlich von Antwerpen geboren. Mit Ausnahme von Landurlauben wie diesem waren sie bis heute in vierhundertsiebzehn Jahren nur ein einziges Mal länger als genau acht Stunden voneinander getrennt gewesen, als nämlich Johannes' Mutter befürchtete, ihr Sohn habe die Pest, und ihn für einige Tage in eine Scheune sperrte.

Keiner von beiden hätte sich das jemals freiwillig so ausgesucht, da sie sich eigentlich bis zum heutigen Zeitpunkt nie recht ausstehen konnten. Johannes war ein lärmender kleiner Mann mit Vollbart und stark behaarten Armen und Beinen, der bis zum Umfallen soff. Antonius stand am liebsten still in der Ecke, starrte ins Leere und dachte an überhaupt nichts. Beide fanden sich gegenseitig ausgesprochen unsympathisch, und der einzige Punkt, in dem sie sich einig waren und über den sie sich länger als drei Minuten unterhalten konnten, ohne sich zu streiten, war ihre gemeinsame Abneigung gegen alle anderen an Bord des Schiffs, insbesondere gegen Kapitän Vanderdecker.

»Erstens einmal war schließlich er derjenige, dem wir

diesen ganzen Schlamassel zu verdanken haben«, sagte Johannes einige Minuten später, als sie direkt unter der Dartscheibe in einer Ecke der Kneipe saßen und Bier tranken.

»Das ist wahr. Ist alles seine Schuld«, stimmte Antonius ihm zu.

Ein Dartpfeil prallte aus der Fünfzehn mit dreifachem Wert ab und blieb erst in Antonius' Glatze stecken. Er zog ihn wieder heraus und gab ihn seinem Besitzer zurück.

»Und was, zum Teufel, hat er damit bloß bezweckt, als er dieses Zeugs getrunken hat?« zog Johannes weiter vom Stapel, und während er sprach, pickte er ein paar Kreidereste aus seinem Bierglas. »Er hätte doch wissen müssen, das alles böse enden würde.«

»Er hat sich eben nichts dabei gedacht«, sinnierte Antonius. »Er nimmt einfach keine Rücksicht auf andere.«

»Und dann dieses Zeugs ins Bierfaß zu kippen ...«, beklagte sich Johannes verbittert.

»Typisch«, stimmte ihm Antonius zu. Er mochte dieses Wort sehr und sparte es sich für ganz besondere Gelegenheiten auf, weil er es durch zu häufigen Gebrauch nicht abnutzen wollte.

»Mit der Zeit kann man sich an dieses Bier hier gewöhnen«, stellte Johannes fest, wobei er unbeabsichtigt seinen Kapitän zitierte.

»Doch, es schmeckt«, bestätigte Antonius. »Willst du noch eins?«

»Kann nicht schaden.«

Also bestellten sie ein zweites Bier und ein drittes und danach zwei, drei weitere, und dann gingen sie nach draußen, um etwas Luft zu schnappen. Als sie wieder einigermaßen auf dem Damm waren, erinnerte sich Antonius an das Mädchen, das direkt um die Ecke wohnte, und die beiden beschlossen, es zu besuchen. Das taten sie jedesmal, wenn sie nach England kamen, und vergaßen dabei immer, daß das Mädchen bereits

1606 gestorben war. Außerdem war das Grundstück, auf dem einst das Haus gestanden hatte, mittlerweile zu einem Parkplatz umfunktioniert worden. Trotzdem ließen sie stets einen Zettel zurück, auf dem stand, daß es ihnen leid täte, sie nicht angetroffen zu haben, aber daß es beim nächsten Mal bestimmt klappen werde. Seit Errichtung des Parkplatzes mußten sie den Zettel jedesmal hinter den Scheibenwischer eines der geparkten Autos klemmen. Einmal hatten sie eine solche Nachricht am Wagen eines passionierten und bewanderten Stadthistorikers hinterlassen. Nachdem er sie gelesen hatte, soll er noch Monate später ziemlich indisponiert gewesen sein.

Der rundliche junge Mann, der bei derselben Firma wie das Mädchen als Finanzbuchhalter tätig war, wenn auch in einer gehobeneren Position, bereitete sich eine Tasse Zitronentee zu. Er versuchte zu vergessen, daß er eine Aufführung des *Fliegenden Holländers* im Covent Garden — bei der die Neustadt den Part der Senta gesungen hatte — an eine Kulturbanausin wie Jane Doland verschwendet hatte. Neben seiner beruflichen Karriere liebte er Opern über alles, und letzteres nicht zu schätzen zu wissen, war ein unverzeihliches Verbrechen. Er öffnete den Aktenkoffer, schaltete den elektronischen Taschenrechner ein und legte dann eine CD mit Wagners *Rienzi* auf. Langsam wie die Rückkehr des Frühlings begann die Wunde zu heilen.

2. KAPITEL

Die National Lombard Bank liegt mitten im Herzen der City von Bridport. Dabei handelt es sich um einen jener Prachtbauten, an den jeder vor Aktivität strotzende Bankmanager sofort sein Herz verlieren würde, direkt im Epizentrum eines magischen Dreiecks gelegen, das von den drei verlockendsten Attraktionen der Stadt gebildet wird — dem Fish'n'Chips-Laden, der Post und der Verkehrsampel. Im Sommer nehmen komplette Familien die beschwerliche Reise aus dem Umland bis in die Innenstadt von Bridport auf sich, nur um dort herumzustehen und das verwirrende Licht- und Klangspektakel an diesem Verkehrsknotenpunkt zu bewundern. Obwohl es mittlerweile selbst in Charmouth eine Verkehrsampel gibt — ein wohlüberlegter und hinterhältiger Versuch, Feriengäste anzulocken, was zwischen den beiden einst befreundeten Gemeinden viel Zwietracht gesät hat —, bestehen Puristen darauf, daß die in Bridport ein reineres Grün, ein satteres Rot und ein funkelnderes Gelb hat als irgendeine andere Ampel westlich von Dorchester.

Für eine genußsüchtige Londonerin wie Jane Doland bedeutete die Bridporter Verkehrsampel lediglich eine weitere Unterbrechung auf ihrem Weg zu einer nicht sonderlich erfreulichen Verabredung, und mit der geistigen Phantasielosigkeit einer Großstädterin nahm sie an, daß die Kinder, die sich um die Ampel scharten, lediglich darauf warteten, die Straße überqueren zu können. Sie hatte keinen Stadtplan von Bridport dabei, aber sie fand die Bank auch so, indem sie einfach geradeaus guckte, als sie aus dem Kreisverkehr auf die Hauptstraße abbog. Ist das nun eine Bank oder ein Witz? fragte sie sich. Jedenfalls war schon der erste Eindruck eine Entschädigung dafür, die Londoner Premiere von *Crocodile Dundee 9* verpaßt zu haben.

Die Ursachen bedeutsamer Ereignisse sind häufig von einer derart verwirrenden Vielschichtigkeit, daß selbst die erfahrensten Historiker keine Erklärung darauf wissen. Ganze Generationen von klugen Zeitzeugen haben sich an den größten Universitäten bereits die grauen Haare gerauft, bis sie eine Glatze bekamen und zu guter Letzt senil wurden, während sie über den eigentlichen Anfängen des englischen Bürgerkriegs, des Bauernaufstands oder des Aufstiegs Hitlers brüteten; und es ist bis heute fraglich, ob man jemals die Wahrheit erfahren wird. Im Gegensatz dazu waren die Gründe, weshalb sich Jane Doland zwei Jahre (vielleicht auch eine Woche mehr oder weniger) nach dem Besuch des *Fliegenden Holländers* in Bridport aufhielt, geradezu bemerkenswert einleuchtend. Kaiser Augustus, Adoptivsohn Julius Cäsars, hatte einst ein Dekret verfaßt, die ganze Welt mit Steuern zu belegen, und da bereits dieser Erlaß einige tückische Fallen bezüglich vorauszuzahlender Körperschaftssteuer in sich geborgen hatte, war in dem führenden Steuerberaterbüro Großbritanniens, in dem Jane Doland eine belanglose und schlechtbezahlte Position einnahm, der ganze Urlaub gestrichen worden. Sämtliche Buchhalter und Steuerfachleute hatten sich im Blutkreislauf der britischen Wirtschaft wie Bazillen breitgemacht, um die finanziellen Verstrickungen der National Lombard Bank, des größten und kompliziertesten Kunden der Firma, zu entflechten. Da die National Lombard Bank verzweigter als auch nur irgendein Baum im New Forest ist und der Bridporter Filiale von der Geschäftsleitung ungefähr die Bedeutung eines Abstiegsplatzes in der vierten Kreisklasse beigemessen wird, waren deren Angelegenheiten ohne Zögern Jane Donalds Erfahrung, Sachverstand und hochmotiviertem Engagement anvertraut worden.

Jane dachte über alles das nach, während sie ihren Wagen unter einer Linde in der berühmten Bridporter Durchfahrtsstraße parkte, die einige von der Muse geküßten Geister sinnigerweise South Street getauft hatten. Tatsächlich waren ihr während der ganzen Fahrt über die A 303 bis hierher die Worte ›ein Niemand auf dem Weg nach nirgendwo‹ wie eine kleine Orientierungshilfe im Kopf herumgeschwirrt, und als sie ihren Bestimmungsort erreicht hatte, war sie nicht mehr in der Stimmung, anderen gegenüber freundlich oder gar für die Sehenswürdigkeiten der Stadt empfänglich zu sein. Das erklärte auch in gewisser Weise ihre mangelnde Begeisterung für die Verkehrsampel, die an diesem tristen Morgen zufällig selten schön leuchtete.

Egal, sagte sich Jane, als sie die Bank betrat. Bei ihren Selbstaufmunterungsversuchen ging sie zwar nie über ein *Egal* hinaus, aber es war immer wieder einen Versuch wert. Wie sie erwartet hatte, waren für sie eine Menge hübscher Konten und Rechnungsbücher ausgesucht worden, mit denen sie sich von nun an vergnügen durfte. In allen Unterlagen herrschte ein solch hoffnungsloses Durcheinander, daß selbst Sherlock Holmes schwerste Detektivarbeit hätte leisten müssen, um dahinterzusteigen, selbst wenn Theseus ihm dabei geholfen, Einstein die Zahlen berechnet und Eduscho literweise schwarzen Kaffee gestellt hätte. Jane sagte sich, daß es stets allein auf den guten Vorsatz ankommt. Sie konnte sich die Gesichter der Angestellten nur zu gut vorstellen, als diese von der Nachricht überrascht worden waren, demnächst werde eine Buchhalterin von Moss Berwick eintreffen. ›Moss Berwick, wie?‹ hörte sie einen Mitarbeiter zum anderen sagen. ›Während ich die Rechnungen verschwinden lasse, sollte ein anderer die Umsatzstatistik für Juli verstecken.‹

Nach etlichen Fehlstarts kroch der Stundenzeiger der Uhr an der Seitenwand des Schranks, den man zu ihrer persönlichen Verfügung direkt neben sie gestellt hatte und von dem eine geradezu behagliche Wohnatmosphäre ausging, endlich auf die Eins, und Jane Doland legte die ihr vertraglich zugesicherte Mittagspause ein. Ein Großteil der kostbaren fünfundvierzig Minuten, die ihr laut Arbeitsvertrag zur Erholung, Nahrungsaufnahme und inneren Einkehr zustanden, ging für die Suche nach dem Union Hotel und die Zimmerbuchung drauf. Wie Jane anhand der lauten Geräusche beim Einrasten der Mechanik feststellen konnte, funktionierten wenigstens die Rollhandtücher auf den Toiletten, die sich direkt neben ihrem Zimmer befinden mußten. Indem sie aufs Auspacken verzichtete, schaffte sie es gerade noch rechtzeitig auf einen Sprung ins Hotelrestaurant, um sich dort ein Sandwich und eine Tasse Kaffee zu bestellen. Nachdem man sie unterrichtet hatte, daß die Küche bereits geschlossen sei, rannte sie zur Bank zurück und kam genau drei Minuten zu spät. Auf den Filialleiter schien das keinen besonderen Eindruck zu machen, aber einer der Kassierer warf ihr einen Blick zu, der ihr fast den gesamten Lack von den Fingernägeln abbröckeln ließ. Um Viertel nach drei brach ihr Bleistift ab.

Egal. Nur nicht aufgeben, Mädchen, du hast noch vier Tage vor dir, sprach sie sich Mut zu, als sie vom Bürogehilfen unterrichtet wurde, daß die Bank nun geschlossen werde, da Feierabend sei. Denk stets an die Ehre der Firma, sagte sie sich. Denk an den guten alten Mister Moss, der sich aus den Liverpooler Slums des neunzehnten Jahrhunderts an den eigenen Haaren herausgezogen hat, indem er am Mechanics Institute die ganze Zeit voller Hingabe studierte, sämtliche Prüfungen bestand und sich beruflich qualifizierte, bis er schließlich den guten alten Mister Berwick kennenlernte und mit ihm zusammen das größte Steuerberaterbüro gründete, das die Welt je gesehen hatte. Diese hinreißende Geschichte hatte Jane in der Werbebroschüre gelesen, die ihr vor ihrer Einstellung zugeschickt worden war, und allein die Erinnerung daran weckte bei ihr stets das vehemente Gefühl absoluter Teilnahmslosigkeit. Merkwürdigerweise gab sich die Broschüre bezüglich der Lebensgeschichte des alten Berwick äußerst bedeckt und konzentrierte sich lieber auf dessen etwas schneidigeren Kollegen. Jane fragte sich immer wieder, wo Mr. Berwick sich wohl an den Haaren herausgezogen haben mochte — wahrscheinlich aus dem Londoner Nobelstadtteil Harrow.

Vor etwa einem Jahr hatten die Verfasser dieses Werbeprospekts für eine aktualisierte Neuauflage mit sämtlichen Angestellten Interviews geführt, in deren Verlauf auch Jane nach ihrer unmaßgeblichen Meinung gefragt worden war, welche Tätigkeit in dieser Firma ihrem Leben die meiste Befriedigung und Erfüllung verschaffe. Ohne Zögern hatte sie geantwortet: »Nach Hause zu gehen«, und so kam sie weder in der Broschüre noch in dem Video vor, obwohl sie sich selbst rühmte, die schönsten Beine in ihrer Abteilung zu haben. Da die restlichen Beine ihren männlichen Kollegen Mr. Shaw, Mr. Peterson, Mr. Ferrara und Mr. Timson gehörten, handelte es sich hierbei auf seiten Janes nicht etwa um übertriebene Eitelkeit, sondern vielmehr um kompromißlose Genauigkeit und einen unnachgiebigen Hang zur Wahrheit, durch die sich eine korrekte Buchhalterin gegenüber ihren sonstigen Zeitgenossen auszeichnet.

Seit damals behielt Jane ihre Meinung über den von ihr gewählten Beruf ausschließlich für sich; sobald sie allerdings allein war, ließ sie zur Kompensation ihren Gefühlen freien Lauf, und so erging es ihr auch an diesem kalten Montagabend in Bridport.

Nur wenige aufregende Ereignisse lassen sich mit dem ersten Abend in einer fremden Stadt vergleichen. Obwohl Jane entsetzlich müde war und einen unwiderstehlichen Drang verspürte, sich die Strumpfhose auszuziehen und sich eine Folge von ›Cagney und Lacey‹ anzusehen — wenngleich es nur einen tragbaren Schwarz-Weiß-Fernseher in ihrem Zimmer gab —, verließ sie das Union Hotel, um sich Hals über Kopf in das Nachtleben der Stadt zu stürzen. Sie hatte das unbestimmte Gefühl, möglicherweise nie wieder hierherzukommen, und wollte deshalb diese einmalige Chance voll auskosten und nach jeder reifen Frucht greifen, die sich ihr bot und sie dann langsam im Munde zergehen lassen, bis sich ihr Appetit in einen süßen Sinnenrausch verwandeln würde.

Als sie endlich das Kino gefunden hatte, war es wie immer in der zweiten Septemberhälfte geschlossen. Da sie keine Lust hatte, vergewaltigt, ausgeraubt oder ermordet zu werden, ging sie auch nicht ins *White Hart, Blue Ball, Bunch of Grapes, Prince of Wales, Peacock, Catherine Whell, Green Dragon, Four Horseshoes, Hour Glass, Half Way House, Bird in Hand, Bottle and Glass, Jolly Sportsman, Dorsetshire Yeoman, Boot and Slipper, Rising Sun, Crown and Cushion, Poulteney Arms, Red Cross Knight, Two Brewers, Black Dog, Temporary Sign, Duke of Rochester, Gardeners Arms* und erst recht nicht in den *Mississippi Riverboat Night Club.* Außer diesen Lokalen verblieb als einzige öffentlich zugängliche Vergnügungsstätte das Wartehäuschen an der Bushaltestelle, das allerdings nach Janes Geschmack bereits etwas zu voll war. Also ging sie ins Union Hotel zurück und nahm dort ein Glas Orangensaft und eine frisch zubereitete einheimische Spezialität zu sich, die nach dem hoteleigenen Linoleumbelag mit Soße schmeckte. Danach begab sie sich nach oben auf ihr Zimmer, um sich wenigstens die letzten zehn Minuten von ›Cagney und Lacey‹ ansehen zu können, doch leider war die Serie zugunsten einer Live-Übertragung des Züricher Leichtathletik-Sportfestes kurzfristig abgesetzt worden.

Was für ein Glück, daß ich mir wenigstens ein gutes Buch eingepackt hab, tröstete sich Jane. Das einzige, was mich jetzt noch am Lesen dieses Buches hindern könnte, wäre, daß die Betreiber dieser Leichenhalle vergessen haben, einen Schilling in den Stromzähler zu werfen. Sie holte das Buch aus ihrem Koffer hervor, schlug es an der Stelle auf, wo ihre abgelaufene Monatskarte als Lesezeichen steckte, und begann zu lesen.

Das ist nicht das richtige Buch, sagte sie sich, als ihr Blick auf die zerknitterte Seite fiel. Das hier hab ich erst gestern zu Ende gelesen.

Jeder Mensch kann schildern, welche Höllenqualen er im Leben schon erlitten hat, oder kann, wenn er den Drang dazu verspürt, auch eine Anspielung auf Sisyphus und dessen Felsblock machen. Man kann in schillernden Worten darstellen — ganz besonders, wenn man Fernsehevangelist ist —, was mit allen jenen unzuchttreibenden und falsch Zeugnis ablegenden Sündern geschehen wird, sobald sie am Jüngsten Tag dem Allmächtigen Auge in Auge gegenüberstehen. Solange man allerdings nur mit Menschen- oder selbst mit Engelszungen spricht, kann man nicht einmal ansatzweise die außerordentlichen Qualen beschreiben, die man erleidet, wenn man in der Absteige einer geschlossenen Stadt gefangen ist und nur noch die Wahl hat, in einem Wartehäuschen eine Busladung aufgedunsener Ostdeutscher mit vollgepißter Unterwäsche zu betrachten oder einen Krimi zu lesen, bei dem man sich an die Handlung bis ins letzte Detail erinnern kann.

Die normalerweise ruhig und gelassen wirkende Jane Doland wurde von rasender Wut ergriffen. Sie zog sich die Strumpfhose wieder an, nahm den Zimmerschlüssel und begab sich in den düsteren Flur. Unten — was mit grausamer Ironie als Aufenthaltsraum bezeichnet wurde — lag vielleicht eine Tageszeitung von letzter Woche oder die Juli-Ausgabe von *Woman and Home* aus dem Jahre 1956. Möglicherweise könnte sie dort auch ein logisch aufgebautes Telefonbuch entdecken oder sogar eine ausrangierte Streichholzschachtel mit einem Rätsel auf der Rückseite. Solange man am Leben ist, gibt es auch Hoffnung; das Schlagen des Herzens und die Tätigkeit der Lungen sind nicht nur geeignete Ablenkungsmanöver, sie lassen einem auch alle Möglichkeiten offen.

Zufällig entdeckte Jane wirklich eine Streichholzschachtel, auf der aber nur ›Made in Finland — Inhalt etwa 40 Zündhölzer‹ — stand, und nach dem dritten Lesen konnte sie diesen Worten nichts mehr abgewinnen. Deprimiert begab sie sich zur Rezeption. Durch den hellen Spalt über der Bürotür drang die schrille Stimme eines Fernsehkommentators, der gerade jubelnd verkündete, daß Kevin Bradford aus Cark-in-Cartmel es geschafft habe, ausnahmsweise einmal nicht als letzter durchs Ziel zu kommen. Jane blickte auf den Tresen und entdeckte das Gästebuch. Die Rettung! Endlich etwas zu lesen.

Es handelte sich um ein faszinierendes Dokument. Zum Beispiel erfuhr Jane, daß im November 1986 Mr. und Mrs. Belmont aus Winnipeg drei Nächte im Union Hotel verbracht hatten. Verdächtig war allerdings, daß sie zwar jedesmal im Hotel gefrühstückt, aber nicht ein einziges Mal zu Abend gegessen hatten.

Wie konnte das angehen? fragte sich Jane. Hatten die beiden womöglich ihren letzten Cent für den Flug ausgegeben und Leib und Seele während ihres Aufenthalts allein durch Toast und portionierte Marmelade zusammenhalten müssen? Oder verbrachten sie damals ihre Abende damit, vom Casino ins nächste Restaurant und wieder ins Casino zu gehen, weil sie die Hausmannskost des Union Hotels verschmähten? Vielleicht gefiel ihnen aber auch einfach nur der Anblick der Speisekarte nicht, was Jane durchaus nachempfinden konnte. Und was hatte diese weltreisenden Belmonts um die halbe Erdkugel bis nach Bridport getrieben und sie aus ihrem behaglichen Fachwerkhaus zwischen wogenden Weizenfeldern hierher an die aufgepeitschte See mit seiner unermeßlichen Weite verschlagen? Waren sie hinter einer Erbschaft her, oder wollten sie einem sterbenden Verwandten die letzte Ehre erweisen und eine zwanzig Jahre währende Familienfehde am Totenbett beilegen? Hatten sie dieses ruhelose Verlangen verspürt, das schon Odysseus immer wieder dazu getrieben hatte, Städte aufzusuchen und die Gedanken der Menschen kennenzulernen, oder waren sie am Flughafen einfach nur in den falschen Bus gestiegen?

Was Jane außerdem feststellte und nur allzugut glauben konnte, war die Tatsache, daß im Union Hotel nur wenige Gäste abstiegen, zumindest nicht genug, um ein solch optimistisch dickes Gästebuch in kurzer Zeit zu füllen. Dieses Register reichte neun Jahre zurück, als sich ein Mr. J. Vanderdecker aus Antwerpen für zwei Nächte eingetragen hatte. Wie ihr auffiel, hatte sich ein anderer J. Vanderdecker (oder derselbe Mann, nur ein bißchen älter und weiser) sieben Jahre später eingetragen. Zwar war er bei keiner der beiden Gelegenheiten das Risiko des Abendessens eingegangen, hatte aber jedesmal auf ein Zimmer mit Bad bestanden. Nach Janes Dafürhalten ein schüchterner, in sich gekehrter Mensch, der lieber sterben würde, als sich von Fremden dabei beobachten zu lassen, wie er morgens um halb sieben mit Bademantel und Latschen durch den Flur ging.

Die Bürotür öffnete sich langsam. Schuldbewußt verdrückte sich Jane blitzschnell und stieß dabei mit dem Schienbein gegen einen Couchtisch, auf dem ein altes Jagdmagazin lag, das bereits überall Eselsohren hatte. Sie nahm die Zeitschrift, flüchtete damit auf ihr Zimmer und las sie Seite für Seite durch, bis sie schließlich einschlief und von einem menschenfressenden Frettchen träumte.

»Ich sehe was, was du nicht siehst, und das fängt mit M an«, sagte der erste Maat.

Niemand beachtete ihn. Selbst Jan Christian Duysberg, der vierunddreißig Jahre alt werden mußte, um festzustellen, daß er Linkshänder war, hatte die Auflösung schon in den vierziger Jahren des achtzehnten Jahrhunderts erraten.

Eine Möwe schwebte am Himmel, verharrte plötzlich in der Luft, drehte in einer engen Kurve ab und flog gen Südosten davon. Cornelius Schumaker schnitt sich im Schatten des Mastes in aller Ruhe die Zehennägel. Wilhelm Triegaart vervollständigte gerade sein siebenundneunzigstes Kreuzworträtsel auf dieser Reise.

Für einige der Besatzungsmitglieder des Segelschiffs *Verdomde* (das holländische Wort für ›verdammt‹) war das zweite Jahr der jeweils siebenjährigen Zeitspanne immer das schlimmste. So, wie sich Jane Doland häufig am Dienstag hundsmiserabel fühlte, weil die Erinnerung an die kurzfristig gewonnene Freiheit des vergangenen Wochenendes bereits verblaßt war und der nächste Freitag noch in weiter Ferne lag, verhielt es sich mit der gereizten Art Vanderdeckers, das Kommando zu führen. Andere fanden sich einfach damit ab, jedes Jahr so zu nehmen, wie es kam — Pieter Pretorius zum Beispiel bastelte ein maßstabgetreues Modell der Schlacht von Lepanto in einer leeren Coca-Cola-Flasche, während sein Bruder Dirk an die Grenzen der Mathematik stieß, indem er ausrechnete, welche Überstundenbezahlung er einfordern konnte, sobald die Reise einmal ein Ende hätte. Die übrigen Besatzungsmitglieder dachten lediglich bis zur nächsten Wache. Der einzige Mensch auf dem Schiff, der sich zu diesem Zeitpunkt wenigstens ansatzweise den Kopf darüber zerbrach, was man gegen den Schlamassel unternehmen konnte, in dem sie alle steckten, war der Kapitän selbst.

Kapitän Vanderdecker war ein begeisterter Leser der Zeitschrift *Scientific American*. Er saß in seiner Kajüte, die Füße auf dem Kartentisch und auf den Knien eine verhältnismäßig aktuelle Ausgabe dieses Magazins. Er versuchte gerade, eine schwierige Zahl im Kopf zu dividieren, während er sich gleichzeitig vergeblich bemühte, den Solarrechner durch heftiges Schütteln wieder in Gang zu setzen. Eine wichtige Zahl, die etwas mit der Halbwertszeit von Radium zu tun hatte, drohte ihm aus Ermangelung der Quadratwurzel von siebenundvierzig zu entwischen, und wenn sie ihm diesesmal entfiel, könnte es Wochen dauern, bis er wieder darauf kam. An die Tatsache, daß Zeit praktisch keine Rolle spielte, mochte er lieber nicht denken, da er fürchtete, sonst endgültig aufzugeben. Mit demselben lächerlichen Optimismus, mit dem sich eine achtzigjährige Frau das Haar färben läßt, zwang sich Vanderdecker künstlich zur Eile.

Seit 1945 hatte sich Vanderdecker immens für radioaktive Strahlung interessiert. Seine anfänglich etwas übersteigerten Hoffnungen waren allerdings rasch zerschlagen worden, als er und seine Mannschaft einen der ersten Atomtests im Pazifik miterlebt und sie danach etwa eine Woche lang im Dunkeln lediglich schwach geglüht hatten. Dennoch hielt er mit bedingungslosem, fast blindem Vertrauen daran fest, seit er mehr oder weniger zur Aufgabe seiner gewagten Theorien über die Auswirkungen von Vulkanausbrüchen gezwungen worden war. Deswegen war er aber noch lange kein Befürworter der Atomkraft, dazu hatte er bereits viel zuviel darüber gelesen. Für den Rest der Menschheit schien ihm diese Entwicklung ein Schritt in die falsche Richtung zu sein, der wahrscheinlich in einer Katastrophe enden würde. Für ihn und seine Mannschaft bedeutete radioaktive Strahlung allerdings einen winzigen Hoffnungsschimmer, und er konnte es sich einfach nicht leisten, irgend etwas auf diesem Gebiet zu übersehen, bevor er nicht sämtliche in Betracht kommenden Möglichkeiten ausgeschöpft hatte.

Also las Vanderdecker weiter, wobei er nur hin und wieder durch das Knatschen der Takelage oder das gelegentlich auftretende dumpfe Krachen gestört wurde, sobald sich Sebastian van Doorning wieder einmal von der Mastspitze aufs Deck fallen ließ. 1964 hatte sich dieser arme Trottel in den Kopf gesetzt, daß, auch wenn ein einziger Sturz aus dieser Höhe nicht unbedingt mit tödlichem Ausgang enden mußte, wiederholte Bruchlandungen zumindest eine tiefe Rißwunde in seiner unverwundbaren Haut hinterlassen könnten, was ihm die endgültige Entlassung einbringen würde, nach der er sich so sehr sehnte. Wenigstens verschaffte er auf diese Weise dem Schiffszimmermann gelegentlich Arbeit, denn bei besonders unsanften Landungen schlug er mitten durch die Decksbeplankung hindurch.

›Der Stein der Weisen gefunden?‹ las der Kapitän. ›Durchbruch auf dem Gebiet radioaktiver Isotopen bietet Einblick in die Umwandlung von Materie.‹ Vanderdecker schluckte kräftig und nahm die Füße vom Tisch. Wahrscheinlich handelte es sich um denselben alten Blödsinn, den er schon Ende der siebziger Jahre gelesen hatte, aber immerhin bestand die Möglichkeit, daß etwas Neues darin enthalten war.

›Es geht das Gerücht, daß Experimente im britischen Atomreaktor in Dounreay zu einer Neubewertung einiger grundlegender Aspekte auf dem Gebiet der nuklearen Forschung führen werden‹, war in dem Artikel des *Scientific American* zu lesen. ›Falls die kürzlich von den Physikern Marshmain und Kellner veröffentlichten Ergebnisse durch die Dounreayer Testreihe bestätigt werden, sollte sich selbst der letzte Alchimist endlich von den Fesseln des Okkultismus befreien können und sich hurtig in die europäischen Forschungs- und Entwicklungszentren begeben. Der Koordinator dieses neuen Programms, Professor Montalban von der Universität Oxford, hat ...‹

Montalban. Um Himmels willen, *Montalban!*

In seinem mehr als vierhundert Jahre währenden Leben hatte Vanderdecker gegenüber Zufällen eine merkwürdig zwiespältige Einstellung angenommen;

manchmal glaubte er daran, manchmal auch nicht. Zwar kommt der Name Montalban relativ selten vor, ist aber andererseits auch nicht so ausgefallen, daß man davon ausgehen konnte, ihm im Verlauf von vierhundert Jahren nicht öfter als einmal zu begegnen. Schon schwieriger war es, eine Erklärung dafür zu finden, warum im selben Artikel das Wort ›Alchimist‹ auftauchte, und Vanderdecker mußte sich in Erinnerung rufen, daß nach dem Zufallsprinzip irgendwann selbst jeder Affe *Hamlet* in die Schreibmaschine hämmern würde, wenn man ihm nur genug Zeit dazu ließe, bevor er selbst wieder in der Stimmung war, mit dem gebotenen Mißtrauen weiterzulesen. Mittlerweile war die Lampe in der Kabine ausgegangen, und anstatt Zeit damit zu verschwenden, sie mit seinem echten, aber schrottreifen Zippo-Feuerzeug wieder anzuzünden, begab er sich an Deck und überließ ausnahmsweise einmal der Sonne die Arbeit. Um die Stelle nicht zu verlieren, hielt er die Zeitschrift mit dem Zeigefinger zwischen den Seiten fest. Dann kletterte er die Leiter hinauf und stieg genau in dem Augenblick aus der Luke, als Sebastian van Doorning gerade seinen neunten Absturz des heutigen Tages absolvierte.

Vanderdecker wurde zur Seite gestoßen und landete in einem Haufen aufgerollter Taue. Als er wieder auf die Beine kam, sah er, wie der *Scientific American* von einer Windböe in die Luft gehoben wurde und von ihr ordentlich auf dem Atlantischen Ozean abgelegt wurde.

»Sebastian!« schrie Vanderdecker.

Der fliegende Mastspringer, der sich gerade verlegen von Deck stehlen wollte, erstarrte vor Schreck und stammelte: »Ja, Käpt'n?«

»Falls du auch nur noch ein einziges Mal vom Mast springst, werd ich dir das Genick brechen!« drohte ihm der Fliegende Holländer.

Die Besatzung gab sich erst gar nicht die Mühe, das Beiboot ins Wasser zu lassen, sondern sprang direkt ins

Meer; dem Kapitän war einfach danach. Pieter Pretorius fischte schließlich die Zeitschrift aus dem Wasser, und man legte sie in der Sonne zum Trocknen aus. Aber es war zu spät; im Wasser hatte sich die Druckfarbe fast gänzlich aufgelöst, und die einzigen noch lesbaren Worte auf der entscheidenden Seite waren ›Montalban‹ und ›Alchimist‹.

Dirk Pretorius rechnete sofort aus, daß die Chancen für solch eine Wortkonstellation neun Millionen vierzehntausendzweihundertachtundsechzig zu eins stünden, was außer dem Kapitän alle anderen an Bord äußerst interessant fanden.

Das ist aber komisch! wunderte sich Jane.

Nun sollten Sie nicht den Eindruck gewinnen, daß Jane, nur weil sie ständig Selbstgespräche führt, nicht mehr alle Tassen im Schrank hat oder gar ein Leben in innerer Einkehr führt. Es liegt einfach daran, daß es in ihrem Beruf nur wenige Menschen gibt, mit denen man sich unterhalten kann, und wenn man wie Jane von Natur aus eigentlich ein Plappermäulchen ist, versucht man eben, aus der Not eine Tugend zu machen. Es ist wichtig, auf diesen Punkt schon jetzt hinzuweisen, da Jane in dieser Geschichte eine wichtige Rolle spielt, und Sie sollten mit ihr nicht allzuhart ins Gericht gehen, nur weil sie zu Monologen neigt — schließlich war Hamlet diesbezüglich auch nicht viel besser. Also geben Sie dem Mädchen eine Chance.

Äußerst merkwürdig, dachte sie und blickte auf das Hauptbuch, wobei sie aufgrund der schwer zu entziffernden Handschrift, die schlimmer als ihre eigene war, alles nur verschwommen sah. Zweifellos hatte da jemand gepfuscht, aber wann und wie?

Eigentlich gehörte es nicht zu ihren Aufgaben, das Hauptbuch unter die Lupe zu nehmen, in dem die Girokonten verzeichnet waren; aber eine ärgerliche Kleinigkeit war in einer recht gewöhnlichen Zinsberechnung nicht berücksichtigt worden. Jane hatte ausnahmsweise einmal für die Lösung des Problems ein solch abstraktes Interesse entwickelt, daß sie sich mittlerweile seit sechs Stunden damit beschäftigte, wobei sie sogar auf ihre Mittagspause verzichtet hatte. Obwohl es ihr selbst noch gar nicht bewußt war, schwang sie sich gerade zu einer buchhalterischen Glanzleistung sondergleichen auf, die ihr von ihren Vorgesetzten niemals zugetraut worden wäre.

Der Grund, weshalb sie sich sosehr auf dieses Problem gestürzt hatte, war ein Name. Dabei handelte es sich um keinen besonders gewöhnlichen Namen, muß man wissen, und sie war ihm schon einmal begegnet. Der Name lautete J. Vanderdecker.

J. Vanderdecker hatte bei der National Lombard Bank ein Girokonto. Der Kontostand betrug £ 6,42. Die Sache hatte aber einen Haken, denn diese Summe hatte sich bereits vor weit mehr als hundert Jahren auf £ 6,42 belaufen.

Schade für Mister Vanderdecker, daß es sich nicht um ein Sparkonto handelte, sagte sich Jane. Als sie die Bankangestellten um die Herausgabe praktisch sämtlicher Hauptbücher bis an die Anfänge der menschlichen Zeitrechnung gebeten hatte, war sie nur von allen Seiten blöde angeglotzt worden, als hätte sie nun wirklich ein Rad ab. Nach anfänglich lautstarken Protesten versicherte man ihr schließlich, daß die Hauptbücher für den Zeitraum vor 1970 schon vor Jahren verbrannt worden seien. Des weiteren erklärte man ihr, daß die Bücher, falls man sie nicht verbrannt habe (was aber garantiert passiert sei), verlorengegangen seien. Falls sie nicht verlorengegangen seien, bestehe praktisch keine Hoffnung mehr, an sie heranzukommen. Dann befänden sie sich nämlich im Zentrallager der Bank in Newcastle-under-Lyme. Wenn sie sich auch dort nicht befänden, müßten sie im Keller lagern. Im Keller aber gebe es Spinnen. Riesige Spinnen. Vor fünf Jahren sei ein tolldreister

Lehrling in der Keller gegangen, und man habe später nur noch seine Schuhe gefunden.

Bis zur Umstellung auf Computer waren sämtliche Hauptbücher von Hand geschrieben worden, und einige der Handschriften waren nur schwer zu entziffern. Janes Sehvermögen war nie sehr gut gewesen, und das ständige Starren auf die hingekritzelten Buchstaben und Zahlen verursachte ihr allmählich Kopfschmerzen. Dabei handelte es sich nicht um das uns allen vertraute Pochen der Schläfen, sondern um einen stechenden Schmerz mitten auf der Stirn. Trotzdem behielt sie einen klaren Kopf.

Die logische Erklärung für das Rätsel — es gibt immer eine logische Erklärung — war, daß J. Vanderdecker 1879 ein Konto eröffnet hatte, seine normale Zeitspanne gelebt haben und irgendwann gestorben sein mußte, wobei er die Summe von sechs Pfund, acht Shilling und vier Pence hinterlassen hatte. In dem großen Leid seines Dahinscheidens (Jane hatte in Novellen aus der viktorianischen Zeit einige Schilderungen von Totenbettszenen gelesen und wußte, daß die Menschen zu jener Zeit aus dem Tod und seinen Folgen immer ein großes Trara machten) war sein Konto übersehen worden. Trägheit, das Grundübel eines jeden Bankers, hatte es ermöglicht, daß das Konto von Jahr zu Jahr weitergeführt worden war und nun wiederauftauchen konnte, zwar ohne eine Bewegung, aber perfekt konserviert wie eine Moorleiche aus der Eisenzeit, und das im besten Zustand.

Das einzige Problem war der Name J. Vanderdecker im Gästebuch des Union Hotels. Verdammt! Das war *kein* gewöhnlicher Name, und falls sich dieser J. Vanderdecker vor zwei Jahren — und ein weiteres Mal sieben Jahre zuvor — in Bridport herumgetrieben hatte, dann konnte er nicht Anfang dieses Jahrhundert gestorben sein. Aber genau danach verlangte Janes ansonsten einleuchtende Theorie.

Jeder normale Mensch, mit Ausnahme eines Buchhalters, hätte gesagt: ›Das Zeug kann mich mal gern haben‹, und wäre mit etwas anderem fortgefahren. Buchhalter sind da anders. Der Sage nach stammen sämtliche Buchhalter von einem gewissen Barnabas von Sidon ab, einem untergeordneten Partner der Apostel, der in Galiläa für Josephs Tischlerei die Bücher führte. Nachdem er bereits bei der Speisung der Fünftausend einen schweren Schock erlitten hatte, nahm er auch am Letzten Abendmahl teil, verpaßte aber den Großteil dieser Freßorgie, weil er viel zusehr mit der Aufstellung der Rechnung beschäftigt war und sich ständig den Kopf darüber zerbrechen mußte, wer nun was gehabt hatte. Ähnlich wie Fische haben Buchhalter eine andere Sichtweise als das gemeine Volk, und auf ihrem starren und unnachgiebigen Blick für Details, die normale Menschen unwichtig finden, beruht ihre Existenzberechtigung.

Also gut, was machen wir jetzt damit? fragte sich Jane. Theoretisch müßte sie eigentlich nur dem Filialleiter ihre Entdeckung mitteilen, der ihr sagen würde, wie interessant das alles sei und ob sie noch mehr zu tun habe oder ob sie nicht lieber bald nach Hause fahren wolle. Sobald sie das Gebäude verlassen hätte, würde er die Summe mit den Kontoführungsgebühren verrechnen und das Konto auflösen. Aus einem unerfindlichen Grund hatte Jane das unnachgiebige Gefühl, daß so etwas auf keinen Fall passieren durfte. Sie hatte zwar keine Ahnung, warum das so wichtig war, aber so war es nun einmal.

Die einzige Information, die sie neben dem Namen J. Vanderdecker und der Summe von £ 6,42 über das Konto besaß, war eine Adresse: Lower Brickwood Farm Cottage, Melplash bei Bridport, Dorset. Daraus folgte, daß, falls es noch irgend etwas über dieses Rätsel herauszufinden gab, es dort zu suchen war. Sie beschloß, noch am selben Abend dort hinzufahren, um endlich hinter des Rätsels Lösung zu kommen. Wahrscheinlich gab es eine ganz simple Erklärung. In der Zwischenzeit konnte sie ja an etwas anderes denken und die normale Arbeit fortsetzen.

Kaum war es halb sieben, begab sich Jane mit ihrem in London zugelassenen Ford Fiesta auf die Suche nach dem Lower Brickwood Farm Cottage in Melplash, was schwieriger zu sein schien, als den Heiligen Gral zu finden. Melplash ist nicht mehr auf dem Stadtplan von Bridport verzeichnet, den der wahrheitsliebende Mensch beim Zeitungshändler käuflich erwerben kann; aber um die ganze Wahrheit zu sagen, ist auch ein Großteil von Bridport darin nicht verzeichnet. Wenn es allerdings um Melplash geht, so ist der Fremde völlig auf sich allein gestellt, und man kann davon ausgehen, daß die einzigen Leute, die notgedrungen etwas mit Melplash zu tun haben, dort bereits leben. Natürlich wissen alle Dorfbewohner, wo das Lower Brickwood Farm Cottage liegt, da sie seit ihrem sechsten Lebensjahr auf ihrem Weg zum Briefkasten oder zur Dorfkneipe Green Man täglich daran vorbeigekommen sind. Sie kennen es allerdings nicht als Lower Brickwood Farm Cottage, sondern als ›Davis' Schuppen‹ oder ›Alten Tümpel‹ oder, noch metaphysischer, als das ›Aus und vorbei‹. Allenfalls der Postbote kennt also die postalische Adresse, und da dieser morgens um halb vier aufzustehen pflegt, liegt er meistens schon im Bett.

Jane gehörte nicht zu den Leuten, denen es zu peinlich ist, andere Menschen anzusprechen und nach dem Weg zu fragen, aber diese Tugend war ihr heute keine große Hilfe. Von den sechs Leuten, die sie nach dem Weg fragte, stammten zwei aus Mittelengland, und dieses Rentnerehepaar wohnte erst seit etwa einem Jahr in Melplash. Zwei andere waren zwar sehr gesprächig, aber überhaupt nicht zu verstehen. Der fünfte gab ihr mit um so deutlicheren Worten eine präzise Wegbeschreibung, die Jane, wenn sie ihr gefolgt wäre, nach Liverpool gebracht hätte. Der sechste Informant war der

Wirt des *Green Man*. Er fragte Jane, ob sie vom Maklerbüro Pardoes sei und ob man den alten Schuppen wirklich wiederherrichten wolle. Jane erinnerte sich daran, den Namen Pardoes in der Bank unter der Rubrik ›Immobilien An- und Verkauf‹ gelesen zu haben, und antwortete mit ja, um sich das Leben einfacher zu machen.

Als sie sich endlich in Richtung Lower Brickwood Farm Cottage aufmachte, war es schon fast dunkel. Die Wegbeschreibung des Wirts führte sie über eine ungeteerte Straße auf einen Hof, auf dem sich fünf eingestürzte Wellblechhütten befanden, die allesamt so aussahen, als wäre hier einst das Diebesgut von den Raubzügen in die Nachbardörfer gelagert worden. Zusätzlich gab es eine beträchtliche Anzahl alter Traktorreifen, einen Ford Anglia, aus dessen Windschutzscheibe ein kleiner Baum wuchs, etliche ausrangierte Maschinenteile landwirtschaftlicher Geräte und ein uraltes, verfallenes Steingebäude.

An dieser Stelle hätte Jane vermutlich aufgegeben, zumal sie an eine solche Umgebung nicht gewöhnt war, aber sie entdeckte an dem verfallenen Steingebäude ein Schild mit der Aufschrift ›Lower Brickwood Farm Cottage‹ und zog daraus den logischen Schluß, daß sie hier richtig war. Sie ging zur Eingangstür, und als eine junge Dame, die wußte, was sich gehörte, klopfte sie erst einmal an. Als ihr eine innere Stimme sagte, sie verhalte sich wie eine Idiotin, rüttelte sie schließlich an der Tür.

Die Tür war nicht verschlossen, gab aber nur einige Zentimeter nach, bis sie unten gegen etwas Schweres stieß und sich nicht mehr weiter öffnen ließ. Wie schon zuvor erwähnt, handelte es sich bei dem Buch, das Jane Doland vor ihrer Ankunft in Bridport gelesen hatte, um einen Krimi, und an dieser Stelle sollte betont werden, daß Jane eine glühende Anhängerin dieser Literaturgattung war. In vielen Kriminalromanen rüttelt der Detektiv an der Tür eines einsamen Hauses und findet sie zu seiner Überraschung geöffnet vor, allerdings ist sie stets auf dieselbe Weise blockiert. Und Sie können Gift darauf nehmen, daß es sich bei dem blockierenden Gegenstand um eine Leiche handelt.

Das allerletzte, was Jane entdecken wollte, war eine Leiche. Aber dieselbe innere Stimme, die sie kurz zuvor noch als Idiotin bezeichnet hatte, bedrängte sie jetzt, sich mit aller Gewalt gegen die Tür zu stemmen, die sich daraufhin sofort öffnete. Hinter der Tür lag keine Leiche, sondern eine ganze Schneewehe von Briefen, von denen die meisten stark angegammelt waren. Auf einigen von ihnen klebten Briefmarken, auf denen noch der Kopf von Königin Viktoria abgebildet war, und alle stammten von der National Lombard Bank. Jane kniete sich auf den in einem Jahrhundert zu einem Berg angewachsenen Haufen aus Kontoauszügen und diversen Aufforderungen, die Kreditkarte abzuholen, sowie Werbebriefen bankeigener Versicherungen und Lobreden auf den National Lombard Unit Trust und suchte in ihrer Handtasche nach einer Taschenlampe.

Eine kurze Untersuchung im Licht der Taschenlampe erbrachte den Beweis, daß das Lower Brickwood Farm Cottage seit ewigen Jahren nicht bewohnt gewesen war, wenn man von kleinen Tieren und Vögeln absah. Drinnen war es äußerst unbehaglich, und Jane dankte der Vorsehung, daß sie praktisch ohne Geruchssinn auf die Welt gekommen war. Zaghaft bahnte sie sich den Weg bis in die Mitte des Raums, der das gesamte Erdgeschoß einnahm, und sah sich vorsichtig um. Dem Anblick nach zu urteilen, war die Treppe nach oben schon vor langer Zeit eingestürzt. Da es großen Teilen des Daches ebenso ergangen war, fühlte sie sich hier drinnen alles andere als sicher.

Gerade als sie das Haus verlassen wollte, fiel ihr Blick auf eine kleine Kiste, in der sich noch mehr Briefe befanden. Nachdem sie so viel erreicht und so wenig gefunden hatte, entschied sich Jane, diese Briefe genauer zu untersuchen. Voller Abscheu fischte sie eine Handvoll heraus und sah sie sich im Lichtkegel der Taschenlampe an. Sämtliche Briefe waren an J. Vanderdecker adressiert und enthielten ausschließlich Rechnungen.

Wer immer dieser J. Vanderdecker war, er mußte über einen langen Zeitraum ein guter Kunde der Jeanes' Bootswerft gewesen sein. Auf sämtlichen Rechnungen waren stets verschiedene Posten angegeben, die sich allesamt auf Schiffsreparaturarbeiten bezogen, und darunter stand immer ›Betrag dankend erhalten‹. Dabei konnte es sich nur um ein Holzschiff handeln, denn häufig waren Nägel, Bretter, Taue, Seile und Segeltuch aufgeführt sowie eine Menge nautischer Fachbegriffe, die Jane erst gar nicht zu verstehen versuchte. Die älteste Rechnung, die derart von Feuchtigkeit und Schmutz durchdrungen war, daß sie Jane in den Händen zerbröselte, stammte aus dem Jahr 1704. Die neueste war genau zwei Jahre alt. Als die Batterie der Taschenlampe nachließ, hatte Jane die Rechnungen von der heutigen Zeit bis zur Regentschaft von Queen Anne zurückverfolgt und festgestellt, daß sie in einundzwanzigjährigen Intervallen zugestellt worden waren.

Sie tastete sich im Dunkeln vor und stieß schließlich gegen eine Tür. Allerdings handelte es sich dabei nicht um den Vordereingang mit den alten Kontoauszügen, sondern um die Hintertür, die ebenfalls nicht verschlossen war. Plötzlich wurde Jane nervös; irgend etwas ging hier vor, und nach allen ihr zur Verfügung stehenden Fakten sah es ganz danach aus, daß es sich um etwas höchst Seltsames handelte. Ihr gesunder Menschenverstand sagte ihr, daß seltsame Dinge gewöhnlich illegal sind. Möglicherweise war es gar nicht so gut, noch mehr Einzelheiten über die ganze Geschichte zu erfahren, und vielleicht sollte sie lieber alles vergessen und nach London zurückkehren.

Eins stand allerdings jetzt schon fest — sie brauchte dringend etwas zu trinken. Soweit sie sich erinnern konnte, war die Dorfkneipe zwar nur ansatzweise gemütlicher als die Schlangengrube in einem Harrison-Ford-Film, aber das Pub lag immerhin in unmittelbarer Nähe, und eventuell konnte ihr der Wirt noch mehr über das Lower Brickwood Farm Cottage erzählen.

»Also soll das Cottage wirklich verkauft werden?« erkundigte sich der Wirt skeptisch. »Na, die Käufer können sich auf was gefaßt machen.«

Das Pub war praktisch leer, und Jane fragte sich, wie der Wirt seinen Lebensunterhalt davon bestreiten konnte. Sie musterte ihn und kam zu dem Schluß, daß er wahrscheinlich einen Nebenjob als Leichenräuber hatte.

»Und warum?« fragte Jane.

Der Wirt blickte sie verdutzt an. »Sind Sie denn nicht dort gewesen?«

»Doch, gerade eben. Aber selbst wenn das Gebäude völlig baufällig ist, stellt das Grundstück bestimmt noch einen gewissen Wert dar.«

Der Wirt blickte sie erneut verdutzt an, und Jane fühlte sich allmählich unwohl in ihrer Haut. »Sind Sie sich auch ganz sicher, daß Sie dort gewesen sind?«

Jane beschrieb ihm alles, was sie gesehen hatte, und ließ außer den Kontoauszügen und Rechnungen nichts aus. »Das ist doch das Anwesen, das Sie meinen, oder?«

»Ja, aber ist Ihnen denn gar nicht dieser bestialische Gestank aufgefallen?« fragte der Wirt voller Erstaunen.

Als Jane ihm mitteilte, daß sie einen wirklich miserablen Geruchssinn habe, brach der Wirt in schallendes Gelächter aus. Nachdem er sich einigermaßen wieder gefangen hatte, erklärte er Jane seine überzogene Reaktion und erzählte ihr, daß das Grundstück wegen des unerträglichen Gestanks schon seit Menschengedenken unbewohnt sei. Man erzählte sich, daß vor ewigen Jahren, lange bevor irgendeiner der heutigen Dorfbewohner geboren war, ein Ausländer mit einem komischen Namen für etwa eine Woche das Anwesen gemietet hatte und daß es dort wegen des entsetzlichen Gestanks nach seiner Abreise niemand mehr länger als zehn Minuten aushielt. Zwar war alles unternommen worden, um den Geruch loszuwerden, aber vergebens. Ein Versuch, das Cottage als Schweinestall zu nutzen, mußte als gescheitert angesehen werden, weil alle Schweine starben. Nachdem es zweiundfünfzig Jahre lang von der Immobilienfirma Pardoes angeboten worden war, war es von der Liste gestrichen und vergessen worden.

»Hat man Ihnen das in der Firma nicht gesagt?« erkundigte sich der Wirt.

»Nein, davon hat mir niemand etwas erzählt«, antwortete Jane.

»Und da Sie nicht riechen können, haben Sie wirklich nichts davon bemerkt, richtig?«

»Richtig.«

»Das ist wirklich 'ne Wucht!« freute sich der Wirt. »Das macht dann ein Pfund fünfzig für den Gin Tonic.«

Jane fuhr ins Union Hotel zurück und ging sofort ins Bett. Dieses Mal machte ihr der Mangel an Lesestoff nicht zu schaffen, denn sie war viel zu sehr mit ihren Gedanken beschäftigt.

3. KAPITEL

Das leichte Mißverständnis bezüglich der Legende vom Fliegenden Holländer entstand wie folgt:

Im Sommer 1839 saß ein junger deutscher Musiker in einem Pariser Café, trank Armagnac und dachte schonungslos über das Regime von König Louis Philippe nach. Es war ein heißer Tag, und da Armagnac alles andere als alkoholfrei ist und der Deutsche von ganzem Herzen Republikaner war, konnte man durchaus verstehen, daß er auf die Verbrechen gegen die Freiheit, die überall um ihn herum begangen wurden, entsprechend heftig reagierte und seinen Gedanken lauthals freien Lauf ließ. Bevor er wußte, wie ihm geschah, war er in ein Gespräch mit seinem Tischnachbarn verwickelt.

»Könige sind eine anachronistische Obszönität«, ließ der junge Deutsche verlauten. »Die Menschheit wird erst dann wirklich frei sein, wenn auch das letzte königliche Haupt auf den Zinnen des eigenen Palastes aufgespießt ist.«

Falls sich der junge Deutsche die Mühe gemacht hätte, den Fremden genauer anzusehen (was er natürlich nicht tat), wäre ihm aufgefallen, daß der Mann ordentlich gekleidet war, einen völlig durchschnittlichen Körperbau besaß und aufgrund seines wettergegerbten Gesichts entweder ein mürrischer Endzwanziger oder ein jugendlicher Vierziger war. In seinem gestutzten Bart war eine Spur von Grau zu erkennen, und sein Blick war so scharf, wie ein Briefumschlag sein kann, wenn man mit der Zunge über die gummierte Stelle fährt. Der

Mann dachte über die Aussage des Deutschen ernsthaft nach, wischte sich etwas Schaum vom Bart und antwortete, daß nach seiner bescheidenen Meinung die meisten Könige nicht schlimmer seien als ein Zahnarztbesuch.

Der junge Deutsche blickte ihn böse an und zischte: »Wie können Sie so etwas behaupten? Denken Sie doch nur an einige der sogenannten großen Könige der Geschichte. Sehen Sie sich Xerxes an! Sehen Sie sich Barbarossa an! Sehen Sie sich Napoleon an!«

»Ich dachte, der war ein Kaiser«, unterbrach ihn der Fremde.

»Ach, das ist doch dasselbe!« winkte der Deutsche zornig ab. »Sehen Sie sich Iwan den Schrecklichen an. Sehen Sie sich Philipp von Spanien an!«

»Das hab ich bereits getan«, merkte der Fremde an.

Infolge der Art, wie er das gesagt hatte, erstarrte der junge Deutsche auf der Stelle, und blickte den Fremden verdutzt an. Es war, als säße er plötzlich mitten auf den Champs-Élysées Michelangelos David Auge in Auge gegenüber, der einen Zylinder und einen Gehrock trug. Er setzte das Glas ab und fragte in ruhigem Ton: »Was haben Sie da eben gesagt?«

»Bitte glauben Sie nicht, daß ich aufschneiden will«, entgegnete der Fremde. »Ich weiß auch nicht, warum ich das erwähnt hab, zumal es im Zusammenhang mit Ihren Aussagen völlig unerheblich ist. Also, fahren Sie bitte fort.«

»Sie haben Philipp von Spanien *leibhaftig* gesehen?«

»Nur ein einziges Mal. Auf dem Escorial, damals fünfundachtzig. Ich war in Madrid und hatte nichts zu tun. Ich hatte gerade eine komplette Ladung Jute losgeschlagen. Damals konnte man in Madrid für Jute verlangen, was man wollte. Ich glaube, die Seiler haben Taue daraus gemacht. Ich hielt es jedenfalls für eine gute Idee, die Zeit zu nutzen und zum Palast rauszureiten. Das sind fast fünfzig Kilometer, also alles andere als ein Katzensprung, und ich hab fast den ganzen Tag gebraucht. Als ich dort eintraf, kam Philipp gerade von irgendeinem auswärtigen Besuch nach Hause. Soweit ich mich erinnere, hab ich seinen Kopf wenigstens zwölf Sekunden lang gesehen, bevor ich von den Wachen zurückgedrängt wurde. Und ich bin mir sicher, daß es *sein* Kopf war, weil er eine Krone trug. Entschuldigung, was haben Sie eben gesagt?«

»Wie kann es angehen, daß Sie Philipp von Spanien *gesehen* haben?« fragte der junge Deutsche. Er hatte nicht einen Augenblick lang an den Worten des Fremden gezweifelt, und um so dringender mußte er wissen, wie so etwas möglich sein konnte. »Schließlich ist er seit über zweihundertfünfzig Jahren tot.«

Der Fremde lächelte. Es war ein sehr absonderliches Lächeln. »Das ist freilich eine lange Geschichte.«

»Das macht nichts.«

»Sie ist wirklich sehr lang.« Auch der Akzent des Fremden klang so absonderlich, daß er in jedem Land der Welt ausländisch geklungen hätte. »Und wenn ich lang sage, dann meine ich auch lang.«

»Das macht wirklich nichts.«

»Also gut«, willigte der Fremde ein. »Aber sagen Sie später nicht, daß ich Sie nicht gewarnt hätte.«

Der junge Deutsch nickte ungeduldig. Der Fremde nahm einen kräftigen Schluck Bier, lehnte sich zurück und begann zu erzählen.

»Ich wurde 1553 in Antwerpen geboren.«. Er hielt inne. »Wollten Sie gerade etwas sagen?«

»Nein.«

»Komisch«, staunte der Fremde, »normalerweise werde ich an dieser Stelle immer unterbrochen. Also sage ich es noch einmal: Ich wurde 1553 in Antwerpen geboren — fünfzehnhundertdreiundfünfzig«, wiederholte er langsam, als wünschte er sich, von dem jungen Deutschen als Lügner bezeichnet zu werden. Aber er hatte kein Glück und fuhr fort: »Und als ich fünfzehn war, besorgte mir mein Vater eine Stelle bei einem handeltreibenden Überseespekulanten, dem er noch etwas Geld schuldete. Wie die meisten Kaufleute damals hatte er viel mit Wollhandel zu tun. Er sagte mir, ich könne entweder im Kontor arbeiten oder zur See fahren, und da ich vom Umgang mit Rohwolle Hautausschlag kriege, hab ich mich für die Seefahrt entschieden. Schon komisch, was für die Berufswahl letztendlich ausschlaggebend ist. Ich hab mal einen Mann gekannt, der nur deshalb Söldner wurde, weil er auf den langen Urlaub scharf war. Er starb natürlich, bevor er noch dreißig war. Typhus.

Nun, ich hab hart gearbeitet und alles gespart, was ich verdient hab — wie man es eigentlich von einem jungen Burschen erwarten sollte. Noch vor meinem siebenundzwanzigsten Lebensjahr hatte ich genug beiseite geschafft, um Anteilseigner eines Schiffs zu werden. Kurz darauf erbte ich etwas Geld, zahlte meine Partner aus und besaß bereits mit neunundzwanzig Jahren mein eigenes Schiff. Du meine Güte, ich höre mich schon wie eine Postwurfsendung für Fernkurse an! Entschuldigen Sie bitte.

Egal, schon bald lief alles ganz prächtig für mich, und das trotz der Kriege und der spanischen Zollabgaben — wie Sie vielleicht wissen, standen die Spanier damals stark in der Verantwortung der Niederländer, was direkt mit dem Grafen von Leicester und dem Herzog von Parma und diesen ganzen Typen zusammenhing —, und ich hatte mich schon darauf eingestellt, mit fünfunddreißig Jahren in Rente zu gehen, als mich ein schwerer Schicksalsschlag ereilte. Zwei schwere Schicksalsschläge. Der erste war, daß der Jutepreis im selben Augenblick in den Keller ging, als mein Schiff gerade bis zum Rand mit dem Zeug vollgestopft war. Ich hatte meinen letzten Liard in Jute gesteckt, und plötzlich wurde ich sie nicht mehr los. Ich hab sie überall in Spanien und Portugal feilgeboten, und die Leute guckten mich nur an, als wollte ich ihnen sauer Bier andrehen. Es war schon verrückt; einen Tag zuvor bettelten einen noch wildfremde Leute auf der Straße an, ihnen Jute zu verkaufen, und am nächsten Tag wollte niemand mehr etwas davon wissen. Ich bin mir nicht einmal sicher, ob ich überhaupt weiß, was Jute ist. Ich weiß nur, daß es mir egal ist.

Danach ereilte mich ein zweiter Schicksalsschlag, und zwar direkt vor Cádiz. Ich stieß auf See zufällig auf den berühmten Francis Drake, der gerade unterwegs war, um dem spanischen König die Leviten zu lesen. Haben Sie von Francis Drake schon mal was gehört? Ja? Gut.

Als ich eben gesagt hab, daß man die Jute nirgendwo an die Leute bringen konnte, hab ich etwas übertrieben, denn in Wirklichkeit bin ich sie losgeworden. Allerdings mußte man mich erst dazu überreden. Den letzten Ausschlag gab wahrscheinlich die Art und Weise, in der Sir Francis längsseits ging und mir sagte, er werde mich vom Wasser pusten, wenn ich ihm nicht meine gesamte Fracht herausgäbe.

Danach blieb mir nicht viel mehr übrig, als mir einen hinter die Binde zu kippen und abzuwarten, bis Sir Francis mit der Bombardierung des Hafens fertig war. Aber selbst das war wegen des Bombardements und der ganzen Randerscheinungen nicht mal so einfach — das Niederschmetterndste an den Inhabern einer Schankkonzession ist, daß sie sofort in Deckung gehen, sobald sie Schießpulver riechen oder auch nur die kleinste Rauchwolke sehen. Aber schließlich entdeckte ich eine Spelunke, die noch nicht bis auf die Grundmauern abgebrannt war und wo man sich sogar bereit erklärte, mir etwas Alkoholisches zu verkaufen.«

Der Fremde hielt an dieser Stelle inne und blickte in sein leeres Glas, aber der junge Deutsche verstand den Hinweis nicht — er schien wie gefesselt zu sein, und der Fremde setzte seine Geschichte fort.

»Als ich dort schon eine ganze Weile herumgehangen

hatte, ich weiß nicht wie lange, kam ein Mann herein und setzte sich neben mich. Es ist schon merkwürdig, auf welche Weise sich die Leute in Kneipen neben mich setzen — das war natürlich nicht abfällig gemeint, Gott bewahre! Jedenfalls hatte er so eine große Truhe dabei, eine Art Lattenkiste, und offensichtlich war er von dem ewigen Herumgeschleppe bereits völlig am Ende. Ein großer, hagerer Typ mit einer Nase wie ein Vorschlaghammer, etwa in Ihrem Alter, vielleicht auch ein, zwei Jahre älter. Ich hab ihn für einen Spanier oder Italiener gehalten — mit Abstrichen könnte er auch ein Franzose gewesen sein. Jedenfalls ein südländischer Typ. Er sah noch erbärmlicher aus, als ich mich damals selbst gefühlt hab. Und ich kann Ihnen sagen, hätte er nur halbwegs so ausgesehen, wie ich mich damals gefühlt hab, wäre er schon ein entsetzlich erbärmlicher Anblick gewesen. Ich fragte mich natürlich, ob seine Truhe auch bis zum Deckel mit Jute vollgestopft war. Übrigens hab ich mich oft gefragt, was Sir Francis mit dem ganzen Zeugs gemacht hat, das er mir geklaut hat. Ich wette, er hatte keine Probleme, es loszuwerden.

Sie müssen schon entschuldigen, aber ich neige dazu, hin und wieder vom Thema abzuweichen. Dieser südländische Typ kam also herein und setzte sich in die Kneipe. Als ich ihm etwas zu trinken ausgeben wollte, schien er beleidigt zu sein.

›Danke, aber ich kann meine Getränke selbst bezahlen‹, sagte er. ›Das ist nun wirklich mein geringstes Problem.‹

Wohl etwas empfindlich der Knabe, dachte ich bei mir, wohl ein wenig übernervös.

›Na prima, dann kannst du mir ja einen ausgeben‹, konterte ich.

Er sah mich verblüfft an, und ich glaube, er mußte bemerkt haben, daß ich noch meine hohen Stiefel und die Schiffsklamotten anhatte, weil er plötzlich immer freundlicher wurde.

›Wenn du mir sagen kannst, wo ich ein Schiff finde, das mich nach England rüberbringt, kannst du auf meine Kosten so viel trinken, wie du willst‹, sagte er.

›England?‹ staunte ich. ›Du willst doch wohl nicht wirklich dahin, oder? Die Engländer sind nichts als ein Haufen hundsgemeiner Diebe. Die stechen dich glatt für deine paar Knöpfe am Wams ab.‹

Aber der Kerl schüttelte nur den Kopf und sagte: ›Immer noch besser als bei lebendigem Leib verbrannt zu werden, denn genau das wird mit mir geschehen, wenn ich hier noch länger bleibe. Ich muß so schnell wie möglich in ein protestantisches Land.‹

Mir gefiel das alles überhaupt nicht, aber er gab nicht auf und sagte: ›Wenn du mir ein Schiff besorgst, das mich nach England bringt, werde ich dir einhundert Dublonen geben, und zwar bar in die Hand.‹

Für jemandem, der sich gerade aus dem Jutehandel zurückgezogen hatte, klang das einfach zu verlockend, um es abzulehnen, auch wenn diesem Mann eindeutig drei Sols am Livre fehlten, wie wir als Kinder zu sagen pflegten. ›Was würdest du mir denn bezahlen, wenn ich dir mein eigenes Schiff zur Verfügung stelle?‹ fragte ich ihn.

›Denk dir einfach irgendeine Zahl aus‹, antwortete er, ›und dann verdopple sie. Ich kann's mir leisten, da kannst du sicher sein.‹

›Wenn das so ist, wer bist du dann überhaupt?‹ fragte ich ihn.

›Ist das wichtig?‹ antwortete er.

›Nein, ich leide nur an unverbesserlicher Neugier‹, erwiderte ich, was übrigens zufälligerweise der Wahrheit entspricht.

›Ich heiße Juan de Montalban, aber Handel treibe ich unter dem Namen Fortunatus Magnus. Wahrscheinlich hast du schon von mir gehört‹, plusterte er sich auf.

Ich murmelte so etwas in der Richtung vor mich hin, wie schnell man doch den Kontakt zur Außenwelt verliert, wenn man in meiner Branche tätig ist, aber ich konnte ihm ansehen, daß er enttäuscht war. Obwohl es stimmt, was ich sage. Man kriegt einfach nichts mehr mit, wenn man fast sein ganzes Leben auf offener See verbringt.

›Wie du wissen mußt, bin ich ein Alchimist‹, fuhr er fort.

›Du meinst, du heilst Kopfschmerzen und solche Sachen?‹ fragte ich ihn.

›Das bestimmt nicht‹, widersprach er entschieden. ›Ich bin Philosoph, und ich hab die Lösung für das Rätsel der Transmigration der Elemente entdeckt.‹

Ich war verblüfft und fragte ihn: ›Wie, du kannst unedles Metall in Gold verwandeln und all so was?‹

Er grinste mich nur höhnisch an und antwortete: ›Das nennt man Transmutation, nicht Transmigration. Glaub mir, das ist nur ein ganz simpler Trick, obwohl er sich lohnt. Deshalb wende ich ihn auch manchmal an.‹

Plötzlich verstand ich, warum er es so eilig hatte, Spanien zu verlassen. Unabhängig davon, daß sie gegenüber Ketzern kein Erbarmen kannten — und Alchimisten sind erklärtermaßen Ketzer —, hatten die Spanier eine Heidenangst vor allem, was ihre nette kleine Monopolstellung auf Gold und Silber hätte gefährden können, die sie seit Cortés' Amerika-Expeditionen eingenommen hatten. Sind Sie schon mal in Amerika gewesen? Komische Gegend. Man kriegt dort nirgendwo ein anständig gekochtes Ei, nicht für Geld und gute Worte.

›Wie dem auch sei, ich gebe dir fünftausend Dublonen, wenn du mich nach Bristol bringst‹, fuhr er fort und fügte hinzu: ›Echte spanische Münzen. Ich käme niemals auf die Idee, dir dieses selbstgemachte Zeug anzudrehen.‹

Zu diesem Zeitpunkt sagte mir mein angeborenes Mißtrauen, daß sich bei Alchimisten, die man zum Ausklang eines langen und beschwerlichen Tages in Wirtshäusern antrifft, sehr schnell herausstellt, daß sie überhaupt keine Alchimisten sind. Erst recht nicht, wenn sie womöglich am Schluß versuchen, sich Geld zu leihen oder einem zum Schleuderpreis einen Klumpen Gold zu verkaufen. Aber dieser Kerl hatte irgend etwas Überzeugendes an sich — wahrscheinlich lag es daran, daß er es erst gar nicht versuchte hatte, mich zu überzeugen. Verstehen Sie zufällig, worauf ich hinaus will?«

Der junge Deutsche nickte. Er verstand ihn nur zu gut.

»Also sagte ich ihm, daß es mir ein Vergnügen sei, ihn nach England zu bringen, wenn er sich am nächsten Morgen mit fünftausend Dublonen am Kai blicken ließe. Danach hab ich mich woanders hingesetzt, um mich in einer etwas weniger exzentrischen Gesellschaft zu besaufen. Damit war ich so erfolgreich — Besäufnisse zählen nun einmal zu meinen unangefochtenen Spezialitäten —, daß ich am nächsten Morgen erst relativ spät hochkam. Ich dachte mir, daß der Alchimist, selbst wenn er die Verabredung eingehalten hatte, längst aufgegeben und wieder weggegangen sein mußte. Aber als ich gegen halb zehn über den Kai ging — ich hatte noch ein paar geschäftliche Dinge in der Stadt zu erledigen gehabt —, stand er noch immer da. Er wirkte sehr nervös und motzte mich an, warum ich so spät gekommen sei.

Ich erzählte ihm von meinem schrecklichen Kater, aber das interessierte ihn nicht sonderlich. Statt dessen schien er ausgesprochen begierig darauf zu sein, mir eine Unmenge ausgesprochen echt aussehender Goldmünzen zu zeigen, und ich kam zu dem Schluß, daß er, selbst wenn er ein Irrer war, immerhin ein reicher Irrer war. Außerdem faßte ich den Entschluß, daß er, wenn er denn unbedingt nach Bristol wollte, von mir dorthin gebracht werden sollte. Ich fürchtete nämlich, daß irgendein skrupelloser Mensch auftauchen könnte, der unter Ausnutzung der seelisch angeschlagenen Situation dieses bedauernswerten Mannes womöglich sechstausend Dublonen oder mehr von ihm fordern würde.

Meine Besatzung war alles andere als begeistert, so schnell wieder in See stechen zu müssen, und als ich meinen Leuten sagte, daß wir nach England fahren würden, hagelte es von allen Seiten abfällige Bemerkungen bezüglich meiner geistigen Zurechnungsfähigkeit.

Sie wiesen mich völlig zu Recht darauf hin, daß Sir Francis Drake ein Engländer sei, genauso wie John Hawkins und Black Jack Norris, und daß sie es alles andere als eilig hätten, ein Land zu besuchen, das solch widerwärtige Gestalten hervorgebracht hatte. Sie waren sogar so sehr dagegen, daß ich mich zu dem außergewöhnlichen Schritt gezwungen sah, ihnen die Heuer im voraus zu bezahlen, bevor sie auch nur zu einem einzigen Handschlag bereit waren.

Dabei stellte sich ihre Angst als völlig unbegründet heraus. Sir Francis und seine lustige Gefolgschaft waren viel zusehr damit beschäftigt, ehrenwerte Kaufleute aus Puental zu vertreiben, als daß sie Zeit gefunden hätten, uns zu belästigen. Zudem trieb uns ein ungewöhnlich günstiger Wind bis zur Mündung des Bristol Channel.«

Der Fremde zögerte kurz und sagte dann: »Wahrscheinlich interessiert Sie der Rest der Geschichte gar nicht. Ich halte es für besser, wenn wir uns wieder über Könige unterhalten. Nehmen wir zum Beispiel Karl den Großen. Wußten Sie eigentlich, daß Karl der Große erst mit vierzig lesen gelernt hat?«

»Karl der Große ist mir, ehrlich gesagt, ziemlich egal«, wehrte der junge Deutsche ungeduldig ab. »Erzählen Sie bitte weiter.«

»Ich unterhielte mich viel lieber über Karl den Großen, wenn es Ihnen nichts ausmacht. Glauben Sie mir, ich hab dafür meine Gründe.«

Der junge Deutsche ließ ein paar abfällige Bemerkungen über Karl den Großen vom Stapel, und der Fremde zuckte nur mit den Achseln und fuhr mit seiner Geschichte fort.

»Danach ging alles schief. Der ungewöhnlich günstige Wind legte sich. Uns blieb nichts anderes übrig, als mitten auf dem Wasser zu treiben und Wales zu betrachten, was ich nicht weiter kommentieren möchte, es sei denn, Sie interessieren sich zufällig über alle Maßen für geologische Strukturen. Um alles noch schlimmer zu machen, war irgend etwas Unappetitliches in das Bierfaß geraten, und wenn man zwanzig Holländer auf einem Schiff hat, dann ... Hab ich überhaupt schon erwähnt, daß wir praktisch alle Holländer waren? Nun, wenn man also mit zwanzig Holländern und einem *Schotten* mitten auf dem Wasser treibt und zum Trinken nichts anderes als schales Bier an Bord hat, dann hält man das geeignete Rezept für die Entstehung von Unstimmigkeiten in den Händen.

In der zweiten Hälfte des folgenden Tages empfanden wir bereits weit mehr als normalen Durst, und gegen Abend wimmelte es auf dem Schiff von ausgetrockneten Seeleuten, die allesamt nach heimlich angelegten Biervorräten suchten. Ich sollte hinzufügen, daß ich auch dazugehörte. Ich hatte so eine Ahnung, daß die Lösung für das Rätsel der Transmigration der Elemente nicht das einzige war, was Fortunatus Magnus in seinem Gepäck mit sich führte. Sie müssen nämlich wissen, daß er der einzige an Bord war, dem die Bierkrise nichts anzuhaben schien. Als der Erste Maat ihn darüber unterrichtete, antwortete er nur ›Na und?‹ Wie Sie zugeben müssen, klang das verdächtig.

Als ich seine große Kiste aufgebrochen hatte — dazu bedurfte es nur fünf oder sechs Axthiebe —, wurde mein Verdacht bestätigt. Drinnen war eine riesige Korbflasche, ordentlich in Stroh verpackt und etwa bis zur Hälfte mit einer unglaublich lecker aussehenden goldbraunen Flüssigkeit gefüllt. Die Reste vom Deckel packte ich wieder auf die Kiste und machte mich dann auf die Suche nach einer stillen Ecke und einem Krug.

Der Krug war kein Problem, aber die einzige stille Ekke, die es auf meinem Schiff gibt, ist mehr oder weniger der Ausguck, deshalb pflege ich dort eine Menge Zeit zu verbringen. Aber an jenem Tag war es dort alles andere als still, da direkt unter dem Ausguck das Bierfaß steht und sich einige unverbesserliche Optimisten drumherum versammelt hatten, um das widerwärtige Gebräu mit Seetang und Fischmehl zu verfeinern. Ich zog die Strickleiter hinter mir hoch, entkorkte die Korbflasche und schenkte mir etwas von der Flüssigkeit ein.

Zunächst schmeckte das Zeug merkwürdig, aber es hatte das gewisse Etwas, und nach dem dritten Krug fühlte ich mich schon sehr viel entspannter. Und gerade als ich mich mit der Welt wieder in Einklang befand, kam dieser Alchimist auf Deck. Er sah fuchsteufelswild aus, wie ein wütender Kormoran mit aufgerichteter Kopfhaube. Ich glaubte natürlich zu wissen, warum, aber das war mir mittlerweile völlig egal.

Er brüllte überall herum, jemand habe seine Kiste aufgebrochen und etwas sehr Wertvolles daraus gestohlen. Ich grinste natürlich vor Vergnügen breit übers ganze Gesicht. Außer mir schien ihn niemand zu beachten, weil gerade zwei Besatzungsmitglieder noch eine Tasse Seetang in das Bierfaß geschüttet hatten und alle gebannt zuschauten, ob aus dem Gebräu doch noch etwas Gutes würde. Komisches Zeug, dieser Seetang. Aber nahrhaft. Wenn man ihn kocht, fügt man als Grundlage Fischgräten hinzu, ich hab allerdings nicht die blasseste Ahnung, warum ... Entschuldigung, aber Sie haben ja recht, ich neige hin und wieder dazu, vom Thema abzuweichen. Wahrscheinlich geschieht das bei mir völlig unbewußt.

Ich vermute, irgendwann muß den Alchimisten der Mut verlassen haben, denn nach einer Weile hörte er zu schreien auf, lehnte sich mürrisch gegen die Reling, murmelte etwas auf lateinisch vor sich hin und schnaubte wütend durch die Nase. Habe ich eigentlich schon erwähnt, daß er einen gewaltigen Zinken hatte? Egal. Jedenfalls verspürte ich aufgrund meiner allgemeinen Stimmung das dringende Verlangen — und ich räume gern ein, daß das ein schwerer Fehler von mir war —, den Alchimisten ganz genau darüber in Kenntnis zu setzen, was aus seinem sorgsam gehüteten Schatz geworden war. Schließlich ist Egoismus wirklich verwerflich, und dieser Lump hatte nicht einem einzigen von uns angeboten, wenigstens mal am Korken zu schnüffeln. Ich lehnte mich also aus dem Ausguck und winkte ihm von oben johlend mit der Korbflasche zu.

In Anbetracht der Menge ihres Inhalts, von dem ich bereits einiges intus hatte, war das Winken mit der Flasche keine kluge Entscheidung. Wie ich schon sagte, war sie sehr groß, und kaum hatte ich sie hochgehalten, damit der Alchimist sie sehen konnte, merkte ich, wie sie mir aus den Händen glitt. Zwar unternahm ich noch einen verzweifelten Versuch, sie wieder fest in den Griff zu bekommen, aber ich erreichte dabei lediglich, daß ich den gesamten Inhalt verschüttete, der sich wie ein hochprozentiger Regenbogen in einem prächtigen Goldstrahl über das ganze Deck ergoß.

Kurz darauf folgte ich dem Regenbogen, weil ich während dieser Aktion dummerweise das Gleichgewicht verloren hatte — was in einem Ausguck ziemlich ärgerliche Folgen haben kann. Sollten wir uns jetzt nicht lieber wieder über Karl den Großen unterhalten? Nein? Gut, wie Sie wollen.

Jedenfalls können Sie mir glauben, daß es ein äußerst merkwürdiges Gefühl ist, aus großer Höhe zu fallen, und ich rate jedem davon ab, der nicht beim Finanzamt beschäftigt ist. Es scheint eine Ewigkeit zu dauern, und man hat nicht einmal richtig Angst, obwohl einem der logisch denkende Teil des Gehirns sagt, daß man garantiert sterben wird, sobald man landet. Natürlich landete auch ich irgendwann, und es war höchst unangenehm. Aber ich war nicht tot und hatte mir nicht einmal etwas gebrochen. Ich lag einfach nur auf dem Rücken da und kam mir wie ein Vollidiot vor. Die ganze Besatzung hatte sich um mich versammelt und starrte mich an, als sei mir gerade ein drittes Ohr gewachsen.

Nach einer Weile raffte ich mich auf und ging ein paarmal auf dem Deck auf und ab, und meine normalerweise treu ergebene Mannschaft schien allmählich das Interesse an mir zu verlieren. Die Jungs murmelten vor sich hin, daß einige Leute eben einen Schutzengel hätten, blickten noch einige Male zu mir herüber, um sicherzugehen, daß ich noch am Leben war und sie nicht zum Narren gehalten hatte, dann stürzten sich wieder alle aufs Bierfaß. Der einzige Mensch, der mit mir reden wollte, schien der Alchimist zu sein, und da ich mir ziemlich gut vorstellen konnte, was er mir zu sagen hatte, ließ ich zwischen ihm und mir ein Menge Platz auf dem Deck. Während er sich mir immer bedrohlicher näherte, ertönte plötzlich rings ums Bierfaß ohrenbetäubender Jubel.

Ich drängte mich nach vorn durch, und dort bot sich mir ein wundersamer Anblick — das Bier wurde tatsächlich klarer. Also hatte der Seetang letztendlich doch gewirkt. Es gab eine sehr kurze Unterbrechung, als sich die gesamte Besatzung auf alles stürzte, was als Gefäß dienen konnte. Danach gab es nur noch eine einzige Platsch- und Lärmorgie, während zwanzig unfreiwillige Abstinenzler die verlorene Zeit aufholten. Ich mußte meine ganze Autorität als Kapitän in die Waagschale werfen, ehe ich nahe genug ans Faß gelangt war, um mir mit einem Zinnbecher selbst etwas herauszuschöpfen.

Aufgrund der allgemeinen Begeisterung hatte ich den Alchimisten völlig vergessen. Als ich aus dem Pulk wieder hervortrat, der sich rings ums Faß gebildet hatte, baute er sich vor mir mit einem Gesicht auf, das auf mich nur eine Spur freundlicher als der Anblick von Sir Francis Drakes Kanonen wirkte. Meiner Meinung nach konnte ich ihn lediglich ein wenig aufmuntern.

›Hör mal‹, sagte ich, ›es tut mir wirklich leid, daß ich dein Bier verschüttet hab, aber es ist jetzt ja genug für alle da. Hol dir einen Krug und schlag zu.‹

›Das war kein Bier‹, korrigierte er mich.

›Dann war's eben Porter, Ale, Birnenmost oder was weiß ich. Ist das so wichtig?‹ fragte ich.

›Ja‹, antwortete er, ›das war nämlich mein Elixier.‹

›Dein *was?*‹ fragte ich.

›Mein Elixier‹, wiederholte er. ›Der Stein der Weisen. Das Lebenselixier. Das lebenspendende Wasser.‹

Ich sah ihn stirnrunzelnd an; ich mag einfach keine überdrehten Bierkenner, Sie etwa? ›Na gut‹, sagte ich, ›es hat wirklich besser als das Bier aus unsrem Faß geschmeckt, aber nun laß uns mal nicht übertreiben, so einmalig war es nun auch wieder nicht. Außerdem soll es in Bristol ein ausgezeichnetes Bier geben.‹

›Das war kein Bier‹, wiederholte er in ernstem Ton. ›Das war ein Elixier.‹

Da klingelte es endlich in meinem Kopf, und erst da fiel mir wieder ein, daß ich kurz zuvor aus meinem eigenen Ausguck aufs Deck gefallen war und mir trotz der harten Eichenplanken nicht mal eine blutende Nase geholt hatte.

›Ein Elixier?‹ fragte ich ihn.

›Ja‹, sagte er. ›E wie Enrico, L wie Lorenzo, I wie Iachomo, X wie Xerxes, I wie Iago, E wie Elixier und R wie Roderigo. Elixier. Und du hast davon getrunken.‹

Ich fühlte mich plötzlich unwohl und fragte ihn, ob es mir gesundheitlich schaden könne.

Er grinste mich nur an und sagte: ›Das weiß ich nicht, aber offensichtlich wirkt es.‹

›Und woher weißt du das?‹ fragte ich ihn.

›Weil du das durch deinen Sturz aus dem Ausguck gerade selbst bewiesen hast‹, entgegnete er. ›Oder als was würdest du das bezeichnen? Als Glück? Als plötzlichen Windstoß oder als Holzschwamm in der Decksbeplankung? Was glaubst du eigentlich, was mit dir passiert, wenn du das Lebenselixier trinkst?‹«

Der Fremde verstummte an dieser Stelle und fuhr mit der Fingerkuppe über den Rand seines Glases. »Bei aller Bescheidenheit hab ich auf diese Weise jedenfalls ewiges Leben erlangt. Das ganze Gerede über Bier hat mich ganz durstig gemacht. Darf ich Sie zu einem Glas einladen?«

Der junge Deutsche antwortete mit schüchterner Stimme, er würde gern noch einen Armagnac trinken, und der Fremde traf mit dem Kellner eine mündliche Vereinbarung über einen Armagnac und einen halben Liter Stella Artois. Nachdem diese Vereinbarung zur beiderseitigen Zufriedenheit erfüllt worden war, fuhr der Fremde fort.

»Aber das gilt nicht nur für mich; meine gesamte Mannschaft ist seither unsterblich. Als ich nämlich kurz vor meinem verfrühten Abstieg aus dem Ausguck den Rest der Flasche verschüttet hatte, landete das Elixier direkt unten im Faß, befreite das Bier von sämtlichen Unreinheiten und machte jeden unsterblich, der davon trank. Der Alchimist hatte das natürlich mitgekriegt, und als er sich erst einmal beruhigt hatte, weihte er uns schließlich alle ein. Ich glaube, wir alle waren erst wirklich überzeugt, als er selbst einen Krug davon trank und sich gleich darauf erschoß. Danach waren wir uns allerdings alle absolut sicher. Besonders der erste Maat, denn er hatte dem Alchimisten die Pistole geliehen, und als Fortunatus Magnus den Hahn spannte und sich die Waffe gegen die Schläfe hielt, platzte der Lauf. Der erste Maat war natürlich stinksauer, und als er Fortunatus vor Wut einen Kinnhaken versetzte, verbog sich lediglich sein eigener Ehering. Der Alchimist war absolut unverwundbar — wie wir alle. Als wir das erst mal kapiert hatten, spielten wir völlig verrückt und begannen unter grölendem Gelächter mit unseren Schwertern wie wild aufeinander einzuschlagen, bis als größte Hieb- und Stichwaffe auf dem Schiff nur noch mein Brieföffner übrig war. Sie müssen bedenken, daß wir alle eine Menge getrunken hatten.

Was unseren Freund Fortunatus anging, so taute er ziemlich schnell auf. Es stellte sich heraus, daß er dieses Elixier seit Jahren mit sich herumgeschleppt hatte, aber nie jemandem begegnet war, der den Mut hatte, den Zaubertrank zu testen. Selbst wollte er dieses Risiko auf keinen Fall eingehen, da er panische Angst vor Nebenwirkungen hatte. Natürlich erkundigten wir uns bei ihm nach eventuellen Nebenwirkungen. Er sagte uns nur, daß es seines Wissens zwar keine gäbe, wir das aber früher oder später bestimmt selbst herausfinden würden. Wie er uns erzählte, sei das einzige Lebewesen, dem er dieses Elixier jemals verabreicht habe, ein streunender Kater in Cádiz gewesen. Dieses widerborstige Biest sei ihm aber entwischt, noch bevor er eine ordentlich vorbereitete Testreihe an ihm habe vornehmen können. Ehrlich gesagt, glaube ich nicht, daß er wirklich etwas davon trinken wollte, auch wenn er gesehen hatte, daß wir nicht gleich daran gestorben waren. Er hatte sich nur von der allgemeinen Abenteuerlust anstecken lassen und wollte uns die Richtigkeit seiner Entdeckung beweisen — die ganz gewöhnliche Eitelkeit eines Wissenschaftlers also. Aber was soll's?

Am nächsten Morgen brachte uns eine steife Brise bis nach Bristol, wo Fortunatus sofort als spanischer Spion verhaftet und in den Kerker gesteckt wurde. Für einen unverwundbaren Menschen verhielt er sich bemerkenswert ruhig. Aber als wir ihm anboten, ihn zu befreien, lehnte er ab und sagte nur, ihm tue die Ruhe ganz gut, da er über eine Menge nachzudenken habe, und das könne man im Gefängnis genausogut wie anderswo. Also beließen wir es dabei und machten uns daran, fünftausend Golddublonen für unser leibliches Wohl und einen ausschweifenden Lebenswandel durchzubringen.

Wie Sie sich vorstellen können, waren wir alle mit uns selbst sehr zufrieden, da wir plötzlich unsterblich waren und fünftausend Goldddublonen besaßen. Anfangs haben wir natürlich nur den unmittelbaren Nutzen gesehen. Zum Beispiel haben wir bei extrem gefährlichen Wetten, bei denen stets geladene Schußwaffen, hohe Gebäude oder ausgehungerte Bären mit im Spiel waren, durch hohe Einsätze gnadenlos abgesahnt. Aber selbst als sich die erste Welle der Begeisterung gelegt hatte und niemand mehr mit uns wetten wollte, waren wir alles in allem mit unserer Situation sehr zufrieden. Da wir unsterblich waren, konnten wir zum Beispiel nicht verhungern, was uns eine Menge Geld für Essen einsparte. Wir konnten so viel trinken, wie wir wollten, ohne auch nur im geringsten unsere Gesundheit zu gefährden. Und da wir völlig immun gegen das waren, was man damals noch als die Franzosenkrankheit bezeichnete, nun ja ... Jedenfalls hatten wir das Gefühl, uns in jeder Hinsicht glücklich schätzen zu können. Ich bedauerte nur, daß ich noch am Morgen vor unserer Abfahrt von Cádiz fünf Dublonen für den Abschluß einer Lebensversicherung bezahlt hatte, die mittlerweile ganz offensichtlich ohne jeden Nutzen war.«

Als der Fremde an dieser Stelle seine Erzählung wieder einmal unterbrach, musterte der junge Deutsche sein Gesicht. Es war ein schrecklicher Anblick, völlig unbeschreiblich, und der junge Deutsche schaute schnell zur Seite; noch Tage später sollte ihn dieses Gesicht in Gedanken verfolgen. Plötzlich verspürte er das dringende Verlangen, sich über den Werdegang Karls des Großen zu unterhalten, doch bevor er selbst etwas sagen konnte, fuhr der Fremde bereits mit seiner Erzählung fort.

»Allerdings gab es auch Nebenwirkungen«, sagte er. »Soll ich Ihnen etwas über die Nebenwirkungen erzählen? Sagen Sie mir ruhig, wenn Sie etwas dagegen haben. Wenn Sie wollen, können wir uns auch über Gustav Adolf unterhalten.«

»Nein, nein, bloß nicht Gustav Adolf! Erzählen Sie mir lieber von den Nebenwirkungen«, willigte der junge Deutsch rasch ein.

»Nun gut. Wir verbrachten damals insgesamt zwei Wochen in Bristol, wo wir uns immer wieder bis zum Exzeß besoffen. Nachdem wir Ladung an Bord genommen hatten — ich glaube, in erster Linie Wolle, Zinnerz und etwas eingesalzenen Fisch, jedenfalls keine Jute —, stachen wir in See. Wir wären gern noch etwas länger geblieben, aber irgendwie hatten wir uns in Bristol im Laufe der Zeit unbeliebt gemacht und in den meisten Wirtshäusern Hausverbot erteilt bekommen — wozu es in Bristol schon damals einiges bedurfte. Also setzten wir die Segel und machten uns auf den Weg nach Flandern. Ein, zwei Tage kamen wir gut voran, bis sich der Wind wieder mal legte. Diesmal war uns das natürlich ziemlich egal, schließlich hatten wir keinen alchimistischen Spielverderber mehr an Bord, dafür aber genug Bier. Und zu dem Zeitpunkt bemerkten wir es erst.«

»Was haben Sie bemerkt?«

»Den Gestank. Den scheußlichsten, gemeinsten und unangenehmsten Geruch, den man sich zeit seines Lebens vorstellen kann. Noch nie zuvor hatte sich irgend etwas auf der Erde so sehr vom Duft taufrischer Rosen unterschieden wie dieser bestialische Gestank. Und er rührte von uns her.«

Der Fremde trank aus und blickte durch das leere Glas auf etwas, das der junge Deutsche nicht sehen konnte, was letzterer auch für besser hielt.

»Nachdem wir uns einen Tag lang wie verrückt gewaschen hatten — wodurch übrigens alles nur noch schlimmer zu werden schien —, kam einer von uns auf die Idee, die Aufzeichnungen des Alchimisten zu Rate zu ziehen, die Fortunatus bei seiner Verhaftung an Bord zurückgelassen hatte. Die Antwort auf unser Problem fanden wir schließlich in einer Passage, in der unser alter Freund seine Experimente an diesem Kater in Cádiz beschrieb. Er hatte alles in seinen Kräften Stehende getan, um das Geruchsproblem zu beseitigen, indem er hier und da etwas am Rezept verändert hatte, und schien ziemlich zuversichtlich gewesen zu sein, es in den Griff bekommen zu haben. Was auch erklärt, warum er selbst von dem Elixier getrunken hat, nachdem wir ihm als Versuchskaninchen gedient hatten.«

Der junge Deutsche nutzte die kurz entstandene Unterbrechung und sagte: »Was Sie mir da erzählt haben, mein Herr, war wirklich sehr spannend. Ich sollte jetzt aber lieber gehen, weil ich ...«

»Es wäre mir wirklich ein Bedürfnis, Ihnen diesen Geruch zu beschreiben. Falls es Ihnen möglich ist, versuchen Sie sich mal einen Misthaufen vorzustellen, auf den jemand die Kadaver von dreihundertdreiunddreißig verwesenden Füchsen geworfen hat. Neben diesem Misthaufen müssen Sie sich einen offenen Abwasserkanal ausmalen; keinen gewöhnlichen, sondern einen Kanal, der die Abwässer eines Ammoniakwerks mit sich führt. Der Misthaufen befindet sich natürlich im Hinterhof eines Hospitals mit Cholerapatienten ... Na ja, ist ja auch egal. Aber eins können Sie mir glauben: Es war ein absolut umwerfender Geruch.

Jedenfalls wurde uns schon bald schmerzlich bewußt, daß der einzige Ort, wo wir uns aufhalten konnten, weit draußen mitten auf dem Ozean war, es sei denn, wir fänden Mittel und Wege, unseren Gestank irgendwie zu übertünchen. Also segelten wir ziellos über das Meer, rationierten das Bier und warteten ab. Wir warteten und warteten und warteten. Hin und wieder passierte etwas, das die Eintönigkeit erträglicher machte. Wenn sich zum Beispiel ein Piratenschiff an uns heranschlich und uns zu entern versuchte, war das immer ganz lustig. Oder kaum ging einer von uns schwimmen, sah man eine Stunde später vor lauter toten Fischen die Wasseroberfläche nicht mehr. Gar nicht zu reden von dem Scharmützel, das wir mit der spanischen Armada hatten. Mann, hatten wir einen Spaß mit denen! Aber Sie dürfen mich nicht falsch verstehen, es gab wirklich nur gelegentliche Höhepunkte, die meiste Zeit haben wir uns schrecklich gelangweilt.

Nach drei Monaten waren wir vor lauter Langweile und gegenseitiger Abneigung derart von der Rolle, daß wir beschlossen, uns mitsamt dem Schiff in die Luft zu sprengen. Natürlich klappte das nicht. Das Schiff flog zwar in die Luft, wir aber nicht. Wir trieben im Wasser herum, und kurz darauf war die Anzahl toter Fische derart beschämend, daß wir uns entschlossen, lieber ein Stück zu schwimmen, um nicht sämtlichen Fischern auf dem Atlantischen Ozean die Existenzgrundlage zu entziehen. Nachdem wir etwa einen Tag lang im Wasser geplanscht hatten, stießen wir erneut auf ein Schiff. Es mußte in unserer Windrichtung gewesen sein, denn als wir noch etwa zweihundert Meter von ihm entfernt waren, sprang die Besatzung in die Beiboote und legte sich in die Riemen, was das Zeug hielt. Wie Sie sich vorstellen können, greift so etwas ganz schön das Selbstbewußtsein an, und man gibt allmählich die Hoffnung auf, dauernde Freundschaften, die das Leben eigentlich erst lebenswert machen, mit anderen Menschen schließen zu können.

Nachdem wir uns auf dem neuen Schiff gemütlich eingerichtet und den Namen überstrichen hatten, segelten wir zunächst ein Stück weiter und dann noch ein Stück weiter und trafen irgendwann endlich eine Entscheidung. Wir kamen zu dem Schluß, daß irgend etwas gegen diesen erbärmlichen Gestank unternommen werden mußte, anstatt klein beizugeben. So sind wir Holländer nun mal; an jeder Steinmauer, an der Sie bei uns vorbeikommen, sind große rote Flecke, weil wir alle mit Vorliebe immer mit dem Kopf durch die Wand wollen.

Als wir das Schiff in die Luft gesprengt hatten, hatte ich mir die Aufzeichnungen des alten Fortunatus in die Tasche meines Wamses gesteckt, und obwohl die Tinte an einigen Stellen verlaufen war, konnte man noch alles lesen. Ich glaube, er hatte eine unglaublich raffinierte neue Tinte verwendet, und es stellt sich einem die Frage, warum er sich über die Umwandlung von unedlem Metall in Gold den Kopf zerbrach, wenn er im Besitz einer solch einträglichen Erfindung war. Jedenfalls lasen wir uns seine Aufzeichnungen so lange durch, bis wir sie auswendig konnten. Wir diskutierten darüber und redeten uns die Köpfe heiß, unternahmen ein Experiment nach dem anderen und lasen sogar sämtliche Aufzeichnungen rückwärts und zusätzlich verkehrt herum. Unnütz zu erwähnen, daß alles völlig vergebens war, aber wenigstens ging auf diese Weise die Zeit schneller herum, und obwohl wir kein Gegenmittel für dieses Elixier entdeckten, fanden wir einige interessante Dinge heraus, höchst interessante Dinge sogar ... Tut mir leid, daß ich schon wieder vom Thema abweiche. Ich fürchte, ich neige einfach dazu. Das liegt daran: Wenn man über weite Zeiträume nichts anderes zu tun hat, als zu reden, ergeht man sich gern in langatmigen Exkursen.

Wo war ich eigentlich stehengeblieben? Ach ja. Genau sieben Jahre nachdem wir dieses Elixier getrunken hatten, wachten wir eines Morgens auf und stellten fest, daß der Geruch tatsächlich verschwunden war. Es war erstaunlich. Natürlich waren wir noch immer unverwundbar und unsterblich, aber wenigstens müffelten wir nicht mehr so. Wir nahmen sofort Kurs aufs Festland, wobei wir zufällig nach Le Havre kamen. Wir waren alle fest davon überzeugt, daß eins unserer zahllosen Experimente schließlich doch noch funktioniert hatte und wir nun alles im Griff hatten.

Wie man sich vorstellen kann, verbrachten wir den nächsten Monat damit, aus sämtlichen Kneipen, Wirtshäusern und Bordellen der Stadt hinausgeworfen zu werden. Als wir kurz davor waren, uns für immer voneinander zu verabschieden, weil endlich jeder eigene Wege gehen wollte — wie Sie sich leicht vorstellen können, konnten wir uns nach der langen Zeit und dem Geruch auf dem Schiff gegenseitig zwar notgedrungen noch riechen, aber bestimmt nicht mehr ausstehen —, drang plötzlich wieder eine erste feine Duftwolke dieses bestialischen Gestanks durch. Wir wußten sofort, daß wir ihn nur vorübergehend losgeworden waren, und verbrachten den ganzen Tag damit, jeden Tropfen Bier, jedes Schachspiel, jedes Buch und jede chemische Apparatur zu kaufen, die wir in der Hektik in die Hände bekamen. Danach schafften wir es gerade noch, rechtzeitig aufs Schiff zu kommen, bevor wir von einem wilden Haufen aufgebrachter Franzosen, die sich allesamt Taschentücher vors Gesicht hielten, ins Meer geworfen werden konnten. Wir machten uns noch immer vor, ein Gegenmittel gefunden zu haben, dessen Wirkung nur verpufft war, und wiederholten deshalb sorgfältig sämtliche Experimente der letzten sieben Jahre. In einer dikken Kladde mit ledernem Einband hielten wir sämtliche Ergebnisse ordentlich gegliedert und peinlich genau fest. Nachdem wir alles ausprobiert hatten und nichts davon funktioniert hatte, verloren wir den Mut und spielten ein ganzes Jahr lang vor der afrikanischen Küste ›Ich sehe was, was du nicht siehst‹. Einige wenige Male sind wir auch an Land gegangen, aber immer nur für ein paar Stunden, und es gibt — oder gab — einen Stamm auf Madagaskar, der uns als Götter verehrt; das waren immer sehr schöne, stark geruchsbetonte Zeremonien. Sieben Jahre nach unserer Stippvisite in Le Havre verschwand der Gestank erneut, und wir liefen in Tanger ein, um dort einzukaufen. Wir hingen dort etwa eine Woche fest, weil die Winde ungünstig standen, wobei wir genau wußten, daß wir insgesamt nur einen Monat zur Verfügung hatten. Natürlich hatten wir recht — drei Wochen später kam der Gestank zurück, und sieben Jahre später verschwand er wieder. So lief es unentwegt nach demselben Schema ab, und nachdem wir uns neunundvierzig Jahre lang mit alchimistischer Theorie befaßt hatten, wußten wir auch, warum, selbst ein Blinder hätte darauf kommen müssen.

Mittlerweile waren wir übrigens alle recht gute Alchimisten geworden und bestritten als solche unseren Lebensunterhalt. Dreiundachtzig Monate der sieben Jahre verbrachten wir damit, unedles Metall in Gold zu verwandeln, und in dem verbleibendem Monat gaben wir es aus. Das grundsätzliche Problem der Alchimie ist, daß zwar alles ganz gut funktioniert, aber daß die konventionelle Methode, das Zeug mit Spitzhacke und Schaufel aus dem Boden zu holen, vergleichsweise sehr viel einfacher und wirkungsvoller ist. Ich schweife schon wieder vom Thema ab. Sie müssen schon entschuldigen ...«

Es trat ein sehr langes Schweigen ein, währenddessen der junge Deutsche seine Fähigkeit, klar zu denken, wiederzuerlangen versuchte.

»Also leben Sie seit 1553?« fragte er zögernd.

»Ja, das trifft es sozusagen auf den Punkt. Haben Sie vielleicht noch irgendwelche andere Fragen?«

»Nein, nein, ich denke, Sie haben genug erzählt«, wehrte der Deutsche freundlich, aber entschieden ab.

»Ich versteh schon«, sagte der Fremde. »Die meisten Leuten reagieren so auf meine Geschichte, allerdings hab ich sie in letzter Zeit nur wenigen erzählt. Sie sind sogar der erste seit mehr als dreißig Jahren.«

»Nun, ich ...«, begann der Deutsche, besann sich dann aber eines Besseren und entschied sich, den Fremden finster anzublicken, wobei er wie ein Mann auf einem von Hieronymus Boschs weniger fröhlichen Gemälden aussah. Dem Fremden schien das Schweigen nicht zu behagen, denn er begann wieder zu reden.

»O ja, ich hab in meinem Leben schon so einige höchst interessante Dinge erlebt. Sagen wir mal, ziemlich interessante Dinge. Sie haben gerade eben Napoleon erwähnt. Mit Napoleon bin ich nur ein einziges Mal zusammengetroffen, als ich gerade …«

Der junge Deutsche sprang plötzlich auf, schrie wie am Spieß und rannte Hals über Kopf davon.

Vanderdecker schüttelte den Kopf und holte sich am Tresen ein neues Glas Bier. Als er die Geschichte das letztemal jemandem erzählt hatte, war es fast genau dasselbe gewesen. Er war in Porlock an Land gegangen und hatte diesen Mann getroffen, der eigentlich auf dem Weg zu einer Hochzeit war. Schon damals hatte sich Vanderdecker geschworen, nie wieder jemandem etwas zu erzählen, aber die überwältigende Freude, nach sieben Jahren mit Antonius, Johannes, Pieter und Cornelius endlich einmal wieder mit einem anderen Menschen reden zu können, war ihm einfach zu Kopf gestiegen.

Falls Sie sich fragen, was aus dem jungen Deutschen wurde, kann ich Sie beruhigen. Nach zwei, drei Monaten aufopfernder Pflege befand er sich auf dem Weg der Besserung und komponierte während seines Lebens so berühmte Meisterwerke wie *Lohengrin, Götterdämmerung* oder *Parsifal.* Bis zu seinem Tode geriet er allerdings insbesondere in Gegenwart von Fremden leicht aus dem seelischen Gleichgewicht, und wenn man zufällig Philipp den Zweiten von Spanien erwähnte, bekam er stets krampfartige Lachanfälle, die nur durch Morphiuminjektionen zu beheben waren. Im Gegensatz zu dem verhinderten Hochzeitsgast wurde er aber nie alkohol- oder drogenabhängig, und seine inhaltlich stark verfälschte Version des *Fliegenden Holländers* ist wahrscheinlich nicht ernsthaften Spätfolgen zuzuschreiben, sondern vielmehr künstlerischer Freiheit oder einem schlechten Gedächtnis.

4. KAPITEL

Der rundliche junge Mann ist mittlerweile zwei Jahre älter, um einige Zentimeter rundlicher und hat sich zum Juniorpartner der Firma Moss Berwick gemausert. Merkwürdigerweise waren an dem Abend vor neun Wochen, als ihm Mr. Clough und Mr. Demaris diese wunderbare Nachricht mitgeteilt hatten, keine Kometen am Himmel zu sehen gewesen; als einzig mögliche Erklärung dafür man die Tatsache dienen, daß es sich um eine trübe Nacht gehandelt hatte und die himmlische Botschaft von außerplanmäßigen Kumuluswolken verdeckt worden war. Solche Dinge passieren nun einmal im Leben, und wir müssen uns damit abfinden.

Obwohl man den rundlichen jungen Mann (dessen Name übrigens Craig Ferrara lautete) zum Teilhaber gemacht hatte, war es noch nicht für angebracht gehalten worden, ihn über das sogenannte *Ding* zu informieren; zumindest hatte man ihm nicht erzählt, worum es sich dabei drehte, und lediglich eine Bemerkung zu diesem Thema fallenlassen, mehr aber auch nicht. Seit ihm der Zugang zu geheimen Dateien gestattet war, die in der Firma ganz allgemein als ›unanständige Bits‹ bezeichnet wurden, wußte Craig Ferrara aber trotzdem davon.

Moss Berwicks Computer war ein wundervoller Apparat. Offiziell befand sich sein Standort in der Stadt Slough, aber wie Gott war er allgegenwärtig und natürlich allwissend. Im Gegensatz zu Gott konnte man ihn von jedem der unzähligen firmeneigenen Büros aus anrufen und — wenn man ein Angeber war wie Craig Ferrara — sogar vom Auto aus. Man konnte ihm Fragen stellen. Manchmal antwortete er, manchmal auch nicht; das hing ganz davon ab, ob er wollte — wohlgemerkt: wollte und nicht *konnte.* Es bedürfte unverhältnismäßig hohen Einfallsreichtums, sich eine vernünftige Frage auszudenken, die der Computer nicht beantworten könnte, selbst wenn er wollte. Er wüßte sogar auf die normalerweise gesprächstötenden Fragen des Kanzelredners John Donne eine Antwort, wo alle die verlorenen Jahre geblieben seien und wer dem Teufel den Fuß gespalten habe — und das trotz der Tatsache, daß der Teufel (bis heute) nicht einmal Mandant bei Moss Berwick ist.

Um dem Computer solch hochtrabende Fragen stellen zu können, muß man zu einem auserlesenen Personenkreis gehören. Nur jemand, der im Besitz eines Paßworts ist, stößt bis zu diesem Teil des Computers vor. Alles, was gewöhnliche Menschen wie Jane Doland aus ihm herausholen können, ist zum Beispiel eine Menge Unfug über den Einzelhandelspreisindex vom März 1985. Seit ihrer Rückkehr aus Bridport hatte sie solch einen Blödsinn natürlich kein einziges Mal versucht, und obwohl Craig Ferrara nichts davon wußte, waren Janes Aufenthalt in Bridport und dessen Folgen der Hauptgrund, weshalb man ihn zum Teilhaber gemacht hatte.

Craig Ferrara war auch nur ein Mensch, und deshalb hätte er natürlich zu gern gewußt, worum es sich bei diesem ominösen *Ding* eigentlich handelte. Jedoch war ihm von Mr. Clough und Mr. Demaris unmißverständlich klargemacht worden, daß dies nicht wirklich in seinem Interesse liegen könne; und obwohl er nun, rein rechtlich gesehen, sämtliche Freuden, Nöte und finanziellen Verpflichtungen mit ihnen teile, sei er bestimmt nicht so dumm zu glauben, daß man ihm durch eine rein juristische Floskel das Recht verliehen habe, ihnen zusehr auf den Pelz zu rücken. Er solle sich gegenüber dem *Ding* am besten wie ein unwissender Beschützer verhalten. Sobald irgendein Mitarbeiter seiner Abteilung ein übertriebenes Interesse an irgend etwas entwickelte, das auch nur im entferntesten mit Bridport zu tun habe, müsse er umgehend Mr. Clough oder Mr. Demaris unterrichten, damit sie ihrerseits die notwendigen Maßnahmen ergreifen könnten. Zwar wisse er nicht, wie diese Maßnahmen im einzelnen aussähen, aber er könne sich ja ungefähr vorstellen, daß sie Himmel und Hölle in Bewegung setzen würden.

Ein kurzer Blick auf den Computerausdruck hatte Mr. Ferrara sofort verraten, daß Jane Doland, das Mädchen mit dem miserablen Gehör für Opernmusik, während der vergangenen Monate etliche mit Bridport in Verbindung stehende Anfragen an den Computer gerichtet hatte. Die meisten davon zu Tageszeiten, zu denen man sie normalerweise mit dem Walkman in der U-Bahn vermutet hätte. Das war genau einer jener Fälle, auf die Mr. Ferrara ganz besonders achten sollte, und er empfand einen gewissen Stolz, daß er bei einem Projekt, mit dem ihn seine Vorgesetzten betraut hatten, so schnell auf eine Spur gestoßen war. Finden Sie eine undichte Stelle, hatten ihm Clough und Demaris gesagt, und schon hatte er eine entdeckt. Für Mr. Ferrara, der sich seiner neuen Rolle als Juniorpartner und Mitgesellschafter mit Leib und Seele verschrieben hatte, kam das der Bedeutung der Entdeckung des Insulins gleich.

Aber Buchhalter sind keine Menschen, die zu überstürzten Handlungen neigen und gleich mit Kanonen auf Spatzen schießen. ›Lächeln, lächeln und nochmals lächeln‹, so lautet die Devise eines Buchhalters. Bevor er Clough und Demaris einweihen wollte, beschloß Mr. Ferrara, Jane Doland einem richtig teuflischen Test zu unterziehen und ihr die Akte der Firma RPQ Motor Factors zu geben.

An dieser Stelle sollte erwähnt werden, daß die RPQ-Motor-Factors-Akte schon so manchen gescheiterten Buchhalter in den Wahnsinn getrieben hatte. Niemand wußte wirklich, wie sich die Angelegenheiten eines relativ leicht überschaubaren Kleinbetriebs zu einem solch byzantinischen Wirrwarr hatten entwickeln können; es war eben — wie in der gesamten britischen Wirtschaft — einfach passiert, und je mehr Leute versuchten, Ordnung in die Unterlagen hineinzubringen, desto verschlungener und undurchsichtiger wurde alles. Allein das Durchlesen dieser Schreckensakte reichte den meisten Auszubildenden, um die Lehre zu schmeißen und lieber Tischler oder sonstwas zu werden, Hauptsache etwas Praktisches. Ordnung in dieses heillose Durcheinander hineinzubringen, war nach Dafürhalten der Geschäftsleitung ein unfehlbares Heilverfahren, um aufmüpfige Geister wieder zur Räson zu bringen. Jane Doland sollte fortan die Gralshüterin dieser Akte sein; darüber hinaus wollte Ferrara ihr nur einen Monat geben, um eine Bilanz und eine Gewinn-und-Verlustrechnung zu erstellen.

Obwohl seine Entscheidung von einer beträchtlichen Portion Sadismus geprägt war — Ferrara konnte nie vergessen, daß Jane Doland keine Verehrerin Wagners war —, stellte sie in erster Linie einen raffinierten Schachzug dar, denn sie war aus rein taktischen Erwägungen gefällt worden. Jeder Mensch, der innerhalb eines Monats Ordnung in die RPQ-Motor-Factors-Akte hineinbringen mußte, hätte nicht einmal mehr Zeit, sich die Zähne zu putzen und erst recht nicht, dem Computer Fragen über Bridport oder das *Ding* zu stellen. Zu dem Zeitpunkt, da Jane Doland ihre Arbeit an der RPQ-Akte entweder erfolgreich oder aber ergebnislos beendet hätte, hätte sie es derart satt, Zusammenhänge zu sondieren oder irgendwelche Unregelmäßigkeiten zu untersuchen, daß man ihr getrost die Spesenkonten des CIA würde anvertrauen können.

Mr. Ferrara sprach diese Anordnung auf das Diktiergerät, lächelte verschmitzt und summte die Melodie der Wolfsschluchtszene aus Webers *Freischütz* vor sich hin.

Es ist, gelinde gesagt, ärgerlich, überall in der Welt gewesen zu sein und nicht zu wissen, wo irgendwo ist. Das ist fast dasselbe, als besitze man einen Doktortitel in Halbleiterphysik und könne keine Glühbirne auswechseln. Man fragt sich dann allmählich, ob das alles wirklich der Mühe wert war.

Bezeichnenderweise haderte Vanderdecker wieder einmal mit dem Schicksal und machte sich Selbstvorwürfe. Anstatt sinnlos die Zeit zu vergeuden und Geld für Bier und wissenschaftliche Magazine zu verplempern, hätte er sich lieber darauf besinnen sollen, daß er zuallererst und hauptsächlich Kapitän eines Schiffs war und durchaus anständige Karten besaß, von denen etliche, die er noch heute benutzte, mit lateinischen Bezeichnungen versehen und mit Seeschlangen umrandet waren. Daß er sich nicht von ihnen trennen mochte, verteidigte er immer wieder damit, daß er (I.) an sie gewöhnt sei, sie (II.) schön aussähen und es (III.) unter den gegebenen Umständen sowieso völlig egal sei.

Da es seiner Mannschaft ganz allgemein an der intellektuellen Fähigkeit mangelte, sich mit einem Menschen auseinanderzusetzen, der sich mit in Klammern gesetzten römischen Zahlen auszudrücken vermochte, hatte er gelernt, auf den Gebieten der Kartographie und Navigation recht gut allein klarzukommen — die Kurzsichtigkeit dieser Angewohnheit wurde ihm allerdings hin und wieder vor Augen geführt.

Von Dounreay hatte er schon einmal etwas gehört; soweit er sich erinnern konnte, lag dieser Ort irgendwo in Schottland ... an der Küste — mehr fiel ihm dazu aber nicht ein. Nach einem vierhundertjährigen Dasein litt allmählich das Erinnerungsvermögen. Wie ein Briefmarkensammler, der nach einigen Jahren sämtliche entwerteten britischen Postwertzeichen ausrangiert — die eigens für ihn von seiner älteren weiblichen Verwandtschaft fein säuberlich aus Briefumschlägen ausgeschnitten worden waren —, um sich nur noch auserlesene

Exemplare zuzulegen, war auch Vanderdecker wählerisch geworden, was er im Kopf behalten wollte und was nicht.

Er wühlte in der Schublade herum und kramte eine Karte hervor, die er noch nie benutzt hatte. Unglücklicherweise war auf ihr Jerusalem als das Zentrum des Universums eingetragen, und er steckte sie mit einem Seufzer zurück. Die nächste, die er herauszog, gab sich äußerst bedeckt, was Australien anging, und auch sie fand keine Gnade. Wie der Zufall es wollte, war Vanderdecker der erste Europäer gewesen, der den Fuß auf australischen Boden gesetzt hatte. Damals hatte er nur einen kurzen Blick ins Landesinnere geworfen und gesagt: »Nein, das muß ich mir nicht antun«, und sich dann nach Neuguinea aufgemacht. Auch nachfolgende Besuche hatten ihn nicht von seiner Meinung abbringen können.

Wie er sich sagte, gab es nur noch eine Möglichkeit, sich nach Dounreay zu erkundigen — er mußte den ersten Maat fragen. Zwar hätte Antonius auch keine Antwort darauf parat, aber auf diese Weise hätte sich Vanderdecker mit seiner Unwissenheit in angemessener Gesellschaft befunden.

Antonius spielte gerade mit dem Koch auf dem Achterdeck Schach. Vanderdecker sah, daß von Antonius' einst stolzen schwarzen Armee nur noch der König übrig war, was allerdings alles andere als ungewöhnlich war; seit vierhundert Jahren spielte Antonius täglich drei bis vier Stunden lang Schach, und er hatte noch nie eine Partie gewonnen.

»Antonius, weißt du zufällig, wo Dounreay liegt?« fragte Vanderdecker.

Antonius blickte zornig zu ihm auf. Sein Gesichtsausdruck legte nahe, daß er sich kurz vor der Vervollkommnung einer genialen Zugfolge befunden hatte, die ihm in vier Zügen den Sieg eingebracht hätte, und sich die Idee zu diesem einmaligen Geniestreich nun in alle vier Winde aufgelöst hatte, da sie vom Kapitän unterbrochen worden waren.

»Nein«, antwortete er griesgrämig. »Liegt das in Italien?«

»Nein, aber trotzdem vielen Dank«, entgegnete der Kapitän.

»Ich weiß, wo Dounreay liegt«, erwähnte der Koch fast beiläufig.

Vanderdecker starrte ihn verdutzt an. Es war zwar schon an sich bemerkenswert, daß ihn überhaupt noch irgend etwas überraschen konnte, aber daß der Koch eventuell etwas wußte, kam einer Sensation gleich. Das letztemal, daß sich der Koch bewußt hilfsbereit gezeigt hatte, war zu dem Zeitpunkt gewesen, als Sebastian van Doorning eine kurze Phase durchlebt hatte, während der er sich andauernd die Pulsadern aufschneiden wollte. Fürsorglich hatte ihm der Koch eigens dafür eines seiner besten Messer geliehen.

»Wirklich?« hakte Vanderdecker ungläubig nach.

»Ja!« antwortete der Koch beleidigt. »Das liegt an der schottischen Nordküste.«

Vanderdecker runzelte die Stirn. »Und woher weißt du das?«

»Ich bin dort geboren«, entgegnete das einzige nichtholländische Besatzungsmitglied. »Es ist schon ein Elend, denn mittlerweile hat man mitten auf dem Ort einfach irgendein Atomkraftwerk errichtet. Typisch ...«

Das war allerdings typisch, sagte sich Vanderdecker, denn der Koch schien das Elend in jedweder Form magisch anzuziehen, wahrscheinlich weil es sicher sein konnte, bei ihm stets willkommen geheißen zu werden.

»Dann wirst du mir ja bestimmt sagen können, wie man da hinkommt, oder?« fragte Vanderdecker.

Der Koch schüttelte den Kopf. »Nein, ich bin Koch und kein Pilot oder so was. Ich könnte diesen Pott nicht mal navigieren, wenn du mich dafür bezahlen würdest.« Der Koch runzelte die Stirn und fügte hinzu: »Ach, da fällt mir ein, daß du mir noch ...«

»Schon gut, schon gut«, unterbrach ihn Vanderdekker. »Aber würdest du den Ort denn wiedererkennen, wenn wir dort wären?«

»Vielleicht, vielleicht auch nicht. Woher, zum Teufel, soll ich das wissen? Wie ich schon gesagt hab, haben die da mitten auf dem kleinen Bauernhof meiner armen Oma so einen beknackten schnellen Brüter oder wie diese Dinger heißen draufgebaut, so daß von der alten Ortschaft wahrscheinlich nicht mehr viel zu sehen ist.«

»Trotzdem vielen Dank«, antwortete Vanderdecker, und er begab sich an die Reling, um einen Blick aufs Meer zu werfen — das hatte für ihn ungefähr dieselbe Bedeutung, wie mit dem Kopf durch die Wand zu wollen.

Andererseits hält sich die Anzahl von Atomkraftwerken an der schottischen Nordküste wahrscheinlich in Grenzen, sagte er sich, während er den Blick über die grauen Wellen schweifen ließ. Um es zu lokalisieren, bräuchte man lediglich vor der Küste zu kreuzen und nach dreiköpfigen Fischen und strahlenden Austern Ausschau halten. *Und wir haben es, weiß Gott, nicht eilig! Denn wir haben es nie eilig!*

Er ging ein Stück auf dem Deck spazieren und hatte das Gefühl, daß er sich seine monatliche Dose Heineken-Bier verdient hatte. Als er am Koch vorbeikam (der den ersten Maat endlich schachmatt gesetzt hatte, wobei ersterer höchst überrascht wirkte), blieb er stehen und bedankte sich noch mal.

»Ach, vergiß es doch einfach«, wehrte der Koch ab, und seinem mürrischen Tonfall war zu entnehmen, daß er fest darauf baute, nie wieder zu Rate gezogen zu werden.

»Nur noch eine Sache«, bedrängte Vanderdecker ihn. »Woher weißt du, daß man auf dem kleinen Bauernhof deiner Großmutter ein Atomkraftwerk gebaut hat?«

Der Koch seufzte schwer, dann antwortete er: »Ich hab's gesehen, als wir das letztemal da waren. Ich glaube, das ist im vergangenen Februar gewesen, und soweit ich mich erinnern kann, hat's an dem Tag geregnet.«

Vanderdecker sagte nicht: ›Und warum hast du Idiot mir das nicht gleich gesagt?‹, sondern bedankte sich nur bei ihm. Dann warf er einen ausgiebigen Blick auf das Meer.

Jane war mit sich und der Welt zufrieden. Gerade als sie sich mit dem Gedanken abgefunden hatte, daß ihre Karriere im Nichts verlaufen werde und sie sich möglichst bald nach einer neuen Stelle umsehen sollte, hatte man ihr eine wichtige Akte anvertraut.

Eigentlich lag ihr nicht besonders viel an ihrer Karriere, aber man konnte so leichter die Miete bezahlen, und sie war realistisch genug zu wissen, daß sie wahrscheinlich nur als Buchhalterin eine Chance zum beruflichen Fortkommen hatte, zumal die freie Stelle der Prinzessin von Wales bereits bekleidet war und heutzutage nicht mehr so viele Leute mit mittlerer Reife zum Perlentauchen oder zum Schafezüchten gebraucht wurden.

Daß die RPQ-Motor-Factors-Akte ein zweischneidiges Schwert war, wußte sie ganz genau; schließlich brauchte man sich nur Jennifer Cartwright oder Stephen Parkinson anzusehen. Allerdings würde man dazu ein Fernglas benötigen, denn beide hatten nach knapp einwöchiger Beschäftigung mit der RPQ-Akte die Firma verlassen und eine Stelle in Cornwall angenommen. Wie Mr. Peters zu sagen pflegte, war diese Akte ein sehr heißes Eisen, das zusätzlich scharfe Kanten hatte.

Natürlich stand ihr jetzt nicht mehr so viel Zeit zur Verfügung, diese merkwürdige Geschichte weiterzuverfolgen, auf die sie in Bridport gestoßen war, aber das war nicht weiter schlimm. Seit ihrer Rückkehr nach London und der damit automatisch verbundenen Wiedererlangung der geistigen Zurechnungsfähigkeit war sie ernsthaft in Zweifel geraten, ob sie alle diese merkwürdigen und unerklärlichen Dinge tatsächlich gesehen hatte. Es bedarf nur weniger Fahrten mit der U-Bahn, um sich davon zu überzeugen, daß niemand unsterblich ist, und ihre feste Entschlossenheit, der Sache ganz auf den Grund zu gehen, hatte sich bereits nach ihren ersten Versuchen mit dem Computer gelegt.

Von vornherein hatte festgestanden: Falls es überhaupt irgend etwas herauszufinden gab, käme es per Draht aus Slough. Der dort installierte Computer war — bildlich ausgedrückt — umwerfend. Man konnte ihn einfach alles fragen, und noch bevor man zweimal mit den Augen geblinzelt hatte, wurde einem bereits die Antwort serviert. Aber Jane hatte nichts herausfinden können, was ganz sicher bedeutete, daß es nichts herauszufinden gab und dieser ganze Vanderdecker-Blödsinn allein ihrer Einbildung entsprungen war.

Der Kaffeeautomat durchlebte gerade wieder einen seiner krampfartigen Anfälle der bedingungslosen Verneinung sämtlicher Normen und Werte, während der er stets nur eine kalte graue Flüssigkeit produzierte, über die er weißes Pulver schüttete, und Jane entschied sich statt dessen lieber für Tee. Der Tee kam aus einem Gerät, das wie ein altertümlicher Ritterhelm aussah, und schmeckte grundsätzlich so, als hätte sich der Ritter lange nicht mehr die Haare gewaschen. Jane konnte aber durchaus damit leben, da ihre berufliche Zukunft jetzt etwas berechenbarer zu sein schien. Es ist schon bemerkenswert, wie schnell einem die Langeweile vergehen kann, wenn man mit einer Mietforderung konfrontiert wird. Als ihr Snoopy-Becher voll war, begab sie sich wieder an ihren Schreibtisch und schlug die RPQ-Akte auf.

Nachdem sie eine halbe Stunde lang darin gelesen hatte, mußte sie zu ihrem eigenen Erstaunen feststellen, daß sie beinahe Vergnügen daran empfand. Sie hatte schon seit langem eine fast krankhafte Neugierde für die Leute entwickelt, die die Firma kurz vor ihrem eigenen Beitritt verlassen hatten. Wären diese Leute noch bei Moss Berwick angestellt gewesen und Jane dort persönlich begegnet, hätte sie die ehemaligen Mitarbeiter wahrscheinlich in ihrem Gedächtnis unter dem Stichwort ›Kotzbrocken‹ abgeheftet, womit der Fall erledigt gewesen wäre. Da Jane diese Leute aber allein aufgrund ihrer Briefe und Aktennotizen kannte, konnte sie sich diese Menschen in Gedanken so vorstellen, wie sie eigentlich hätten sein sollen. Die meisten Namen kannte sie bereits, aber einige Exkollegen tauchten nur mit ihren Initialen oder Zeichen auf, was ihnen natürlich einen ganz besonderen Glanz verlieh. Zum Beispiel hätte sie liebend gern mehr über RS/AC/5612 gewußt. Ähnlich wie ein Hollywood-Star in einer dreiminütigen Nebenrolle hatte er in der RPQ-Akte zwar nur ein kurzes, aber um so faszinierenderes Gastspiel mit dem Diktieren von vier Briefen gegeben, um dann genauso plötzlich, wie er aufgetaucht war, wieder von der Bildfläche zu verschwinden. Sie stellte sich ihn — es mußte sich eindeutig um eine männliche Person handeln — als einen großen Mann mit tiefen Augenhöhlen und langen feingliedrigen Händen vor, der irgendwann der Buchhaltung den Rücken gekehrt hatte, um den großen Roman seines Lebens zu schreiben, und an Schwindsucht gestorben war. Das entgegengesetzte Extrem zu RS/AC/5612 stellte APC/JL dar; ein alter Mann, zerrüttet vor Einsamkeit und Enttäuschung, der im Angesicht der dahinschwindenden Jugend um den Erhalt seines Arbeitsplatzes gekämpft und sich an die RPQ-Akte als letzte Chance geklammert hatte, sich einen Namen zu machen. Sein Abschiedsbrief an Johnson Chance Davison strotzte vor mitleiderregender Würde, und seine letzten Worte ›in Erwartung Ihrer Antwort verbleiben wir hochachtungsvoll‹ rührten Jane fast zu Tränen.

Plötzlich erstarrte sie vor Schreck. Instinktiv wußte

sie, daß sich die gerade vor ihr liegende Aufzeichnung von allen anderen unterschied, zumal sie von Hand geschrieben war. Die Schrift war ungleichmäßig, und folgendes war dort zu lesen:

DIE VANDERDECKER-POLICE

Das hier hat nichts mit RPQ zu tun. Es ist eine Warnung, falls man mit Ihnen dasselbe vorhat wie mit mir.

Ich habe etwas über die Vanderdecker-Police herausgefunden – das ist der eigentliche Name für das sogenannte DING. Wer immer Sie auch sein mögen, es steht jedenfalls so gut wie fest, daß Sie auch irgendwas über diese Police herausgefunden haben müssen, denn sonst hätte man Ihnen diese Akte erst gar nicht gegeben.

Die Vanderdecker-Police ist wichtig. Sie ist so wichtig, daß jeder, der auf sie stößt, die RPQ-Akte kriegt. So wichtig ist diese Police. Tut mir leid, wenn Sie meine Schrift kaum lesen können, aber ich habe mich nicht getraut, es jemanden zum Tippen zu geben, damit niemand dahinterkommt. Deshalb habe ich diese Mitteilung auch hier deponiert, weil außer Ihnen niemand freiwillig auf die Idee kommt, einen Blick in diese Akte zu werfen – und Sie nur deshalb, weil man herausgefunden hat, daß Sie etwas herausgefunden haben. Deshalb hat man Ihnen die RPQ-Akte gegeben.

Ich kann es nicht riskieren, irgendwas hinsichtlich der Vanderdecker-Police zu unternehmen. Ich kann Ihnen nicht einmal sagen, wo Sie nachschauen müssen oder was ich herausgefunden habe. Ich verlasse jetzt die Firma und werde irgendwo auf der Welt, wo man mich nicht finden kann, ein neues Leben beginnen.

Was immer Sie vorhaben, lassen Sie die anderen bloß nicht wissen, daß Sie wissen, daß die anderen wissen, daß Sie Bescheid wissen. Bleiben Sie, um Himmels willen, so lange am Ball wie möglich. Früher oder später muß jemand auspacken. So kann es jedenfalls nicht länger weitergehen, die Sache muß gestoppt werden.

Machen Sie also einfach so weiter, als sei nichts geschehen. Tun Sie so, als wüßten Sie nichts davon, daß die anderen Bescheid wissen. Sobald Sie diese Nachricht gelesen haben, reißen Sie bitte den Zettel heraus und verbrennen Sie ihn.

Jane blickte sich ängstlich um, riß den Zettel aus dem Ordner, faltete ihn zusammen und steckte ihn in die Tasche. Ihr Herz schlug wie ein Preßlufthammer.

Irgendwie überstand sie den Rest des Tages und fuhr ganz normal mit der U-Bahn nach Hause. Wenn sie einmal nicht über die Schulter hinweg nach ihren Mördern Ausschau hielt, versuchte sie sich einzureden, daß es sich nur um einen bedauernswerten Dummkopf handelte, der nach zu vielen Kontoabschlüssen irgendwann durchgedreht war. Andererseits war der Name Vanderdecker zu wichtig und auffällig, als das sie über ihn hinwegsehen konnte.

Jane packte alles, was sie ihrer Meinung nach gebrauchen konnte, in ihr Auto — zusätzlich ein Glas Marmelade und ihre Wärmflasche mit dem weichen Tigerfellüberzug — und fuhr los. Am ersten Geldautomaten der National Lombard Bank hielt sie an und hob so viel Geld ab, wie der Apparat auszuspucken bereit war. Wäre Sie doch nur nicht so dämlich gewesen, auf die Werbekampagne mit diesen blöden Schimmeln hereinzufallen, dann hätte sie jetzt ein Konto bei einer anderen Bank, und ihr Aufenthaltsort würde nicht jedesmal an den Hauptcomputer in Slough verraten, sobald sie irgendwo etwas abhob.

Die Frage war, wohin sie überhaupt fahren sollte, und eine Antwort darauf zu finden, war gar nicht so einfach. Als erstes dachte sie an das Haus ihrer Eltern, aber schon der Gedanke daran ließ sie erschaudern; ihr Vater war, neun Monate nachdem er sich an der Küste von Sussex zur Ruhe gesetzt hatte, auf die Werbung des National Lombard Unit Trusts hereingefallen. Aber bestimmt würde man sich nicht an ihren Eltern vergreifen ... oder vielleicht doch? Lieber erst gar nicht daran denken ...

Wohin dann? Ihre Schwester hatte eine Hypothek bei der National Lombard Home Loan aufgenommen, also kam sie auch nicht in Betracht. Seit sie diese schnöde Welt hinter sich gelassen hatte, um sich mit Haut und Haaren der Buchhaltung zu verschreiben, hatte sie ihren gesamten Bekanntenkreis immer wieder mit Geschichten aus ihrem Berufsleben zu Tode gelangweilt, und deshalb blieb nur noch eine Person übrig ...

Nein, niemals!

Aber warum eigentlich nicht? Immerhin wohnt sie weit entfernt von London, und selbst Schwachköpfe können von Nutzen sein.

Jane entdeckte eine Telefonzelle und holte ihr Notizbuch hervor. Glücklicherweise hatten die ortsansässigen Telefonzellendemolierer die Drucktasten heil gelassen. Sie wählte eine Nummer in Wick an, wo sich am anderen Ende der Leitung sogar jemand meldete.

»Bist du's, Shirley?« fragte Jane, und Shirley antwortete mit »Ja.«

Jane holte tief Atem. Auch wenn möglicherweise ihr Leben auf dem Spiel stand, war das, was sie vorhatte, äußerst geschmacklos, und sie ekelte sich vor sich selbst.

»Hör mal, Shirley« — sie würgte diese Worte wie einen lebendigen Wurm aus dem Hals —, »ich bin für etwa eine Woche ganz in deiner Nähe und würde gern ein paar Tage bei euch verbringen.«

»Nun, das alles kommt ein bißchen kurzfristig, findest du nicht?«

Jane preßte die Fingernägel gegen die Handfläche, bis die Schmerzen unerträglich wurden. Schließlich überwand sie sich und sagte: »Hör mal, Shirley, ich bin in einer Telefonzelle und hab nicht viel Kleingeld dabei. Also, geht das in Ordnung? Ich werde irgendwann morgen nachmittag eintreffen. Bis dann.«

Sie knallte rasch den Hörer auf und sprang wieder ins Auto.

So wie die Dinge standen, wäre es vielleicht doch besser gewesen, ermordet zu werden.

Der Wind stand günstig, und Schottland bot eine willkommene Abwechslung. Es war wirklich einmal etwas völlig anderes, nach irgendwo anstatt nach nirgendwo zu fahren, und auf Vanderdecker machte seine Mannschaft einen weit weniger gelangweilten Eindruck als sonst.

Der erste Maat wollte gerade aufs Achterdeck klettern, um dem Kapitän eine Frage zu stellen. Vanderdekker konnte Antonius' Gehirn bereits wie eine Kaffeemühle mahlen hören, noch bevor der erste Maat den Fuß auf die Leiter gesetzt hatte.

»Käpt'n, werden wir dort, wohin wir gerade unterwegs sind, an Land gehen oder nicht?«

»Ja«, entgegnete der Kapitän kurz angebunden. Wie

er erwartet hatte, lag das jenseits von Antonius' Auffassungsgabe, und der erste Maat stand eine ganze Weile nur stumm da, wobei die Kaffeemühle auf Hochtouren lief.

»Wie? Heißt das jetzt ja oder nein?« fragte er schließlich.

»Das heißt, ja, wir werden an Land gehen«, grummelte Vanderdecker.

Antonius dachte über diese Antwort nach. Dann schaute er auf seine Uhr, nur um sich zu vergewissern. »Aber Käpt'n, das geht nicht!« protestierte er. »Die Zeit ist noch nicht reif dafür.«

»Na und?« entgegnete Vanderdecker ungehalten. »Schließlich wollen wir uns dort nicht irgendwelchen Saufgelagen hingeben oder sonstwie auf die Pauke hauen, sondern uns darum kümmern, ob wir diesen Alchimisten finden können.«

»Aber sämtliche Leute werden doch vor uns wegrennen, oder nicht?«

»Kann gut sein«, räumte Vanderdecker ein, »aber immerhin ist es ja wohl einen Versuch wert, oder findest du nicht? Wenn wir weitere fünf Jahre warten, könnte es bereits zu spät sein, weil bis dahin außer uns vielleicht niemand mehr da ist.«

»Ach so!« Antonius fühlte sich erleichtert, daß man ihm eine Erklärung gegeben hatte, selbst wenn er sie nicht verstand. Zu seiner Beruhigung mußte er lediglich wissen, daß es irgendeinen Grund gab und daß jemand die Sache fest im Griff hatte.

Vanderdecker beneidete den ersten Maat, und er fügte hinzu: »Schließlich haben wir absolut nichts zu verlieren, oder?«

»Woher soll ich das wissen?« stellte Antonius wahrheitsgemäß fest. »Deshalb hab ich dich ja gefragt.«

»Glaub mir, wir haben wirklich nichts zu verlieren«, versicherte Vanderdecker dem ersten Maat. »Wenn wir Glück haben, finden wir dort die Antwort auf unser

Problem. Wenn nicht, ändert sich dadurch auch nichts, alles klar?«

Der erste Maat nickte und trottete davon. Die Kaffeemaschine lief noch immer stoßweise, würde aber bald wieder zum Stillstand kommen. Vanderdecker hingegen hegte erste Zweifel. Was wäre, wenn der Gestank alle Leute vertriebe, sobald er sich mit seinen Gefährten dem Gelände bis auf Geruchsdistanz genähert hätte? Und vermutlich wäre es gar nicht so leicht, an Montalban heranzukommen, selbst wenn er sich dort aufhielt. Vanderdecker wußte, daß sämtliche Regierungen, die etwas auf sich halten, überhaupt nicht begeistert sind, wenn ihre Bürger in der Nähe von Atomkraftwerken spazierengehen oder sich ihnen gar auf bedrohliche Art und Weise nähern. Nun hatte die *Verdomde* etwas an sich, das auf viele Menschen äußerst bedrohlich wirkte, und obwohl die Mannschaft unverwundbar war, konnte man dem Schiff durchaus etwas anhaben. Vanderdecker empfand für die *Verdomde* zwar keinerlei sentimentale Regungen — ganz im Gegenteil, denn er haßte mittlerweile jedes Spant des klinkergebauten Gerippes —, aber falls das Schiff von irgendeinem übereifrigen Patrouillenboot aus dem Wasser gesprengt würde, könnten sie ernsthafte Probleme bekommen, ein neues zu finden; zumindest eins, das so einfach gebaut war, das es mit Wind- und nicht mit Motorkraft angetrieben wurde. Wenn man sich die ganze Zeit mitten auf dem Ozean aufhält und entsetzlich stinkt, ist es gar nicht so einfach, an Dieseltreibstoff heranzukommen.

Vanderdecker sorgte sich über diese und andere Unwägbarkeiten (sozusagen) noch immer zu Tode, als der Mann im Ausguck Duncansby Head erblickte. Das war Vanderdeckers Stichwort, die Karten und den Sextanten hervorzuholen, da in diesen Gewässern neben Patrouillenbooten noch andere Gefahren drohten; zum Beispiel gab es bei der Navigation Felsen und Sandbänke, launische und bösartige Gezeiten sowie verschiedene andere

Risiken zu berücksichtigen. Es war erfrischend, endlich einmal wieder richtig zu segeln, und Vanderdeckers Gedanken waren viel zusehr auf die bevorstehende Landung gerichtet, als daß sie sich um die Probleme, die es nach einer erfolgreichen Ankunft zu erledigen gab, hätten drehen können.

»Wenn ich mich richtig erinnere«, sagte der Kapitän zum ersten Maat, »gibt es hier irgendwo ein kleine Bucht, in der wir uns verstecken können.«

Es wurde langsam dunkel, und Vanderdecker fürchtete die Sandbänke. Bei ihrer Suche nach Dounreay machten sie nur langsame Fortschritte, da wegen der Notwendigkeit, außer Sichtweite zu bleiben, ein langsames Herantasten unausweichlich war. Nun kann ein guter Skipper den Kurs so festlegen, daß das Schiff vom Festland aus nicht zu sehen ist, oder sich so dicht an der Küste halten, daß es von der offenen See aus praktisch unsichtbar ist. Er kann aber nicht beides gleichzeitig. Wie sich herausstellte, wurde die *Verdomde* gleich von mehreren Seeleuten und etlichen Festlandbewohnern gesehen, aber niemand schenkte dem Schiff besondere Beachtung. Wie selbstverständlich nahmen alle an, daß da irgendein Werbespot für Fischstäbchen gedreht wurde, und nach einem kurzen Blick widmete man sich gleich darauf wieder seinen alltäglichen Pflichten.

Kurz bevor es zu dunkel wurde, um überhaupt noch etwas zu sehen, entdeckte Vanderdecker die Bucht. Der Anker wurde geworfen und durchschlug schwerfällig platschend die Wasseroberfläche. Die Mannschaft begab sich schon in die Kojen, aber Vanderdecker war zu unruhig, um sich bereits schlafen zu legen. Irgendwo da draußen fände er vielleicht die Antwort auf sein Problem, und obwohl ihm sein gesunder Menschenverstand sagte, daß ein Kernkraftwerk nur schwer zu übersehen und entsprechend leicht zu finden sein dürfte, verspürte er das dringende Bedürfnis, vom Schiff zu gehen und sich einen ersten Überblick zu verschaffen. Er hielt den befeuchteten Zeigefinger in die Luft, um sich zu vergewissern, daß der Wind noch immer seewärts blies, ließ das Beiboot zu Wasser und ruderte an die Küste.

Nach einer kurzen Klettertour erklomm er die Spitze eines niedrigen Felsens und spazierte auf der anderen Seite einen flachen Abhang hinunter. Als er ein Gebäude mit erleuchteten Fenstern entdeckte, drehte sich zu seinem Entsetzen der Wind. Das war überhaupt nicht gut, und er marschierte forsch in die andere Richtung weiter.

Wie es passierte, sollte Vanderdecker ein ewiges Rätsel bleiben: Kaum hatte er die asphaltierte Straße erreicht, kam im nächsten Augenblick hinter einer scharfen Kurve ein Auto hervorgeschossen, bremste nicht und prallte mit ihm zusammen. Er flog über die Haube, schlug auf dem Dach auf und rutschte über den Kofferraum auf die Straße. Das Auto kam mit kreischenden Bremsen zum Stehen (Und warum, zum Teufel, konntest du das nicht gleich tun? fluchte der Fliegende Holländer in sich hinein), die Tür flog auf, und der Fahrer kam auf ihn zugelaufen. Vanderdecker seufzte; wer immer dieser Verkehrsrowdy war, bei seinem nächsten Atemzug würde dem Kerl der Schock seines Lebens widerfahren, was ihm allerdings ganz recht geschah.

Es handelte sich aber um keinen Er, sondern um eine Sie. Und als eine typische Sie beugte sie sich ängstlich über ihn, blickte ihn äußerst besorgt an und stammelte: »Mein Gott! Haben Sie sich etwa verletzt?«

Vanderdecker starrte die junge Frau ungläubig an. Selbst er konnte den Gestank riechen, obwohl er ihn allenfalls nur noch dann bemerkte, wenn er besonders penetrant war — aus irgendeinem Grund wurde der Geruch durch Kontakt mit festem Boden noch durchdringender und abstoßender als sonst. Aber dieses Mädchen schien noch nichts davon bemerkt zu haben oder einfach nur übertrieben höflich zu sein.

»Mir geht's gut«, antwortete Vanderdecker, und um dies zu beweisen, stand er auf. Er trug seine bequeme alte Kleidung, die in der Tat sehr alt und sehr bequem war. Das Mädchen schien einige Schwierigkeiten zu haben, sich mit Vanderdeckers Unverwundbarkeit abzufinden. Sobald sie sehen würde, daß er Seemannskleidung aus dem sechzehnten Jahrhundert trug, würde sie wahrscheinlich einen hysterischen Anfall bekommen.

Glücklicherweise war es so dunkel, daß sie nur noch seine Umrisse erkennen konnte. Vanderdecker klopfte sich den Dreck ab und wich ein Stück zurück; aber er wollte unbedingt wissen, ob oder warum dieses Mädchen den Geruch nicht wahrnahm.

»Haben Sie sich wirklich nicht verletzt?« erkundigte sich das Mädchen ein zweites Mal.

»Ganz bestimmt nicht«, entgegnete Vanderdecker. »Tut mir leid, wenn ich Ihnen einen Schreck eingejagt habe. Das Ganze war meine eigene Dummheit.«

»Kann ich Sie irgendwohin mitnehmen?« fragte das Mädchen besorgt. Vanderdecker fiel ein, daß es in Autos so komische kleine Lampen gibt, die von selbst angehen, wenn man die Tür öffnet. Er lehnte höflich ab und sagte, daß er bereits fast dort sei.

Gott sei Dank erkundigte sich das Mädchen nicht, wo *dort* war, sondern staunte nur: »Ich versteh noch immer nicht, wieso Sie sich nicht verletzt haben.«

»Glück«, entgegnete der Fliegende Holländer. »Reines Glück. Aber dürfte ich Ihnen auch mal eine Frage stellen?«

»Selbstverständlich«, antwortete das immer noch skeptische Mädchen.

»Riechen Sie irgend etwas?«

»Riechen?«

»Richtig.« Vanderdecker hatte eigentlich etwas anderes fragen wollen, aber es war ihm einfach herausgerutscht, und da das nun einmal passiert war, hätte er auch selbst auf die Antwort kommen können.

»Nein, aber ich hab einen ausgesprochen schlechten Geruchssinn, und Sie sollten vielleicht lieber jemand anders fragen.«

»Ich verstehe. Sie müssen schon entschuldigen, aber ich hab mir wirklich eingebildet, etwas gerochen zu haben. Wissen Sie zufällig, wie ich von hier aus am besten zum Dounreayer Atomkraftwerk komme?«

»Leider nein«, antwortete das Mädchen, und Vanderdecker hätte schwören können, daß es ihn trotz der Dunkelheit von oben bis unten musterte. »Ich komme nämlich auch nicht von hier. Aber ich hab eine Karte im Auto ...«

Vanderdecker erinnerte sich an die Innenbeleuchtung und lehnte höflich ab. »Das geht schon in Ordnung. Ich will Sie auch nicht länger aufhalten. Auf Wiedersehen.« Kurz darauf wurde er von der Dunkelheit verschluckt.

Jane Doland blickte ihm verdutzt hinterher, und erst als sie die Sinnlosigkeit ihres Tuns bemerkte, stieg sie wieder ins Auto. Gut dreißig Kilometer lagen noch vor ihr, und es war schon spät. In Lybster — oder war es in Thurso? — hatte sie sich verfahren und danach die ganze Zeit hinter einem Milchwagen gehangen, der hinter einem Traktor hergefahren war, der seinerseits seit Melvich versucht hatte, eine Planierraupe zu überholen, und sie wußte, daß ihre unausstehliche Kusine Shirley gegen halb sieben ins Bett zu gehen pflegte. Während der Fahrt versuchte sie herauszufinden, was ihr derzeit eigentlich wirklich zu schaffen machte. Ob man es glaubt oder nicht, es war nicht die Tatsache, daß sie gerade mit über sechzig Kilometern pro Stunde einen Mitmenschen von der Straße gefegt hatte, und ebensowenig der bemerkenswerte Umstand, daß dieser Zusammenprall auf ihr Opfer keinerlei Auswirkungen gehabt hatte. Es war das vage, aber dennoch sichere Gefühl, ihn schon einmal vor langer Zeit gesehen, besser gesagt, gehört zu haben.

Eine Stunde später fuhr sie in dem malerisch gelegenen, aber extrem windigen Dorf Mey vor dem Bungalow ihrer Kusine Shirley vor, zog die Handbremse an und ließ sich in den Sitz zurückfallen. Sie brauchte etwas Zeit für sich und wollte sich vor dem Zusammentreffen mit Shirley ein wenig sammeln, zumal sie ihre Kusine wie keine zweite Verwandte haßte. Dabei hatte Jane damals gehofft, ihre Kusine in diesem Leben nie mehr sehen zu müssen, nachdem Shirley diesen abgeschlafften Werbefuzzi geheiratet hatte und mit ihm nach Caithness gezogen war, um dort Schafe zu züchten und kratzende Pullover zu stricken. Sie rief sich eine Stelle aus einer Pflichtlektüre für höhere Schulen ins Gedächtnis zurück, in der es geheißen hatte, daß selbst die größten Abscheulichkeiten unter gewissen Umständen positive Aspekte in sich bergen, aber leider konnte sie sich nicht mehr daran erinnern, worum es sich bei diesen gewissen Umständen gehandelt hatte, und sie ließ es dabei bewenden.

Als sie sich gerade innerlich auf das Hineingehen vorbereitete und sich allmählich einigermaßen dazu gewappnet fühlte, öffnete jemand die Fahrertür. Sie blickte nach oben und erwartete, in Shirleys Gesicht zu sehen, aber da stand jemand anders. Vielleicht können Sie als Leser mittlerweile die ganze Bedeutung der Tatsache beurteilen, daß Jane sehr viel lieber Shirley gesehen hätte als die Person, die sie nun wirklich erblickte.

»Sind Sie Jane Doland?« fragte der mysteriöse Türöffner; ein großer dicker Mann mit grauem Haar und einem Gesicht, das alles andere als beruhigend auf Jane wirkte. Sie blickte sich rasch zur Beifahrertür um, aber diese war bereits auch geöffnet worden.

»Mein Name ist Clough«, sagte der erste Türöffner, »und das da auf der anderen Seite ist mein Partner Mister Demaris. Wir möchten uns gern mit Ihnen ein wenig über Bridport unterhalten.«

Als dankbare Erwiderung auf die Sonne machte der Kater einen Buckel und rollte sich zusammen, um zu schlafen. Er hatte den ganzen Tag auf dem Verschiebebahnhof Kakerlaken gejagt, und falls er nicht auf der Stelle ein Nickerchen machte, wäre er für nichts mehr zu gebrauchen. Die Eisenbahnschiene wärmte angenehm den Kopf, und er preßte sich mit dem Bauch fest gegen die Schwellen — ein wirklich gemütlicher Schlafplatz.

Der 16.40-Uhr-Zug von Madrid ist ein Schnellzug, der normalerweise niemals kurz vor Cádiz anhält, aber dieses Mal war das ganz anders. Er hielt mit solcher Wucht an, daß sämtliche Waggons entgleisten und erst zum Stillstand kamen, als sie den ganzen Bahndamm hinuntergeschleift worden waren. Wie durch ein Wunder wurde niemand ernsthaft verletzt.

In bester Katzenmanier wurde der Kater spielend damit fertig. Er war nicht im geringsten überrascht, daß er von einem über seinen Kopf rollenden Schnellzug geweckt wurde, und erst als das letzte Antriebsrad der Lokomotive von seinem Ohr abgeprallt und in die Luft geflogen war, stand er auf, leckte sich die Pfoten und machte sich auf die Suche nach einem weniger geräuschvollen Fleckchen Erde. Auf dem Weg dorthin fing er eine große Hausratte, die bemerkenswert wenig Widerstand leistete; sie rollte sich lediglich zu einer Kugel zusammen und quietschte ein- oder zweimal. So etwas war ihm während der letzten vierhundert Jahre häufig passiert, und der Kater fand, daß einem auf diese Weise jede Freude an der Jagd geraubt wurde.

Drei Tage später wurde er mit Hilfe einer Schale Milch und mit Katzenminze von ein paar Männern mit Gasmasken in einen Käfig gelockt und in ein großes Gebäude gebracht, in dem alle Wände weiß gestrichen waren. Überall standen Geräte herum, die wissenschaftlichen Zwecken dienten. Es war dort langweilig, aber Unterkunft und Verpflegung waren gut, und man mußte dem Fressen nicht hinterherjagen, wenn einem nicht danach war. Die Männer mit den Gasmasken versuchten, den Kater mit merkwürdigen Lampen und großen, sich ständig drehenden Metallzylindern zu einigen äußerst kindischen Spielen zu animieren, aber nach einer Weile gaben sie auf. Ein, zwei Tage danach steckten sie ihn wieder in einen Käfig, brachten ihn zum Flughafen und verschickten ihn von dort aus nach Inverness.

Damals hatten alle ihr Erstaunen darüber geäußert, wie es ein Mann bis zur körperlichen und womöglich geistigen Reife hatte bringen können, der freiwillig Kusine Shirley heiraten wollte. Kaum hatte dieser Trottel von Bräutigam allerdings durchblicken lassen, Shirley an die nördlichste Spitze von Schottland zu entführen, sobald er sich sämtlichen Reis und alles Konfetti aus den Haaren geschüttelt habe, waren alle verdächtig ruhig geworden. Tante Diana vergaß damals sogar ihre Arthritis, um ihre Finger während der sechs Monate dauernden Verlobungszeit gekreuzt halten zu können. Andererseits schien Julian ein ganz netter junger Mann zu sein, wenn man sich erst einmal an ihn gewöhnt hatte, und es war wirklich nicht fair, ihn nicht genauer über seine zukünftige Frau zu informieren, aber niemand wollte diese Aufgabe übernehmen. Shirley war eine widerspenstige Braut, und als Julian ihr etwas ungeschickt den Ring auf den Finger steckte, schnalzte sie so laut mit der Zunge, daß ihre Mutter glaubte, alles sei bereits vorbei, bevor es überhaupt angefangen hatte. Aber der Gottesdienst wurde bis zum tragischen Ende fortgesetzt, und Shirley fuhr endlich davon. Nach den Hochzeitsgeschenken zu urteilen, die sie bekamen — einen Dosenöffner von ihren Eltern, ein Wollknäuel von Jane, drei Büroklammern von Paul, Jenny und den Zwillingen sowie eine Papiertüte von Onkel Stephen —, schien man den Kontakt zwischen den Neuvermählten und dem Rest des Hauses Doland nicht unbedingt aufrechterhalten zu wollen. Große Entfernungen können aber oft sehr heilsam sein, und so vergaß niemand, Julian jedes Jahr eine Geburtstagskarte zu schicken.

Obwohl Jane Mr. und Mrs. Regan in ihrer neuen Wohnwerkstatt nie besucht hatte — der Bungalow lag nur einen Kanonenschuß von der romantischen Burg von Mey entfernt —, konnte sie sich auch so vorstellen, wie es drinnen aussah; bestimmt entsetzlich. Und das war es dann auch.

Kusine Shirleys Begrüßung von Jane fiel überaus typisch aus. »Du kommst ganz schön spät«, sagte sie und fügte umgehend hinzu: »Putz dir die Schuhe ab.«

Mr. Demaris war ein großer Mann, Ende vierzig, und sah wie ein Fernsehstar aus dem Vorabendprogramm aus, der einen ausschweifenden Lebenswandel führt. Er besaß einen gewissen Charme, mit dem er bei dieser Gelegenheit allerdings keinerlei Wirkung erzielte. Sein Partner Mr. Clough, der zwar genauso groß, aber beängstigend dick war und die würdevolle Haartracht eines graumelierten Senators hatte, war mit einer Stimme gesegnet, die man wahrscheinlich noch in Inverness hören konnte, und hatte ebenfalls Charme. Erstaunlicherweise schien er Kusine Shirley zu gefallen, da sie ihn freundlich anlächelte, als sie den dreien Zutritt gewährte.

Jane fiel auf, daß sich Julian, der strickend vor dem Kamin saß, seit der Hochzeit verändert hatte. Er wirkte auf sie wie eine in Salzlauge eingelegte Nacktschnecke, und sie schätzte, daß es noch ungefähr ein Jahr dauern würde, bis man direkt durch ihn hindurchsehen könnte. Sein Entschluß, eine vielversprechende Karriere in der Werbebranche aufzugeben, um einfache Kleidungsstükke aus Schafwolle zu fertigen, war nicht dem Wunsch entsprungen, die weitverbreitete Ansicht zu bestätigen, daß Geld allein nicht glücklich macht, sondern vielmehr dem Gefühl, irgendwann vom ständigen Konkurrenzkampf aufgerieben zu werden. Lieber Gott, was ist nur aus deinen Schäfchen geworden?

Einen Augenblick lang kam Jane der Gedanke, sich unter den Schutz Julians zu stellen und ihn zu bitten, die beiden ekelhaften Männer fortzuschicken, aber ein kurzer Blick auf ihren angeheirateten Vetter raubte ihr sämtliche Illusionen. Seine Reaktion auf das überraschende Eindringen zweier Fremder in sein Wohnzimmer äußerte sich in einem kurzen ›Hallo‹ und der umgehenden Wiederaufnahme seiner strickenden Tätigkeit. Mr. Clough setzte sich in einen Sessel, der ihm noch am wenigsten unbequem vorkam, und Mr. Demaris lehnte sich mit dem Rücken gegen den Kaminsims. Jane ließ sich auf einer Fußbank nieder, und als sie bemerkte, daß Kusine Shirley das Zimmer verlassen hatte, dankte sie Gott, daß er hin und wieder ein Einsehen mit ihr hatte.

Falls Jane nun peinliches Schweigen erwartet hatte, lag sie gründlich falsch. Männer, die für ihre Arbeitszeit mehr als dreihundert Pfund pro Stunde veranschlagen, schweigen selten länger als für die Dauer des ersten Einatmens.

»Sie sind heute nicht im Büro gewesen«, stellte Mr. Clough richtig fest.

»Stimmt, schließlich stehen mir noch ein paar Tage Urlaub zu«, verteidigte sich Jane.

»Das ist nur recht und billig, aber das nächstemal sollten Sie das vielleicht lieber vorher mit Craig Ferrara abklären«, schlug Mr. Demaris vor.

»Da haben Sie wohl recht. Aber Sie sind doch bestimmt nicht den ganzen Weg hierhergekommen, um mir das zu sagen, oder?« erkundigte sich Jane mit zittriger Stimme. »Oder sind Sie rein zufällig in der Nähe gewesen?«

Kusine Shirley war nun auch wieder im Zimmer. Sie hatte Mr. Clough eine Tasse Tee gebracht. Nur diese eine Tasse. Den Tee hatte sie nicht umgerührt, und die Milch schwamm wie eine graue Regenwolke etwa einen Zentimeter unter der Oberfläche.

»Wir fliegen noch heute abend nach London zurück«,

sagte Mr. Demaris. »Wenn Sie wollen, nehmen wir Sie gern mit.«

»Das ist wirklich sehr nett von Ihnen, aber ich will Ihnen auf keinen Fall irgendwelche Umstände machen«, wehrte Jane mit vorgetäuschter Dankbarkeit ab.

Mit schlurfenden Schritten gesellte sich Kusine Shirley wieder zu ihnen und bot Mr. Clough einen Teller mit sehr hartem Gebäck an. Ohne auf den Teller zu schauen, nahm er ein Plätzchen, steckte es sich in den großen Mund und nuschelte: »Sie haben die Bridport-Angelegenheit hervorragend bewältigt, aber ich denke, wir sollten von nun an lieber gemeinsam daran arbeiten.« Dann nahm er sich ein zweites Plätzchen und zermalmte das andere, das er bereits im Mund hatte, mit einer einzigen Bewegung seiner gewaltigen Kiefer zu Pulver.

»Ich halte das auch für das beste«, stimmte ihm Mr. Demaris erwartungsgemäß zu. »Damit wir uns nicht falsch verstehen, Miß Doland: Es hat uns wirklich zutiefst beeindruckt, wie Sie die Sache behandelt haben. Aber wir müssen sehr umsichtig damit umgehen, finden Sie nicht?«

Jane hatte sich fest vorgenommen, sich zur Wehr zu setzen, aber ihre Willenskraft schmolz wie eine Kerze im Mikrowellenherd dahin. »Wie haben Sie mich überhaupt gefunden?« fragte sie.

Mr. Clough erhob sich lächelnd und antwortete nur: »Nun gut, da das geklärt wäre, sollten wir uns lieber auf den Weg machen. Danke für den Tee, Missis Regan, und wegen dieser anderen Geschichte werden wir Sie und Ihren Gatten zu gegebener Zeit unterrichten.«

Die letzte Bemerkung riß Jane aus ihrer Erstarrung. »Welche andere Geschichte?«

Kusine Shirley warf ihr einen abfälligen Blick zu und fauchte: »Mister Clough ist schließlich unser Steuerberater.«

»Wir haben uns darüber Gedanken gemacht, unsere Firma in eine GmbH umzuwandeln«, meldete sich Julian unerwartet zu Wort. »Aber George meint, wir sollten wegen der steuerlichen Erleichterungen lieber noch ein Jahr damit warten.«

Was Jane anging, war der Fall damit erledigt, und sie hielt lieber wieder den Mund.

Auf der Fahrt zum Flughafen erklärte ihr Mr. Clough, daß es ganz einfach gewesen sei, sie zu finden. Moss Berwick waren als Steuerberater für die Werbeagentur tätig, in der Julian früher gearbeitet hatte. Da die Agentur ein sehr wichtiger Kunde war, hatte sich Mr. Clough persönlich ihr angenommen; zumindest ließ er die Arbeit seine direkten Untergebenen erledigen, erschien aber stets persönlich zu den weit wichtigeren Geschäftsessen. Als sich Julian entschieden hatte, aus der Werbebranche aus- und in die etwas bodenständigere Strickwarenmanufaktur einzusteigen, hatte er bei einem Essen in einem Feinschmeckerrestaurant etwas von seinen Plänen gegenüber Mr. Clough erwähnt. Mr. Clough, dessen Gier nach Kunden unersättlich war, ernannte sich daraufhin selbst umgehend zum Steuerberater des geplanten Unternehmens, erhielt für die ersten Kosten einen Verrechnungsscheck über eintausend Pfund und übergab die Angelegenheit einer weiblichen Auszubildenden. Folglich waren Julian und Shirley nicht sonderlich überrascht gewesen, als Mr. Clough eine halbe Stunde vor Janes Ankunft in der Tür aufgetaucht war und sie in ein Gespräch über Steuererleichterungen und derzeit günstige Abschreibungsmöglichkeiten verwickelt hatte. Sie hatten ihm lediglich einen weiteren Scheck über eintausend Pfund ausgehändigt und ihm jedes Wort geglaubt, so wie es Leute zu tun pflegen, wenn sie sich mit ihren Steuer- oder Wirtschaftsberatern unterhalten.

»Und was geschieht jetzt als nächstes?« fragte Jane.

»Das wird Ihnen Mister Gleeson erklären«, antworte Mr. Demaris.

Jane verschlug es die Sprache, und sie starrte nach

draußen. Mr. Gleeson galt als der Seniorpartner schlechthin; man munkelte sogar, er würde die Bücher Gottes führen. Laut Gerücht soll es Mr. Gleeson gewesen sein, der Gott als erster auf die Idee gebracht hatte, das himmlische Königreich in einen anständigen Konzern von Holdinggesellschaften umzuorganisieren. Die Vorstellung, sich persönlich mit Mr. Gleeson zu unterhalten, war mehr, als Janes Verstand verkraften konnte.

»Wirklich?« fragte sie.

»Er erwartet uns bereits am Flughafen«, bestätigte Mr. Clough.

Während Janes Verstand erneut eine ganze Serie von Purzelbäumen absolvierte, dachte Mr. Demaris angestrengt über irgend etwas nach und sagte schließlich: »Ich hab von ein paar Leuten gehört, daß Sie keinen Geruchssinn besitzen. Stimmt das?«

Jane räumte ein, daß ihr Geruchssinn nicht besonders gut ausgeprägt sei.

Mr. Clough blickte Mr. Demaris geheimnisvoll an und sagte dann: »Ich denke, es ist an der Zeit, daß wir uns einmal über Ihr Gehalt unterhalten sollten.«

5. KAPITEL

Kann ich jetzt mit Professor Montalban sprechen?« brüllte Vanderdecker in den Hörer.

In meinem langen Leben bin ich schon mit vielen saublöden Einfällen konfrontiert worden, sann der Fliegende Holländer nach, aber zwei davon sind hinsichtlich ihres Schwachsinns eine absolute Klasse für sich. Der eine war der Hof König Ludwigs II. von Bayern, und der zweite ist der privatisierte britische Telefondienst.

Aus großer Entfernung, zweifellos von einem anderen Kontinent und sehr wahrscheinlich sogar aus einer anderen Dimension, bat ihn eine schwache Stimme, den Namen zu wiederholen.

»Montalban«, sagte er. »M wie Maus ...«

Das Schöne war, daß Vanderdecker in einer Telefonzelle in Sichtweite des Haupteingangs zum Kraftwerk stand. Wenn er noch ein bißchen lauter brüllte, brauchten die gar kein Telefon mehr, um ihn zu hören.

»Wer ist am Apparat, bitte?« fragte die Stimme.

»Mein Name ist Vanderdecker«, stellte sich Vanderdecker vor.

»Entschuldigung«, entgegnete die Stimme, »ich hab Sie nicht ganz ver ...«

»*VANDERDECKER* ... Oh, tut mir leid, ich wollte nicht schreien, aber die Verbindung ist nicht besonders gut ... Wie? Ach so, ich verstehe. Wann erwarten Sie ihn zurück?«

»Professor Montalban ist nach Genf abgereist«, erklärte die Stimme. »Wir rechnen keinesfalls vor nächster

Woche mit seiner Rückkehr. Wollen Sie bis dahin warten?«

»Nein, nein, das geht nicht. Aber haben Sie vielleicht eine Nummer, unter der ich ihn ...«

»Könnten Sie bitte lauter sprechen?« bat die Stimme. »Die Verbindung ist wirklich sehr schlecht.«

»Haben Sie vielleicht eine Nummer, unter der ich den Professor in Genf erreichen könnte?« wiederholte Vanderdecker langsam und deutlich. Die Stimme antwortete, sie habe leider keine Nummer, aber vielleicht könne sie ja die Nachricht entgegennehmen. Vanderdecker bedankte sich und legte auf.

Selbst auf seinen veralteten Karten war Genf eindeutig weitab vom Meer eingezeichnet. Nicht vom Wasser, aber vom Meer. Alles in allem schien es keine gute Idee zu sein, den Versuch zu wagen, den Professor dort zu erwischen. Vanderdecker drückte auf den Geldrückgabeknopf, aber es kam kein Wechselgeld in das mit ›Münzrückgabe‹ beschriftete Kästchen herabgepurzelt. Also bliebe wohl nichts anderes übrig, als für kurze Zeit in See zu stechen, bis der gute Professor wieder zurückkehrte.

Ungefähr zum siebentausendstenmal versicherte sich Vanderdecker, daß dem Alchimisten genausoviel an einer Begegnung mit ihm liegen werde, wie es seinerseits der Fall war. Sollte sich Montalban zur Zeit auch nur entfernt mit demselben Forschungsgebiet befassen wie unter der Regierung Seiner Höchst Katholischen Majestät Philipp des Zweiten, würde er logischerweise die Gelegenheit nutzen wollen, seine allerersten menschlichen Versuchskaninchen untersuchen zu können. Durch die Lektüre von Fachzeitschriften hatte Vanderdecker eine Menge über die Denkweise von Wissenschaftlern gelernt — sie liebten es, mit einer wahren Flut von Daten und Fakten überschüttet zu werden. Und auf Vanderdeckers Schiff wimmelte es nur so von Daten und Fakten. Klar, die waren eklig und rochen übel, aber ...

In diesem Moment schoß Vanderdecker ein Gedanke durch den Kopf, der sich während seiner kurzen Entwicklungsphase mehr oder weniger auf die gleiche Weise bemerkbar machte wie eine Handgranate in einer Glasfabrik.

Wenn Montalban genau dieselbe Flüssigkeit getrunken hatte wie Vanderdecker, mußten beim Alchimisten aller Wahrscheinlichkeit nach auch genau dieselben Nebenwirkungen aufgetreten sein. Dennoch war er, während er eine Woche hier und vierzehn Tage dort verbrachte, offenbar ständig von Menschen umgeben. Sehr wahrscheinlich war er sogar per Flugzeug nach Genf geflogen und übernachtete während seines dortigen Aufenthalts in einem Hotel. Wenn für ihn aber solche Dinge möglich waren, dann folgte notwendigerweise daraus, daß er nicht roch. Wie konnte das angehen?

In Caithness fährt ein Großteil der Postboten immer noch mit dem Fahrrad. Wenn ihnen ohne Vorwarnung der Wind aus der Richtung eines Besatzungsmitglieds des Segelschiffs *Verdomde* entgegenschlägt, neigen sie leicht dazu, vom Weg abzukommen und gegen Bäume zu prallen. Der Klang eines Postbotenschädels, der mit einer Waldkiefer Bekanntschaft machte, riß Vanderdekker aus seinen Tagträumen. Der Fliegende Holländer war wieder einmal in keiner geselliger Stimmung, und es war sowieso höchste Zeit, sich auf die Socken zu machen.

Die Schiffsbesatzung hatte sich während der Abwesenheit des Kapitäns die Zeit damit vertrieben, im Meer zu schwimmen. Vollständiges Eintauchen im Wasser trug zwar überhaupt nichts zur Eindämmung der Geruchsausbreitung bei, aber man fühlte sich wenigstens besser. Das Wasser im Umkreis von Dounreay war von der Atombehörde und den Betreibern des Kernkraftwerks für vollkommen unbedenklich erklärt worden, was man auch so interpretieren kann, daß das Baden dort etwa so ungefährlich ist wie ein Kasatschok in einem Minenfeld. Doch vom Standpunkt der Besatzung Vanderdeckers sprach gerade dieser Punkt zugunsten des Wassers: Wenn es schon völlig verseucht war, konnten sie wenigstens reinen Gewissens darin baden.

Durch eine seltsame Laune des Zufalls war es ausgerechnet Antonius, der Erste Maat, der es zuerst bemerkte, und das, obwohl die Wahrscheinlichkeit, daß Antonius überhaupt mal etwas bemerkte, so ungeheuer gering war, daß man sie gar nicht mehr berechnen konnte. Der nächste, dem es auffiel, war Sebastian van Doorning. Er bemerkte es nur, weil er nach dem neunten Selbstertränkungsversuch derart außer Atem war, daß er die Luft wie eine Vakuumpumpe einsog. Dann stellten es auch Pieter und Dirk Pretorius fest, und diese beiden machten Jan Christian Duysberg darauf aufmerksam. Dieser wiederum erwähnte es gegenüber Wilhelm Triegaart, der ihm jedoch entgegenhielt, daß alles nur Einbildung sei. Kurz gesagt, bis zu Vanderdeckers Rückkehr hatte es schließlich selbst der letzte bemerkt. Unglücklicherweise entschlossen sich alle gleichzeitig, den Kapitän über die sensationelle Neuigkeit zu unterrichten.

»Jetzt mal langsam, bitte!« fuhr Vanderdecker energisch dazwischen. Es trat eine kurze, aber absolute Stille ein, und dann redeten wieder alle wild durcheinander.

»Ruhe!« brüllte Vanderdecker — jemand, der gerade fünf Minuten damit verbracht hat, ein Gespräch mittels eines Münzfernsprechers der British Telecom zu führen, hat jede Scheu abgelegt, sich Gehör zu verschaffen. Er griff sich einfach irgend jemanden heraus und fuhr in etwas ruhigerem Ton fort: »Sebastian, kannst du mir bitte erklären, was hier vorgeht?«

»Es ist der Gestank, Käpt'n«, antwortete der unfreiwillig zum Wortführer ernannte Drückeberger vom Dienst. »Er ist verschwunden.«

Vanderdecker machte große Augen. Dann schnüffelte

er so heftig herum, daß er sich dabei fast die Luftröhre verrenkt hätte.

»Wann ist das passiert?« fragte er leise.

»Das muß passiert sein, während wir alle im Meer gebadet haben«, erwiderte Sebastian.

»Was du nicht sagst.« Vanderdecker schloß die Augen, vergrub die Nase in Antonius' Wams und konzentrierte sich. Es war zwar immer noch eine leichte Spur des Geruchs vorhanden, aber wirklich nur sehr schwach. »Dieses Wasser hier?«

»Genau«, versicherten ihm gleich mehrere Stimmen. Andere drängten ihn, selbst einen Versuch zu wagen. Sie wollten keinesfalls ausfallend werden, versicherten sie, aber er rieche einfach entsetzlich.

Vanderdecker brauchte keine zweite Einladung. Er zog Hemd und Hose aus und sprang ins Meer.

»Ich glaube, ihr habt recht«, sagte er, als er sich eine Viertelstunde später wieder an Bord befand. Auf dem Schiff selbst roch es so übel wie immer, aber was sollte man da schon anderes erwarten? »Es stinkt zwar immer noch, aber der Geruch ist ein ganzes Stück schwächer geworden.«

»Was ist deiner Meinung nach passiert?« fragte der Erste Maat ängstlich. »Was geht hier vor?«

Vanderdecker hatte das bestimmte Gefühl, daß es sich keineswegs um einen Zufall handelte. Zwar verstand er nicht besonders viel von solchen Dingen, aber es stand außer Zweifel, daß das Meerwasser in der Nähe des Kraftwerks eine nicht unbeträchtliche Menge austretender Dünste und ähnlicher Substanzen absorbierte. Noch bis vor wenigen Tagen hatte Professor Montalban in genau diesem Kraftwerk Experimente durchgeführt. Wenn das Zufall sein soll, dann bin ich kein Holländer, dachte Vanderdecker.

Eine Stunde später war alles vorbei. Der gierige Möwenschwarm, der sich über dem Schiff gebildet hatte, löste sich plötzlich wieder in Luft auf. Einmal mehr verbreiteten die Rauchschwaden aus Wilhelm Triegaarts ekelhafter Pfeife noch den lieblichsten Duft an Bord. Da Vanderdecker sein Bad später genommen hatte als die übrige Mannschaft, roch er noch von allen am bekömmlichsten, aber auch nur um Nuancen. Trotzdem wäre ihm sofort der Zutritt zu jedem modernen Abwasserkanal verwehrt worden, da man ihn als Gesundheitsrisiko eingestuft hätte.

»Holt alle leeren Fässer her, die ihr finden könnt«, ordnete er an. »Dann laßt sie an der Stelle mit Meerwasser vollaufen, wo wir vorhin alle gebadet haben.«

Antonius, ein gewissenhafter Mann, hielt es für seine Pflicht, Vanderdecker darauf aufmerksam zu machen, daß man Meerwasser nicht trinken dürfe. Vanderdecker überhörte diesen Hinweis höflich, denn er war mit seinen Gedanken schon längst woanders.

Jetzt gibt es nur noch eins, dachte er wild entschlossen. Genf kann von mir aus auf dem höchsten Gipfel der Alpen liegen — wenn wir nur für ein paar Tage den Geruch loswerden, könnten wir es bis nach Genf schaffen und Montalban aufsuchen.

Da wir gerade beim Thema Zufall sind: Wie könnte man es sich sonst erklären, daß der zweitgrößte Einbruch des Dow-Jones-Index seit zwei Jahrzehnten ausgerechnet an diesem Nachmittag ausgelöst wurde?

Der direkteste Wasserweg von Dounreay nach Genf führt eigentlich geradewegs die Nordsee hinunter und in den Kanal hinein. Vanderdecker kreuzte jedoch nur äußerst ungern irgendwo in der Nähe des Kanals, da es dort heutzutage auf geradezu bedrückende Weise nur so von Schiffen wimmelte. Deshalb nahm er Kurs auf Den Helder.

Noch einer dieser verflixten Zufälle: Als Vanderdekker von Schottland aus in See stach, lief am gleichen Tag zur gleichen Stunde auch das Motorschiff *Erdenkrieger,*

Flaggschiff der Umweltschutzorganisation Green Machine, aus dem Hafen von Den Helder mit Kurs auf Dounreay aus. Die Fahrt des Schiffs wurde ein wenig durch die Ladung von sechstausend Tonnen leicht angewelkter Blumen beeinträchtigt, die von Green Machines militanter holländischer Schwesterorganisation Unilaterale Tulpe gespendet worden waren. Mit diesen Blumen hatte die Besatzung der *Erdenkrieger* vor, die Abwasserrohre des neuerbauten Reaktors der fünften Generation zu verstopfen, dessen Konstruktion und Installation gegenwärtig von Professor Montalban (in UmweltschützerInnenkreisen besser bekannt als der Große Satan) überwacht wurden. Wegen dieser Ladung war die *Erdenkrieger* leider nicht so spritzig wie sonst und kam ungefähr so schnell voran wie beispielsweise ein Handelsschiff aus dem sechzehnten Jahrhundert unter vollen Segeln.

»Es geht also um die Vanderdecker-Police«, sagte Mr. Gleeson.

Mr. Gleeson entsprach überhaupt nicht Janes Vorstellung, aber damit hätte sie auch gar nicht rechnen sollen, zumindest dann nicht, wenn sie auch nur einen kleinen Moment lang darüber nachgedacht hätte. Was sie hingegen hätte erwarten müssen, war ein ungewöhnlicher Mann — und das war Mr. Gleeson wegen seiner vielen Unzulänglichkeiten ganz bestimmt.

Er war klein, vielleicht knapp anderthalb Zentimeter kleiner als Jane, die eine lichte Höhe von einem Meter sechzig aufwies. Er war rundlich, aber nicht richtig dick, und auf seinem Kopf wuchsen die Haare wie Gras auf einem Bergwipfel: spärlich, kurz und spröde. Er hatte strahlende Augen, mit denen er seine Umgebung sofort erfaßte, und sein Lächeln verriet einem, daß er selbst zwar jederzeit zu Scherzen aufgelegt war, keinesfalls aber über fremde Witze lachen würde. Zu neunzig Prozent wirkte er wie irgendein netter Onkel, aber man wurde das Gefühl nicht los, daß die restlichen zehn von einem reinrassigen Barrakuda stammten.

»Ich weiß nicht, wieviel Sie schon selbst herausgefunden haben«, fuhr Mr. Gleeson fort, »und deshalb beginne ich wohl am besten von vorn. Darf ich Ihnen vielleicht irgend etwas anbieten, bevor wir anfangen? Eine Tasse Tee? Gin Tonic? Einen Sherry?«

Jane war noch nie zuvor in Mr. Gleesons Büro gewesen, und sie fühlte sich hier überhaupt nicht wohl. Es war ein irritierender Raum: gerade noch so gemütlich, daß man sich allmählich wie zu Hause fühlte, aber andererseits wiederum so funktionell eingerichtet, daß einem schlagartig bewußt wurde, wie unzutreffend diese Empfindung war. Jane besaß genügend Wahrnehmungsvermögen, um zu begreifen, daß es sich hierbei um eine durchaus beabsichtigte Wirkung handelte.

»Nein danke«, erwiderte sie, obwohl ihr Mund wie Schmirgelpapier war.

Mr. Gleeson lehnte sich im Sessel zurück und betrachtete einen Moment lang seine Fingernägel. »Die Vanderdecker-Police«, sagte er schließlich, »ist das größte und somit allerwichtigste Geheimnis, das die Welt je gesehen hat. Ich möchte Sie keineswegs unnötig beunruhigen, aber wenn Sie heute abend durch diese Bürotür hinausgehen, besitzen Sie ausreichende Informationen, um jedes große Geldinstitut zu liquidieren und die gesamte Weltwirtschaft zu destabilisieren. Ich hab mir nur gedacht, Sie sollten das von vornherein wissen. Sie können doch hoffentlich ein Geheimnis für sich behalten, oder?«

Jane murmelte eine Bestätigung, und Mr. Gleeson nickte zufrieden. Er nahm ihr das Versprechen in diesem Punkt durchaus ab; schließlich war er ein guter Menschenkenner, der die Gedanken seines Gegenübers praktisch lesen konnte.

»Eigentlich gehe ich nur ein geringes Risiko ein, wenn ich Sie in diese Geschichte einweihe, weil sie Ihnen sowieso niemand glauben würde, falls Sie vorhaben sollten, etwas davon an die Öffentlichkeit zu tragen«, fuhr er fort. »Ich bin nicht mal sicher, ob man sie mir oder selbst dem Präsidenten der Vereinigten Staaten abkaufen würde. Wenn die wahre Geschichte tatsächlich ans Licht kommen sollte, würde sie dermaßen unglaubhaft wirken, daß man sie im Börsenblatt abdrucken könnte, ohne auch nur ein Fünkchen Aufregung zu verursachen. Was wir schon seit ewigen Zeiten — lange bevor Sie zur Welt kamen — zu vertuschen versuchen, ist nicht der Inhalt dieses Geheimnisses geht, sondern die Tatsache, daß es ein solches Geheimnis überhaupt gibt. Hauptsächlich bemühen wir uns natürlich darum, mit dem eigentlichen Problem fertig zu werden, damit wir die Lösung parat haben, sobald irgendwann einmal etwas an die Öffentlichkeit dringt — und das wird eines Tages unweigerlich geschehen, dagegen ist man machtlos. Haben wir erst einmal eine Antwort gefunden, wäre der Fall erledigt. Nun gut ...«

Mr. Gleeson kratzte sich langsam und bedächtig am Ohr, als vollbrächte er damit eine äußerst komplizierte und schwierige Glanzleistung, die die gesamte Konzentration erforderte. Dann beugte er sich vor.

»Damit Sie auch begreifen, was ich Ihnen gleich erzähle«, fuhr er fort, »sollte ich Sie wohl besser über die Geschichte des wichtigsten Kunden unseres Instituts ins Bild setzen. Ich muß Ihnen bestimmt nicht erzählen, daß es sich dabei um die National Lombard Bank handelt. Das ist eine sehr alte Bank, eigentlich die älteste überhaupt. Um ehrlich zu sein, kennt niemand das genaue Gründungsdatum. Alles fing mit einem großen Haufen Silbermünzen in einem Strumpf an. Dieser Strumpf gehörte einem italienischen Kaufmann, der zwar zu fett war, um selbst an den Kreuzzügen teilzunehmen, dem aber die damit verbundenen phantastischen geschäftlichen Möglichkeiten durchaus bewußt waren. Während der Belagerung von Jerusalem vermehrten sich die Silbermünzen so stark, daß der Strumpf bald für alle Münzen zu klein war, woraufhin der italienische Kaufmann oder dessen Enkel oder wer auch immer statt dessen eine Bank gründete und die Münzen darin aufbewahrte. In geistiger Hinsicht blieb das ganze Unternehmen jedoch immer ein Strumpf, und das ist bis heute so geblieben. Wenn Sie sich das stets vor Augen halten, begreifen Sie eine ganze Menge von der Funktionsweise der Banken.

Aus irgendwelchen Gründen verließ der Strumpf im frühen vierzehnten Jahrhundert die Lombardei und zog in die Städte der Hanse, wo er von nun an bei Leuten namens Fugger lebte. Diese Leute behandelten den Strumpf gut und fütterten ihn mit vielen Silbermünzen, bis fast sämtliche Silbermünzen auf der Welt entweder ständig in diesem Strumpf steckten oder durch eine Reihe von verbindlichen und rechtlich zulässigen Abkommen unveräußerlich mit ihm verbunden waren. Je mehr Menschen Geld aus dem Strumpf zu holen versuchten, desto mehr Geld landete dort wieder. Und obwohl sich alle über diesen Sachverhalt beklagten, begriff keiner, daß die einzige Möglichkeit, aus diesem Teufelskreis auszubrechen, zuerst einmal darin bestand, dem Strumpf kein Geld mehr zu entnehmen. Diese Lektion«, erklärte Mr. Gleeson, »hat man selbst heutzutage noch nicht begriffen, und deshalb liegt auch die wirtschaftliche Infrastruktur der entwickelten Länder jenseits aller Vorstellungen.

Die Fugger waren jedenfalls fleißige Leute«, fuhr Mr. Gleeson fort, »und deshalb nicht willens, dem Strumpf die ganze Arbeit allein zu überlassen. Sie suchten ständig nach neuen Ideen, wie sie anderen Leuten noch mehr Silbermünzen abknöpfen konnten, und schließlich stieß einer der Fugger auf ein äußerst einfaches, aber höchst wirksames Konzept. Es war im Grunde eine Art Wette und funktionierte ungefähr folgendermaßen.

Die Fugger dachten sich etwas aus, das nur im allerunwahrscheinlichsten Fall passieren würde, und dann überredeten sie jemanden, mit ihnen um Geld zu wetten, daß dieses Ereignis einträte. Die zutreffende Bezeichnung für eine solche Vereinbarung wäre eigentlich ›Knalltütenwette‹, aber die Fugger wollten einen anständigen Namen dafür finden, und deshalb nannten sie das Ganze Versicherung. Wie die Fugger es vorhergesehen hatten, schlug die Sache voll ein und galt schon bald als derart seriös, daß man die Leute ohne weiteres dazu brachte, jedes Jahr eine neue Wette abzuschließen. Diese Art Wette nannte man Prämie. Doch obwohl bald jedermann davon überzeugt war, daß die Wetten vollkommen seriös waren, wollten die Fuggers als Perfektionisten absolut sichergehen. Darum fingen sie an, die Wetten auf extrem langen Pergamentrollen, häufig in Latein, in allen Einzelheiten schriftlich festzuhalten. Dieser Brauch hat sich bis heute erhalten. Wir nennen diese Schriftstücke Policen, und normalerweise strotzen sie dermaßen vor Seriosität, daß man schon ein paar ausgefuchste Anwälte braucht, um ihren Sinn zu verstehen.«

Jane nickte unwillkürlich, da sie gerade ihre KFZ-Versicherung verlängert hatte, dann fuhr Mr. Gleeson fort.

»Also, wenn ich die Geschichte vielleicht im Schnelldurchlauf erzählen darf: Aus dem Hause Fugger wurde Fugger und Co., daraus wiederum die Lombard National Bank, aus der schließlich die National Lombard Bank Public Limited Company hervorging. Der Name hat sich zwar geändert, aber der Strumpf ist sozusagen immer noch der gleiche. Im Grunde wäre sogar die Annahme entschuldbar, der Strumpf sei das einzige wirklich unsterbliche Wesen auf der Welt. Aber diese Annahme wäre falsch.«

Mr. Gleeson machte eine Pause und öffnete die oberste Schreibtischschublade, aus der er eine Packung Vollkornkekse hervorholte. Er bot Jane einen Keks an — sie lehnte dankend ab — und aß schließlich selbst einen.

Nachdem er den Mundraum von allen Krümeln befreit hatte, setzte er seine Ausführungen fort.

»Wir kehren wieder ins sechzehnte Jahrhundert zurück. Wir befinden uns in Cádiz, einem der bedeutendsten Seehäfen der Welt. ›Wer Cádiz satt hat, hat auch das Leben satt‹ und so weiter. Natürlich hat Fugger in der Hauptstraße eine Filiale, die niedrige Überziehungszinsen, Hypotheken, Darlehen, Schiffsverpfändungsverträge — was immer das ist — sowie die unvermeidliche Lebensversicherung anbietet. Es ist ein Donnerstag.

Die Fugger-Filiale wird von einem relativ wohlhabenden Schiffskapitän, Anfang Dreißig, betreten. Er macht sich erhebliche Sorgen um die mit seinem Beruf verbundenen Risiken, da die Meere mittlerweile voll von englischen Piraten sind, und deshalb will er für sein Schiff eine Versicherung abschließen. Das ist ganz natürlich, da er mit dem Schiff seinen Lebensunterhalt verdient, und wenn ihm jemand mit einer Kanone eine Kugel vor den Bug knallt, dann ist unser Kapitän arbeitslos.

Der Filialleiter dieser Fuggerschen Zweigstelle kennt die grundlegenden Lehrsätze seines Gewerbes ganz genau, und die Grundregel bei Versicherungen lautet: ›Keine hohen Risiken eingehen‹ — so nennt übrigens der Versicherer eine Knalltütenwette, wenn er sie angeboten bekommt. In diesem Fall besteht die begründete Gefahr, daß tatsächlich das eintritt, wovor sich der Kapitän so sehr fürchtet. Daher muß der Filialleiter zu seinem großen Bedauern eine Versicherung des Schiffs ablehnen. Aber er ist ein Mann, der nie etwas unversucht läßt, denn es schmerzt ihn sehr, wenn jemand die Filiale verläßt, ohne wenigstens eine kleine Wette abgeschlossen zu haben. Also weist er den Schiffskapitän darauf hin, daß es niemals ein Fehler sein könnte, eine nette kleine Lebensversicherung abzuschließen.«

Mr. Gleeson hielt erneut inne, und Jane bemerkte zu ihrem Erstaunen, daß er leicht zitterte. Janes erstaunliche Beobachtung mußte wiederum Mr. Gleeson aufgefallen sein, denn er lächelte verlegen.

»Haben Sie noch etwas Geduld, denn jetzt kommt die beste Stelle«, bat er Jane. »Ich erinnre mich noch genau an den Augenblick, als man sie mir zum erstenmal erzählt hat. Von Rechts wegen hätte ich davon natürlich nie etwas erfahren dürfen. Die Geschichte wird nämlich unter den leitenden Direktoren des Hauses Fugger — oder wie immer man es gerade nennt — von Generation zu Generation weitergegeben. Zum Glück sind die leitenden Direktoren der Bank stets im eigenen Bett unter genauer Beobachtung durch medizinische Experten gestorben, so daß immer noch Zeit genug für die Überlieferung der Geschichte war. Mir selbst ist sie ganz zufällig zu Ohren gekommen, was man durchaus als einen vollständigen Bruch mit der Tradition bezeichnen könnte. Ich hab nämlich mit dem Sohn des damaligen leitenden Direktors zusammen in Oxford studiert und einmal gemeinsam mit seiner Familie einen längeren Urlaub verbracht. Wir gingen alle zusammen auf eine ziemlich wilde Jagd, und da passierte ein furchtbarer Unfall — der alte Mann wurde niedergeschossen. Es blieb keine Zeit, einen Arzt zu holen, deshalb drehte er sich einfach um und stieß mit seinen letzten Atemzügen die ganze schreckliche Geschichte hervor. Ich war zufällig dabei und hab natürlich alles mitbekommen. Ich hatte zu der Zeit noch nicht einmal die Ausbildung abgeschlossen, wurde aber selbstverständlich sofort Chefbuchprüfer der Bank, so wie man meinen Freund vom Fleck weg als leitenden Direktor einsetzte, alles nur aufgrund dessen, was wir gehört hatten. Das zugrunde liegende System besteht nämlich darin, daß zwar der gesamte Vorstand von der Existenz eines Geheimnisses weiß, aber lediglich der leitende Direktor das Geheimnis auch kennt. Dasselbe System hab ich bei Moss Berwick eingeführt, aber dort scheint es nicht besonders gut funktioniert zu haben.«

»Und worum handelt es sich jetzt bei dem Geheimnis genau?« fragte Jane.

»Dazu komm ich gleich«, antwortete der Seniorchef. »Ich hab es nur so lange wie möglich rauszuschieben versucht, weil es so ... so albern ist. Ich glaube, so müßte man es nennen, wenn man schonungslos ehrlich sein wollte. Ich hab jetzt dreißig Jahre lang mit diesem Geheimnis gelebt. Mein gesamtes Leben und mein phänomenaler beruflicher Erfolg sind auf diesem Geheimnis aufgebaut, und ich hab es noch nie jemandem erzählen müssen.«

Jane blickte ihm in die Augen. Er tat ihr leid. »Sie können mir ruhig alles anvertrauen«, tröstete sie ihn.

»Danke«, entgegnete Mr. Gleeson. Er war wahrscheinlich ganz nett, wenn man ihn näher kennenlernen würde — falls man bereit war, die Zeit dafür zu opfern.

»Die Police, die der Filialleiter Kapitän Vanderdecker — der besagte Schiffskapitän hieß nämlich Vanderdekker — verkaufte, war eine ganz normale Standardpolice, speziell abgestimmt auf die Bedürfnisse — oder eher die Leichtgläubigkeit — von Schiffskapitänen. Man hatte die Wahl zwischen der Entrichtung regelmäßiger Prämien oder einer einmaligen Pauschalprämie. Schiffskapitäne hatten zu jener Zeit Schwierigkeiten mit der Entrichtung regelmäßiger Prämien, weil sie nur selten wußten, wo sie sich zu einem bestimmten Zeitpunkt zwischen dem einen Jahresende und dem nächsten gerade aufhielten. Im Todesfall wurde dem oder der Begünstigten eine Garantiesumme ausgezahlt. Das war nicht gerade ein Vermögen, hielt aber die Liebste über Wasser, bis ihr die Pest oder die Inquisition den Gnadenstoß versetzte. Da es zu jener Zeit noch keine Einkommensteuer gab, war die Summe garantiert steuerfrei.

Der Haken an der Sache war folgender: Da das Kapitänsgewerbe damals zu den riskantesten Berufszweigen überhaupt zählte, stand so gut wie fest, daß der Versicherungsnehmer keine sechzig Jahre alt werden würde.

Das ist der Teil, wo der Begriff Knalltütenwette ins Spiel kommt. Wegen dieser versicherungsmathematischen Halbgewißheit enthielt die Police die Sondervereinbarung, daß die garantierte Versicherungssumme — die Auszahlungssumme also — jedes Jahr um fünfzig Prozent steigt, falls das versicherte Leben des Kunden — der Knalltüte also — länger als fünfundsiebzig Jahre währte. *Fünfundsiebzig*, wohlgemerkt! Diese Fugger gingen kein Risiko ein! Diese Steigerungsklausel war ein phantastischer Kaufanreiz, die Altersbeschränkung tauchte allerdings nur in ganz winziger Schrift auf der Rückseite der Police auf, genau unter dem Siegel, wo man nicht im Traum danach suchen würde. Von diesen Policen verkauften die Fuggers Zehntausende. Für jede Knalltüte, die sechsundsiebzig wurde, gab es neunhundertneunundneunzig, die das nicht schafften.«

Mr. Gleeson schwieg und saß eine Zeitlang sehr still da, so still, daß Jane Angst hatte, irgendeine Bemerkung zu machen. Um zwei Uhr morgens ist es in einem schalldicht isolierten Büro im fünfzehnten Stock eines Geschäftshauses wirklich extrem still.

»Da wir gerade von Knalltütenwetten sprechen«, fuhr Mr. Gleeson schließlich fort, »diese hier war auf jeden Fall die allerbeste. Kapitän Vanderdecker ist nämlich nicht gestorben. Er hat einfach weitergelebt. Niemand weiß, warum. Es gibt alle möglichen an den Haaren herbeigezogene Geschichten, mit denen ich Sie aber nicht langweilen möchte, weil ich Ihre Gutgläubigkeit sowieso schon bis zum äußersten strapaziert haben muß. Trotzdem bleibt die Tatsache bestehen, daß Vanderdekker nicht gestorben ist. Er ist heute noch am Leben, über vierhundert Jahre später. Vergessen Sie bitte nicht, es geht um den Prämienzuschlag. Wir haben einmal auszurechnen versucht, wie hoch die Auszahlungssumme inzwischen sein müßte, aber das konnten wir gar nicht, denn soviel Geld gibt es im wahrsten Sinne des Wortes auf der ganzen Welt nicht.

Wenn Vanderdecker also stirbt, verläuft die ganze Geschichte wieder rückwärts. Sämtliches Geld, das in den Strumpf geflossen ist — und das ist jeder Penny, den es überhaupt gibt — muß wieder raus und geht in Mr. Vanderdeckers Besitz über. Das ist natürlich unmöglich, und deshalb könnte die Bank ihrer Verpflichtung nicht nachkommen — sie müßte sich davor drücken, den Gewinn aus einer Knalltütenwette auszubezahlen. Das wär's dann. Das Ende der Zivilisation in der uns bekannten Form. Sie wissen so gut wie ich, daß die Konjunktur der großen Wirtschaftsmächte so unbeständig ist, daß es jedesmal schon einen Börsenkrach gibt, wenn in China ein Sack Reis umfällt oder sich der Bürgermeister von Kleinkleckersdorf eine schwere Erkältung holt. Nur die leiseste Andeutung, die National Lombard habe kurz vor dem Ruin gestanden, und man könnte auf der Wallstreet keine drei Schritte mehr tun, ohne von einem im freien Fall befindlichen Börsenmakler getroffen zu werden.

So, das ist die eigentliche Geschichte, die hinter der Vanderdecker-Police steckt.«

Abermals trat dieses lange, ohrenbetäubende Schweigen ein, bis Jane diese absolute Stille nicht mehr aushielt.

»Aber wenn Vanderdecker ewig lebt«, sagte sie, »dann stirbt er auch nie. Folglich ergibt sich das Problem doch gar nicht erst.«

Mr. Gleeson lächelte. »Wer hat denn gesagt, er würde ewig leben?« hielt er ihr entgegen. »Wir wissen bisher nur, daß er noch nicht gestorben ist. Ewiges Leben ist bei Menschen rein wissenschaftlich gar nicht möglich. Von der Logik her muß man letzten Endes irgendwann mal sterben. Und mit jedem Jahr, in dem Vanderdecker nicht stirbt, wird das Problem schlimmer. Das kann man gar nicht mehr beschreiben. Sie sehen doch die Zwickmühle, in der wir stecken. Seinen Tod können wir uns nicht leisten, aber genausowenig können wir es uns leisten, daß er noch länger lebt. Fünfzig Prozent Prämienzuschlag pro Jahr! Das müssen Sie sich mal überlegen!«

Jane überlegte. Sie schauderte. »Und wo ist er jetzt?« fragte sie.

»Das wissen wir nicht«, antwortete Mr. Gleeson. »In den dreißiger Jahren des sechzehnten Jahrhunderts haben wir seine Spur verloren, aber er ist zwischendurch immer wieder mal aufgetaucht. Er tritt ungefähr alle sieben Jahre einmal in Erscheinung, und dann verschwindet er wieder spurlos von der Bildfläche.«

Jane erinnerte sich plötzlich an etwas. »Sie meinen, wie der Fliegende Holländer?« fragte sie.

»Vanderdecker *ist* der Fliegende Holländer«, klärte Mr. Gleeson sie auf. »Genau der.«

»Ach so«, sagte Jane, als ob dadurch alles auf einmal glasklar geworden sei. »Und was hat das Ganze jetzt mit Bridport zu tun?«

»Dazu wäre ich gleich gekommen«, erwiderte Mr. Gleeson, »ich wollte Ihnen nur vorher Zeit geben, meinen bisherigen Bericht zu verdauen. Aber offenbar haben Sie eine bemerkenswert gute Verdauung — oder Sie halten mich für einen komischen Kauz. Bridport spielt bei der ganzen Sache eine gewisse Rolle, weil Vanderdecker dort seine letzte Spur in diesem Land hinterlassen hat. In der Bridporter Filiale der Bank hat er nämlich achtzehnhundertneunzig und noch was ein Konto eröffnet. Und soweit ich weiß, haben Sie das entdeckt.«

»Ja, das hab ich«, bestätigte Jane. »Warum haben Sie das Konto denn nicht aufgelöst?«

»Ganz einfach«, antwortete Mr. Gleeson. »Dazu müssen wir entweder Vanderdeckers Anweisung haben oder seine Sterbeurkunde sehen. So sind nun mal die Vorschriften.«

Jane war höchst erstaunt. Redlichkeit war das letzte, was sie erwartet hatte. »Aber was ist mit den Kontogebühren?« fragte sie. »Könnten Sie die Prämie nicht einfach dagegen aufrechnen?«

»Achtzehnhundertneunzig und soundsoviel gab es noch keine Kontogebühren«, erwiderte Mr. Gleeson. »Außerdem wäre das nicht korrekt. Das wäre eine Unregelmäßigkeit, die in den Büchern vermerkt werden müßte. Darauf müßte ich als Buchprüfer der Bank bestehen.«

»Ach so, ich wußte nicht, daß die Vorschriften so streng sind.«

»Wir können nichts tun als äußerstes Stillschweigen über diese Angelegenheit bewahren«, fuhr Mr. Gleeson fort. »Die einzigen Menschen, die über die Bedeutung dieses Kontos Bescheid wissen, sind meine Wenigkeit, der Aufsichtsratsvorsitzende der Bank und jetzt auch Sie. Offensichtlich hat der hiesige Filialleiter keine Ahnung. Und falls irgend jemand hinter die Geschichte kommen sollte, natürlich abgesehen von uns dreien, treiben wir den Betreffenden in den Wahnsinn und lassen ihn in eine psychiatrische Klinik einliefern.«

»Damit verletzen wir dann nicht die Vorschriften, oder?« erkundigte sich Jane.

»Ich hab sie sehr genau gelesen«, antwortete Mr. Gleeson. »So eine Maßnahme ist dort nirgends erwähnt. Daher muß sie logischerweise auch rechtmäßig sein.«

»Warum hab ich dann nicht ...«

»Weil Sie keinen Geruchssinn haben«, erwiderte Mr. Gleeson.

Zum drittenmal behauptete Jane mit einem »Ach so«, alles begriffen zu haben, aber ihr fehlte einfach die Überzeugungskraft.

»Ich erkläre es Ihnen gern«, bot ihr Mr. Gleeson an. »Es gibt noch etwas, das wir über den Fliegenden Holländer wissen — er stinkt, und zwar furchtbar. Haben Sie schon mal was von der *Marie Celeste* gehört?«

Jane nickte.

»Die National Lombard gehörte zu der Gesellschaft, bei der das Schiff versichert war; deshalb hat sie eigene

Nachforschungen zum Schiffsuntergang angestellt und dabei den einzigen Überlebenden gefunden.«

»Oh.«

»Das kann man wohl sagen«, stimmte ihr Mr. Gleeson zu. »Sobald der Filialleiter von dem Vorfall Wind bekam, pfiff er alle Beteiligten zurück und sprach persönlich mit dem Mann, kurz bevor dieser an akuter Verwirrung starb. Der Mann berichtete, die ganze Besatzung habe so dagesessen, ohne an etwas Böses zu denken, als auf einmal dieses altmodische Segelschiff längsseits gekommen sei. Dann war da dieser Gestank, erzählte der Überlebende. Der war so übel, sagte er, daß alle Mann über Bord sprangen und im Meer ertranken, außer ihm natürlich. Das altmodische Segelschiff fischte ihn kurz vorm Ertrinken auf und nahm ihn an Bord. Er blieb drei Wochen an Bord und wurde dann an Land gesetzt. Er hat den Geruch in allen Einzelheiten beschrieben, wodurch es dieser Teil des Berichts auf vierhundertneunundsiebzig Seiten bringt. Sie sehen also, der Geruch hat ziemlichen Eindruck gemacht. Es stellte sich jedenfalls heraus, daß der Kapitän des Schiffs Vanderdecker hieß. Da das kein häufiger Name ist und die gesamte Besatzung nach Aussage des Überlebenden Kostüme aus dem sechzehnten Jahrhundert trug, ist die Annahme nur recht und billig, daß er es war. Außerdem hat es seitdem noch weitere Vorfälle gegeben, die die Geschichte bestätigen, aber die Namen würden Ihnen nichts sagen, weil sich diese Ereignisse an entlegenen Orten zugetragen haben und es der Bank geglückt ist, sie beizeiten zu vertuschen. Unbestrittene Tatsache aber ist: Vanderdecker riecht so furchtbar, daß es niemand in der weiten Welt länger als ein paar Sekunden in seiner Nähe aushalten kann. Und an diesem Punkt«, erklärte Mr. Gleeson, »kommen Sie ins Spiel.«

»Ach so«, sagte Jane, inzwischen zum viertenmal.

»Was wir von Ihnen möchten«, fuhr Mr. Gleeson fort, »ist folgendes: Sie sollen Vanderdecker ausfindig machen und vernünftig mit ihm reden. Erklären Sie ihm, daß ihm das alles überhaupt nichts nützt. Handeln Sie mit ihm den Tausch der Police gegen eine Rente aus. Eine Million Pfund — oder eine ähnliche Summe — pro Jahr auf Lebenszeit. Das würde sich lohnen, und die Bank kann es sich leisten. Sie würden natürlich auf Provisionsbasis bezahlt.«

»Aber wie soll ich ihn finden?« fragte Jane. »Wenn das möglich wäre, hätten Sie das doch bestimmt schon lange geschafft.«

»Wir haben uns bisher nicht getraut, so ein Wagnis einzugehen«, erwiderte Mr. Gleeson. »Um Vanderdekker zu finden, hätten wir zu vielen Leute zuviel vom Geheimnis verraten müssen. Viel zu riskant. Knalltütenwette. Es kann sich nur jemand wie Sie auf die Suche machen, weil Sie das Geheimnis ja bereits kennen. Und Sie kennen es nur, weil ich Sie eingeweiht hab, und ich hab Sie nur deshalb eingeweiht, weil Sie keinen Geruchssinn haben. Können Sie mir folgen?«

»Ich glaube schon« antwortete Jane. »Jedenfalls mehr oder weniger. Vielleicht hab ich auch schon eine Spur.« Sie berichtete ihm vom Lower Brickwood Farm Cottage und den Rechnungen. Als sie ihm alles erzählt hatte, nickte Mr. Gleeson und lächelte, und zwar mit dem ›Sie-dürfen-mich-von-nun-an-Bill-nennen‹-Lächeln, das er sich normalerweise für Ministerpräsidenten vorbehielt.

»Sie werden uns also helfen?« fragte er. »Sollten Sie Erfolg haben, können Sie Ihr Honorar natürlich selbst festlegen.«

»Also ...« Jane zögerte, da sie noch starke Zweifel hegte. Wenn sie den Auftrag annähme, müßte sie nach einer Möglichkeit suchen, sich mit dem abzufinden, was man ihr gerade erzählt hatte. Das wäre nicht einfach, bei weitem nicht. Auf der anderen Seite — wenn sie alle materiellen Umstände in Erwägung zog und das besondere Augenmerk auf den Teil der Vorschriften richtete, in dem überhaupt nichts über die Nichteinweisung von Menschen in Irrenanstalten stand, spürte sie, daß ihr nicht viel anderes übrigblieb.

»Also gut«, willigte sie schließlich ein.

Mr. Gleeson strahlte sie an. »Das ist die richtige Einstellung!« freute er sich. »Der Strumpf sei mit Ihnen.«

6. KAPITEL

Mein Gott, nun sei doch mal ein bißchen fröhlich!« rief der zweite Mann in *Quincy's Restaurant* mit vollem Mund. »Du verdirbst mir noch den ganzen Appetit an meiner Spargel-Quiche.«

Sein Begleiter blickte böse auf den Bierdeckel unter seinem Glas. Aus Gründen, deren Aufzählung an dieser Stelle unsinnig wäre, wußte er, daß die vergnügliche kleine Zeichnung eines biertrinkenden Wikingerkriegers auf dem Pappdeckel völlig falsch war. Aber deshalb war er nicht einmal so wütend.

»Ich hab aber keine Lust, fröhlich zu sein«, entgegnete er. »Findest du nicht, daß Fröhlichkeit gerade jetzt fehl am Platz ist?«

Spannung ist in der Literatur nur dann ein legitimer Kunstgriff, wenn man sie auch verantwortungsbewußt einsetzt. Deshalb sollten Sie jetzt wissen, daß der Name des zweiten Mannes Gerald lautet.

»Du bist schon immer so ein elender Trauerkloß gewesen«, erwiderte Gerald, der kurzfristig nichts zwischen den Kiefern zum Kauen hatte. »Schon als Kind hattest du so ein Talent, alles immer nur schwarzzusehen. Wozu soll das gut sein? Kannst du mir das mal verraten?«

»Es ermöglicht mir, im Einklang mit meinem Karma zu leben«, antwortete Geralds Freund. »Im Moment macht mir mein Karma so viel Spaß wie ein Stau auf der M 6, und deshalb bin ich so schlecht drauf. Wenn ich jetzt gute Laune haben soll, könnte ich schweren geistigen Schaden nehmen.«

»Ulkig, daß du gerade die M 6 erwähnst«, sagte Gerald. »Ich hab neulich drei Stunden — drei geschlagene Stunden meines Lebens — zwischen den Ausfahrten vier und fünf gestanden. Und weißt du, was der Grund dafür war? Das Auswechseln irgendeiner Leuchtstoffröhre in einer dieser komischen Straßenlaternen. So was ist doch wirklich zum Heulen, absolut zum Heulen.«

»Erzähl mir ruhig alles, was du über die M 6 weißt«, grummelte Geralds Freund. »Ich glaub, das ist für meinen Rausschmiß ungeheuer sachdienlich.«

»Du bist doch gar nicht rausgeflogen«, widersprach Gerald. »Wie oft muß ich dir das eigentlich noch sagen? Die lassen dich nur so was wie 'nen kleinen Abstecher machen, das ist alles. Das passiert schließlich jedem mal. Ich mußte das letztes Jahr doch auch machen. Dadurch bin ich erst zu dem geworden, was ich heute bin.«

»Sag mal, Gerald, seit wann kennen wir uns eigentlich?«

Gerald überlegte kurz. »Das ist 'ne gute Frage.« Er legte die Gabel hin und rechnete mit den Fingern. »Laß mich mal nachdenken. Dreiundsiebzig war's, oder? Siebzehn Jahre. Du meine Güte, wie schnell die Zeit vergeht!«

»Ich kenn dich jetzt seit siebzehn Jahren?«

»Sieht ganz so aus.«

»Warum?«

Gerald runzelte die Stirn. »Wie meinst du das?«

»Warum?« wiederholte sein Freund wütend. »Ich meine, welchen Sinn hat das alles? Siebzehn Jahre lang haben wir uns regelmäßig getroffen, uns gegenseitig Postkarten aus Griechenland geschickt, uns abwechselnd zu Partys eingeladen und zusammen gegessen. Da müßte man doch eigentlich glauben, daß es einem irgendwas bedeutet, und man sollte außerdem annehmen, daß wir uns im gegenseitigen Verständnis wenigstens ein Stückchen nähergekommen sind. Aber da sitzt du jetzt, trinkst 'n Glas Wein, das ich bezahlt hab, und erzählst mir allen Ernstes, daß meine Versetzung von der Tagespolitik in die Sportredaktion nur ein kleiner Abstecher sei.«

»Na, das ist es doch auch!« bekräftigte Gerald; mittlerweile hatte er sich an solche Vorfälle derart gewöhnt, daß er sie überhaupt nicht mehr ernst nahm. »Es sehen nun mal mehr Leute Sport als politische Sendungen, das ist allgemein bekannt. Nenn es von mir aus Beförderung. Kannst du mir vielleicht Karten für Wimbledon besorgen, was meinst du?«

»Was ist denn Wimbledon?« fragte sein Freund.

Gerald runzelte die Stirn; es machte ihm nichts aus, wenn Danny versuchte, witzig zu sein, bei Blasphemie hörte der Spaß allerdings auf. »Die Sitzplätze können sich von mir aus sogar hinter irgend 'ner Säule oder so was befinden. Dabeisein ist schließlich alles.«

Danny Bennett hörte ihm gar nicht zu. »Ich wär mit allem spielend fertig geworden, aber nicht mit Sport. ›Du und dein Garten‹, ›Die schönsten Kreisverkehre Großbritanniens‹, ›Antiquitäten auf Wanderausstellung‹. Du kannst mir vorsetzen, was du willst, und meine eisernen Nerven bleiben stark wie Drahtseile. Aber Sport? Nein! Da ist bei mir Schluß.«

»Na ja, du hast ja nie viel für Sport und Spiele übrig gehabt«, sinnierte Gerald, während er ein Radieschen in den Falten der Salatblätter in die Enge trieb. »Erinnerst du dich noch daran, was du alles angestellt hast, nur um dich vorm Sportunterricht zu drücken? Ich glaube, du hast noch nie ein Rückgrat besessen. Das ist schon das ganze Leben lang dein Hauptproblem gewesen. Wenn sie dich in der Schule wenigstens gezwungen hätten, Rugby zu spielen. Ich wette, dann würdest du jetzt nicht so ein Theater machen.«

»Gerald, hast du eigentlich schon mal versucht, dich umzubringen? Das würde dir bestimmt gefallen.«

»Also, ich wäre überglücklich, wenn ich in deiner Haut stecken würde, Danny. Du kriegst jede Menge frische Luft und hast jede Menge Spaß. Die Fernsehzuschauer bekommen auch das, was sie wollen. Ich meine, mal ganz ehrlich, wer interessiert sich denn überhaupt 'ne Bohne für Politik? Wenn ich's mir recht überlege, könntest du vielleicht mal was dagegen unternehmen, daß die Krickethöhepunkte immer erst morgens um halb drei gesendet werden. Ich bin nämlich nicht mehr so jung wie früher und brauch meine acht Stunden Schlaf. Man kann natürlich immer leicht sagen, dann nimm das Zeug doch mit dem Videorecorder auf, aber ich krieg es einfach nicht hin, den Timer richtig zu programmieren. Irgendwie endet das bei mir immer damit, das ich die letzte halbe Stunde von so 'nem deutschen Kultfilm mit Untertiteln drauf hab, und das ist nun wirklich das letzte, was ich sehen will, wenn ich nach einem harten Tag im Büro nach Hause komm. Natürlich könnte meine Mutter den Recorder programmieren, aber dann begreift sie womöglich, wie der Apparat funktioniert, und nimmt diese ganzen australischen Seifenopern auf, und so etwas würde ich als perversen Mißbrauch fortschrittlicher Technologie bezeichnen.«

»Mußt du eigentlich nicht mal langsam nach Hause?« warf Danny ein.

Gerald blickte kurz auf die Uhr und fluchte leise vor sich hin. »Du hast recht, Danny. Ist es nicht unglaublich, wie schnell die Zeit vergeht? Hör mal, ich zisch wirklich nur sehr ungern ab, wo du gerade in so einer Existenzkrise steckst, aber der Dollarkurs ist schon die ganze Woche äußerst wacklig, und Gott weiß, was der noch alles anstellt, wenn ich nicht da bin und ihm das Händchen halte. Du mußt mal zum Essen kommen. Amanda hat endlich rausgefunden, wie man Crème brulée in der Mikrowelle machen kann. Da springst du an die Decke.

Danke für den Wein.« Er schaufelte mit den Fingern die Essensreste vom Teller, stopfte sich die Mischung in den Mund und ging hinaus.

Als Gerald endlich verschwunden war, konnte Danny seinen Kummer erst richtig genießen. Er kostete ihn ganz aus, rollte ihn zwischen Zunge und Gaumen hin und her und nahm das einzigartige Bukett auf. Es geschieht nicht alle Tage, daß eine lebende Legende zusammen mit leeren Flaschen und alten Verpackungen auf den Müll geworfen wird. Eigentlich könnte man daraus eine phantastische Enthüllungsdokumentation machen, allerdings nur für einen anderen Auftraggeber.

Vielleicht nehme ich das alles viel zu schwer, redete sich Danny Mut zu. Möglicherweise hatten die wirklich recht, und ich hab mich mit der Zeit in der Tagespolitik mit meinen Gewohnheiten wirklich ein bißchen verrannt. Womöglich ist es eine spannende Herausforderung, in Warrington Aufzeichnungen von Billardturnieren fürs Fernsehen zu produzieren. Unter Umständen ist die Erde doch nur eine flache Scheibe und dreht sich auf einer Stange, die der große Zauberer auf der Nase balanciert. Möglicherweise ist mein Schicksal so unbedeutend, daß es sich nicht mal lohnt, darüber nachzudenken. Vielleicht sollte ich lieber alles hinschmeißen und für die Leute von den Satellitensendern arbeiten.

In den drei Jahren seit seiner letzten Story (deren Einzelheiten hier ohne Belang sind) hatte Danny oft mit dem Gedanken gespielt, die BBC zu verlassen und sich bei Jolly Roger zu verpflichten, aber immer nur dann, wenn er nicht in der richtigen Verfassung war, wichtige Entscheidungen zu treffen. An jenem Tag, den er wegen seiner ganzen Schmach und Schande nie vergessen sollte, hatte er es bis zum Tippen seines Kündigungsschreibens gebracht, nachdem man ihm schriftlich mitgeteilt hatte, daß man für seine brandheißen Enthüllungen über die Korruption im Amt für Abwasserbeseitigung einer größeren Gemeinde in den West Midlands — der vorläufige Titel der Dokumentation lautete ›Abwassergate‹ — keine Verwendung habe. Später tippte er das gleiche Schreiben noch einmal in die Maschine und steckte es in einen frankierten Umschlag, nachdem ›Countdown zum Jüngsten Tag‹ — Dannys schonungslose Aufdeckung der Gefahr, die der Ozonschicht von einer weitverbreiteten Möbelpolitur drohte — ein schmähliches Ende auf dem Boden des Schneideraums gefunden hatte. Die dritte Auflage des Kündigungsschreibens schließlich streifte den Briefkastenschlitz, als von der obersten Etage die Verfilmung seines Drehbuchs eingestellt worden war. In diesem Film wäre der bisher überall als ehrenhaft angesehene Fußpfleger aus Lutterworth als der Schlächter von Clermont-Ferrand demaskiert worden. Aber auch dieses dritte Schreiben schickte Danny nie ab. Es lag ihm nicht, wie Kolumbus den endgültigen Schritt über den Rand der Welt hinaus und durch die Türen der South Bank Studios zu wagen, und das wußte er auch.

Die vierte Auflage seines Kündigungsschreibens blieb deshalb ungeschrieben. Nachdem Danny das Restaurant verlassen hatte, kehrte er in die Studios zurück und suchte den Mann auf, der ihm in fünfundzwanzig Minuten alles erzählen konnte, was er über Sportsendungen wissen mußte.

»Die Hauptsache ist, am richtigen Tag am richtigen Ort zu erscheinen und die Toningenieure von den Kneipen fernzuhalten«, klärte der Experte ihn auf. »Den Rest überlassen Sie einfach dem Kameramann, dann machen Sie nichts falsch. Das ist alles.«

So ist es also im Reich des Todes, sagte sich Danny. »Das ist wirklich schon alles?« erkundigte er sich ungläubig.

»Ja«, bestätigte der Experte. »Natürlich gibt es da noch diese überflüssigen Kommentatoren, die können einem gehörig auf den Keks gehen. Aber dagegen kann man leider überhaupt nichts machen. Also lassen Sie sich mal keine grauen Haare wachsen. Im Grunde darf man nur nicht aufgeben und sich nicht aus der Ruhe bringen lassen.«

»Auch wenn die so was sagen wie: ›Der Ball ist rund, und ein Spiel dauert neunzig Minuten‹?«

»Das wird noch die geringste Sorge sein, mein Sohn«, entgegnete der Experte. Er schwieg und musterte Danny mit einem eigenartigen Blick. »Sind Sie nicht der Bursche, der diese Reportage über den vergrabenen Wikingerschatz gemacht hat?«

»Richtig, der bin ich«, antwortete Danny stolz.

Der Experte grinste. »Ich hab den Film gesehen. Was für ein unglaublicher Schwachsinn! Sie können heilfroh sein, daß Sie nach solch einer Lachnummer überhaupt noch einen Job haben.«

»Ach ja?«

»Hören Sie mal«, fuhr der Experte fort. »Ich mach das hier schon seit etlichen Jahrzehnten. Der Durchschnittszuschauer will das alles gar nicht mehr sehen. Keine Tore, keine Weiber mit dicken Titten, keine Verfolgungsjagden im Auto. Mittlerweile leben wir im Video-Zeitalter, und jeder gestaltet sich sein Programm selbst. Wenn Sie sich das immer vor Augen halten, können sie nicht allzuviel falsch machen.«

»Trotzdem vielen Dank für Ihre Hilfe«, sagte Danny.

Jetzt, da er alles wußte, was es über die Produktion von Sportsendungen zu wissen gab, fühlte er sich bereit, seinen ersten Auftrag zu übernehmen, aber auch das sollte sich als Irrtum herausstellen.

»Um Himmels willen!« rief er. »Das kann doch nicht Ihr Ernst sein!«

»Irgend jemand muß es aber machen«, erhielt er zur Antwort.

»Das wurde mir schon damals gesagt, als ich einen Bericht über Montecassino drehen sollte.«

»Was ist denn Montecassino überhaupt?« wurde er gefragt.

»Das tut doch jetzt nichts zur Sache! Denken Sie doch mal vernünftig nach«, flehte Danny. »Ganz abgesehen davon, daß so was schlimmer ist als der Tod, handelt es sich um einen fachlich überaus schwierigen Auftrag. Das steht doch wohl außer Zweifel, oder? Und da ich überhaupt keine Erfahrung damit hab, werde ich Probleme ohne Ende bekommen.«

»Das stimmt, die werden Sie haben. Aber Sie schaffen das schon.«

»Ich will es aber nicht bloß schaffen!« schimpfte Danny. »Ich bin Perfektionist.«

»Dann sehen Sie sich doch nur mal an, wohin Sie das geführt hat.«

Danny schwieg, aber nicht nur, weil er beim Reden sämtlichen Sauerstoff verbraucht hatte. Als er wieder Atem schöpfte, schoß ihm ein furchtbarer Gedanke durch den Kopf.

»Das geschieht doch alles mit Absicht«, ereiferte er sich. »Natürlich! Warum hab ich Idiot das bloß nicht schon viel früher gemerkt? Sie geben mir den Auftrag nur, damit ich ihn vermurkse und Sie mich endlich feuern können!«

»Sie und Ihre Verschwörungstheorien.«

»Die Verschwörungstheorien können Sie sich in die Haare schmieren!« zischte Danny aufgebracht. »Hier steht schließlich meine Karriere auf dem Spiel. So was können Sie mit mir nicht machen. Ich habe sehr gute Freunde!«

»Nennen Sie mir einen.«

So direkt gefragt, war das gar nicht so einfach. Der Lebenswandel eines Fernsehproduzenten ist für das Schließen von Freundschaften nicht gerade förderlich. Der einzige Freund, der Danny einfiel, war Gerald, der allerdings keinen hohen Stellenwert genoß.

»Dann habe ich eben Verbindungen!« drohte Danny.

»Ich habe wichtige Verbindungen. Ich bräuchte nur mit den Fingern zu schnippen, und schon hätte ich meine eigene Show auf Channel Four.«

»*Ich* bräuchte nur mit den Fingern zu schnippen, um eine Show auf Channel Four zu kriegen«, wurde Danny von seinem Gesprächspartner durchaus treffend korrigiert. »Also, jetzt hören Sie mal auf, hier so einen Wirbel zu veranstalten. Machen Sie sich auf die Socken, und filmen Sie ein paar Jachten. Wenn Sie erst mal dabei sind, kommt der Spaß schon von selbst. Man hat mir gesagt, der ganze Trick dabei sei, sich nicht zu weit nach hinten zu lehnen, sonst fällt man aus dem Boot.«

»Aus was für einem Boot?«

»Sie müssen von einem Boot aus filmen«, teilte man ihm mit. »So filmt man nämlich Boote. Hat man mir jedenfalls gesagt.«

Danny rauchte vor Wut wie eine Zigarette, die man auf einen feuerfesten Sitzbezug geworfen hat. Dann sagte er: »Okay, Sie haben gewonnen. Und wohin soll ich fahren?«

Auf der anderen Seite des Schreibtisches verformte sich der Mund genüßlich zu einem unterschwelligen Grinsen und stieß das Wort »Bridport« hervor.

»Bridport? Wo, zum Teufel, liegt Bridport?«

»Bridport«, erklärte der grinsende Mund, »ist der Ort, von dem aus das Bridport Old Ships Race gestartet wird. Viel mehr weiß ich allerdings auch nicht, wie ich zu meiner Schande gestehen muß. Fragen Sie Mandy im Vorzimmer, die hat einen Atlas.«

Mandy im Vorzimmer hatte tatsächlich einen Atlas parat, der von solch bestechender Aktualität war, daß darin nicht nur die wichtigsten Städte von Belgisch-Kongo verzeichnet waren, sondern daß man in ihm nach einigem Suchen sogar Bridport entdecken konnte.

»Und da wollen Sie wirklich hinfahren?« fragte Mandy.

»Nein«, entgegnete Danny, »ich wollte mich nur vergewissern, ob es das Kaff immer noch gibt.« Seufzend ging er hinaus und machte sich an das Sortieren seiner Aktentasche.

An Bord des Protestschiffs *Erdenkrieger* stand es nicht gerade zum besten.

»Wo kommt denn dieser Geruch her?« fragte eine weibliche Stimme.

Eine zweite erkundigte sich, was die erste gerade gesagt habe, und eine dritte übersetzte es für sie.

»Where's the smell coming from?«

»Das ist das Problem, wenn man auf einem gottverdammten mehrsprachigen Schiff fährt«, stellte die zweite Stimme hinter einem Taschentuch fest.

Wo auch immer der Geruch herkam, er war alles andere als angenehm. Einige Mitglieder der Schiffsbesatzung verglichen ihn mit den Emissionen einer Zellophanfabrik, andere schafften es nur bis zur Mitte des Worts ›Kläranlage‹, bevor ihnen die Dünste in die Lunge drangen und sie nur noch würgende und röchelnde Laute von sich gaben.

»Sewage farm«, erläuterte die Übersetzerin.

»Hatte ich mir schon gedacht.«

Auf alle Fälle war es ein entsetzlicher Geruch, und entsetzliche Gerüche auf hoher See können für die Besatzung eines Umweltschutz-Patrouillenschiffs nur eins bedeuten.

»Die Kerle sollten wir uns schnappen, egal, um wen es sich dabei handelt«, schlug die in Sprachen nicht ganz so bewanderte Stimme vor. »Ihr holt die Handschellen, und ich schließ inzwischen die Feuerwehrschläuche an.«

Die Übersetzerin, eine kleine Neuseeländerin mit wettergegerbtem Gesicht, wollte sich partout nicht von der Stelle rühren. Sie war mit ihrem Standort recht zufrieden. Zwar war es dort vielleicht ein wenig eng und feucht, und überall lagen weggeworfene Nahrungsmittel herum, aber jedenfalls stand sie nicht in der schrecklichen Brise, die den Geruch von wo auch immer herübertrug. Ihre Begleiterin machte sich voller Verachtung auf den Weg, kam aber recht schnell wieder zurück.

»Du meine Güte!« röchelte sie. »Das stinkt ja wirklich grauenhaft!«

Der Kapitän, ein großer blonder Deutscher, machte inzwischen die Runde und gab Gasmasken aus, die allerdings auch nicht viel halfen; denn eigentlich dienten sie zum Schutz vor vergleichsweise geringfügigen Umweltverschmutzungen wie zum Beispiel durch Senfgas. Trotzdem war der Kampfgeist ungebrochen genug, daß die Frau mit den lückenhaften Sprachkenntnissen und einige andere Unentwegte imstande waren, aus der sicheren Deckung hervorzubrechen, um sich ein Bild von der Lage zu machen.

Durch die beschlagenen Scheiben ihrer Gasmasken machten sie verschwommen ein Schiff aus, das quer über die ehemalige Walfischstraße schwerfällig auf sie zutrieb. Das Schiff machte nur langsame Fahrt, und an Bord war es unnatürlich still. Doch die Frau mit den unzureichenden Sprachkenntnissen, deren Name Martha war und die aus Bethlehem in Pennsylvania stammte, wußte, was das zu bedeuten hatte.

»Das ist bestimmt 'ne große Sache«, sagte sie zur Neuseeländerin.

»Ach, wirklich?«

»Ja, ich hab was darüber gelesen. Es gibt jetzt verschiedene neuartige Abfallstoffe, die chemisch so flüchtig sind, daß man es aufgrund der Brandgefahr nicht einmal mehr wagt, herkömmliche Schiffe damit zu beladen — weißt du, wegen der Funken von der Elektrik und so was. Deshalb setzt man jetzt solche Segelschiffe dafür ein.«

»Davon hab ich noch nie etwas gehört.«

»Natürlich nicht! Das ist doch wohl klar ... schließlich ist das geheim.«

Das ergab einen Sinn, und die Neuseeländerin eilte mit der Neuigkeit sofort zum Kapitän, der mit einer Plane über dem Kopf in einem der Rettungsboote saß.

Die Bitte des Kapitäns um Freiwillige war wirklich ein Aufruf an Heldinnen, denn der beabsichtigte Einsatz erforderte von jeder selbstlose Hingabe. Er verlangte jenes Opfer, das ein für allemal die wahren Freundinnen der Erde von denen trennen würde, die nur hin und wieder mal auf eine Tasse Kaffee und ein Schwätzchen hereingeschaut hatten. Diese Auslese war so streng, daß nur zwei wahre Freundinnen der Erde übrigblieben. Als der Außenbordmotor des Schlauchboots schließlich ansprang und sich das nicht gerade robuste Vehikel mit dessen Hilfe zum Giftfrachter in Bewegung setzte, biß die Neuseeländerin die Zähne zusammen und versuchte, an die Regenwälder zu denken. Das war nicht einfach.

»Um Himmels willen, Jo! Du hättest beinah das Boot zum Kentern gebracht«, stellte ihre Mitmärtyrerin fest, als das Schlauchboot von einer angriffslustigen Welle abprallte. »Wir sind hier doch nicht in Indianapolis. Nimm mal 'n bißchen Gas weg!«

Jo drosselte sogleich den Motor, und Martha überprüfte noch einmal die Handschellen, mit denen sie sich an die Wand des Giftfrachters ketten wollten. Tief in den unbekehrbaren Windungen ihres Gehirns glomm der schwache Hoffnungsschimmer, daß die Handschellen auseinanderfallen würden und sie wieder in allen Ehren auf die *Erdenkrieger* zurückkehren könnten.

»Na, die scheinen ja die Ruhe weg zu haben«, murmelte Martha, als sie sich ihrem Ziel bis auf etwa fünfzig Meter genähert hatten.

»Was ist?«

»Die scheinen ja die Ruhe weg zu haben«, wiederholte Martha laut.

Jo zuckte die Achseln. Im großen und ganzen bereute sie es schon, entgegen dem Willen ihrer Familie nicht

Zahnärztin geworden zu sein. Schließlich leisten selbst Zahnärzte im gewissen Rahmen einen gesellschaftlichen Beitrag. Vor allen Dingen aber müssen sie sich nicht an äußerst übelriechende Schiffe ketten.

»Wenn sie mit Wasserschläuchen auf uns spritzen, dann versuch dich einfach mit dem Strahl mitrollen zu lassen«, riet Martha ihrer Mitstreiterin.

»Das Schiff sieht aber gar nicht danach aus, als wenn es auch nur einen einzigen Schlauch an Bord hätte, Martha. Scheint ziemlich primitiv zu sein.«

»Alles nur Tarnung«, hielt Martha mit voller Überzeugung entgegen. Sie war schließlich schon lange genug dabei, um zu wissen, daß sich der Feind für keine noch so peinliche Maskerade zu schade war.

»Sind das etwa Kanonen, die da an der Seite herausragen?« fragte Jo.

»Kann sein«, antwortete Martha. »Die Dinger sehen wirklich wie Kanonen aus. Aber wahrscheinlich sind das die Rohre, durch die das giftige Zeugs nach draußen gepumpt wird.«

Endlich machten sie einen Menschen auf dem Schiff aus, nein, zwei Menschen. Zwei Menschen lehnten mit mäßig interessiertem Blick an der Reling. Anscheinend bemerkten sie den Geruch gar nicht.

Martha ergriff den Enterhaken, während Jo das Ruder herumriß. An den glänzenden Eichenwänden des Schiffs schien es nicht besonders viel zu geben, um das man Handschellen befestigen konnte, aber Martha war sich selbst wenigstens einen Versuch schuldig.

»Hallo, ihr da unten!« rief eine Stimme von oben. »Seid ihr schiffbrüchig?«

Martha blinzelte. »Ob wir was sind?«

»Schiffbrüchig«, wiederholte die Stimme.

»So was brauchst du bei mir erst gar nicht zu versuchen, Freundchen«, drohte Martha. »Wir kommen jetzt längsseits. Versucht ja nicht, uns daran zu hindern!«

Der größere der beiden Männer starrte sie mit verblüfftem Gesichtsausdruck an. »Sie wollen wirklich längsseits kommen?« fragte er.

»Ja.«

»Jeder, wie er will«, entgegnete der größere Mann. »Soll ich Sie mit der Leine einholen?«

Martha wollte darauf schon wieder etwas antworten, aber Jo erklärte ihr, daß es sich dabei ebenfalls um Seemannssprache gehandelt habe. »Er will uns ein Tau runterlassen«, flüsterte sie.

»Ein was?«

»Er will uns ein verdammtes Seil herunterlassen!« schrie Jo.

»Stimmt«, bestätigte der Mann auf dem Schiff. »Ich will Ihnen ein Seil runterlassen. Das heißt, wenn Sie wollen. Mir ist das völlig egal.«

Martha blieben nur wenige Sekunden, um sich zu entscheiden, ob es sich dabei nur um eine einfache oder gar um eine doppelte Hinterlist handelte. Sie entschied sich für die doppelte.

»Dann laß schon runter, du Trottel!« schrie sie. »Wirst schon sehen, was du davon hast.«

»Ihre Freundin ist nicht besonders höflich, wie?« erkundigte sich der Mann auf dem Schiff bei Jo und warf den beiden Freundinnen der Erde ein Tau zu, das Martha auffing und am Boot festmachte. Dann zog sie sich zusammen mit Jo an das Schiff heran. Aber es gab beim allerbesten Willen der Welt nichts, absolut nichts, an das sie sich mit den Handschellen anketten konnten, bis auf die Reling, die an der Bordkante rund ums Schiff verlief. Martha dachte an den sauren Regen und die Wale und machte sich daran, rasch am Seil hochzuklettern.

»Moment!« rief der Mann auf dem Schiff. »Das Tau ist naß. Sie rutschen ab und fallen ins Wasser.«

Er hatte recht.

Inzwischen hatten sich einige weitere Männer zu ihm gesellt. Offenbar gab es an Bord zwar hämisches Gelächter, aber keine Schläuche. Martha hingegen amüsierte sich überhaupt nicht. Mit Schläuchen war sie vertraut. Sie wußte ganz genau, wo die bei Angriffen auftauchten. Aber hier schien sie niemand ernst zu nehmen.

»Komm, Jo«, keuchte sie, als sie sich wieder ins Boot zog und erneut das Tau packte. Sie war jetzt wütend, frustriert, beschämt und vor allem naß. Außerdem sagte ihr eine leise Stimme im Hinterkopf, daß die Wale langsam mal lernen sollten, auf sich selbst aufzupassen. Wozu ist die verdammte Evolution denn sonst überhaupt gut? Martha strafte die Stimme mit der Verachtung, die sie verdiente. »Du hast wohl Angst, was?«

»Nein«, entgegnete Jo. »Ich klettre lieber die Leiter rauf.«

»Welche Leiter?«

»Die Leiter, die sie grade runtergelassen haben«, antwortete Jo und stieg aus dem Boot.

Vanderdecker konnte gerade den ›Was kann ich‹-Teil von ›Was kann ich für Sie tun?‹ über die Lippen bringen, als sich auch schon die kleinere der beiden Besucherinnen flink und gänzlich unerwartet an die Reling kettete. Die zweite folgte ihrem Beispiel, nach Vanderdeckers Dafürhalten allerdings ziemlich widerwillig.

»Ist irgendwas nicht in Ordnung?« fragte er.

Von der Brücke der *Erdenkrieger* aus verfolgte der Kapitän die Szene, die sich an Bord des Giftfrachters abspielte, und schämte sich im Grunde seines teutonischen Herzens; seine Kameradinnen hatten den Mut aufgebracht, etwas zu tun, wovor er sich selbst ängstlich herumgedrückt hatte, und das war einfach nicht in Ordnung. Er stellte den Antrag — die *Erdenkrieger* war nämlich ein durch und durch demokratisches Schiff —, die restlichen Boote zu Wasser zu lassen und sich in die Riemen zu legen.

»Warum, meine Damen, haben Sie sich eigentlich an die Reling meines Schiffs gekettet?« fragte Vanderdekker. »Tut mir leid, wenn das so klingt, als wär ich neugierig, aber mich …«

»Weil wir die Schwestern unserer Mutter Erde sind«, klärte ihn Martha auf.

Es trat eine kurze Stille ein, die schließlich der Erste Maat unterbrach.

»Käpt'n, wenn die beiden die Schwestern der Erde sind, wie kann die Erde dann ihre Mutter sein?« fragte er verdutzt.

Vanderdecker lächelte seinen Ersten Maat geduldig an. »Nicht jetzt, Antonius«, bat er. »Ich erklär dir das später mal. Also sind Sie Umweltschützerinnen, richtig?«

»Stimmt«, antwortete Martha. »Hören Sie …«

»Und warum haben Sie sich an die Reling meines Schiffs gekettet? Aus purer Gewohnheit?«

Martha lächelte höhnisch, obwohl Vanderdecker das wegen der Gasmaske nicht sehen konnte. »Spielen Sie hier doch nicht den Unschuldigen. Wir wissen ganz genau, was Sie geladen haben.«

»Was ich geladen hab?« fragte Vanderdecker. »Reden Sie ruhig weiter, da kommen Sie nie drauf.«

»Äußerst gesundheitsschädlichen und giftigen Chemiemüll«, kam die Antwort im Chor. Vanderdecker schüttelte den Kopf.

»Nein, da irren Sie sich gewaltig«, widersprach er. »Das heißt, wir haben ein paar Dosen Bier an Bord, die wir uns beim letztenmal in Bridport im Supermarkt gekauft haben. ›Im Dutzend billiger‹, der Spruch ist schon ganz richtig. Oh, tut mir leid, ich neige dazu, vom Thema abzuweichen«, entschuldigte er sich, da er eine gewisse Feindseligkeit bemerkte. »Sie wollten ja raten, was wir geladen haben.«

»Wenn dieses Schiff keinen Giftmüll an Bord hat, wie erklären Sie sich dann diesen Gestank?« fragte Jo in herablassendem Ton.

Vanderdecker zuckte die Achseln und wandte sich an

den Ersten Maat. »Also gut, wer von euch hat vergessen, Seife einzukaufen?«

»Sehr komisch«, zischte Martha. »Wir wissen, daß Sie den Dreck an Bord haben, und werden unsere Handschellen nicht eher aufschließen, bis Sie abdrehen und wieder dahin zurückfahren, wo Sie hergekommen sind.«

»Ich versichere Ihnen, es ist gibt nicht mal ein Fingerhutvoll Giftmüll an Bord«, gelobte Vanderdecker feierlich. »Wenn Sie wollen, können Sie ja selbst nachsehen.«

Martha lachte. »Damit wir uns losketten, wie? Das hätten Sie wohl gern!«

Vanderdecker runzelte verärgert die Stirn. »Hören Sie mal«, raunzte er die beiden Schwestern der Mutter Erde an, »wenn Sie glauben, der Anblick von zwei an eine Reling geketteten Weibern in Taucheranzügen und Gasmasken würde auf mich einen besonderen Reiz ausüben, dann sitzen Sie auf dem falschen Dampfer. Versuchen Sie's doch mal in Amsterdam. Wenn Sie so verdammt neugierig sind, daß Sie unbedingt nach auslaufenden Ölfässern herumschnüffeln müssen, dann seien Sie meine Gäste. Ansonsten entschuldigen Sie mich bitte. Ich hab schließlich ein Schiff zu führen.«

Doch die beiden Frauen blieben standhaft und blickten ihn böse an. In diesem Moment machte ihn Sebastian auf vier weitere Boote aufmerksam, die von der *Erdenkrieger* herüberkamen.

Die Ankunft dieser Boote entspannte die Lage, die andernfalls vielleicht in größte Langeweile ausgeartet wäre. Als das Kaperkommmando schließlich jeden Zentimeter der *Verdomde* durchsucht hatte, wobei die Schiffsvorräte mit Geigerzählern inkommodiert und Lackmuspapierstreifen in das Bierfaß gesteckt worden waren, mußte man zugeben, daß das Schiff mindestens so sauber wie die *Erdenkrieger* selbst war. Trotzdem roch es immer noch übel.

»Takt ist offenbar nicht Ihre starke Seite«, bemerkte Vanderdecker in deutscher Sprache gegenüber seinem Kollegen von der *Erdenkrieger.* »Ich gebe ja zu, daß wir nicht gerade nach Lavendel und Rosenwasser riechen, aber wir befinden uns eben schon lange auf See.«

»Aber das Schiff ist so merkwürdig«, hielt ihm der Deutsche entgegen. »Warum segeln Sie ausgerechnet mit einer Galeone?«

»Lebendige Archäologie«, erläuterte Vanderdecker. »Wir rekonstruieren Magellans Weltumseglung.« Als er das gesagt hatte, nahm Vanderdecker einen verdutzten Laut hinter seinem Rücken wahr. Er stammte vom Ersten Maat.

»Ach, das machen wir hier also!« stieß Antonius erstaunt hervor. »Ich hab mich schon allmählich gewundert, was das Ganze soll.«

Das Lächeln tauchte wieder auf Vanderdeckers Gesicht auf; im Laufe der Jahrhunderte hatte es ganz eigene Züge angenommen, und der Übergang vom ernsten Ausdruck zum Lächeln verlief stets sanft und mühelos.

»Du hast recht, Antonius«, sagte er. »Ich erklär dir das später mal.«

»Und wer war dieser Magellan, Käpt'n?«

»Später!« Nur für den Bruchteil einer Sekunde war das Lächeln verschwunden, dann kehrte es übergangslos zurück. »Wir wollen uns auf diese Weise für den Regenwald einsetzen«, erklärte er dem Deutschen, für den diese Äußerung erstaunlicherweise einen Sinn ergab.

»Ach so«, entgegnete der Kapitän der *Erdenkrieger.* »Das ist sehr gut. Tut mir leid, daß wir Sie belästigt haben.«

»Keine Ursache«, antwortete Vanderdecker. »Ich meine, schließlich stehen wir auf derselben Seite, stimmt's? Wir sind sozusagen alle Grüne.«

Der deutsche Kapitän nickte begeistert, wodurch der Verbindungsschlauch der Gasmaske dumpf gegen seinen muskulösen Bauch prallte. Vanderdecker zuckte leicht zusammen.

»Und wohin sind Sie unterwegs?« fragte er so beiläufig wie möglich.

»Nach Dounreay«, antwortete der Deutsche vergnügt. »Wir wollen dort das Atomkraftwerk lahmlegen.«

»Prima«, entgegnete Vanderdecker. »Aber ist es nicht ein wenig unsinnig, ein ganzes Atomkraftwerk in die Luft zu sprengen?«

»Wer hat denn was von in die Luft sprengen gesagt?« fragte der Deutsche. »Wir wollen Tulpen in die Abflußrohre stopfen.«

»Was für ein toller Einfall!« ereiferte sich Vanderdekker mit seinem normalerweise für Antonius vorbehaltenen Lächeln. »Na, dann wünsch ich Ihnen allen viel, viel Glück. Haben Sie denn überhaupt genug?«

»Genug was?«

»Na, Tulpen.«

»Ja klar, Tulpen haben wir im Überfluß.« Voller Stolz deutete der Deutsche mit dem Arm auf die ferne Silhouette der *Erdenkrieger.* »Das ganze Schiff ist bis obenhin mit Tulpen voll.«

»Ist das nicht toll!« rief Vanderdecker, wobei er für einen kurzen Moment fürchtete, seine Mundwinkel könnten sich vor lauter Antonius-Lächeln im Nacken treffen und dabei das Gesicht wie ein Reißverschluß in zwei Hälften trennen. Dann kam ihm plötzlich eine Idee. »Wenn Sie schon nach Dounreay fahren, könnten Sie mir eigentlich einen kleinen Gefallen tun«, bat er seinen Kollegen.

»Gern.«

»Haben Sie Farbe dabei?« fragte Vanderdecker.

»Ja, natürlich. Jede Menge.«

»Rote Sprühfarbe?«

»Ja«, bestätigte der Deutsche. »Humbrol.«

»Könnten Sie dann nicht für mich irgendwo dort eine

kurze Parole an die Wand sprühen? Wenn Sie möchten, schreib ich sie Ihnen gern auf.«

So kam es, daß Martha, Jo und der Deutsche eine zwar dilettantisch ausgeführte, optisch aber äußerst auffällige Parole an der Grundstücksmauer des Kraftwerks von Dounreay hinterließen, bevor sie schließlich von Polizeikräften aus Sutherland und Caithness in Transporter verfrachtet wurden.

ES IST NICHT ALLES GOLD, WAS GLÄNZT, stand dort zu lesen. MONTALBAN, DU STINKST! GRUSS, VANDERDECKER.

7. KAPITEL

Gerald — Sie erinnern sich doch noch an Gerald? — war verwirrt. In der Hand zerquetschte er den Plastikbecher zu einem stachligen Ball und warf ihn in den Papierkorb, wo er von einem Haufen Aktionärsrundschreiben abprallte und auf den Boden unter seinem Drehstuhl rollte.

Gerald war nicht der einzige im Banken- und Börsenviertel von London, der stark verwirrt war. Wir greifen ihn nur stellvertretend heraus, weil er uns bereits vorgestellt wurde und wir wissen, welch ausgeglichener Bursche er normalerweise ist. Wenn Gerald etwas nicht versteht, dann muß es sich um etwas Merkwürdiges handeln.

Und so war es auch. Dem Dollar war etwas höchst Unerfreuliches zugestoßen, und Gerald gefiel das überhaupt nicht. Das Verhältnis zwischen ihm und dem Dollar war so ähnlich wie das in Emily Brontës Roman ›Sturmhöhe‹ zwischen den beiden Hauptpersonen Heathcliff und Cathy, obwohl man im allgemeinen nur schwer entscheiden konnte, wer zu welcher Zeit wem entsprach. Wenn irgend etwas dem Dollar zu schaffen machte, dann machte das auch Gerald zu schaffen. Das war wie Telepathie.

Am nächsten Schreibtisch geriet Adrian böse mit der Deutschen Mark aneinander, während Imogen mit dem Yen nichts mehr zu tun haben wollte und nun bei einer Tasse Zitronentee eine kurze Verschnaufpause einlegte. In dem Wolkenkratzer aus Glas und Beton, in dem auch die Börsenmaklerfirma Marshall Price Butterworth ansässig war, verhielten sich im Grunde alle Beschäftigten wie Ameisen, deren Königin gerade gestorben war; es herrschte große Geschäftigkeit, aber es gab kein einheitliches Ziel. Wie ein Damoklesschwert hing über dem ganzen Unternehmen die erschreckende Aussicht, daß die gesamte Belegschaft ihr Mittagessen abschreiben könnte, wenn nicht bald etwas passierte. So unvergleichlich schlimm war die Lage.

Dabei fing der Schwarze Donnerstag, wie er seither genannt wird, ganz normal an. Zwar nahm der Abbruch der Friedensgespräche im Mittleren Osten dem Öl etwas den Glanz, und durch unterschwellige Ängste der Wallstreet vor einer möglichen Wiedereinsetzung der Jakobiten fiel das Pfund gleich zu Börsenbeginn um zwei Cents. Doch die erfreulichen Bilanzen auf dem Bank- und Versicherungssektor halfen der Außenhandelsbörse, den Wert des Pfunds wieder etwas zu heben. Nur die verlorenen Seelen, deren Geschäft es war, die schwindelerregenden Fortschritte des Hang Tseng zu verfolgen, hatten alles andere als einen ganz normalen Tag. Da passierte es. Irgendwo im Äther, durch den unsichtbar die Faxe sausten, wurde die dunkle Ahnung geboren, daß sich für die National Lombard Bank etwas unsagbar Schreckliches zusammenbraute. Niemand wußte, woher das Gerücht kam, aber derartige Fälle von Jungfernzeugung sind im Banken- und Börsenviertel so alltäglich, daß sich sowieso niemand die Mühe macht, einer Sache auf den Grund zu gehen. Man braucht sich nur bei jemandem zu erkundigen, der seit Einführung der neuen Technologien etwas mit den Börsenmärkten zu tun hat, und er wird einem erklären, daß alle derartigen Gerüchte von einem einzigen kleinen Mann stammen, der in einem ausgebauten Eisenbahnwagen in Alaska wohnt und sie telefonisch an die Zeitungsverkäufer der Liverpool Street Station weiterleitet. Das mag zwar nicht wahr sein, aber eine solche Erklärung bildet zumindest so etwas wie einen dringend benötigten Mittelpunkt, um den sich die Empörung aller Beteiligten drehen kann.

Nachdem das Gerücht erst einmal entstanden war, weitete es sich aus. Natürlich glaubte niemand auch nur ein Wort davon — das tut nie jemand —, doch als Hüter des Vertrauens unzähliger Kleinaktionäre empfand man es als seine Pflicht, sämtliche Preise um so viele Millionen Pfund wie möglich zu drücken. Und so geriet der ganze Prozeß unausweichlich in Bewegung. Innerhalb derselben kurzen Zeit, die eine von Glasfasern beflügelte Nachricht zum Überqueren des Atlantiks braucht, erreichte das Gerücht New York, und von dort breitete es sich schneller als Licht und um einiges schneller als Gedanken bis nach Tokio, Hongkong, Sydney, Paris, Genf und bis in sämtliche Finanzmetropolen der Welt aus. Seine Entwicklung und Verbreitung waren so schnell, daß es schon zwei Stunden nach der unbefleckten Empfängnis die Preise auf dem Termingeschäftsmarkt für Rentiere in Lappland ins Bodenlose drückte und Börsenspekulanten auf den Salomoninseln dazu veranlaßte, aus dem Geschäft mit Kaurischnecken auszusteigen.

Gerald warf erneut einen langen feindseligen Blick auf den Bildschirm, kratzte sich mit dem linken Zeigefinger am Ohr und entschloß sich zu einem frühen Mittagessen. Der Dollar, sagte er sich, tat das alles nur, um Aufmerksamkeit zu erregen. Wenn er ihn einfach nicht beachtete, dann würde der Dollar bestimmt aufhören, verrückt zu spielen, und sich wieder normalisieren. Das war vielleicht nicht unbedingt die Ansicht, die Wirtschaftswissenschaftler wie Keynes oder Adam Smith vertreten hätten, aber sie machte fast genausoviel Sinn wie alles andere auch. Als Gedankenstütze für seine Rückkehr kritzelte Gerald rasch ›Verkaufen!‹ auf den Notizblock, nahm seinen elektronischen Terminplaner und trottete in Richtung Weinkeller davon.

»Alle Zeit der Welt«, fluchte Vanderdecker durch dicht wie Mauerwerk zusammengebissene Zähne vor sich hin. »Wir haben alle Zeit der Welt, also bloß nicht gleich wegen eines kleinen Windstoßes auf der Nordsee an die Decke gehen.«

Der durch das zerfetzte Tuch des Großsegels heulende Sturm war so laut, daß sich Vanderdecker gezwungen sah, vom relativ leise geführten Selbstgespräch in ein lautes Brüllen überzugehen. Rings um die *Verdomde* erhoben sich turmhohe Wellen, die im nächsten Augenblick wieder zusammenstürzten wie in einer dieser Zeitrafferdarstellungen, in denen man eine Rosenknospe entstehen, aufblühen und verwelken sieht. Der Regen peitschte Vanderdecker inzwischen fast waagerecht in die Augen. Er hätte also auch dann nichts gesehen, wenn es nicht sowieso schon dunkel wie um Mitternacht gewesen wäre. »Gar nichts Ungewöhnliches!« schrie er seinem Unterbewußtsein zur Beruhigung zu. »Ganz normales Geschäftsrisiko. Leichter Gewittersturm mit elektrischen Entladungen über der Nordsee.«

Aus den noch funktionierenden Augenwinkeln heraus bemerkte Vanderdecker etwas und lugte unter dem nur unzureichend Schutz bietenden Bierfaß hervor. »Sebastian!« brüllte er. »Hör sofort auf! Das ist weder die richtige Zeit noch der richtige Ort!«

Kaum hatte der erste Blitz den Himmel zerrissen, war Sebastian mit einem großen Eisenerzklumpen an Deck gestürmt. Er hatte ihn eigens für Gewitter aufbewahrt. Zwar war es dem magnetischen Klumpen bisher noch nie gelungen, auch nur ein einziges Volt aus dem Himmel anzuziehen, aber schließlich gibt es immer ein erstes Mal. Bis zu einem gewissen Grad bewunderte Vanderdecker den Einfallsreichtum dieses Mannes, von seiner Hartnäckigkeit ganz zu schweigen, doch war er nicht in der Stimmung für ein unfreiwilliges Bad, falls ein irregeleiteter Blitz direkt durch die Sohlen von Sebastians unverwundbaren Füßen schlagen und die *Verdomde* zu Kleinholz zerlegen würde.

»Holt sämtliche Segel ein!« brüllte Vanderdecker, aber wie üblich hörte niemand zu. Ich glaube, genau das ist es, was an diesem verdammten Schiff so faul ist, grübelte der Kapitän laut nach, als eine Welle über die Bordwand schlug und ihm sämtliche Haare auszureißen versuchte. »Diese völlige Teilnahmslosigkeit. Niemanden kümmert's, wenn die Segel so zerfetzt werden, daß allenfalls noch ein paar Staublappen übrigbleiben. Ist doch egal, Käpt'n, wir haben doch sowieso kein Fahrtziel. Aber dieses eine Mal haben die Jungs eins! Sie sind nämlich gerade auf dem Weg nach Genf zu einem Treffen mit Professor Montalban, und zwar mit fünf Fässern radioaktivem Deodorant, die sicher im Laderaum verstaut sind. Und ausgerechnet das eine Mal, da ich einen Zielhafen habe, muß ich in den schlimmsten Sturm seit fünfzig Jahren geraten. Toll. Einfach toll!«

In diesem Moment gab es ein furchtbar berstendes Geräusch; schwer mißhandeltes Holz gab nach. Die Nock des Großsegels war unter der Wucht einer abnorm heftigen Bö gebrochen und durch das Eigengewicht wie an einem Scharnier aus gesplittertem Holz abgeknickt. Dann krachte sie von oben mit gewaltiger Wucht auf Sebastian van Doornings Hinterkopf und schmetterte ihn wie eine zerquetschte Schnake aufs Deck. Urinstinkte lassen sich nur schwer ablegen: Bevor er wußte, was er tat, sprang Vanderdecker aus seinem Versteck hervor, beugte sich über den zu Boden gestürzten Mannschaftskameraden und schützte dessen malträtierten Körper vor der Gewalt des Sturms.

»Bist du das, Skipper?«

»Es ist alles okay, mein Freund«, tröstete Vanderdekker ihn, als sich Sebastians große Augen langsam öffneten. »Du kommst bestimmt wieder in Ordnung.«

»Meinst du?«

»Ja«, versprach Vanderdecker.

»Ach, leck mich doch am Arsch!« rief Sebastian. Er stand abrupt auf und schlurfte durch den peitschenden Regen davon, wobei er etwas vor sich hin murmelte wie, warum ausgerechnet er immer alles abbekommen müsse. Vanderdecker schüttelte den Kopf und verkroch sich wieder hinter dem schützenden Bierfaß.

Als der Sturm schließlich vorbei war, hatte er nicht die leiseste Ahnung, wo sie sich befanden. Wie durch ein Wunder — oder die bloße Macht der Gewohnheit — war das Schiff einigermaßen heil geblieben, hatte allerdings auch einige Schäden davongetragen. Die Segel hingen in Fetzen, der Hauptmast war nicht mehr zu gebrauchen, und die gesamte Schiffskonstruktion war derart in Mitleidenschaft gezogen worden, daß man an der *Verdomde* ganz offensichtlich umfassende Reparaturarbeiten vornehmen lassen mußte, um sie überhaupt über Wasser zu halten. Das mußte natürlich ausgerechnet mir mal wieder passieren! fluchte Vanderdecker im stillen. Immer wieder dieses verdammte Pech!

Ironischerweise blies jetzt überhaupt kein Wind mehr. Das Schiff schwamm für den Rest des Tages auf dem Wasser wie eine Gummiente in der Badewanne, und als die Dunkelheit hereinbrach, strahlten die Sterne hell und klar in einem wolkenlosen Himmel. Mit ihrer Hilfe konnte Vanderdecker wenigstens einigermaßen die derzeitige Position der *Verdomde* berechnen und sah sich dann vor eine qualvolle Entscheidung gestellt.

Der Schadensbericht des Ersten Maats zwang ihn zu dem Eingeständnis, daß eine Änderung des Plans nunmehr leider unvermeidlich war; wenn man das Schiff nicht in Windeseile wieder zusammenflicken würde, könnte es nämlich nirgendwo mehr hinfahren, allenfalls noch in eine Richtung, und zwar direkt nach unten. Aber es gab nur einen einzigen Ort auf der ganzen Welt, wo man das Schiff reparieren lassen konnte, und es bot sich keine Alternative an. Schade, daß dieser Ort solch ein Kaff ist, aber was soll's?

Vanderdecker rief die Besatzung auf Deck zusammen und berichtete von seinem Vorhaben: »Wir fahren nicht mehr nach Genf, sondern nach Bridport.« Als der ihm nur allzu vertraute Chor stöhnender, klagender, vorwurfsvoller und anderer ›Es-geht-mal-wieder-nach-Bridport‹-Geräusche bis zum Crescendo angeschwollen war, entfernte sich Vanderdecker und öffnete die letzte Dose Stella Artois. Das brauchte er jetzt.

Die Sehnsüchte der Menschen müssen größer sein als ihr geistiger Horizont, oder wozu gibt es sonst einen Himmel? Zwanzig Jahre lang hatte Marion Price von einem netten kleinen Job als Reinmachefrau irgendwo in einer Fabrik geträumt, in der Hühner gerupft werden. Aber sie war immer noch hier und leitete nach wie vor das Touristeninformationsbüro in Bridport.

Jedes Jahr, wenn die Wolken heranrücken und Aiolos den rindsledernen Schlauch öffnet, in dem die vier Winde eingeschlossen sind, latschen aus der West Bay etwa einhunderttausend erbärmlich aussehende Urlauber mit an den Handgelenken baumelnden Kindern ins Büro und verlangen die Information, was man bei nassem Wetter in Bridport anfangen kann. Auf diese Frage gibt es nur eine einzige Antwort, und die ist leider selten zufriedenstellend. Wo nichts ist, kann auch nichts sein. »Tut mir leid, meine Damen und Herren, aber das ist alles, was es dazu zu sagen gibt. In dieser Stadt kann man in der Regenzeit absolut nichts unternehmen, außer sich die Haare wachsen zu lassen.«

So direkt sagt man das natürlich nicht. Man schlägt den Touristen vor, ins Bridporter Museum zu gehen, die Ausstellung landwirtschaftlicher Nutzfahrzeuge zu besuchen oder die immer noch in Betrieb stehende Wassermühle zu besichtigen. Man zeichnet ihnen kleine Pläne auf die Rückseite von Briefumschlägen, damit sie auch wissen, wie sie dort hinkommen. So stehen die Touristen da, tropfnaß, starren einen an, als ob man vor ihnen das Geheimnis von der Lage der Minen König Salomons verberge, lassen sich schließlich ein paar ›Herrliches Dorset‹-Prospekte andrehen und spazieren hinaus. Auf dem abendlichen Nachhauseweg sammelt man dann die ›Herrliches Dorset‹-Prospekte aus dem Abfalleimer an der nächsten Ecke und denkt über die Nichtigkeit menschlicher Sehnsüchte nach.

Einige Touristen wollen jedoch nicht eher weggehen, bis man mit etwas herausrückt, das zumindest erträglich klingt, und diese armen Trottel erhalten gewöhnlich den Rat, sich Jeanes' Bootswerft anzusehen. Damit erst gar kein Optimismus aufkommt: Jeanes' Bootswerft — das ganze Jahr über montags bis freitags von 10.00 bis 15.00 Uhr geöffnet — hat nur wenige Konkurrenten. Auch Marion war einmal zu Forschungszwecken dort gewesen; einmal und nie wieder. Es gibt einen abgedroschenen Spruch, daß dieses oder jenes ungefähr so interessant sei, wie Lack beim Trocknen zuzusehen; und die Lackiererei ist auf jeden Fall der Höhepunkt bei einem Besuch von Jeanes' Bootswerft.

Wir befinden uns jetzt im Touristeninformationsbüro bei Marion Price, die ein Gespräch mit einem Paar hoffnungsloser, unverbesserlicher, eingefleischter Optimisten und seinem sieben Jahre alten Sprößling führt.

»Bootswerft?« fragt der männliche Optimist gerade.

»Die älteste noch bestehende Bootswerft in ganz Dorset«, antwortet die in Marion Price' Kehlkopf eingebaute Tonbandaufnahme automatisch. »Dort werden die Boote noch heute so gebaut wie seit fünfhundert Jahren. Alte Schiffe werden vom Schiffbaumeister Walter Jeanes und seinen beiden Söhnen Wayne und Jason liebevoll am Leben erhalten. Nirgendwo sonst in Dorset kann man die Pracht und den Glanz des uralten maritimen Erbes Großbritanniens vor den eigenen Augen vollendeter wiedererstehen lassen. Darüber hinaus bietet Ihnen Jeanes' Bootswerft eine große Auswahl an Erfrischungen und Souvenirs an.« Na dann viel Glück, ihr

Hornochsen. Warum fahrt ihr nicht einfach wieder nach Redditch zurück und tapeziert das Gästezimmer neu?

Ein langes Schweigen tritt ein. Jean-Paul Sartre hätte es genossen. »Wie kommen wir denn dahin?« fragt der weibliche Teil des Optimistenpaares.

»Ich zeichne es Ihnen gern auf.« Schon skizzieren flinke und geschickte Kartographinnenfinger, die seit langem auch den letzten Funken Schuldgefühl sublimiert haben, einen Plan des direktesten Wegs. Die Optimisten machen sich auf. Es regnet. Die Zeit vergeht.

Jane Doland, die eine ordentliche Erziehung genossen hatte, trat sich die Schuhe ab, bevor sie in das Touristeninformationsbüro ging. Es war ihre letzte Hoffnung. Sie hatte es bereits mit dem Telefonbuch, dem Postamt und der Hotelrezeption versucht. Wenn man ihr auch hier keine Auskunft geben konnte, würde sie aufgeben und in ihr Hotelzimmer zurückkehren.

»Entschuldigen Sie, können Sie mir wohl sagen, wo Jeanes' Bootswerft ist?« fragte sie.

»Sicher.« Die Frau hinter dem Schalter lächelte sie an. *Gott sei Dank!* dachte Jane. Es war einfach wunderbar, in diesem tristen Nest tatsächlich jemanden zu finden, der hilfsbereit war.

»Soll ich Ihnen einen Plan zeichnen?« fragte die Frau freundlich.

»Wenn es Ihnen nichts ausmacht«, entgegnete Jane. »Ich vergesse nämlich grundsätzlich sämtliche Wegbeschreibungen. Zum einen Ohr rein, zum anderen wieder raus. Ist es denn weit?«

»Nein«, antwortete die Frau hinter dem Schalter, die — anscheinend ohne aufs Papier zu blicken — eifrig zeichnete, wie eine dieser Maschinen in Krankenhäusern, die Diagramme von den Herzschlägen der Patienten anfertigen. »Sind Sie schon mal vorher in Bridport gewesen?« fragte sie.

»Ja, aber erst einmal.«

»Eine reizende, kleine Stadt, finden Sie nicht?« fragte

die Frau hinterm Schalter. »Einige Leute kommen immer wieder hierher.«

Das ist wohl wahr, dachte Jane, du hast ja gar keine Ahnung, wie wahr das ist. »Diese Bootswerft«, fragte sie, »ist die sehr ... ehm ... alt?«

»Das kann man wohl sagen«, entgegnete die Frau lächelnd. »Dort werden die Boote noch heute so gebaut wie seit fünfhundert Jahren.«

»So alt schon?« staunte Jane. »Das ist 'ne ganz schöne Leistung, wie? Also, haben Sie vielen Dank.« Sie blickte auf die Kartenskizze. »Wo ist Norden?« erkundigte sie sich. Die Frau zeigte in Richtung Norden und lächelte Jane dabei erneut gutgelaunt an. Die Arbeit schien ihr offenbar sehr viel Spaß zu machen. In diesem Moment beneidete Jane sie darum.

Während sie durch die Pfützen auf der South Street watete, ging Jane im Geist noch einmal die Ereignisse der letzten Wochen durch, die mit dem Börsenkrach begonnen hatten. Als sie den Bericht über den Sabotageversuch in Dounreay und die dort an die Mauer gesprühte Parole gesehen hatte, war sie so schnell wie möglich in den Norden Schottlands aufgebrochen. Es war kein Problem gewesen, mit den Demonstranten, die die Parole an die Wand gesprüht hatten, in Kontakt zu treten. Jane hatte zuvor das Büro von Moss Berwick in Inverness informiert, und von dort aus arrangierte man ein Treffen, indem man die Beziehungen zu den Anwälten spielen ließ, die die Demonstranten verteidigten. Allerdings verlief das Gespräch nicht einfach. Keiner der Deutschen sprach britisches Schuldeutsch, sondern nur richtiges Deutsch (was zwei gänzlich verschiedene Sprachen sind). Außerdem waren sie alle baß erstaunt, warum sie mit einer Buchhalterin sprechen sollten, während sie doch mit einer Anklage wegen vorsätzlicher Beschädigung von fremdem Eigentum rechneten. Dennoch nahm die Geschichte in dem Befragungsraum für Anwälte nach und nach Gestalt an. Als allerdings alles gesagt und getan war, wußte Jane auch nicht viel mehr als vorher. Sicher war nur, daß sich der Fliegende Holländer an einem Ort wahrscheinlich *nicht* aufhielt, und das war der Norden Schottlands, da er diesen erst vor kurzem verlassen hatte.

Jane kam gleichzeitig mit einem Ü-Wagen des Fernsehens in der West Bay an, und bei diesem Anblick blieb ihr fast das Herz stehen. Einen furchtbaren Moment lang dachte sie, der Ü-Wagen sei aus demselben Grund da wie sie; aber bislang hatte man die Verbindung zwischen den nur relativ kurzen Zeitungsmeldungen über die Vorgänge in Dounreay und den dramatischen Turbulenzen an den internationalen Devisenmärkten noch nicht herausgefunden. Oder sollte etwa ein Enthüllungsjournalist mit dem Riecher eines Frettchens auf die Sache mit der Vanderdecker-Police gestoßen sein? Aber als Jane wieder einfiel, daß sie etwas im Autoradio über irgendeine idiotische Segelregatta gehört hatte, die am nächsten Tag vor der West Bay stattfinden sollte, war der kurze Anflug von Panik schnell wieder vorbei, und sie strich die ganze Angelegenheit aus dem Gedächtnis.

Ihr Vorhaben war, das mußte sie sich jetzt selbst eingestehen, als sie vor der Bootswerft parkte, ein gewagter Versuch, eine dunkle Ahnung oder — falls Sie diese direkte Ausdrucksweise vorziehen — eine saublöde Idee.

Angefangen hatte das Ganze auf dem Rückflug von Inverness, in dessen Verlauf Jane nach guten Gründen gesucht hatte, warum sie Montalbans Spur *nicht* weiterverfolgen sollte. Es war ihr damals gar nicht so leichtgefallen, welche zu finden. Der nächste logische Schritt wäre eigentlich gewesen, nach Genf zu fahren, diesen Montalban ausfindig zu machen und sich einen Vorwand für ein Gespräch mit ihm auszudenken, um herauszufinden, was er wußte. Doch aus bestimmten Gründen, die sie selbst am besten kannte — wahrscheinlich natürliche Zurückhaltung, verstärkt durch eine nicht unerhebliche Portion Ängstlichkeit und Trägheit —, wollte sie die Fahrt nach Genf lieber nicht machen. Ihre Überlegungen hatten gerade eben die Oberfläche dieses Problems gestreift, als ihr auf der letzten Seite einer Tageszeitung, die jemand anderem gehörte, eine Meldung über schreckliche Stürme auf der Nordsee ins Auge sprang. Ihr fiel ein, daß sich Vanderdecker in genau diesem Moment irgendwo auf der Nordsee befinden und seine Fahrt zu dem Ziel fortsetzen müßte, das er bei der Begegnung mit der *Erdenkrieger* gehabt hatte (wahrscheinlich Holland; schließlich war das Vanderdeckers Heimat). Wahrscheinlich war er also auch in diesen Sturm geraten. Mit ungewöhnlich flegelhafter Attitüde beugte sich Jane vor und las aufmerksam in der fremden Zeitung. Sie entnahm dem Artikel, daß der Sturm (der schlimmste seit fünfzig Jahren, so schätzte man) vor der holländischen Küste getobt hatte. Na schön, dachte Jane, Vanderdeckers Schiff ist sehr alt und wahrscheinlich ziemlich anfällig. Wenn er in den Sturm geraten ist, wird sein Schiff wohl einige Reparaturen nötig haben. Und wohin wird er fahren, um das Schiff überholen zu lassen? Natürlich nach Bridport. Ein gewagter Versuch. Eine dunkle Ahnung. Eine saublöde Idee. Nun, wir werden ja sehen.

»Entschuldigung«, sagte der Tontechniker. »Ich hab Sie nicht gesehen.«

Danny Bennett blickte erst auf den Ärmel seiner Wildlederjacke, dann auf den Tontechniker und murmelte schließlich sehr leise etwas vor sich hin, das niemand hören sollte. Sein Debüt auf dem Gebiet der Sportberichterstattung verlief nicht allzugut, hauptsächlich deshalb, weil er nicht die leiseste Ahnung hatte, worum es überhaupt ging.

Draußen regnete es immer noch, und vor diesem Hintergrund ließ es sich im Innern des Ü-Wagens auch nicht schlechter aushalten als woanders. Hier war es wenigstens trocken, es gab eine Thermoskanne mit zumindest lauwarmem Kaffee und keinen Kameramann. Das waren dann aber auch schon sämtliche Attraktionen, die der Austragungsort der Regatta zu bieten hatte. Natürlich existierten noch die Monitore, aber die konnte Danny überhaupt nicht ausstehen.

Soweit er aus der Sache schlau würde, bestand seine Aufgabe darin, das Unternehmen so zu koordinieren, daß der Zuschauer zu Hause die bestmöglichen Bilder der Ereignisse aus den optimalen Blickwinkeln erhielt. Um das zustande zu bringen, mußte Danny dafür sorgen, daß die kleinen Motorboote mit den Kameraleuten zur richtigen Zeit am richtigen Ort waren. Da er jedoch keinen blassen Schimmer von ihren derzeitigen Positionen hatte, war ihm das natürlich nicht möglich; schließlich sah er nichts weiter als die Bilder auf den Monitoren. Zudem mußte er noch einer zweiten geringfügigen Schwierigkeit ins Auge blicken: Er hatte absolut keine Ahnung von den Regeln, die bei Wettfahrten für alte Segelschiffe galten, das heißt, er besaß keinen Anhaltspunkt, wie die Bilder auf den Monitoren überhaupt aussehen sollten. Soweit er das verstand, bedeutete eine Wettfahrt, daß eine gewisse Anzahl Teilnehmer versuchte, schneller zu sein als der jeweilige Gegner. Aber diese alten Schiffe kamen allesamt außergewöhnlich langsam von der Stelle. Das war fast so verwirrend wie ein Boxkampf zwischen zwei Pazifisten. Leider hatte Danny keine Möglichkeit herauszufinden, ob er seinen Job nun richtig machte oder nicht.

Normalerweise war es in solchen Situationen das klügste, alles den Kameraleuten zu überlassen und ihnen nicht im Weg zu stehen. Kameraleute haben nämlich unweigerlich alles vorher schon einmal gemacht und wissen ganz genau, was sie zu tun haben. Ihre Objektive müssen die ganze Zeit über direkt auf den Mittelpunkt des Geschehens gerichtet sein, und der Produzent braucht nichts weiter zu tun, als im Ü-Wagen zu sitzen und wachsam zu bleiben. Unglücklicherweise hatte sich die BBC in diesem Jahr zum erstenmal für die Übertragung dieses bewegenden Regattaspektakels entschieden, so daß sich alle Beteiligten ebensowenig auskannten wie Danny. Zum erstenmal während seiner gesamten Laufbahn beim Fernsehen kamen ihm die Kameraleute mit Fragen anstatt mit Erklärungen. Eigentlich hätte das für einen so erfahrenen Produzenten wie Danny ein Moment zum Auskosten sein müssen, das war es aber nicht.

Wenigstens hatte er noch die Funkgeräte zur Verfügung, in die er hineinbrüllen konnte. Dadurch wurde die Lage zwar nicht besser — sie schien sich im Gegenteil nur noch zu verschlimmern —, aber zumindest fühlte er sich selbst besser.

»Chris!« schrie er. »Kannst Du mich hören? Chris!«

Chris bestätigte, er könne ihn ausgezeichnet hören.

»Was, zum Teufel, soll ich mit der Nahaufnahme von der Möwe anfangen, die ich da von dir kriege, Chris? Wir drehen hier doch keinen Beitrag für ›Fauna und Flora unserer Heimat‹!«

Nicht ganz unbegründet erkundigte sich Chris, was er denn sonst filmen solle.

Danny wußte darauf zwar keine Antwort, hatte aber plötzlich eine göttliche Eingebung und brüllte: »Chris, jetzt benutz doch mal einfach deinen Verstand! Verdammt noch mal! Das hier ist doch wohl 'ne Segelregatta, oder was?« Er schaltete schnell auf eine andere Frequenz, damit Chris erst gar nicht widersprechen konnte.

»Terry! Was machst du da eigentlich für einen Scheiß?« schrie er den nächsten Kameramann über Funk an, wobei er dieses fabelhafte, neu entdeckte Patentrezept in vollen Zügen genoß. »Das hier ist doch wohl 'ne Segelregatta, oder was? Jetzt benutz doch mal einfach deinen Verstand. Los, ich will ein paar anständige Bilder sehen!« Klick. »Derek, darf ich dich vielleicht daran erinnern, daß wir hier 'ne Segelregatta drehen sollen?« So einfach war das.

Da durchfuhr ihn auf einmal ein furchtbarer Gedanke. Vielleicht sollte das doch keine Segelregatta sein, jedenfalls bis jetzt noch nicht. Er setzte den Kopfhörer ab, lehnte sich zurück und wandte sich an den Mann von der Brauerei — der Sponsorin dieser Veranstaltung —, der mehr darüber zu wissen schien als alle anderen. »Entschuldigen Sie«, fragte Danny, »sind die Boote schon gestartet?«

Der Mitarbeiter der Brauerei schüttelte den Kopf. »Erst in fünf Minuten«, erklärte er. »Die sind alle noch auf der Suche nach der besten Startposition.«

»Nun ja ...« Danny preßte die Fingernägel gegen die Handfläche. »Was gibt es denn heute für ein Startsignal?«

»Die feuern eine Kanone ab«, klärte ihn der Mann auf. »Von der großen weißen Jacht.«

»Ich verstehe«, entgegnete Danny. »Welche große weiße Jacht denn?«

Der Mann zuckte die Achseln. »Das Startschiff natürlich. Nebenbei, sollten Sie da nicht lieber auch eine Kamera draufhalten?«

Danny warf einen verzweifelten Blick auf die Monitore. Keine große weiße Jacht. »Hab ich da denn keine drauf?« fragte er.

»Nein.«

Danny griff hektisch nach dem Kopfhörer, setzte ihn auf und schrie: »Terry! Hör sofort auf rumzublödeln, und nimm das Startschiff ins Visier! Hast du noch nicht gemerkt, daß die in fünf Minuten starten?« Schnell wie eine Klapperschlange schaltete er nun zwischen den Funkfrequenzen hin und her. Wie durch ein Wunder erschien eine große weiße Jacht auf einem der Monitore. Es funktionierte!

Danny drehte sich um und lächelte den Mann von der Brauerei an. »Amateure!«

Der Mann sah ihm zwar in die Augen, entgegnete aber nichts.

»Chris!« funkte Danny schon wieder. »Ich kann die Möwe sehr gut sehen. Jetzt hör endlich auf damit … ach, du dickes Ei! Was ist denn das?«

Auf einem der Monitore war das außergewöhnlichste Schiff zu sehen, das Danny je zu Gesicht bekommen hatte. Es handelte sich dabei nicht einfach um irgendeinen Nachbau eines Teeklippers oder einer zu groß geratenen Jacht, sondern um eine riesige Galeone, die wie ein Piratenschiff oder etwas Ähnliches aussah, das aus den Zeiten der spanischen Armada übriggeblieben war. Jedenfalls war es wirklich ein äußerst ungewöhnlicher Anblick.

»Phil!« brüllte Danny. »Fahr ran, das will ich größer haben. Was ist das?«

Phil tat wie befohlen, und Danny erkannte kleine Männchen in komischen Kostümen, die Strickleitern hoch- und runterkletterten. Das Schiff sah aus, als ob es in ziemlich schlechtem Zustand war. Die Segel waren zerfetzt, und einige der holzbalkenähnlichen Dinger, an denen eigentlich die Segel hängen sollten, waren abgebrochen oder baumelten bedenklich von halb durchgescheuerten Seilen herab. Die hatten doch nicht etwa vor, damit an der Wettfahrt teilzunehmen?

Danny merkte, daß sich jemand neben ihn gesetzt hatte. Es war der Mann von der Brauerei. Er starrte auf den Monitor.

»Sehr merkwürdig«, staunte er. »Ich kann mich nicht daran erinnern, das Schiff auf der Startliste gesehen zu haben.«

Danny starrte ebenfalls auf den Schirm. Dieser sehr alt aussehende Windjammer übte eine magnetische Anziehungskraft aus. Er versuchte sich daran zu erinnern, ob in diesem Jahr irgendwelche Filmgesellschaften vorhatten, Säbelraßlerparodien herauszubringen, und nun die Regatta zum Platzen bringen wollten, um auf diese

Weise ins Fernsehen zu kommen. Aber das Schiff sah nicht so aus, als ob es die Aufmerksamkeit auf sich zu lenken versuchte. Sofern ein Schiff überhaupt einen Ausdruck haben kann, wirkte es noch am ehesten verlegen, so als ob es auf einer Party im falschen Aufzug erschienen wäre — was hier ja auch der Fall war.

»Phil, geh noch näher ran«, befahl Danny.

»Also schön!« brüllte Vanderdecker. »Wenn einer von euch verdammten Klugscheißern meint, er kann's besser, dann soll er's ruhig versuchen! Na, kommt schon! Wer will als erster?« Totenstille. »Na gut. Dann will ich ab jetzt nichts mehr davon hören!«

Gerechter Zorn hat auch seine guten Seiten. Durch ihn legte Vanderdecker in untypischer Bestimmtheit eine Autorität an den Tag, ohne die er sich, wäre es allein nach ihm gegangen, in seine Kabine verkrochen und alles zum Teufel gewünscht hätte. Allein dadurch, daß er mit seinem zertrümmerten Schiff überhaupt so weit gekommen war, hatte er bereits eine aufsehenerregende seemännische Meisterleistung vollbracht. Trotzdem nörgelte die ganze Besatzung über ihn und beschimpfte ihn sogar hinter seinem Rücken. Aber gerade deshalb hielt er durch und gab sein Bestes, obwohl wahrscheinlich selbst das nicht reichen würde. Das war dann eben Pech.

Direkt vor der Isle of Wight hatte das Schiff ein böses Leck bekommen, und schon kurz darauf war Vanderdecker klargewesen, daß er großes Geschick und noch größeres Glück benötigen würde, um diese kläglichen Überreste eines Segelschiffs als Ganzes bis nach Bridport zu bringen. Ihnen blieb keine Zeit, unterzutauchen und sich im Schutz der Dunkelheit heimlich in ihre normalerweise geschützte und verschwiegene Bucht zu schleichen, sondern sie mußten wohl oder übel bei hellem Tageslicht einlaufen; daran ließ sich nicht rütteln. Das heißt, falls sie überhaupt so weit kamen. Die letzten sechs Stunden waren nämlich ziemlich heikel verlaufen, und über seinen Einfallsreichtum und das Geschick bei der Bewältigung der Schwierigkeiten mußte Vanderdekker selbst staunen. Außer ihm war natürlich niemand an Bord sonderlich beeindruckt. Nach allgemeiner Überzeugung war sowieso alles in erster Linie Vanderdeckers Schuld. Aber daran ließ sich nun mal nichts ändern.

Beim Anblick der vielen Schiffe in der West Bay war allerdings selbst Vanderdecker nicht viel mehr als ein lautes Stöhnen eingefallen. Jetzt bestand wirklich keine Möglichkeit mehr, sich klein zu machen. Bisher hatte man die *Verdomde* zwar noch nicht aufgehalten, aber das konnte sich jeden Augenblick ändern. Eigentlich hatte Vanderdecker vorgehabt, auf die deodorierende Wirkung des Wassers von Dounreay zu verzichten, damit die ungewollten Augenzeugen durch den Geruch in Schach gehalten werden konnten. Doch er sah ein, daß sich dadurch eher neue Probleme ergeben als alte gelöst hätten. Es war wohl am besten, die Sache endlich hinter sich zu bringen.

Danny Bennett erhob sich von seinem Platz vor den Monitoren. Er hatte dieses ganz bestimmte Kribbeln im Nacken, das ›Story‹ bedeutete.

»Julian«, sagte er, »ich geh mal 'ne Minute raus. Nimm du in der Zwischenzeit die Regatta auf, ja?«

Julian antwortete irgend etwas, doch Danny zog es vor, nichts zu hören. Zeitweilige Taubheit lag in der Familie. Der Mann von der Brauerei stand ebenfalls auf.

»Wollen Sie einen Blick auf dieses Schiff werfen?« fragte er.

»Ja«, erwiderte Danny. »Wollen Sie mit?«

Der Mann nickte. »Die stehen jedenfalls nicht auf der Startliste«, argwöhnte er. »Meine Firma geht mit solchen Dingen äußerst penibel um. Immerhin könnten das Demonstranten oder so was sein. Woher soll man das schon wissen?«

Danny sprang aus dem Ü-Wagen und rief einen Kameramann zu sich, der zeitunglesend auf einer Kiste saß. Sie mieteten ein Boot und fuhren los, um das Schiff genauer unter die Lupe zu nehmen.

Julian zeichnete derweil die Wettfahrt für die spätere Sendung auf, und das machte er sehr gut. Sogar außergewöhnlich gut, wenn man bedachte, daß er eigentlich nur hereingeschaut hatte, um Pizzabestellungen entgegenzunehmen. Aber selbst D. W. Griffith hatte ja mal klein angefangen.

»Okay!« rief der Fliegende Holländer. »Kommt mal alle her, damit ich ein paar Dinge klarstellen kann, bevor wir einlaufen und an Land gehen.«

Es war keine besonders glänzende Rede — sie hatte nicht das gleiche Format wie König Heinrichs Ansprache in Harfleur und erinnerte nicht einmal entfernt an Churchill —, und sie fand bei der Mannschaft dann auch die ihr gebührende Aufnahme, was Vanderdecker nicht im mindesten überraschte.

»Ihr werdet bemerkt haben«, fuhr er fort, »daß die Bucht voller Boote ist. Vielleicht habt ihr dabei aber übersehen, daß es sich zum Großteil um Segel- und nicht um Motorboote handelt. Ich glaube, wir haben das Glück gehabt, mitten in eine Art Jachtrennen oder Regatta oder so was Ähnliches geraten zu sein. Wenn wir uns also ganz natürlich verhalten und uns um unsre eigenen Angelegenheiten kümmern, beachtet uns vielleicht überhaupt niemand. Inzwischen ist es von größter Wichtigkeit, das Schiff in der nächsten halben Stunde rüber zu Jeanes' Bootswerft zu bringen. Sollten wir das nämlich nicht schaffen, gehen wir bald alle baden. Habt ihr das kapiert?«

Das war natürlich eine rhetorische Frage. Mit einer äußerst feinen Mischung aus Teilnahmslosigkeit und

Verachtung schlurften die Besatzungsmitglieder der *Verdomde* wieder auf ihre Posten und setzten ihre Arbeit fort. Sie würden es schon schaffen, wenn auch nur mit Mühe und Not.

»Käpt'n!« Vanderdecker drehte sich um und erblickte den Ersten Maat, der ein besorgtes Gesicht machte.

»Nicht jetzt, Antonius!« flehte Vanderdecker.

»Aber Käpt'n ...«

»Bitte, Antonius«, sagte Vanderdecker so sanft, wie er konnte, »ich weiß, daß du es gut meinst, aber gerade jetzt ...«

»Käpt'n«, beharrte Antonius, »dahinten kommt ein Boot.«

Vanderdecker starrte ihn entsetzt an. »Was?«

»Ich hab gesagt, da kommt ein Boot ...«

»Wo?«

Antonius deutete stolz auf das Boot, das ungefähr noch dreißig Meter entfernt war, aber schnell näher kam. »Da«, sagte er, als mache er auf einen neuen Stern im Krebsnebel aufmerksam. »Ich hab's gerade erst gesehen.«

»Mist!« zischte Vanderdecker. »Warum ausgerechnet jetzt? Wir haben keine Zeit.«

»Ach, wir haben keine Zeit?« erkundigte sich Antonius neugierig. Vanderdecker hatte fast vergessen, daß der Erste Maat noch da war. »Zeit wofür?«

»Das hat uns gerade noch gefehlt«, sagte Vanderdekker in erster Linie zu sich selbst. »Wir müssen die irgendwie loswerden, und zwar schleunigst.«

Antonius strahlte. »Überlaß das mir, Skipper«, beruhigte er seinen Kapitän, und bevor der befehlshabende Offizier ihn zurückhalten konnte, war der Erste Maat schon den Niedergang hinuntergerannt. Er befand sich auf dem Weg zum Kanonendeck, auf dem die völlig authentischen Geschütze aus dem sechzehnten Jahrhundert — sogenannte Feldschlangen — aufgestellt waren. Vanderdecker rief ihm nach, aber der Erste Maat schien ihn nicht zu hören. Auf diese Idee war Antonius ganz allein gekommen, und es war seine große Chance.

»Feuer!« schrie er durch die Luke nach unten.

»Was ist?«

»Du sollst feuern!« wiederholte er ungeduldig. »Und keine Widerworte!«

»Wie du willst«, entgegnete die Stimme, und einen Augenblick später ertönte das einzigartige Donnern einer völlig authentischen, aber hoffnungslos verrosteten Feldschlange aus dem sechzehnten Jahrhundert, die sich gerade selbst schrottreif geschossen hatte, gefolgt von den Flüchen des enttäuschten Sebastian van Doorning.

Die Teilnehmer des Bridport Old Ships Race gingen über die Startlinie. Das Motorboot, in dem sich Danny Bennett, der Vertreter einer führenden Brauerei, ein Kameramann, der Bootseigner, Kameraausrüstung im Wert von dreißigtausend Pfund sowie die Kanonenkugel einer völlig authentischen Feldschlange aus dem sechzehnten Jahrhundert befanden, sank. Als das Wasser über Dannys Kopf zusammenschlug, fiel ihm plötzlich ein, daß er etwas vergessen hatte — nämlich schwimmen zu lernen.

»Sie müssen etwas unternehmen«, sagte der Mann von der Brauerei. »Glauben Sie mir, die haben 'ne Kanonenkugel auf uns abgefeuert! Die haben versucht, uns umzubringen!«

Auf dem Gesicht des Manns von der Küstenwache erschien ein ›Ehm-ja-schon-möglich‹-Lächeln. »Was genau ist denn passiert?« fragte er.

Der Brauereiangestellte zitterte und zog die Decke enger um die Schultern. »Ich bin zusammen mit dem Produzenten auf einer Barkasse rausgefahren. Er wollte von dem Schiff eine Nahaufnahme machen, und ich wollte den Meldeschein sehen. Die standen nämlich gar nicht auf der Startliste. Wir kommen also längsseits, und — *peng!* — die haben einfach auf uns geschossen.«

»Mhm, die haben also einfach auf Sie geschossen«, wiederholte der Mann von der Küstenwache nachdenklich. »Mit einer Kanone.«

»Mit einer Kanone, ja.« Der Brauereiangestellte hatte das dumpfe Gefühl, man bezweifele seine Worte. »Die haben ein Loch ins Boot geschossen, und wir sind gesunken. Und dann sind wir an Land geschwommen.«

»Aha«, entgegnete der Mann von der Küstenwache. »Und welches Schiff war das genau?«

Der Brauereiangestellte machte ein böses Gesicht. »Die Galeone«, antwortete er. »Die Galeone aus der Zeit der Tudors.«

»Tut mir leid«, erwiderte der Mann von der Küstenwache, »aber auf der Startliste ist nirgendwo eine Galeone aus der Zeit der Tudors aufgeführt.«

»Eben!«

»Eben was, Sir?«

»Hören Sie«, sagte der Brauereiangestellte, der nicht mit einem Sokrates gerechnet hatte, »fragen Sie doch einfach die anderen. Die werden Ihnen genau dasselbe erzählen.«

»Genau das werde ich tun, Sir«, antwortete der Mann von der Küstenwache und machte sich sogleich an die Befragung.

»Klar hab ich einen Knall gehört«, berichtete der Kameramann. »Aber was ich wirklich gern wissen möchte: wer das gesunkene Boot überhaupt gemietet hat, wo doch der Steuermann ganz offensichtlich voll wie 'ne Strandhaubitze gewesen ist, sonst wäre er bestimmt nicht gegen die Boje geknallt. Ich meine, diese Boje, die wir gerammt haben, kurz bevor wir gesunken sind.«

Der Bootseigner erzählte, er sei sich ziemlich sicher, einen Knall gehört zu haben, und er werde die BBC auf jeden einzelnen Penny ihres Vermögens verklagen. Das sei definitiv das letztemal gewesen, daß er diesen Fernsehleuten sein Boot vermietet habe. Sie hätten ihn davor warnen müssen, daß die elektrischen Geräte bei Kontakt mit Wasser explodieren könnten. Manche Leute nähmen auf andere einfach keine Rücksicht. Vollkommen gedankenlose Menschen seien das.

Danny Bennett sagte gar nichts. Er war überhaupt nicht da. Er befand sich an Deck der *Verdomde,* trank eine Dose Bier und dachte: *O nein, nicht schon wieder!*

8. KAPITEL

Als ausgesprochener Modemuffel hatte sich Vanderdecker bei der Auswahl passender Kleidung für den Besuch auf Jeanes' Bootswerft nicht allzu viele Gedanken gemacht. Es war ihm egal gewesen, ob das Hemd zur Hose paßte oder nicht. Er hatte einfach den Deckel seiner Seekiste aufgestoßen und sich wahllos etwas herausgegriffen. Aus diesem Grund trug er nun einen guterhaltenen, robusten Mantel mit Fischgrätenmuster, der zu Zeiten von Georg dem Fünften auf dem Webstuhl entstanden war, ausgestellte Hosen, ein grobes venezianisches Wams aus dem frühen siebzehnten Jahrhundert sowie Hush Puppies.

Jane Doland hingegen teilte diese vogelscheuchenähnliche Einstellung zur Mode nicht. Eigentlich war sie von Natur aus ein Typ, der zu weiten Pullovern und Faltenrock neigte, doch sie hatte bereits recht früh erkannt, daß Buchhalterinnen nicht so wie andere Frauen sind und für sie das Naturgesetz gilt: Solange man keinen Anzug trägt, traut einem keiner zu, daß man rechnen kann. Deshalb ahmte sie mit Vorliebe den stocksteifen Austin-Reed-Look nach und trug einen hellgrauen Hosenanzug mit Hahnentrittmuster, an dessen Ärmeln breite Pfeile hinunterliefen, die wie das Symbol auf den Hinweisschildern britischen Regierungsbesitzes aussahen.

Die meisten Leute, die regelmäßig auf Jeanes' Bootswerft vorbeischauen, kaufen ihre Kleidung entweder in Military-Shops oder finden sie auf dem Sperrmüll. Aus diesem Grund wirkten die Werftbesucher auf ihre Art beide ziemlich deplaziert.

Solange Vanderdecker sich erinnern konnte, hatte er stets Probleme gehabt, mit der Familie Jeanes klarzukommen. Normalerweise fuhr er nur einmal pro Generation zur Werft, so daß keine Gefahr bestand, wiedererkannt und dafür gerügt zu werden, daß er immer noch nicht tot war. Andererseits stand er bei jedem Besuch vor der gleichermaßen schwierigen Aufgabe, alles wieder ganz von vorn erklären zu müssen. Mittlerweile kamen ihm die Worte zwar ohne großes Nachdenken wie von selbst über die Lippen, aber seine Sorge schlummerte noch immer wie ein Fels unter der Wasseroberfläche.

Die über die Jahrhunderte perfektionierte Anrede lautete folgendermaßen:

»Mister Jeanes? Mein Name ist Vanderdecker. Ich weiß nicht, ob Sie mir helfen können. Ich hab ein sehr altes Schiff, an dem einiges getan werden müßte.«

So weit, so gut. Mr. Jeanes rechnet schlimmstenfalls mit einem Schiff, das seine letzten Stunden in Gestalt von Bäumen in den vierziger Jahren dieses Jahrhunderts verbracht hat. Er erwidert irgend etwas Unverbindliches wie ›Aha‹. Obwohl er damit überhaupt nichts anfangen kann, hat Vanderdecker über die Jahre genügend Forschungsmaterial für eine endgültige Studie über die Erbanlagen der Gattung ›Seefahrer‹ gesammelt. Aber das einzige, was sich ihm davon ins Bewußtsein gebrannt hat, ist die Tatsache, daß seit 1716 jeder einzelne Jeanes auf genau dieselbe Weise stets mit einem *Aha* antwortet.

»So ist es«, fährt Vanderdecker dann fort. »Im Moment liegt es gerade in der kleinen Bucht auf dem halben Weg nach Burton. Könnten Sie dort hinkommen und sich das Schiff ansehen?«

Die unabänderliche Antwort auf diesen Vorschlag lautet stets ›Nein‹. Falls es jedoch in dem jeweiligen

Vierteljahrhundert ein verirrtes Freundlichkeitsproton durch eine ausgelassene Laune der Genetik geschafft haben sollte, sich in die Jeanes-DNS einzuklinken, dann folgt auf das ›Nein‹ noch eine gemurmelte Entschuldigung, man stecke derzeit zu sehr in Arbeit; was man allerdings niemals allzuernst nehmen sollte. In Wahrheit nämlich glauben die Angehörigen des Jeanes-Stamms in ihrem tiefsten kollektiven Unterbewußtsein, daß die Welt außerhalb der Werft von Werwölfen bevölkert ist — besonders wenn man sich weiter als Eype wagt. Folglich bemühen sie sich, den Burghof ihrer Festung so selten wie möglich zu verlassen. Einmal pro Woche zur Bank ist schon reichlich oft. Nee danke, noch häufiger muß nun wirklich nicht sein.

»Na schön«, pflegt Vanderdecker als nächstes zu antworten. »Ich glaube, dann bring ich das Schiff wohl besser hierher. Eigentlich muß nicht allzuviel gemacht werden«, fügt er hinzu, »bloß 'ne Generalüberholung, wenn Sie das einrichten können.«

Hierauf erfolgt nur selten eine Antwort von einem Jeanes. Vanderdecker verläßt die Werft und kehrt mit einer Galeone aus dem sechzehnten Jahrhundert zurück. Und an diesem Punkt fängt der Spaß an.

»Hier ist das gute Stück«, sagt Vanderdecker dann, woraufhin der betreffende Jeanes mit seinen kleinen frettchenartigen Augen das Schiff anstarrt und nichts entgegnet. Wir haben jetzt die Phase der unverlangten Erklärungen erreicht, den kniffligsten Teil des gesamten Unternehmens. Der Trick dabei ist, nicht so auszusehen, als ob man irgend etwas zu erklären hätte, und das erreicht man am besten durch Prahlerei. Vanderdeckers beliebtester Schachzug ist so etwas in der Richtung wie: »Ich wette, an *so* einem Schiff haben Sie noch nie gearbeitet, oder?«

Das Zucken einer Augenbraue von Jeanes pflegt diese Frage mit einem Nein zu beantworten, und schon sind wir aus dem Schneider. Wir erklären, was die *Verdomde* ist: entweder a) ein Filmrequisit; oder b) das Spielzeug eines Reichen; oder c) der wichtigste Bestandteil eines auf zehn Jahre geplanten Projekts der historischen Fakultät der Universität von Chicopee Falls, mit dem bewiesen werden soll, daß Kolumbus ein Lügner war; oder d) die gesamte Seestreitmacht Monte Carlos; oder e) der Hauptdarsteller einer Werbeaktion für Fischstäbchen. Das hängt ganz davon ab, was der jeweilige Jeanes wohl am ehesten glaubt. Von diesem Punkt an muß man nur noch warten, bis die Arbeit getan ist, und sich danach wohl oder übel von einem riesigen Geldbetrag trennen.

Wegen der Gegenwart so vieler alter Schiffe in der West Bay mußte die *Verdomde* dieses Jahr noch einmal das Spielzeug eines reichen Mannes sein. In Gedanken probte Vanderdecker schon mal den Spruch, wie diesen ganzen australischen Großkotzen mit ihren Fiberglasrümpfen die Augen übergegangen wären, wenn ihn nicht dieser Sturm erwischt hätte, und Jeanes solle sich das Schiff nur mal ansehen. Die Story war zwar nicht gerade perfekt, würde aber hoffentlich gut genug funktionieren, damit er wieder mit heiler Haut von hier verschwinden könnte. Ein weiteres über die Jahrhunderte beständiges Merkmal der Familie Jeanes ist nämlich ein beachtlicher Mangel an Intelligenz, was wahrscheinlich erklärt, warum sie nach so langer Zeit immer noch im Bootsbaugewerbe tätig ist.

Mit dem typischen Schulterzucken, das man in Filmen immer wieder bei verwegenen Jagdfliegern oder mutigen Löwenjägern beobachten kann, schritt Vanderdecker auf den Eingang der Werft zu und stieß vor dem Tor mit jemandem zusammen. Dabei sah er in ein Gesicht, das er sofort wiedererkannte. Für den Fliegenden Holländer durchaus kein alltäglicher Vorfall.

Das letztemal hatte er das Gesicht in Schottland auf der A 9 bei Dounreay gesehen und das Mal davor, wie ihm sein Gedächtnis überflüssigerweise auf die Sprünge half, in einem Pub in Covent Garden. ›Ein Gesicht vergesse ich nie‹, log ihm sein Gedächtnis selbstgefällig vor, aber Vanderdecker hörte gar nicht zu.

Das Mädchen starrte ihn an, und Vanderdecker blieb fast das Herz stehen — das war kein freundlicher Blick. Für den Bruchteil einer Sekunde, dessen Dauer nur ein Wissenschaftler genau bestimmen könnte, herrschte absolute Stille. Dann begann das Mädchen sehr leise zu sprechen.

»Sie stehen auf meinem Fuß«, beschwerte es sich.

Vor vielen Jahren, als er noch eine Autorität gewesen war, mit der man im Jutegeschäft jederzeit hatte rechnen müssen, war Vanderdecker zum Tode verurteilt worden. An die Einzelheiten konnte er sich nicht mehr erinnern — es hatte irgend etwas mit Überschreiten des zulässigen Höchstpreises in einer Hansestadt zu tun gehabt, und das in einem Wahljahr —, aber er erinnerte sich noch an die unglaubliche Erleichterung, die er empfunden hatte, als an jenem Morgen, von dem er geglaubt hatte, es sei sein letzter auf dieser Welt, der Gefängniswärter seine Zelle betreten und ihm erzählt hatte, die Strafe sei in eine Geldbuße von siebzig Groschen umgewandelt worden. Wenn man bedenkt, daß Vanderdecker nur ein paar Jahre später mit Unsterblichkeit gesegnet werden sollte, war das wirklich eine Ironie des Schicksals gewesen, aber er hatte damals das Gefühl gehabt, als wäre er nach viel zu langer Zeit endlich wieder aus dem Wasser aufgetaucht. Dieselbe Empfindung überfiel Vanderdecker jetzt irgendwo in der Luftröhre, während sein Gehirn die Tatsache registrierte, daß das Mädchen ihn überraschenderweise nicht wiedererkannt hatte. Als seine Atmungsorgane die Tätigkeit wiederaufgenommen hatten, bat er um Verzeihung und hob den Fuß.

»Entschuldigung, wie ungeschickt von mir.«

»Das macht nichts«, erwiderte das Mädchen langsam. Sie musterte ihn erneut, und sobald sich ihre Augen begegneten, wurde Vanderdecker klar, zu welcher Reaktion er an jenem kalten Morgen in den siebziger Jahren des sechzehnten Jahrhunderts fähig gewesen wäre, wenn ihm der Gefängniswärter nach der Mitteilung zugezwinkert und gesagt hätte: »Entschuldigung, mein Sohn, ich hab nur Spaß gemacht.«

Der nächste logische Schritt wäre jetzt, schleunigst von hier zu verschwinden, sagte ein noch funktionierender Teil von Vanderdeckers Gehirn. Zwar nahm er diesen Rat zur Kenntnis, tat jedoch nichts, um ihn auszuführen, und blickte dem Mädchen statt dessen ins Gesicht. Ein hübsches Gesicht, wenn man es gern etwas rund mochte. Ein paar Wörter sprudelten ihm in den Mund wie Stickstoff in das Gehirn eines druckfallkranken Tauchers.

»Ist das hier Jeanes' Bootswerft?« fragte er dümmlich.

»Das hoffe ich doch«, antwortete das Mädchen. »Ich suche nämlich schon den ganzen Morgen danach.«

Sie hatte das Wams bemerkt. Vielleicht denkt sie nur, wie idiotisch ich aussehe, vielleicht aber auch nicht, meldete sich bei Vanderdecker die Stimme des Optimismus zu Wort.

Wäre er in der Lage gewesen, Janes Gedanken zu lesen, hätte er eine kurze Wiederholung ihrer Kunstgeschichtsstunden aus der Abschlußklasse gesehen und die Worte gehört: ›Das Hemd hab ich irgendwo schon mal gesehen.‹ Jane wußte es zwar nicht, aber es war ihr einst auf einem Gemälde von Tiepolo begegnet. (Ein Tip für Leute, die mit dem Gedanken spielen, ewig zu leben: Lassen Sie nie ein Porträt von sich malen, selbst wenn es nur ein paar Soldini kostet, weil immer die Gefahr besteht, daß der verwahrlost aussehende Maler, der das Gemälde anfertigt, Jahrhunderte später als alter Meister gefeiert wird, mit dessen Werk man sich selbst auf Mittelschulen befaßt.)

Und was das Gesicht angeht, das hab ich auch schon mal gesehen, dachte Jane. Aber wo? Unterdessen setzten sich ihre Stimmbänder völlig reflexartig in Bewegung.

»Bei der Touristeninformation hat man mir eine Wegbeschreibung mitgegeben, aber die scheint nicht besonders genau sein. Vielleicht liegt es aber auch daran, daß ich keinen Orientierungssinn habe.«

»So geht's mir auch«, log Vanderdecker. »Lassen Sie mich mal sehen.«

Jane fischte den gefalteten ›Herrliches Dorset‹-Prospekt aus ihrer Tasche, und dann untersuchten beide mit übertriebenem Eifer Mrs. Price' kartographische Skizze.

»Wenn das da drüben das Postamt ist ...«, begann Jane; da fiel bei ihr plötzlich der Groschen, und zwar genau an der richtigen Stelle im Kopf. Die Kleider, die er anhat, dachte sie, stammen aus verschiedenen Epochen. Er sieht wie ein Landstreicher aus, der einen Kostümverleih ausgeraubt hat. Jeanes' Bootswerft. Verschiedene Epochen der Geschichte. Das konnte doch nicht wahr sein ...

»Also«, sagte der Mann gerade, »wenn das da der *Red Lion* sein soll, dann muß hier Norden sein. Stellen Sie die Skizze mal auf den Kopf, dann sehen wir weiter.«

Jane dachte einen Augenblick lang nach. Es war einen Versuch wert. »Also das da ist der *Red Lion*, richtig? Ich frage mich, was das früher mal gewesen sein mag.«

»Eine Fleischerei«, antwortete Vanderdecker wahrheitsgetreu. Er blickte von der Skizze auf und starrte Jane an.

»Und wann soll das gewesen sein?« fragte sie. Ihre Stimme klang ruhig, leicht triumphierend und mehr als nur ein wenig ängstlich. Dem etwas großspurig formulierten Schild über dem Eingang zufolge war der *Red Lion* 1778 erbaut worden.

»Vor Ihrer Zeit«, erwiderte Vanderdecker.

»Aber nicht vor Ihrer, nicht wahr?«

»Da haben Sie allerdings recht«, entgegnete der Fliegende Holländer. »Sogar nach meiner Zeit, wenn man so will. Haben Sie mich gesucht?«

»Ja«, bestätigte Jane verlegen.

Vanderdecker lächelte matt. »Dann haben Sie sich aber ganz schön dämlich angestellt, denn das ist bereits das dritte Mal, daß wir uns begegnen. Die Welt ist klein, finden Sie nicht?«

Diese nur unterschwellig aggressive Äußerung schien Jane bereits leicht in Panik zu versetzen, während Vanderdecker spürte, wie ihm plötzlich ein riesiger Felsbrocken vom Herz fiel. Es war wie nach einer Ohrspülung; man nimmt plötzlich viel mehr wahr.

Jane schwieg eine Weile, dann blickte sie ihn an und sagte vorsichtig: »Daß jemand in Ihrer Lage so denkt, kann ich mir gut vorstellen.« Sie hatte das Gefühl, sie sollte am Ende des Satzes eigentlich noch ›Mister Vanderdecker‹ hinzufügen, aber das hätte zu sehr an einen Krimi erinnert. Also wartete sie auf eine Antwort.

»Das können Sie laut sagen«, erwiderte Vanderdekker, während sein Lächeln so langsam erstarrte wie Kerzenwachs, das auf eine Tischplatte getropft ist. »Klein und stinklangweilig.« Er machte eine Pause und atmete tief ein. »Nur um auch sicherzugehen, daß wir nicht aneinander vorbeireden — Sie wissen also, wer ich bin, ja?«

»Ich denke, ja«, antwortete Jane. »Ich glaube, Sie sind Julius Vanderdecker.«

Aus irgendeinem Grund hatte er erwartet, daß sie ›der Fliegende Holländer‹ gesagt hätte. Das war ein Spitzname, den er schon immer gehaßt hatte. Holländer? Ja, vollkommen richtig, aber warum, zum Henker, ›der Fliegende‹? Daß sie seinen richtigen Namen genannt hatte, empfand er irgendwie als rührend.

»Und Sie haben mich also gesucht, ja?«

»Richtig.«

»Aha.« Sein Gesicht schien sich zu entspannen, als er fragte: »Würde es Ihnen etwas ausmachen, hier kurz zu warten, während ich nach meinem Schiff sehe? Danach können wir ja gemeinsam etwas trinken gehen und uns über die Sache unterhalten.«

»In Ordnung«, erwiderte Jane. Ganz sachlich. Ganz zivilisiert. Noël Coward würde sagen: Jetzt hat's mich zwar erwischt, aber gehen wir doch wie *Erwachsene* damit um. »Haben Sie was dagegen, wenn ich mitkomme?«

»Nur zu«, willigte Vanderdecker ein. »Sie können einem Meister der Lüge bei der Arbeit zusehen, wenn es Sie nicht stört, zur heimlichen Komplizin zu werden.«

»Das macht mir überhaupt nichts«, hielt Jane entgegen. »Schließlich bin ich Buchhalterin.«

Ganz langsam und vorsichtig zog sich Danny Bennett die Decke vom Kopf und sah sich um. Er gehörte nicht zu diesen oberflächlichen Menschen, die nach dem ersten Eindruck urteilen. Er benötigte noch mehr Informationen, bevor er in verantwortungsbewußter Weise losschreien konnte.

Ein Mann mit einem abgetragenen Wams aus Wolle, geflickter Hose und einer Baseballmütze kam vorbei und lächelte ihn freundlich an, und Danny gab sein Bestes, das Lächeln zu erwidern. Dann kletterte der eigenartig gekleidete Mann die Schiffstakelage hoch. Nach einem langen Aufstieg erreichte er schließlich eine Art Holzplattform mit einem sehr niedrigen Geländer (war das Ding da oben jetzt der Ausguck oder ein abgesägtes Bierfaß? Einen Moment lang bereute es Danny, nicht *Moby Dick* gelesen zu haben, obwohl ihm das Buch von seiner Großmutter zum zwölften Geburtstag geschenkt worden war). Jetzt winkte der Mann, atmete einmal tief ein und sprang.

Unwillkürlich schloß Danny die Augen; die kleinen Muskeln in den Augenlidern waren sehr gut in der Lage, solch eine Entscheidung ohne Rückfrage bei der Hauptverwaltung zwischen den Ohren zu treffen. Sobald das Bewußtsein seine Autorität wieder geltend gemacht hatte, suchte er nach einem klumpigen Brei aus Fleisch und Knochensplittern. Statt dessen sah er einen schlechtgekleideten Mann vom Deck aufstehen, der anscheinend unverletzt geblieben war und nun einem zweiten Mann etwas zurief. Durch seine Kleidung hatte der zweite Mann ebenfalls etwas von der befreienden Komik der Gestalten im *Kaufmann von Venedig* an sich — an deren Namen sich Danny leider nie erinnern konnte. Allerdings trug er statt eines Wamses ein Dire-Straits-T-Shirt und zusätzlich einen breiten Ledergürtel, an dem ein Schwert und ein Morgenstern hingen. Wie bei einer Inszenierung des *Kaufmanns von Venedig* auf einer Ritterburg, entschied Danny.

»He, du da!« schrie der Mastspringer. »Ich will mit dir reden.«

Der schwerbewaffnete Mann wandte den Kopf und fragte: »Sprichst du mit mir?«

»Und ob ich mit dir spreche.« Der Mastspringer deutete auf einen der vielen Risse in seinem Wams. »Sieh dir das mal an.«

»Ich seh's«, erwiderte der zweite Mann. »Was ist damit?«

»Das ist deine Schuld«, schimpfte der Mastspringer wütend.

»Ach, wirklich?« Der zweite Mann schien nicht sonderlich beeindruckt zu sein. »Wie kommst du darauf?«

»Hör mal, du bist hier doch wohl der Schiffszimmermann. Folglich ist es deine Aufgabe sicherzustellen, daß es keine vorstehenden Nägel gibt, an denen sich die Leute bei jedem Sprung die Klamotten aufreißen können.«

Der zweite Mann lachte höhnisch. »Jetzt paß mal auf, du Witzbold! Wenn du nicht ständig da runterhüpfen würdest, müßte ich nicht alle naselang diese bescheuerten Planken wieder festnageln. Dann gäbe es überhaupt keine Nägel, kapiert?« Er kam mit dem Kopf immer näher auf den Mastspringer zu, bis sich ihre Nasen fast berührten. Aus irgendeinem Grund wurde Danny dabei an die Sixtinische Kapelle erinnert, obwohl es dort keine Nasen, sondern Finger sind.

»Erzähl mir doch nicht so 'n Scheiß«, fauchte der Mastspringer den Schiffszimmermann an. »Deine schludrige Arbeit steht mir bis hier, und wenn ...«

»Willst du behaupten, ich verstehe nichts von meinem Handwerk?« erkundigte sich der bewaffnete Mann mit zorniger, aber ruhiger Stimme.

»Ja.«

Mit einer so schnellen Armbewegung, daß Danny nur den von ihr in der Luft beschriebenen Bogen sah, riß der Zimmermann den Morgenstern aus dem Gürtel und schlug ihn mit abartiger Wucht auf den Kopf des Mastspringers. Diesmal blieben Dannys Lider dort, wo sie waren. Das gleiche tat unglaublicherweise auch das Hirn des Mastspringers. Genau in diesem Moment kam ein weiterer dieser eigenartigen Menschen herbeigerannt. Auch er war in einer Art angezogen, die einen nachdenklich stimmen konnte, doch Danny nahm die Kleidung erst gar nicht in Augenschein.

»Laßt das, ihr beiden!« befahl der dritte Mann. »Seht ihr nicht, daß wir Besuch haben?«

Die beiden Kämpfer drehten sich um und lächelten Danny verlegen an, der das Lächeln erwiderte.

»Es ist alles in Ordnung!« rief der dritte Mann Danny zu. »Die beiden haben wie üblich nur herumgeblödelt.«

Es war das ›wie üblich‹, das Danny Sorgen bereitete. Er spürte, wie sich sein Mund öffnete und das Kinn fast mit dem Hals verschmolz; das war immer ein schlechtes Zeichen.

»Ist schon in Ordnung«, stammelte er. »Lassen Sie sich durch mich nicht stören.«

Die drei Männer musterten ihn kurz und kamen dann zu ihm herüber. Danny versuchte zurückzuweichen, aber hinter ihm lag ein großer Stapel aufgerollter Seile, und für einen weiteren Rückzug war kein Platz mehr.

»Mein Name ist Danny Bennett«, stieß er ängstlich hervor. »Ich arbeite für die Sportredaktion der BBC.«

Diese Bemerkung hatte eine etwas geringere Wirkung als ein Luftgewehr in einem Artilleriegefecht, und Danny wünschte, er hätte lieber überhaupt nichts gesagt. Die drei eigenartigen Menschen blickten sich gegenseitig an. Dann streckte einer der Männer ihm die riesige rechte Hand entgegen, die Danny sofort ergriff. Sie war außen stark behaart und fühlte sich innen wie grobkörniges Schmirgelpapier an.

»Freut mich, Sie kennenzulernen«, sagte der Mann, der den Kampf unterbunden hatte. »Ich bin Antonius. Das hier« — er deutete auf den Mastspringer — »ist Sebastian, und das da« — der gemeingefährliche Irre mit dem großen Schwert — »ist Jan.«

Danny lächelte zwar, als würde ihm gerade eine Tasse Tee im Speisewagen serviert, glaubte aber, die Namen behalten zu können.

Antonius beugte sich mit den Händen auf den Knien nach vorn und murmelte verlegen: »Tut mir leid, was mit Ihrem kleinen Boot passiert ist.«

Danny blickte ihn verdattert an. »Mit meinem Boot?«

»Ja, Ihr kleines Boot. Wir haben's versenkt. Erinnern Sie sich nicht?«

»Ach so, das Boot! Doch, doch, aber das nehme ich Ihnen nicht übel.«

Auf Antonius' Gesicht erschien ein warmes Lächeln; er war offenbar ein Mann, der fremder Großherzigkeit die gebührende Anerkennung entgegenbrachte, wenn es um das Versenken von Booten ging. »Fernsehen also ...«

Danny nickte instinktiv.

»Sie sind richtig beim Fernsehen?« hakte Antonius neugierig nach.

Danny nickte erneut, diesmal tief erleichtert. Für einen kurzen Moment hatte er gedacht, er sei unter Freibeutern gelandet.

»Fernsehen ist eine phantastische Erfindung«, fuhr Antonius fort. »Wenn wir auf Landurlaub sind, sehen wir immer alle fern. ›Coronation Street‹.«

»Wie bitte?«

»›Coronation Street‹«, wiederholte Antonius. »Das läuft im Fernsehen. Da stehen wir alle drauf.«

»Ehrlich?« Danny kniff die Augen zusammen, als bemühe er sich, eine einzelne Zelle zu sehen, ohne sich mit einem Mikroskop abzugeben. Er spürte, wie ihm das Gespräch abermals entglitt.

»Natürlich fällt es uns schwer, der Handlung zu folgen«, fuhr Antonius fort.

»Ich weiß nicht, was Sie meinen, denn ich ...«, setzte Danny an, aber Antonius fuhr ihm über den Mund wie eine Dampfwalze über einen verschrumpelten Apfel.

»Wissen Sie, wir bekommen die Serie nur alle sieben Jahre einmal zu sehen, und es verändert sich immer 'ne ganze Menge.«

»Ich hab wirklich keine Ahnung«, entgegnete Danny. »Warum denn alle sieben Jahre?«

»Wir verbringen reichlich Zeit auf See«, mischte sich Sebastian ein. »Hab ich recht, Antonius?«

»Das stimmt«, bestätigte Antonius. »Weil der Geruch so stark ist.«

Danny sah, wie Sebastian Antonius vors Schienbein trat, und er rechnete mit einer erneuten gewalttätigen Auseinandersetzung der beiden.

Doch Antonius blickte nur verlegen drein und fügte hinzu: »Der Geruch der See. Wir Holländer lieben den Geruch der See. Das liegt uns im Blut.«

Was immer dir in diesem Moment im Blut liegt, es ist ganz sicher kein Meerwasser, dachte Danny, behielt es aber lieber für sich.

»Ich hab wirklich keinen blassen Schimmer, was wir

früher die ganze Zeit gemacht haben, als es noch kein Fernsehen gab«, erzählte Antonius weiter. »Natürlich haben wir viel mehr Flöte gespielt als heutzutage, haben Gaillarden getanzt oder sind zur Bärenhatz gegangen, aber solche Sachen können einem irgendwann ganz schön auf den Keks gehen, hab ich recht?«

»Ja«, bestätigte Danny rasch; in Anbetracht der Umstände hielt er das für eine gute, unverbindliche Antwort.

»Der Käpt'n hat natürlich seine Alchimie«, fuhr Antonius fort. »Apfel?«

»Bitte?«

»Möchten Sie einen Apfel?«

»Nein danke.«

»Wie Sie wollen. Am glücklichsten ist der Käpt'n, wenn er seine Nase in irgend so 'n Alchimiebuch vergraben hat. Ich kapier nicht, was er daran findet. Ich hab selbst mal versucht, eins zu lesen. Keine Bilder. Nur komische kleine Strichzeichnungen. Aber ihm scheinen die zu gefallen, und ich finde die immer noch besser als Buddelschiffe. Haben Sie sich mal mit Alchimie beschäftigt?«

»Nein«, gestand Danny.

»Machen Sie sich nichts draus«, beruhigte ihn Antonius mit großer Weisheit. »Reine Zeitverschwendung. Letzten Endes soll ja an der Alchimie was dran sein, glaubt man wenigstens.«

»Tatsächlich?« fragte Danny.

»Na klar! Aber für mich wär das nichts, dieses viele Lesen und was man sonst noch alles dafür machen muß. Das ist vielleicht ganz in Ordnung, wenn man auf hoher See festsitzt, aber beim Käpt'n hört es damit ja nicht auf. Der macht sogar noch auf 'm Landurlaub weiter. Ich erinnre mich, einmal in Neu Amsterdam ...«

»New York«, korrigierte ihn Sebastian unwillkürlich. »Man nennt es heutzutage New York.«

»Ach wirklich?« Antonius wirkte überrascht. »Was

für ein blöder Name. New York also … eine furchtbare Stadt ist das. Sind Sie schon mal dagewesen?«

»Ja«, antwortete Danny.

»Haben die immer noch dieses Gesetz, daß man nirgendwo was zu trinken kriegt?«

»Wie meinen Sie das?« fragte Danny.

»Man kriegt in Neu Amsterdam nirgends was zu trinken«, klärte Antonius ihn auf. »Das ist gegen das Gesetz. Wenn ich mich nicht irre, ist das in ganz Amerika so.«

»Wie bitte?« staunte Danny. »Wann soll das denn gewesen sein?«

»Nun … ehm … das ist bestimmt schon gut ein Jahr oder so her, als wir das letztemal da waren«, stammelte Antonius verlegen. »Gab's das Gesetz denn nicht mehr, als Sie da waren?«

»Nein«, entgegnete Danny. »Nein, das gab's ganz bestimmt nicht mehr.«

»Jedenfalls rückte der Landurlaub langsam näher«, fuhr Antonius fort. »Wir waren alle so trocken wie der Boden von 'nem Papageienkäfig, und wo bringt uns der Käpt'n wohl hin, he? Nach diesem verdammten Neu Amsterdam, bloß damit er da in 'ner Bibliothek irgendwas über Alchimie nachschlagen kann. Wir waren überhaupt nicht begeistert, das kann ich Ihnen sagen. Ich meine, wie hätten Sie reagiert?«

Danny erschauderte leicht. Wenn er sich stark anstrengte, gelänge es ihm vielleicht, das gerade Gehörte, in einen dunklen, verschwiegenen Winkel seines Gehirns zu drängen. Dort könnte es das Unterbewußtsein verstecken und mit einer Schutzschicht aus Perlmutt überziehen, bis es seine beunruhigende Wirkung ein wenig verloren hätte. »Ich wäre fuchsteufelswild geworden«, antwortete er schließlich mit wenig Überzeugung.

»Das sind wir auch«, fuhr Antonius fort. »Geschimpft wie die Rohrspatzen haben wir, allesamt. Und dann war da noch dieses eine Mal, als wir alle zur Osterinsel mußten, um den Halleyschen Kometen zu beobachten. Das hätte alles was mit Alchimie zu tun, hat er gesagt. Irgendwas mit Magnetismus. Auf der Osterinsel gibt es nichts, absolut nichts zu trinken. Nur Wasser. Der Käpt'n ist allerdings völlig verrückt auf den Halleyschen Kometen. Den läßt er sich nie entgehen.«

Das Wort ›nie‹ ist ein Problem, dachte Danny. Da kann man machen, was man will, darauf wird die Perlmuttschicht niemals haftenbleiben.

»Tatsächlich?«

»Und ob. Besessen nenne ich so etwas«, sagte Antonius angewidert. »Ich meine, Kometen sind ja in Ordnung, aber wenn man einen gesehen hat, hat man alle gesehen. Schließlich ist der Halleysche Komet auch nur ein Komet. Aber wenn man den Käpt'n so reden hört, muß man glauben, das ist wie Freibier und Weihnachten zusammen. Jedesmal wenn dieser Komet auftaucht, kann man mit dem Käpt'n kein Sterbenswörtchen mehr reden. Ich meine, es sei denn, man will von ihm unbedingt eins auf die Mütze kriegen. Ich hab weiß Gott nichts dagegen, wenn jemand ein Hobby hat, aber man kann es auch wirklich übertreiben.«

Danny warf aus den Augenwinkeln heraus einen kurzen Blick auf Sebastian, um dort vielleicht einen neuen Anhaltspunkt zu bekommen — schließlich war es gut möglich, daß es sich bei Antonius um den einzigen Irren auf diesem Schiff handelte und die anderen alle geistig wenigstens einigermaßen auf dem Damm waren —, aber Sebastian blickte nur gelangweilt drein.

»Was haben Sie da eben alles über Alchimie erzählt, und ist das wirklich ein Hobby Ihres Käpt'ns?« erkundigte sich Danny bei Antonius.

»O ja, er nimmt das sogar sehr ernst«, antwortete Antonius. »Interessieren Sie sich denn auch dafür?«

»Ja«, log Danny. »Ich bin zwar kein richtiger Experte auf diesem Gebiet, aber ich …«

»Ach ja? Dann ist es ja schade, daß Sie den Käpt'n

verpaßt haben«, entgegnete Antonius. »Aber wissen Sie was? Sie könnten sich mit dem alten Cornelius unterhalten. Der ist zwar nicht so alchimieverrückt wie der Käpt'n, aber bei dem eigentlichen Zusammenbrauen von dem Zeugs hilft er ihm immer. Wenn Sie wollen, könnte er Ihnen den Schmelztiegel und den ganzen Kram zeigen.«

Wie sich herausstellte, war Cornelius nur allzu glücklich, dem Besucher den Schmelztiegel zeigen zu dürfen, zumal ihm als einzige Alternative eine Partie Schach mit Antonius drohte, und er ging zum Kanonendeck am Heck voran. Aber anstelle von Kanonen befand sich dort vor einem Schott, an dem fünf oder sechs Regale hingen, ein großes Steinbecken, unter dem eine Art Ofen angebracht war. In der einen Hälfte der Regale standen kleine dunkle Gefäße mit von Hand beschrifteten Etiketten in Latein, während die andere Hälfte Bücher enthielt. Einige Bücher sahen sehr alt aus, aber die meisten waren neue Taschenbücher in Hochglanz, und als Danny einen Blick auf die Buchrücken warf, stellte er fest, daß es sich um naturwissenschaftliche Lehrbücher handelte. Da er im Unterricht der naturwissenschaftlichen Fächer immer nur mit offenen Augen davon geträumt hatte, den Korruptionsskandal im großen Schulbeirat in der Schulzeitung aufzudecken, konnte Danny nicht sagen, ob der Inhalt der Bücher wirklich so anspruchsvoll war, wie die Titel vermuten ließen. Aber er hätte Gift darauf nehmen können, daß weder ›Elemente der Quantenmechanik‹ noch ›Eigenschaften spaltbaren Materials‹ oder ›Dynamik subatomarer Partikel‹ in der Bücherei seines Heimatorts zu finden waren. Wenn beim Korrekturlesen aus einem anderen Wort wie ›haltbar‹ oder ›faltbar‹ nicht nur versehentlich ›spaltbar‹ geworden war, dann handelte es sich dabei um etwas Nukleares, und ›subatomar‹ sprach für sich selbst. Kernphysik! Plötzlich sah Danny, wenn auch noch sehr weit entfernt, einen schwachen Silberstreifen am Horizont.

»Sie beschäftigen sich also selbst ein wenig damit, oder?« unterbrach Cornelius' Stimme Dannys Träumereien. Es war eine fröhlich klingende Stimme, die durch einen dichten Bart laut nach außen drang.

»Aber wirklich nur ein wenig«, erwiderte Danny vorsichtig. »Quantenmechanik, spaltbare Eigenschaften, so was in der Richtung.«

»Aha.« Cornelius war anscheinend nicht beeindruckt. »Die ganze neumodische Scheiße also, auf die der Käpt'n auch so scharf ist. Langweilig. Ich finde, es geht doch nichts über die althergebrachten Methoden.«

»Halten Sie die wirklich für so gut?« fragte Danny, ohne zu wissen, worum es eigentlich ging.

Cornelius grinste. »Gut?« kicherte er. »Dann passen Sie mal auf!« Er holte ein Zippo-Feuerzeug aus dem ramponierten Lederbeutel hervor, der an dem breiten Ledergürtel hing, öffnete die Ofentür und hantierte mit einigen der Gefäße herum. »Aber erzählen Sie das bloß nicht dem Käpt'n!« bat er. »Der kann ganz schön stinkig werden, wenn ich seine Sachen anfasse. Aber ich hab das schon oft gemacht, da kann nichts passieren.«

»Ist das wirklich nicht gefährlich?«

»Nein, kinderleicht«, erklärte Cornelius. »Haben Sie irgendwas aus Metall dabei?«

Danny erinnerte sich plötzlich an ein Kinderfest, als er sechs Jahre alt gewesen war. Dort war damals ein Zauberer aufgetreten, der sich am Ende der Vorführung Unmengen von bunten Fähnchen aus den Ohren gezogen hatte. Danny riß sich zusammen und kramte seine Autoschlüssel aus der Tasche hervor. »Können Sie damit was anfangen?« fragte er.

»Ja, prima. Besser geht's nicht!« freute sich Cornelius. Er nahm die Schlüssel und warf sie in den Schmelztiegel, bevor ihn Danny daran hindern konnte. Auf einen grellweißen Blitz folgte ein schwaches Summen, das sich so anhörte, als stünde man unter einem Hochspannungsmast.

»Der ganze Vorgang dauert jetzt ungefähr dreißig Sekunden«, erläuterte Cornelius. »Dagegen ist Ihre Kernspaltung nur 'n müder Witz, wenn Sie mich fragen.«

Dreißig Sekunden später langte Cornelius unter den Ofen und zog etwas hervor, das wie eine Schöpfkelle aus massivem Gold aussah. Damit holte er nun die Autoschlüssel aus dem Schmelztiegel heraus und hielt sie Danny unter die Nase. Sie waren von einem blauen Licht umgeben und schienen sich in pures Gold verwandelt zu haben. Autoschlüssel aus purem Gold. Es erinnerte Danny an die Zeit, als Gerald ihn durch die Börse geführt hatte.

»Da haben Sie sie wieder«, sagte Cornelius und schüttete Danny die Schlüssel auf die Hand. »Keine Angst, die sind nicht heiß oder so was.«

Danny zuckte zwar zusammen, aber er spürte nichts. Das blaue Licht erlosch. Die Schlüssel fühlten sich unnatürlich kalt und schwer an. Massives Gold. Wie fühlte sich massives Gold an?

»Beeindruckend, was?« fragte Cornelius.

»Sehr beeindruckend«, erwiderte Danny, wobei er noch immer gebannt auf seine Autoschlüssel starrte. In seinem Kopf nahm die Alchimie eine ganz eigenartige und äußerst bedrohliche Gestalt an. Dieser ganze sinnlose Quatsch verwandelte sich in eine Story; eine Story über ungenehmigte, geheime Atomexperimente auf einem von Irren bemannten Schiff. Eine Story! Story! Story! Sollte es ihm irgendwie gelingen, dieses entsetzliche Schiff zu verlassen und ein Telefon aufzutreiben, bliebe ihm auch gleichzeitig das drohende Schicksal erspart, in der Sportredaktion zu versauern. Doch bis dahin war noch eine ganze Menge Enthüllungsjournalismus zu leisten.

»Sagen Sie mal«, fing Danny so beiläufig wie möglich an. Wie hieß dieser Mann noch mal? Der Oberbösewicht der Atomlobby. Der Mann, der hinter den Vorfällen in Dounreay steckt. Da hatte es doch kürzlich eine

Demonstration gegeben ... »Kennen Sie zufällig jemanden namens Montalban? Professor Montalban? Der beschäftigt sich doch auch mit dieser ganzen Alchimie, oder?«

Cornelius' Gesicht verzog sich zu einem gewaltigen Lachen. »Montalban kenne ich nur zu gut«, antwortete er. »Das ist schließlich derjenige, der uns diesen ganzen Schlamassel eingebrockt hat.« Plötzlich schien Cornelius einige Zusammenhänge zu vermuten. Er schaute Danny erneut an, wobei sein Blick dieses Mal überhaupt nicht mehr freundlich war, und fragte argwöhnisch: »Woher kennen Sie Montalban überhaupt?«

Das Glück ist nicht nur mit dem Tüchtigen, das hat es schon oft bewiesen, sondern häufig hat man mehr davon auch als Verstand. In diesem besonders entscheidenden Moment näherten sich der *Verdomde* zwei Boote. Auf dem einen, das von Steuerbord kam, saßen Vanderdecker und Jane Doland. In dem kleinen Motorboot auf der anderen Seite befand sich eine Gruppe freier Reporter, die das Schiff hübsch fanden und glaubten, die eine oder andere Zeitung könnte Verwendung für ein Foto oder einen kleinen Artikel haben. Da der Rumpf der *Verdomde* zwischen den beiden Booten lag, konnten sich die jeweiligen Insassen natürlich nicht sehen.

Danny entdeckte das Motorboot mit den Reportern durch eine offenstehende Geschützpforte. Ich kann zwar nicht schwimmen, dachte er, aber das ist jetzt auch egal.

»He! Wo wollen Sie denn hin?« brüllte Cornelius und versuchte, ihn am Arm festzuhalten, aber es war zu spät. Danny hatte seine schmalen Schultern bereits durch die Geschützpforte gezwängt und fiel einen Augenblick später ins Wasser. Dort schrie er um Hilfe und schlug wie ein verwundeter Hai wild um sich. Kurz vor dem Ertrinken wurde er von dem Motorboot aufgefischt.

Als er die Augen öffnete, sah er als erstes eine Kameratasche, in der sich viele Objektive und Filmrollen befanden. »Presse?« fragte er röchelnd.

»Na ja, so was Ähnliches«, antwortete einer seiner Retter. »Freie Mitarbeiter. Spielt das unter diesen Umständen wirklich ein Rolle?«

Jetzt bloß nicht die Nerven verlieren, beruhigte sich Danny. »Hören Sie ...«

9. KAPITEL

So, bitte schön. Hier hab ich eine schöne Tasse Kaffee für Sie«, säuselte Mrs. Clarke. »Lassen Sie ihn nicht kalt werden.«

Sie stellte die Tasse direkt neben die beiden anderen ab, die bereits randvoll mit kaltem Kaffee waren und auf denen diese blasse, milchweiße Schicht schwamm, die vernünftige Menschen so abstoßend finden.

»Danke«, sagte der Mann am Tisch, ohne aufzublikken. Er streckte die Hand aus, ertastete eine der Tassen, führte sie an den Mund und trank sie halb leer. Es war eine von den kalten, aber er schien es nicht zu bemerken. Mrs. Clarke schüttelte sich und ging. Obwohl sie keine religiöse Frau war, wußte sie, wo Leute, die heiße Getränke kalt werden lassen, nach dem Tod landen. Als sie wieder vor ihrer Schreibmaschine saß, schüttelte sie betrübt den Kopf und bedauerte nicht zum erstenmal, daß sie damals nicht den Job in der Kunststoffabrik angenommen hatte.

Wäre dem erst kürzlich aus Genf zurückgekehrten Professor Montalban aufgefallen, wieviel Leid er seiner Sekretärin zufügte, hätte er bestimmt darauf geachtet, den heißen Kaffee zu trinken. Er war keinesfalls ein herzloser Mensch. Im Moment richtete sich seine Konzentration aber auf etwas anderes. Seine Gedanken kreisten um eine kleine Fläche des Tischs, wo ein Schreibblock, drei Bleistifte (an beiden Enden angespitzt), ein Taschenrechner und zehn bis fünfzehn Bücher lagen, die allesamt aufgeschlagen waren. Er hatte

Kopfschmerzen, aber das war nicht das eigentliche Problem, denn er kannte diese Kopfschmerzen schon seit dreihundertzweiundvierzig Jahren, und er wußte, daß sie von einer Überanstrengung der Augen herrührten. Wegen des Elixiers konnte sich seine Sehkraft zwar nicht verschlechtern, selbst wenn er sie über alle Maßen strapazierte, aber sie bereitete ihm unaufhörlich Kopfschmerzen. Er wußte auch, daß der Optiker in der Cornmarket Street ihn innerhalb von zehn Minuten mit etwas ausstatten konnte, das diese Kopfschmerzen für immer vertreiben würde. Das Problem war nur, dafür die Zeit zu finden. Morgen vielleicht oder auch übermorgen.

Paradoxerweise war Zeit das einzige, von dem Professor Montalban jede Menge hatte. An Genialität fehlte es ihm hingegen an allen Ecken und Enden; er verfügte nicht einmal über jenen kleinen Funken Intuition, den ein Wissenschaftler so dringend benötigt, wenn er jemals etwas erreichen will. Er war lediglich ein kompetenter und überzeugter Anhänger korrekter wissenschaftlicher Verfahrensweisen. Aber da er eine Menge Zeit hatte, spielte auch das keine Rolle. Er konnte alles durch negative Auslese erreichen. Das mag sich planlos anhören, aber der wahre Wert jeder wissenschaftlichen Methode bemißt sich an ihren Ergebnissen, und so gesehen waren Montalbans Ergebnisse erstaunlich spektakulär. Jede größere wissenschaftliche Entdeckung oder Erfindung — von der Schwerkraft bis zur elektrischen Zahnbürste — basierte auf Professor Montalbans Arbeit. Jeden Durchbruch, jeden Quantensprung, jeden neuen Ansatz hatte er entweder initiiert oder in den meisten Fällen bis kurz vor der Veröffentlichung selbst ausgearbeitet. Jedesmal war im letzten Augenblick jemand anders aufgetaucht und hatte die ganze Anerkennung eingeheimst, aber genau das wollte der Professor, denn er hatte seine ganz speziellen Gründe, nicht aufzufallen.

Mal angenommen, ein neolithischer Höhlenbewohner will in seiner Höhle einige Regale aufstellen. Alles, was er zur Verfügung hat, ist ein Baum. Also muß er die Metallveredelung erfinden, die Säge, den Hobel, den Stechbeitel, den Bohrer, den Schraubenzieher, die Schraube, den Dübel, das Schmirgelpapier, die Polyurethanlasur, die Wasserwaage und schließlich noch das Resopalfurnier im Marmorlook, und dann kann er sich an die Arbeit machen. An all dem ist nichts, was den Intellekt übermäßig strapazieren würde, aber man braucht eine Menge Zeit dazu.

Professor Montalban hatte es nicht darauf angelegt, die Elektrizität zu entdecken, die Kernspaltung oder den Blutkreislauf, so wie der Höhlenmensch keinen großen Drang verspürt, Pionierarbeit für das Taschenmesser zu leisten — das waren nur lästige und notwendige Stationen auf der Suche nach dem letztendlich vorrangigen Ziel, genauso wie die moderne Mathematik strenggenommen nur ein Nebenprodukt von Richard Löwenherz' Verlangen nach der Wiedereroberung Jerusalems ist. Für Professor Montalban war das Ziel unendlich viel wichtiger als die kleinen Abstecher auf dem Weg dorthin — wie zum Beispiel die Kernspaltung —, denn eigentlich war er auf der Suche nach dem endgültigen Deodorant.

Das war allerdings nicht immer sein Ziel gewesen. In seiner Jugend hatten ihn das Geheimnis des ewigen Lebens und die Transmigration der Elemente mehr interessiert, wodurch er in erster Linie in diesen Schlamassel geraten war. Heute schätzte er seine damaligen Ambitionen in etwa so ein wie der Vorstandsvorsitzende eines großen multinationalen Konzerns seinen Kindheitstraum, Lokomotivführer zu werden. Wenn er eine Lebensphilosophie hatte, dann die, daß alles Zufall ist und 99,5 Prozent der Menschheit seit eh und je nichts als eine elende Plage darstellen.

Wie er es schon alle die Jahre über getan hatte, arbeitete er stets so lange weiter, bis seine Kopfschmerzen derart unerträglich wurden, daß er sich nicht mehr länger konzentrieren konnte; und zu diesem Zeitpunkt hatte der Optiker natürlich bereits Ladenschluß und war nach Hause gegangen. Also zog der Professor seine Jacke an und unternahm einen Spaziergang auf dem Institutsgelände, um wieder einen klaren Kopf zu bekommen. Der Abend war kühl, und hätte er sich in Gedanken nicht so sehr mit einem Irrtum beschäftigt, auf den er in der Brownschen Molekularbewegung gestoßen war, hätte er den Sonnenuntergang vermutlich genossen. Wie üblich spazierte Montalban geistesabwesend in die College-Cafeteria und setzte sich an einen der mit unzähligen Brandflecken übersäten Tische vor den Fernsehapparat. Er nahm keine Notiz von dem, was auf dem Bildschirm zu sehen war — irgendeine Sportsendung —, und ließ seine Gedanken zurück zum Zusammenspiel der ziellos umherirrenden Partikel wandern. Dann nahm er eine Stimme wahr, die im entferntesten Winkel seines Hirns laut etwas brüllte.

»Sehen Sie sich das mal an!« rief diese Stimme, und Professor Montalban sah es sich an: Am unteren Bildschirmrand erkannte er zwar nur undeutlich, aber unverkennbar etwas, das er wiedererkannte. Es war ein Schiff.

»Und weiter?« fragte Jane.

»Nichts weiter. Das war so ungefähr alles«, sagte Vanderdecker. »Wirklich. Ich hatte zwar noch andere Erlebnisse, aber keins davon ist für das fragliche Problem von Belang. Dabei fällt mir ein ...«

»Ja?«

Vanderdecker lächelte und hob das Glas an den Mund. »Was ist überhaupt das fragliche Problem? Warum haben Sie nach mir gesucht?«

Trotz der kürzlich durchgeführten Reform der Öffnungszeiten ist das einzige Lokal, wo man in der West

Bay um halb vier Uhr nachmittags etwas zu trinken bekommt, das *Rockcliffe Inn.* Es ist schwierig, sich einen Durst vorzustellen, der stark genug ist, um eine Person ins *Rockcliffe Inn* zu treiben. Daher kann man mit Sicherheit davon ausgehen, daß Vanderdecker nicht seinem dickflüssigen und trüben Bier zulächelte, das mit kleinen weißen Flocken verseucht war, die ihn an das Zeug erinnerten, das sich nach langem Schlaf in den Augenwinkeln ansammelt.

»Wegen der Versicherungspolice«, klärte Jane ihn auf.

Vanderdecker schaute sie verdutzt an. »Was für eine Versicherungspolice?«

»Die Vanderdecker-Police.«

»Sprechen wir doch nicht in Rätseln«, bat Vanderdekker. »Jedenfalls nicht, wenn das Bier so mies ist. Wenn Sie unbedingt in Rätseln sprechen müssen, will ich allermindestens ein Stella Artois vor mir haben.«

»Was ist Stella Artois?«

»Barbarin!«

»Verzeihung.«

»Stella Artois ist eine Biersorte«, klärte Vanderdecker sie auf. »Tut mir leid, das war wohl sehr unhöflich von mir. Ich hätte Sie nicht einfach eine Barbarin nennen dürfen, nur weil Sie noch nie etwas davon gehört haben. Sind Sie sicher, daß Sie noch nie davon gehört haben?«

»Ja. Ich mag Bier leider nicht besonders gern«, entschuldigte sich Jane.

»Dann sind Sie doch eine Barbarin. Was ist die Vanderdecker-Police? Erzählen Sie weiter! Sie sind dran.«

»Die Vanderdecker-Police ist die Lebensversicherung, die Sie mit dem Haus Fugger abgeschlossen haben.«

Vanderdecker wollte gerade widersprechen, als sich zwei winzige Anhaltspunkte in seinem Gedächtnis miteinander verbanden. »Meine Lebensversicherung?« wiederholte er.

»Genau.«

Er runzelte die Stirn. »Ach, das ist alles?«

»Ja.«

Vanderdecker stellte sein Glas hin. »Nach vierhundertfünfzig Jahren wollen Sie mir eine Lebensversicherung verkaufen. Gebt ihr Leute denn nie auf?«

Aber Jane schüttelte den Kopf. »Wir wollen Ihnen keine Lebensversicherung verkaufen, wir wollen sie Ihnen abkaufen.«

Während sie Vanderdecker anschaute, stieß auf der abgegrastesten Weide ihres Hirns der winzige Keim eines Gedankens ein grünes Blatt durch seine Hülse. Es war ein außergewöhnlicher Gedanke, aber er war wirklich da.

»Und warum?« erkundigte sich Vanderdecker.

»Das liegt doch wohl auf der Hand«, sagte Jane. Aber sie war nicht mit dem Herzen bei der Sache, denn sie spürte, daß sie kurz vor einem Lachkrampf stand, der wellenartig in ihr emporstieg. Ihr Körper war anscheinend nicht groß und kräftig genug, um das Lachen zu unterdrücken.

Unterdessen hatte Vanderdecker weitergeredet und fragte gerade: »Sprechen wir überhaupt von derselben Sache? Klar, ich erinnre mich, mit den Fuggern eine Police abgeschlossen zu haben, aber das war vor Jahren. Vor Hunderten von Jahren sogar, um genau zu sein. Außerdem hab ich seit Jahrhunderten keine Versicherungsprämie gezahlt. Ich meine, worum geht es überhaupt?«

»Aber Sie haben die Police doch noch, oder?« Jane spürte, wie ihr der Lachkrampf nun springflutartig gegen die Zähne schlug, aber noch konnte sie sich das Lachen verbeißen.

»Das weiß ich nicht«, antwortete Vanderdecker. »In solchen Dingen bin ich ein hoffnungsloser Fall. Aber warten Sie mal.« Er hielt inne und griff in seine Manteltasche. »Normalerweise stecke ich wichtige Dokumente hier rein«, murmelte er und holte einen großen Robbenfellumschlag hervor. »Nach dieser ganzen Zeit besitze ich zwar nicht mehr sämtliche wichtigen Dokumente, aber sehen wir mal nach.« Er klappte den Umschlag auf und wühlte darin herum. »Was haben wir denn da? Alchimistische Notizen, das ist es nicht. Geburtsurkunde, Paß, die Quittung für meinen elektrischen Rasierapparat, ein Streichholzheftchen aus dem Maxim's. Was ist das?« Er beäugte neugierig einen zerknitterten gelben Fetzen Papier. »Nein, das ist es nicht. Ah, aber hier. Ich glaube, wir haben Glück. Ist es das?« Er fischte ein gefaltetes Blatt Pergamentpapier heraus, an dem die Überreste eines zerbröselten Siegels hafteten.

»Das weiß ich nicht«, gestand Jane ein. »Ich kann es nicht lesen.«

»Ach, wirklich?« Vanderdecker betrachtete die winzige unleserliche Schrift aus dem sechzehnten Jahrhundert. »Kein Wunder, daß Sie es nicht lesen können, das ist Latein. Aber wenigstens ist es das richtige Dokument. Ist es wichtig?«

»Haben Sie es schon mal gelesen?« fragte Jane, obwohl ihr natürlich klar war, daß sie damit einen Fehler beging. Sie hätte es in die Finger bekommen müssen und vernichten sollen, um auf diese Weise die Welt zu retten. Aber der Druck des Gelächters gegen die Innenseiten ihres Schädels war kaum noch zu ertragen; sie mußte Vanderdecker in den Spaß einweihen.

»Ehrlich gesagt, hab ich das nicht getan«, erwiderte Vanderdecker. »Ich kann mit diesem ganzen juristischen Kauderwelsch nichts anfangen.«

»Es wäre aber besser für Sie, wenn Sie's könnten«, merkte Jane an.

Vanderdecker sah sie entnervt an. Sein Gesicht sah müde und angespannt aus, als befürchte er, daß sich das Ganze allmählich zu einem Problem entwickeln könnte. »Lassen Sie mich raten. Sie sind hinter mir her, weil ich seit vierhundertfünfzig Jahren keine Prämien mehr gezahlt hab. Aber das können Sie getrost vergessen, denn soviel Geld hab ich einfach nicht.«

Das war zuviel für Jane; sie begann zu lachen. Sie

lachte so sehr, daß selbst die Wirtin des *Rockcliffe Inn* ihre Aufmerksamkeit von der australischen Seifenoper abwandte und Jane mindestens volle drei Sekunden lang anstarrte, bevor sie den Blick wieder auf den tragbaren Fernseher auf dem Tresen richtete. Jane lachte so sehr, daß ihr Körper von der Belastung bereits schmerzte und die Lunge beinahe in sich zusammenfiel.

Vanderdecker hob eine Augenbraue und fragte etwas verunsichert: »Und was ist daran so witzig?«

Mit übermenschlicher Anstrengung gelang es Jane, das Lachen wenigstens kurzfristig zu unterbinden. »Sie brauchen nur die Police zu lesen«, gluckste sie. »Nun machen Sie schon.«

»Gut, wenn Sie dann mit diesen ausgefallenen Geräuschen aufhören«, willigte der Fliegende Holländer widerstrebend ein und begann zu lesen. Als er fertig war, blickte er auf und meinte: »Ich komm noch immer nicht drauf.«

Glücklicherweise war Jane unfähig, noch weiter zu lachen, und stammelte: »Tut mir leid, aber ich ...«

»Das sollte Ihnen auch leid tun«, wies Vanderdecker sie zurecht. »So was ist sehr peinlich. Sie können sich gar nicht vorstellen, wie unangenehm mir das ist. Bitte versuchen Sie, sich zusammenzunehmen.« Er faltete die Police zusammen und steckte sie wieder ein, zusammen mit seiner Geburtsurkunde und der Quittung für den elektrischen Rasierapparat.

»Sind Sie von dieser Versicherung?«

»Ja. Dieser Verein ist jetzt auch eine Bank, nicht mehr nur eine Versicherungsgesellschaft. Eigentlich gehöre ich nicht direkt dazu. Ich arbeite nur in deren Auftrag. Ich bin Buchhalterin.«

»Das sagten Sie bereits.«

»Stimmt.« Jane wischte sich mit einer Ecke ihres Taschentuchs die Tränen aus den Augen.

»Wissen Sie, Sie erinnern mich an jemanden.«

»Ach, wirklich?«

»Ja.« Vanderdecker wirkte leicht verlegen, als wollte er das, was er sagte, gar nicht sagen. »An eine junge Frau, die ich vor Jahren gekannt hab.« Er hielt kurz inne und murmelte: »Das war nämlich ihre Adresse auf dem Dokument, das Sie da eben gesehen haben. Sie muß jetzt schon seit dreihundert Jahren tot sein.«

»Erzählen Sie weiter«, bat Jane.

»Sie hieß Greta und wohnte in Schiedam. Viel gibt es da eigentlich gar nicht zu erzählen. Wir haben uns beim Tanzen kennengelernt und schienen uns einfach gut zu verstehen. Ich erinnere mich, daß ich ihr einen Witz erzählt hab. Im Grunde war es gar kein richtiger Witz, sondern etwas, das mir wirklich passiert ist, und sie fand das sehr lustig. Sie hat damals so gelacht, daß sie mir aus Versehen den ganzen Wein über die Hose schüttete. Jedenfalls stellte sich heraus, daß sie am nächsten Tag nach Brügge fahren wollte, und es war der letzte Tag meines Landurlaubs. Sie gab mir ihre Adresse. Ich schrieb ihr sieben Jahre später, und weitere sieben Jahre später holte ich ihre Antwort von der Aufbewahrungsstelle für postlagernde Sendungen in Nijmegen ab. Offensichtlich hatte sie einen anderen Mann kennengelernt. Wie sie schrieb, sei er vielleicht nicht gerade das wundervollste und aufregendste menschliche Wesen auf der Welt, aber nach allem, was sie wußte, wollte er eines Tages ganz groß ins Kammgarngeschäft einsteigen, und sie behalte mich immer als einen besonders lieben Freund in Erinnerung. Wie die Dinge standen, war es für alle Beteiligten wohl so am besten.«

»Und ich erinnere Sie an diese Frau?«

»Aber nur, weil Sie so verdammt viel lachen«, grummelte Vanderdecker.

»Ich verstehe. Darf ich Ihnen noch etwas zu trinken holen?«

Vanderdecker schwenkte das Glas, um so die weißen Flocken vom Boden aufzuwirbeln. »Gern, aber diesmal möchte ich das leichtere Dunkelbier.«

»Ist das leichtere besser?«

»Nein.«

Kurz darauf kam Jane mit den Getränken zurück. »Wenn das leichte Bier nicht schmeckt, warum trinken Sie es dann?« wollte sie wissen.

»Weil ich einen klaren Kopf behalten will«, antwortete Vanderdecker. »Aber was ist denn nun an meiner Lebensversicherungspolice so Besonderes? Und versuchen Sie bitte, nicht zu lachen, wenn Sie's mir erzählen.«

Jane holte tief Luft. Obwohl ihr klar war, daß sie mit der Finanzstabilität der gesamten freien Welt spielte, kam es ihr gar nicht so schlimm vor, und letztendlich war der seltsame Mann lange nicht so seltsam, wie sie zunächst vermutet hatte. »Bevor ich es Ihnen erzähle — würde es Ihnen was ausmachen, wenn ich Ihnen eine Frage stelle?«

»Nur zu«, ermunterte Vanderdecker sie.

»Was genau erwarten Sie vom Leben, Mister Vanderdecker?«

Der Fliegende Holländer lächelte; das heißt, eine anfängliche Bewegung seiner Mundwinkel entwickelte sich zu einer kleinen Welle direkt unterhalb seiner Nase, und das Ganze endete schließlich mit einer vollen Zurschaustellung gerader weißer Zähne. »Was für eine eigenartige Frage!« stieß er erstaunt hervor.

»Das stimmt allerdings«, räumte Jane ein. »Und in der Regel hab ich mit diesem ganzen Psychokram auch nichts am Hut. Aber Sie müssen wissen, daß es in diesem Fall ziemlich wichtig ist.«

Vanderdecker war überrascht. »Wirklich?«

»Ja, eigentlich schon.«

»Na gut«, willigte Vanderdecker ein, sammelte sich und blickte ernst drein. »Ich sehe das so: Nach dieser ganzen Zeit und mit den vielen Dingen, die ich in meinem Kopf mit mir herumtrage, von denen ich Ihnen bereits erzählt hab, stellte sich für mich immer eher die

Frage, was, zum Teufel, das Leben eigentlich von mir erwartet. Mord und Totschlag?«

»Ich verstehe«, bemerkte Jane, obwohl sie nichts verstand. Wenn sie ein Notizbuch bei sich gehabt hätte, hätte Sie sich das vermutlich alles aufgeschrieben. »Also haben Sie nie an Größenwahn gelitten oder das Verlangen verspürt, die Welt zu beherrschen?«

»Wie? Ich?« staunte Vanderdecker. »Nein, das kann ich wirklich nicht von mir behaupten. Natürlich wäre es ganz schön, ein paar Dinge zu ändern.«

Jane beugte sich vor und blickte ihn ernst an. »Zum Beispiel?«

Vanderdecker überlegte. »Ach, ich weiß auch nicht. Jetzt, da Sie es erwähnt haben, fällt mir jedenfalls nichts ein, was auch nur im entferntesten eine Rolle spielt. In meinem Alter entwickelt man ein wunderbares Gespür dafür, die Dinge so zu sehen, wie sie sind.«

»Sie sehen wie dreiunddreißig aus.«

»Na ja, wie fünfunddreißig. Sie schmeicheln mir. Kommen wir nicht ein bißchen vom Thema ab, oder spielt das alles eine Rolle?«

»In gewisser Weise spielt es eine Rolle, Mister Vanderdecker. Sie selbst halten sich also für einen relativ ausgeglichenen und — im positiven Sinne — ziemlich angepaßten Menschen, richtig?«

»Vielleicht«, entgegnete der Fliegende Holländer. »Wenn man bedenkt, daß ich schon seit über vierhundertfünfzig Jahren lebe und davon sieben Achtel dieser Jahre geistestötend langweilig waren, finde ich, daß ich ganz gut zurechtgekommen bin. Was meinen Sie, Miß Doland?«

»Ich glaube, daß ich Anfang der sechziger Jahre des sechzehnten Jahrhunderts total verrückt geworden wäre.«

»Das hab ich auch versucht«, erinnerte sich Vanderdecker. »Es dauerte ungefähr acht Stunden. Man kann nicht verrückt werden, wenn man ein Schiff führt, was ich ja fast Zeit meines Lebens getan hab. Man findet einfach keine Gelegenheit dazu. Kaum will man mal durch den tiefen Sumpf seiner seelischen Abgründe waten und hat endlich ein paar melancholische Gefühle entwickelt, streckt schon jemand den Kopf um die Ecke und sagt einem, daß sich der Koch und der Bootsmann schon wieder prügeln, daß irgendein Idiot den Sextanten verloren hat oder daß wir anscheinend sechzig Wegstunden vom Kap der Guten Hoffnung entfernt sind und ob wir nicht eigentlich nach Florida wollten. Es gibt alle möglichen Dinge, zu denen ich schon immer mal kommen wollte — zum Beispiel Flötespielen lernen, die Quadratwurzel von Null ausrechnen, verrückt werden — aber ich hatte einfach nie die Zeit dazu. Nach einer Weile gibt man auf und macht einfach mit dem alltäglichen Kram weiter.«

»Aber kommen Sie sich denn niemals ...« Jane suchte nach den passenden Worten, denn sie fühlte sich ein wenig verunsichert, da sie sich schon lange nicht mehr so angeregt unterhalten hatte. »Kommen Sie sich denn niemals irgendwie anders vor? Wichtig? Vom Schicksal auserwählt?«

»Ich? Nein! Warum sollte ich?« wunderte sich Vanderdecker.

»Ich war fest überzeugt, daß Sie sich irgendwie so fühlen müßten«, sagte Jane. »Bedenkt man, daß Sie unsterblich sind ...«

»Soll ich Ihnen ganz unverblümt sagen, wie ich mir vorkomme?«

»Ja, bitte.«

Vanderdecker starrte gedankenversunken auf den Tisch. »Es ist schwer, sich als besonders, wichtig oder gar als vom Schicksal auserwählt vorzukommen, wenn man auch nur annähernd so abstoßend riecht, wie ich's normalerweise tu. Ich hoffe, ich hab mich klar ausgedrückt.«

»Völlig.«

»Gut.« Vanderdecker hob den Kopf und grinste. »Und krieg ich jetzt endlich die Geschichte über meine Lebensversicherung zu hören?«

»Wenn Sie möchten.«

»Schießen Sie los.«

Also erzählte Jane ihm alles.

»Hör mal«, brüllte Danny in den Telefonhörer, »du begreifst offensichtlich nicht, daß ...«

Das Signal zum Geldnachwerfen ertönte, und Danny wühlte verzweifelt in der Hosentasche nach Kleingeld. Was er aufstöberte, waren fünf Pennies, ein Dichtungsring und eine französische Münze mit dem Kopf von Charles de Gaulle, die er am Flughafen Gatwick irgendwie erworben hatte. Er ließ sich nicht lange beirren und steckte die französische Münze in den Schlitz, was erstaunlicherweise klappte.

»Du begreifst offensichtlich nicht ...«, setzte Danny erneut an, wurde aber sofort von der Stimme am anderen Ende der Leitung unterbrochen.

»Nein, Danny! *Du* begreifst nicht, daß du eine Regatta filmen sollst. Alles, was für die Hochgeschwindigkeitsschiffahrt nicht von Belang ist, ist deshalb verboten. Halt dir dieses Prinzip fest vor Augen, dann kannst du nicht viel falsch machen.«

Danny holte tief Luft und erstarrte vor Zorn. Dann zwängte er dieselbe Luft durch den Kehlkopf hinaus, verwandelte aber den Zorn in Entschlossenheit.

»Okay, du läßt mir keine Alternative.«

»Also filmst du die Regatta?«

»Ich werde die Regatta nicht filmen, sondern Fay Parker vom *Guardian* anrufen!«

Diese Worte waren nichts als ein leere Drohung, zumal sie ein Mann mit fünf Pennies und einem Dichtungsring in der Tasche ausstieß. Aber natürlich wußte die Stimme das nicht und sagte erst einmal gar nichts.

»Und weißt du, was ich Fay Parker erzählen werde?«

fuhr Danny fort. »Ich werde ihr die ganze Wahrheit über die Amethyst-Geschichte erzählen.«

Die Stimme war nun überhaupt keine Stimme mehr. Sie war nur noch ein Schweigen.

»Ich werde ihr erzählen«, sagte Danny zu dem Schweigen, »daß derjenige, der sich im Kabinett für die Indizierung der Amethyst-Dokumentation eingesetzt hat, nicht der Premierminister, der Innenminister oder gar der Verteidigungsminister gewesen ist, sondern der Chef für Tagespolitik bei der BBC. Der wollte nämlich, daß die Dokumentation abgesetzt wird, um sich selbst als Märtyrer für die Sache der Pressefreiheit bejubeln zu lassen, damit es niemand mehr wagen konnte, ihn aufgrund ungeheuerlicher Inkompetenz zu entlassen. Meinst du, Fay Parker könnte mit so einer Story was anfangen?«

Das Schweigen blieb weiterhin ein Schweigen, und Danny hatte fürchterliche Angst, daß die Zeit von Charles de Gaulle ablief, bevor es wieder zu einer Stimme werden würde. »Nun, was ist?« hakte er ungeduldig nach.

»Arschloch«, meldete sich die Stimme.

Danny strahlte vor Freude, und als er ›Danke‹ sagte, ertönte im selben Augenblick das Signal zum Geldnachwerfen.

»Wirklich?« fragte Vanderdecker.

»Ich gebe Ihnen mein Ehrenwort, oder ich will auf der Stelle tot umfallen«, antwortete Jane. »Deswegen hab ich Sie gesucht.«

»Wissen Sie eigentlich, daß das eine herbe Enttäuschung für mich ist?«

»Und warum?«

Vanderdecker kratzte sich am Ohr. »Schwer zu sagen, ehrlich. Wahrscheinlich liegt es daran, daß ich schon seit langem halbwegs erwartet hab, daß irgendwelche Leute nach mir suchen, allerdings aus ganz anderen Gründen.«

»Das ist klingt ja fast ein bißchen nach Verfolgungswahn.«

Vanderdecker zuckte die Achseln. »Mag sein. Ich hab mir gedacht, daß das, was ich getan hab — so lange am Leben zu sein und all das —, nun ja, irgendwie falsch sei, und daß es früher oder später jemand herausfinden und mir sagen könnte, ich solle endlich damit aufhören. ›Benimm dich gefälligst deinem Alter entsprechend, Vanderdecker‹, so was in der Richtung. Und da ich nicht aufhören konnte, selbst wenn ich es gewollt hätte, bin ich nie sonderlich scharf darauf gewesen, gefunden zu werden. Ich hab dieses Gefühl, daß ich auf die eine oder andere Weise die Regeln verletze, und das ist überhaupt nicht meine Art.«

»Welche Regeln?«

»Na, die Regeln eben. Vielleicht verstehen Sie das nicht. Ich will versuchen, es Ihnen zu erklären. Erinnern Sie sich daran, als Sie zum erstenmal in Ihrem Leben ins Ausland gefahren sind?«

Jane erschauderte. »Nur zu gut.«

»Erinnern Sie sich noch an dieses schreckliche Schuldgefühl, das Sie dabei empfunden haben — ich gehe einfach davon aus, daß Sie es empfunden haben —, als würden Sie, ohne es zu wissen, alle möglichen einheimischen Gesetze und Bräuche verletzen? Und hatten Sie nicht auch diese Angst, früher oder später von einem dieser Polizisten mit Hüten wie Käseglokken verhaftet zu werden?«

»Und ob«, stimmte Jane ihm zu. »Ich glaube, das ist ein ganz natürliches Gefühl, wenn man in einem fremden Land zu Gast ist.«

»Na gut«, fuhr Vanderdecker fort. »Dann können Sie sich ja vorstellen, daß ich mich die ganze Zeit so fühle. Mit Ausnahme an Bord eines Schiffs auf hoher See bin ich überall ein Fremder. Ich glaube nicht, daß ich irgendwelche Gesetze gebrochen hab, denn ich nehme nicht an, daß es irgendwo als illegal angesehen wird, einfach nur am Leben zu sein — außer vielleicht in einigen Teilen Südostasiens. Aber allein der Gedanke an alle die Peinlichkeiten, die damit verbunden sind, wenn mich jemand fragt, wer ich sei und was ich vorhätte ... Verstehen Sie, worauf ich hinauswill? Das bedeutet, daß ich praktisch auf keine einzige Frage, die mir gestellt wird, jemals eine wahrheitsgetreue Antwort geben kann, und das nur aus Angst, für verrückt oder unhöflich gehalten zu werden. Das setzt einem nach einer Weile ganz schön zu, das kann ich Ihnen versichern. Und dann ist da natürlich noch dieser Geruch.«

»Ja. Ich hab mir gedacht, daß das ein Problem ist«, warf Jane ein.

»Und ob! Ein ganz entscheidendes Problem sogar«, unterstrich Vanderdecker.

»Wenn wir noch mal auf Ihre Lebensversicherung zu sprechen kommen könnten«, schlug Jane unverbindlich vor.

»Sie wollen also, daß ich darauf verzichte?«

»Nein.« Jane verstand nicht, weshalb sie sich dessen so sicher war. »*Die* wollen, daß Sie darauf verzichten. Beziehungsweise daß Sie denen die Police zurückübertragen, aber das kommt auf dasselbe raus.«

»Ich verstehe. Und warum sollte ich das tun?«

Jane fiel kein einziger vernünftiger Grund dafür ein, und das war überhaupt nicht gut.

»Sie müssen schon entschuldigen, wenn ich diesbezüglich in etwas verworrenen Bahnen denke«, fuhr Vanderdecker fort. »Schließlich hab ich mir über all die indirekten Folgen, die damit verbunden sind, noch keinerlei Gedanken machen können. Also, warum sollte ich verzichten?«

»Nun ... ehm ... die Versicherung nutzt Ihnen ja praktisch nichts«, argumentierte Jane kraftlos.

Vanderdecker blickte sie mißmutig an. »Sie müssen schon entschuldigen, wenn ich das sage, aber das gilt doch für sämtliche Lebensversicherungen. Verbessern

Sie mich, wenn ich unrecht hab, aber die Grundvoraussetzung, um diese verdammte Prämie abzukassieren, ist ja wohl, tot zu sein, und ich erinnre mich daran, irgendwo mal was davon gehört zu haben, daß einem die Summe niemals persönlich ausgezahlt wird.«

»Genau!«

»Was genau?« fragte Vanderdecker verwirrt.

»Sie können die Prämie nicht selbst einstreichen«, sagte Jane. »Also nutzt Ihnen die Versicherung persönlich gar nichts. Andererseits bringt die Police die finanzielle Stabilität Europas in Gefahr.«

»Und was ist an der finanziellen Stabilität Europas so umwerfend toll?« wollte Vanderdecker wissen.

Jane hatte das Gefühl, zu einer Erklärung durchaus in der Lage zu sein, schließlich war sie Buchhalterin. Aber während sie sich noch nicht ganz schlüssig war, wo sie beginnen sollte, fuhr Vanderdecker damit fort, was er eigentlich sagen wollte.

»Lassen Sie es mich so ausdrücken. Wenn das stimmt, was Sie behaupten, bin ich in der Lage, der gesamten Finanzwelt vorzuschreiben, was sie zu tun hat. Demnach besitze ich die Macht, die konkrete und nützliche Macht, ein bißchen gesunden Menschenverstand in das Wirtschaftssystem der Industriestaaten zu bringen. Mit anderen Worten: Ich könnte die Welt retten.«

»Wollen Sie das denn?« fragte Jane neugierig.

Vanderdecker dachte nach. »Nein.«

»Und warum nicht? Für mich hört sich das nach einer guten Idee an.«

»Ist es aber nicht«, widersprach der Fliegende Holländer. »Deswegen haben Sie mich also gefragt, ob ich jemals an Größenwahn gelitten oder das Verlangen verspürt hab, die Welt zu beherrschen. Meine Antwort lautet aber nach wie vor nein. Ich meine, der Gedanke klingt ja recht verlockend, daß ich Zinssätze in Ordnung bringe, die Inflation besiege und die Reichen leer ausgehen lasse und so weiter, aber so etwas liegt mir einfach nicht. Verdammt noch mal, ich hab damals in den achtziger Jahren des sechzehnten Jahrhunderts noch nicht mal den Jutemarkt kapiert. Ich würde alles nur noch schlimmer machen, als es jetzt schon ist.«

»Warum also nicht tun, was die Versicherung von Ihnen will?« fragte Jane. »Dadurch würde sich auch für Sie alles einfacher gestalten.«

»Ach ja? Wirklich?«

»Wenigstens könnte das so sein«, beharrte Jane. »Sie müßten lediglich über den richtigen Preis nachdenken.«

»Reden Sie weiter.«

»Sie könnten so etwas wie eine inflationsabhängige Leibrente verlangen«, schlug Jane vor. »Beginnend mit zwei Millionen Pfund pro Jahr, plus eventuell benötigtem Personenschutz und entsprechender Unterstützung bei behördlichen und sonstigen Angelegenheiten. Reisepässe, Ausweise, ein neues Schiff, Schriftstücke mit den Unterschriften von Präsidenten und Premierministern, um sie den Zollbeamten und den Leuten von der Küstenwache unter die Nase zu halten. Alles, was nötig ist, um Ihnen das Leben zu erleichtern. Nie mehr müßten Sie sich irgendwo herumtreiben, sich verstecken oder Ihr Schiff in Bridport auf Jeanes' Werft reparieren lassen, weil es keinen anderen Ort gibt, wo Sie sich hintrauen. Sie könnten überhaupt alles verlangen, was Sie wollen. Eine neue Identität. Niemand würde Fragen stellen. Sie könnten sogar endlich ihr Leben genießen und müßten sich nicht die ganze Zeit auf hoher See herumtreiben.«

»Und was ist mit dem Geruch?«

»Na und? Verlangen Sie doch einfach, daß man Ihnen einen massiven Spezialbunker mit Klimaanlage oben auf den Pyrenäen baut. Hundert Spezialbunker! In jedem Land einen. Richtige Howard-Hughes-Dinger. Das wär nun wirklich kein Problem.«

Vanderdecker dachte nach und grinste dann. »Das ist wirklich sehr nett von Ihnen, und ich weiß Ihr Angebot zu schätzen, aber ich bin trotzdem dagegen. Ich finde, wir lassen lieber alles beim alten.«

Jane hatte ein Gefühl, als hätte ihr gerade jemand Sand in die Ohren gepumpt. »Und warum?«

»Das weiß ich auch nicht«, gestand Vanderdecker. »In erster Linie aus einem Instinkt heraus.« Er hielt inne und stützte das Kinn auf die Hände. »Ich kann mich daran erinnern, mal irgendwo etwas über diese Tramps gelesen zu haben. Menschen also, die, nachdem sie viele Jahre lang ein hartes Leben geführt hatten, dazu überredet wurden, aus Wind und Wetter heraus in ein schönes, sauberes Wohnheim zu ziehen. Saubere Kleidung, richtige Betten, warmes Essen. Nach einer Woche oder so fingen alle an, auf dem Fußboden zu schlafen, die ganze Zeit dieselbe Kleidung zu tragen und die Abfälle aus den Mülleimern zu essen. Dem Personal wollte das überhaupt nicht in den Kopf, aber die Tramps trauten den Betten, den Kleidern und dem Essen einfach nicht; sie glaubten, in einer Art Falle zu sitzen, und wollten damit nichts zu tun haben. Nach einer gewissen Zeit wird man so.«

»Ich verstehe«, sagte Jane betrübt. »Also waren meine Bemühungen vergebens, nicht wahr?«

»Sieht ganz so aus. Tut mir wirklich leid.«

Jane überlegte kurz. »Und wie wäre es, wenn Sie es als einen persönlichen Gefallen für mich täten?«

Vanderdecker starrte sie verdutzt an. »Wie bitte? Können Sie das noch mal wiederholen?«

»Als einen persönlichen Gefallen für mich«, wiederholte Jane. »Um mir aus der Patsche zu helfen.«

»Aber ...« Vanderdecker verstummte und schaute Jane in die Augen. Vielleicht entdeckte er dort etwas, das er lange nicht mehr gesehen hatte. »Sie meinen, weil ich Sie mag oder so?«

»Einfach deshalb, weil Sie ein netter Mensch sind. So, wie man jemandem im Verkehr freiwillig den Vorrang läßt oder seinen Platz in der U-Bahn anbietet.«

»Von der Warte aus hab ich das noch gar nicht betrachtet«, räumte Vanderdecker ein.

»Dann versuchen Sie's.«

Vanderdecker holte tief Luft. »Hab ich Ihnen eigentlich schon von meinen Abenteuern in der Immobilienbranche erzählt?«

»Nein«, entgegnete Jane leicht verwirrt. »Ist das im Moment wichtig?«

»Ja, ziemlich.«

»Na gut, dann schießen Sie los.«

»Okay.« Vanderdecker lehnte sich in seinem Stuhl zurück und schloß die Augen. »Vor vielen Jahren — selbst für meine Verhältnisse — hab ich mal ein Stück Land in Amerika gekauft. Ich weiß selbst nicht, warum. Aber es war billig, ich hatte gerade etwas Kapital und hielt es für richtig, das Geld irgendwie anzulegen. Meine Idee war, irgendwo weitab von der Menschheit und doch in unmittelbarer Nähe zum Meer eine kleine Ortschaft zu errichten, wo meine Mannschaft und ich sicher sein konnten, etwas Privatleben zu haben und das ein oder andere Bier zu trinken, wenn wir an Land gingen. So etwas in der Art hab ich mir jedenfalls immer vorgestellt. Nun gut. Bevor der erste Spatenstich getan werden konnte, hab ich in einem Wirtshaus einen Mann kennengelernt, der gerade eine Pechsträhne hatte. Er war auch Holländer, und er tat mir leid. Seine Geschichte hörte sich wirklich furchtbar an. Er war wegen seines Glaubens aus Holland vertrieben worden, und man hatte ihn gezwungen, Haus und Hof zu verkaufen. Als er endlich in der Neuen Welt ankam, um ganz von vorn anzufangen, war er fast pleite. Er hatte in der alten Heimat einen auch nicht annähernd angemessenen Preis für sein Eigentum erhalten, und ein Großteil davon war für die Schiffspassage und sonstige Umzugskosten draufgegangen, weil sich sämtliche Transportunternehmer als Beutelschneider erwiesen hatten. Zu allem Überfluß waren auch noch Rüsselkäfer in das Saatgut gelangt, und drei seiner Kühe hatten sich die Maul- und Klauenseuche geholt. Er wußte wirklich nicht, wie er sich noch genug Land in Amerika leisten sollte, um den Unterhalt für seine Frau und die drei Kinder zu bestreiten. Also fragte ich ihn, wieviel Geld er noch habe, und bot ihm daraufhin für den Rest seiner Barschaft mein Land an. Ohne zu überlegen, stimmte er sofort zu, zumal es wirklich sehr billig war, und ich hab mich dazu hinreißen lassen, weil ich im Grunde ein anständiger Kerl bin. In Anbetracht meiner Lage war das Land für mich natürlich sowieso verdammt unwichtig.«

»Und?«

»Nun, was ich ihm damals verkauft hab, war die Insel von Manhattan«, sagte Vanderdecker betrübt. »Eine bedauerliche Fehleinschätzung, finden Sie nicht?«

Jane sagte überhaupt nichts.

»Natürlich konnte ich das damals nicht wissen«, fuhr Vanderdecker fort. »So was weiß man vorher nie. Aber so ist das mit dem ewigen Leben; man muß eben auch mit seinen ewigen Fehlern leben, stimmt's? Wie damals, als ich der spanischen Armada begegnet bin.«

»Sie sind der spanischen Armada begegnet?«

»Reines Glück. Es war kurz nachdem sich der Geruch bei uns eingestellt hatte. Wir waren in eine Flaute geraten und lagen vor Gravelines. Plötzlich ist das Meer übersät von spanischen Schiffen. Ein phantastischer Anblick. Dann bemerken die Spanier diesen bestialischen Gestank, und bevor ihre Kommandanten sie aufhalten können, halten alle auf die offene See zu, mit zugehaltenen Nasen. Ergebnis: sie verlieren das Wettermeßgerät und werden von meinem alten Jute-Handelspartner Francis Drake in Stücke geschossen. Oder kennen Sie die Geschichte von Karl dem Zweiten?«

»Karl der Zweite?«

»Genau«, sagte Vanderdecker. »Ich saß in dieser Spelunke und trank in Ruhe mein Bier, als so ein großer Mann mit Schnurrbart mich fragte, ob er per Anhalter bis nach Frankreich mitfahren könne. Kein Problem. Cromwell sah das anders, aber das wußte ich natürlich nicht. Dünkirchen ist ein weiteres Beispiel für ein und dieselbe Sache. Wenn diese deutschen Kreuzer damals nicht genau im selben Augenblick in meine Windrichtung gekommen wären, als alle diese kleinen Landungsboote ohne jede Eskorte mit Höchstgeschwindigkeit über den Kanal fuhren … Sie verstehen bestimmt, worauf ich hinauswill, oder? Meine Anwesenheit hat stets drastische Auswirkungen auf die Geschichte. Dabei gebe ich mir weder sonderliche Mühe, noch helfe ich mutwillig nach. Ich hasse mich selbst hinterher dafür, aber es geschieht immer wieder. Sie haben mich gefragt, ob ich der Meinung wäre, vom Schicksal auserwählt worden zu sein. Ich weiß aber, daß es nicht so ist. Alles ist reiner Zufall. Noch nicht einmal das — alles beruht auf berechenbarer Wahrscheinlichkeit. Wenn jemand lange genug auf der Erde lebt, müssen ihm oder durch ihn früher oder später wichtige Dinge geschehen, und das allein aufgrund seiner Anwesenheit. Nun, dagegen ist man machtlos, und auch ich kann nichts dagegen unternehmen, aber ich will verdammt sein, wenn ich es mit Absicht tu. Das war schlimm genug damals, mit Napoleon …«

»Napoleon?« fragte Jane.

Vanderdecker blickte sie finster an. »Wer, glauben Sie, war wohl der Idiot, der 1815 auf Elba einen Passagier an Bord genommen hat? Ich hab diesen Mann in einer kleinen Hafenkneipe kennengelernt. ›Wohin fahren Sie?‹ fragt er. ›Nach Frankreich‹, sage ich ihm. ›Was für ein Zufall‹, sagt er, ›da will ich auch hin.‹ Woran liegt es eigentlich, daß die immer alle nach diesem verfluchten Frankreich wollen? Das war jetzt gelogen. Garibaldi wollte nämlich nach Italien. Jedenfalls muß ich der Tatsache ins Auge blicken, daß die Geschichte für mich nicht viel mehr als eine grausame Erinnerung an meine eigene, stets versehentliche Einmischung ist. Sogar heute noch kann ich dieses ›Steuermann, laß die Wacht!‹ nicht hören, ohne daß mir dabei schlecht wird.«

Mag sein, daß Janes Augenbrauen noch einmal einen knappen Zentimeter höherzuckten, doch sie sagte lieber nichts. Sie hielt ihre Geste für eine passende Randbemerkung, und mehr Einzelheiten wollte sie sowieso nicht wissen. »Sie sollten Ihre Autobiographie schreiben«, schlug sie statt dessen vor.

»Das hab ich schon mal getan«, klärte Vanderdecker sie umgehend auf. »Die war sehr langweilig, wirklich sehr langweilig. Viele langatmige Beschreibungen von Seereisen, mit diversen Kommentaren zum Handel und Wandel mit alkoholischen Getränken im Lauf der Jahrhunderte. Ach, zum Teufel damit! Es tut mir leid, aber ich glaube, ich kann Ihnen nicht helfen.«

»Trotzdem war es nett, Sie kennengelernt zu haben«, sagte Jane.

»Und was, wenn ich fragen darf, haben Sie nun vor?« erkundigte sich Vanderdecker.

»Was ich vorhab?« Jane runzelte die Stirn. »Das weiß ich selbst nicht. Spielt das noch eine Rolle?«

»Für mich ja«, antwortete Vanderdecker. »Sie sind hoffentlich kein nachtragender Mensch, oder? Ich meine, Sie wissen jetzt eine Menge über mich, was ich mache, wo ich mein Schiff reparieren lasse und so weiter.«

»Ich versteh, was Sie meinen. Sie brauchen sich deshalb wirklich keine Sorgen zu machen, Mister Vanderdecker«, versicherte ihm Jane.

»Ich glaube Ihnen. Und was werden Sie nun als nächstes tun?«

»Gute Frage. Die Aussicht, meinem Chef erzählen zu müssen, daß ich es letztendlich doch nicht geschafft hab, behagt mir überhaupt nicht.«

Vanderdecker dachte nach. »Gehe ich recht in der Annahme, daß Sie keinen Geruchssinn haben?«

»Na ja, auf jeden Fall einen miserablen Geruchssinn«, bestätigte Jane.

»Was halten Sie dann davon, wenn ich Sie irgendwohin mitnehme?« schlug der Fliegende Holländer vor.

»Mich irgendwohin mitnehmen? Wohin?«

»Irgendwohin«, antwortete Vanderdecker. »Ich kann Ihnen versichern, daß es auf meinem Schiff keine einzige Briefmarkensammlung gibt.«

»Keine einzige Briefmarkensammlung?« wiederholte Jane verdutzt und fügte rasch hinzu: »Ach so, ich verstehe«, wobei sie Briefmarkensammlungen durchaus reizvoll fand. »Aber ich weiß nicht«, druckste sie verlegen herum. »Ich ... ich meine, Sie haben selbst gesagt, daß es ziemlich langweilig ist, sieben Jahre lang am Stück auf See zu sein.«

Vanderdecker lächelte. »Sicher, aber ist das auch so langweilig wie Buchhalterin zu sein?«

Jane dachte angestrengt nach und traf eine epochale Feststellung. »Nichts auf der Welt könnte auch nur annähernd so langweilig wie das Leben einer Buchhalterin sein. Wie war er?«

»Wer?«

»Der schöne Prinz Charlie.«

»Ach, der ... na, wie alle anderen auch«, antwortete Vanderdecker. »Wirklich.«

Er stand auf und ging an den Tresen, um noch etwas zum Trinken zu holen, doch im selben Augenblick hängte die Wirtin die Handtücher über die Zapfhähne.

Nicht zum erstenmal fehlten Danny die richtigen Worte. Infolgedessen war er frustriert und packte den Telefonhörer so fest, bis er leicht knackte.

»Du mußt das *global* betrachten«, wiederholte er.

»Was soll ich?«

»Du mußt eine *globale* Sichtweise annehmen«, drängte Danny. »Die Dinge im richtigen Verhältnis sehen.«

»Ist dir eigentlich klar, daß ich nicht die leiseste Ahnung hab, wovon du überhaupt redest?«

Die dünne Nabelschnur riß, die Danny mit seiner

Selbstbeherrschung verband. »Das, wovon ich rede«, brüllte er, »ist die größte Story seit Westlands. Und du willst sie allein aufgrund der Kosten für die Miete eines lächerlichen Boots aufs Spiel setzen!«

»Was war Westlands?«

Tief aus dem Kehlkopf heraus gab Danny ein Geräusch von sich, das an widerspenstigen Leinenstoff erinnerte, wenn man ihn in schmale Streifen zerreißt. »Jetzt mach bloß keinen Scheiß!« fluchte er. »Mein Gott! Was für 'ne Art, eine Fernsehgesellschaft zu führen! Verstehst du nicht? Ich will nichts als ein verdammtes Boot mieten, um 'n paar Aufnahmen zu machen.«

»Das verstehe ich, ja. Was ich nicht verstehe: Warum? Das ist sozusagen der Punkt, wo unsere gemeinsame Kommunikationsschnittstelle einen technischen Defekt zu haben scheint.«

»Aber kannst du nicht ...« Danny schwieg, und wie der erste warme Regen im Frühling nahm eine Idee in seinem Kopf Gestalt an. »Ach, du kannst mich mal am Arsch lecken!«

»Wie bitte?«

»Das wird dir noch leid tun!« zischte Danny. Dann knallte er den Hörer auf die Gabel und rettete die Telefonkarte aus den Fängen des Apparats. Eigentlich ist alles zum Heulen einfach, sagte er sich. Ich miete selbst ein Boot. Oder, um genau zu sein, ich setze es auf die Spesenrechnung. Alexander der Große zerschlug den gordischen Knoten, den er nicht entwirren konnte, einfach mit dem Schwert. Ganz ähnlich hatte Danny jetzt den Punkt erreicht, wo sich nichts mehr zwischen ihn und die Story stellen konnte. Sollte eines Tages über diesen Dokumentarfilm ein Dokumentarfilm gedreht werden, hätte der Schauspieler, der ihn, Danny Bennett, darstellen würde, bei dieser Szene eine Menge zu tun. Eiligen Schrittes verließ er die Telefonzelle und machte sich auf die Suche nach einem Boot.

Zwar konnte er kein besonders gutes Boot mehr auftreiben, aber nach modernen Gesichtspunkten war das die berühmte Hochseejacht *Golden Hinde* auch nicht. Es war funktionell und sollte seine Aufgabe erfüllen. Danny trieb die Kameracrew samt Tontechnikern auf das Boot, gab dem Steuermann zu verstehen, daß es Zeit zum Aufbrechen sei, und setzte sich hin, um die nötigen Vorbereitungen zu treffen.

Etwa eine halbe Stunde später beugte sich der Bootsführer zu ihm herüber und fragte: »Sind Sie sicher, daß der Kahn hiergewesen ist?«

»Ja.«

»Nun«, fuhr der Bootsführer mit der Autorität eines Papstes fort, »jetzt ist er nicht mehr hier.«

»Dann muß das Schiff woanders hingefahren sein«, stellte Danny treffenderweise fest. »Ich schlage vor, Sie suchen es.«

»Und wo?«

»Das weiß ich doch nicht!« fauchte Danny ihn an. »Lassen Sie sich gefälligst was einfallen!«

Der Bootsführer zuckte die Achseln und spielte am Motor herum. Die Leute von der Kameracrew tauschten untereinander Blicke aus, deren einzigartige Variationsbreite Mitgliedern einer mächtigen Gewerkschaft vorbehalten ist, die Überstunden machen müssen und dabei naß werden. Innerhalb einer solch spezialisierten gesellschaftlichen Gruppe ist Sprache nach einer Weile überflüssig.

Eine Dreiviertelstunde später deutete der Bootsführer an, daß in dem Fall nur noch die West Bay übrigbleibe, beziehungsweise der Hafen der gleichnamigen Ortschaft. Er sagte das auf eine Art, als wollte er damit unterstellen, daß sich nur ein kompletter Schwachkopf die Mühe machen würde, im Hafen von West Bay nachzusehen, da dort noch nie ein Schiff angelegt habe. Danny ging aber zu sehr in seinem eigenen Schicksal auf, als daß er dies bemerkt hätte.

Durch puren Zufall fuhr Dannys Boot genau in dem

Moment in den Hafen ein, als die *Verdomde* ihn gerade verlassen wollte. Und dabei war die *Verdomde* in dieser Hinsicht nicht die einzige; an Land fand nämlich eine beispiellose Rangelei um Autos und eine verzweifelte Suche nach verlorengegangen Wagenschlüsseln statt. Die Menschen suchten panikartig das Weite, weil sich urplötzlich ein penetranter Geruch über die Bucht ausbreitete.

Aus Gründen, die nicht mehr erklärt werden müssen, nahm Jane den Geruch nicht wahr, aber alle anderen, einschließlich Vanderdecker, waren weniger glücklich dran. Ungefähr fünf Minuten, nachdem die *Verdomde* für seetüchtig erklärt worden war und das Geld den Besitzer gewechselt hatte, war die Wirkung des verzauberten Meerwassers von Dounreay verflogen. Glücklicherweise blies der Wind in die richtige Richtung, zumindest für Navigationszwecke. Obwohl Vanderdecker äußerst unglücklich darüber war, bei vollem Tageslicht in See stechen zu müssen, wußte er, daß er keine andere Wahl hatte, als diese günstige Gelegenheit zu ergreifen. Möglicherweise würde das Schiff auffallen, wenn es in See stach, aber noch wesentlich mehr, wenn es dablieb. In Puerto Rico war sogar einmal von besorgten Anwohnern die Feuerwehr gerufen worden und hatte ihre Schläuche auf ihn gerichtet. Derlei Erfahrungen hinterlassen in der Psyche eines Menschen ihre Spuren.

In späteren Jahren sollte sich Jane noch häufig fragen, warum sie damals überhaupt auf dem Schiff geblieben war. Gelegentlich versuchte sie, sich dabei einzureden, sie hätte die Hoffnung, das Ziel ihrer Mission doch noch zu erreichen, noch nicht ganz aufgegeben gehabt, aber das war reiner Selbstbetrug. Soweit es überhaupt eine vernünftige Erklärung gab, konnte sie nur lauten, daß Jane sich einfach nicht mit dem Gedanken abfinden wollte, daß das Abenteuer für sie zu Ende sei. Zu ihrer Verteidigung konnte sie vorbringen, daß sie für ihre Entscheidung nur eine fünfhundertstel Sekunde Zeit gehabt hatte und daß selbst die gescheitesten Köpfe hin und wieder dazu gezwungen sind, Entscheidungen von großer Tragweite in der Belichtungszeit eines Fotoapparats zu treffen.

Jedenfalls hatte sie Vanderdeckers beiläufig erwähntem Vorschlag zugestimmt und war mit an Bord gegangen und dort auch geblieben. Ob das Angebot des Fliegenden Holländers nun ernst gemeint war oder nicht, konnte sie nicht mehr feststellen, da der Kapitän mittlerweile zu sehr damit beschäftigt war, der Mannschaft Befehle zu erteilen.

Danny erblickte das Schiff ungefähr eine Sekunde, bevor er den Geruch wahrnahm, aber man darf nicht vergessen, daß er eine Erkältung hatte. Alle anderen nahmen zuerst den Geruch und dann erst die *Verdomde* wahr. Vorsorglich machten sie Danny auf den bestialischen Gestank aufmerksam, falls er ihn noch nicht selbst bemerkt haben sollte. Sie gaben zu bedenken, daß der Geruch extrem unangenehm sei und sie es für ratsam hielten kehrtzumachen. Sie führten dies noch weiter aus, bis sie drohten, Danny über Bord zu werfen. Schließlich beachteten sie ihn nicht mehr. Er kreischte sie eine Weile an, doch schon bald war der ohrenbetäubende Lärm des aufheulenden Schiffsmotors so laut, daß von Danny nichts mehr zu hören war.

»Sehen Sie nur! Das Boot da!« rief Jane.

»Welches Boot?« fragte Vanderdecker. »Nicht jetzt, Sebastian! Nimm das Ding ab.«

Sebastian van Doorning löste die Kette samt Anker von seinem Bein und begab sich murmelnd wieder auf seinen Posten.

»Sie sagten eben was von einem Boot«, wandte sich Vanderdecker an Jane.

Der Fliegende Holländer trug erneut diesen sorgenvollen Gesichtsausdruck zur Schau, der mittlerweile noch besser zu ihm paßte, als ein dreiteiliger Savile-

Row-Anzug mit Jermyn-Street-Socken zu dem paßt, der ihn trägt. Er stand ihm irgendwie gut.

»Ich hab eben gedacht, ich würde den Mann kennen«, sagte Jane.

»Welchen Mann?«

»Den Mann auf dem Boot.«

»Welches Boot?«

»Ach, ist doch egal«, winkte Jane ab. »Und wohin fahren wir jetzt?«

»Wir nehmen die Langzeitreiseroute«, erklärte Vanderdecker. »Wir können uns später darüber unterhalten. Würde Ihnen im Moment die Aussage genügen: ›Wir begeben uns auf die offene See‹?«

»Nein.«

»Schade«, murmelte Vanderdecker. »Sehen Sie, es kommt darauf an, daß wir uns so weit wie möglich von den üblichen Seewegen zu entfernen, bevor uns jemand sieht. Wegen der vielen Schiffe ist das im Kanal von England gar nicht so einfach. Deshalb neigen wir dazu, den gedanklichen Teil auf unbestimmte Zeit aufzuschieben und uns den praktischen Aufgaben zu widmen.«

»Okay.«

Vanderdecker schaltete bedächtig seine Gedankengänge um einen Gang herunter und dachte nach. »Was machen Sie hier eigentlich?« fragte er schließlich.

»Nun ... ehm ... ich ...«, stammelte Jane begreiflicherweise.

»Verstehen Sie mich nicht falsch. Sie sind durchaus willkommen an Bord. Es ist nur so, daß wir nicht planen, vor Mitte der neunziger Jahre wieder an Land zu gehen. Wenn Sie in der ersten Hälfte des Jahrzehnts noch etwas Dringendes zu erledigen haben, sollten Sie das lieber gleich sagen.«

So hatte Jane das noch gar nicht gesehen. »Sie meinen, Sie wollen einfach irgendwie so weitermachen?«

Vanderdecker nickte. »Sicher, das können wir am besten.«

»Aber Sie haben mir doch von Professor Montalban, dem Atomkraftwerk und diesen Dingen erzählt! Wollen Sie das nicht weiterverfolgen?«

»Vielleicht ist das letztendlich doch nicht so wichtig, wie ich zunächst geglaubt hab«, entgegnete Vanderdekker. »Ich nehme an, Montalban kann noch fünf Jahre warten; er hat weiß Gott lange genug gewartet. Als Kapitän muß man eben lernen, nichts zu überstürzen.«

»Ich finde, Sie sollten die Geschichte weiterverfolgen, Käpt'n«, schlug Jane vor.

Vanderdecker dachte kurz nach, dann murmelte er: »Ja, vielleicht sollte ich das wirklich. Sie reden genau wie meine Mutter.«

Jane war entsetzt. »Ach, tatsächlich?«

»Soweit ich mich erinnern kann, ja. ›Warum nimmst du nicht die Stelle beim Wollhändler an, Junge? Findest du nicht, daß es Zeit für dich ist, eine Familie zu gründen und etwas aus deinem Leben zu machen? Du solltest wirklich an Onkel Cornelius schreiben.‹ Ich glaube, sie war der ausschlaggebende Grund, weshalb ich schließlich zur See gefahren bin.«

Das war ein Dämpfer für Jane. »Ich verstehe. Tut mir leid, wenn ich Sie an Ihre Mutter erinnert hab.«

Vanderdecker lächelte verlegen. »So bin ich nun mal, aber ich wollte wirklich nicht unhöflich sein. Es ist nur so, daß ich ein bißchen nervös bin, wie immer, wenn ich dieses verdammte Schiff führen muß. Eigentlich sollte man meinen, daß das nach der langen Zeit so etwas wie eine zweite Heimat für mich ist, aber ganz so einfach ist das nicht. Ich glaube, wenn ich noch mal von vorn anfangen könnte, würde ich Beamter werden — jedenfalls irgendwas in dieser Richtung. Man hätte seine Ruhe, bräuchte gegenüber anderen nicht anmaßend zu sein und müßte auch keine Führungsqualitäten zeigen.«

Jane kicherte. »Ich bin mir sicher, das würde Ihnen nach kurzer Zeit zum Hals raushängen.«

»Meinen Sie?« Vanderdecker zuckte die Achseln. »Sie scheinen auf einmal 'ne ganze Menge über mich zu wissen.«

Jane ging nicht darauf ein und sagte: »Wenn Sie nichts dagegen haben, führe ich jedenfalls gern mit Ihnen.«

»Das wird für Sie sehr langweilig werden, jedenfalls solange wir Montalban nicht hinterherjagen«, gab Vanderdecker zu bedenken.

»Aber bestimmt nicht halb so langweilig wie mein Job als Buchhalterin«, widersprach Jane.

»Ach, wissen Sie, das ist ein Beruf, der mir schon immer gefallen hat.« Vanderdecker geriet ins Schwärmen. »Zu meiner Zeit war er natürlich noch ganz anders. Es gab keine Computer, nur Rechentafeln mit Messingkugeln und Kassenbücher. Wenn man sich bei den Quartalsberichten langweilte, konnte man sich einfach irgendeinen anderen Buchhalter heranholen und Dame oder Schach spielen. Sollte ich wirklich diese Montalban-Sache weiterverfolgen?«

Jane überlegte, wobei sie sich zu ihrer eigenen Verwunderung bei der Wahl ihres Ratschlags nicht einmal von persönlichen Motiven beeinflussen ließ.

»Ich denke, da sollten Sie unbedingt dranbleiben, wirklich«, riet sie. »Schließlich ist dieses Meerwasser von Dounreay ...«

»Sie haben recht«, unterbrach Vanderdecker sie. »Aber natürlich gibt es da ein Problem.«

Jane schaute ihn verdutzt an. »Und welches?«

»Das Problem ist, daß ich die nächsten fünf Jahre nicht an Land gehen kann. Wegen des Geruchs. Schränkt das meine Handlungsfreiheit nicht ziemlich ein?«

Jane lächelte. »Kann sein, aber meine schränkt es doch nicht ein, oder?«

»Das mag zwar stimmen, ist aber sicherlich nur von zweitrangiger Bedeutung«, gab Vanderdecker zu bedenken. »Denn was hat die ganze Geschichte mit Ihnen zu tun?«

Jane war verzweifelt und sagte ungeduldig: »Dann muß ich es Ihnen verdeutlichen, und schauen Sie mir dabei auf die Lippen.«

»Mit Vergnügen.«

Jane überging diese Bemerkung und fuhr überdeutlich sprechend fort: »Ich werde Montalban aufsuchen und ihm eine Nachricht von Ihnen übergeben. Das heißt, wenn Sie das wollen.«

»Täten Sie das wirklich?« fragte Vanderdecker. »Das wäre für uns eine sehr große Hilfe. Wir wüßte das sehr zu schätzen.«

»Dann spricht ja nichts mehr dagegen«, sagte Jane.

Vanderdecker überlegte. »Sie stellen sich das also so vor, daß wir uns dann später irgendwo wiedertreffen und Sie mir erzählen, was er gesagt hat, stimmt's?«

»Exakt.«

»Wenn Sie sich absolut sicher sind.«

»Sicher bin ich mir sicher«, entgegnete Jane. »Also, wie lautet die Nachricht?«

Vanderdecker antwortete nicht. Statt dessen ging er in die Knie, hob ein kurzes Stück einer rostigen Kette auf und sagte: »Auf diesem Schiff wird es langsam immer unordentlicher. Sehen Sie sich das nur an! Nichts als Gerümpel, wohin man blickt. Ich bin von Natur aus kein pingeliger Mensch, aber mit der Zeit geht einem so etwas ganz schön auf die Nerven. Die *Verdomde* hab ich zwar einigermaßen im Griff, den verdammten Dreck und Staub aber nicht.«

»Wie lautet die Nachricht?« wiederholte Jane.

»Sind Sie sich auch wirklich sicher?«

»Ich bin mir *wirklich* wirklich sicher. Wie lautet die Nachricht?«

Vanderdecker zögerte zunächst, lächelte dann jedoch breit und sagte: »Also gut, dann hören Sie mir genau zu ...«

10. KAPITEL

Hör mal, was ich brauche, ist ein Hubschrauber«, sagte Danny.

Die Stimme am anderen Ende der Leitung erklärte ihm, was er ihrer Meinung nach wirklich bräuchte, und das sei bestimmt kein Hubschrauber.

»Wenn ich einen Hubschrauber hätte«, fuhr Danny unbeirrt fort, obwohl er sich in Gedanken bereits auf eine abschlägige Antwort einstellte, »könnte ich über dem Schiff fliegen, und die Jungs wären nicht diesen giftigen Abgasen ausgesetzt. Auf diese Weise würde es keine Probleme in bezug auf Gesundheit und Sicherheit am Arbeitsplatz geben. Ich nehme an, das ist der Punkt, über den du dir Sorgen machst, stimmt's?«

»Bis zu einem gewissen Grad, ja«, antwortete die Stimme. »Am meisten Sorgen mache ich mir aber darüber, einen Produzenten zu haben, der sich allmählich wie ein Kindskopf aufführt. Ich finde, es wäre wohl an der Zeit, daß du nach Hause kommst und ein bißchen im Sandkasten spielst, bis es dir wieder etwas bessergeht.«

»Hör mal«, zischte Danny, »du erinnerst dich doch gewiß noch an unsere Abmachung wegen eines ganz bestimmten Vertuschungsskandals, oder? Ich möchte dich nicht daran erinnern müssen …«

»Komisch, daß du das erwähnst«, unterbrach ihn die Stimme. »Ich hab mich während des Mittagessens mit einigen Leuten darüber unterhalten. Ich fürchte fast, du wirst feststellen müssen, daß die meisten diese Geschichte ganz anders in Erinnerung haben. Tatsächlich scheinen die sogar zu vermuten, daß du eine ganze Menge mit dieser... Wie hast du das noch mal genannt?«

Danny spürte, wie seine Knie weich wurden. »Du elendes Arschloch!« fauchte er in den Hörer. »Du würdest es niemals wagen, mich auf diese Weise hochgehen zu lassen. Ich besitze Aufzeichnungen, die belegen, daß...«

»Ich auch«, unterbrach ihn die Stimme ungerührt. »Sogar sehr gute. Ich hab sie selbst aufgeschrieben, gerade eben. Ich denke, es ist an der Zeit, daß du nach Hause kommst.«

Danny merkte plötzlich, daß sich seine Nackenhaare sträubten. »Einen Moment mal!« rief er noch in den Hörer, dann war die Telefonkarte abgelaufen.

Wie die französische, amerikanische und die russische Revolution ist die Telefonkartenrevolution ein Mehrphasen-Phänomen. In Phase eins verschrottete man sämtliche Münztelefone und ersetzte sie durch Kartentelefone. In Phase zwei — wann immer diese beginnen wird — werden Verkaufsstellen eingerichtet, an denen man Telefonkarten gegen Bargeld erwerben kann. Möglicherweise werden wir das nicht mehr erleben, auch unsere Kinder nicht, noch die Kinder unserer Kinder, aber das spielt wirklich keine Rolle. Jede Revolution bringt für den einzelnen ein paar Unannehmlichkeiten mit sich. Fragen Sie Ludwig den Sechzehnten und Marie Antoinette.

Während er in den Straßen (oder den Beinahestraßen) von West Bay herumlief, um ein geöffnetes Postamt zu finden, dachte Danny angestrengt nach. Also würde es wieder eine Vertuschung geben. Eine Vertuschung der ursprünglichen Vertuschung. Aber was vertuschte diese Vertuschung denn in Wahrheit? Sicherlich nicht die ursprüngliche Vertuschung; die war schon wirklich gut vertuscht, und niemand, der bei Verstand war, würde es riskieren, die Vertuschung wegen der Mietkosten für ein paar Stunden Hubschrauberbenutzung zu zerstören. Die einzig mögliche Erklärung war, daß diese recht deutliche Warnung, lieber die Finger von der Geschichte zu lassen, bezwecken sollte, ihn von der Story abzuhalten, an der er dran war. Mit anderen Worten handelte es sich um eine sublimierte oder Doppelbluff-Vertuschung. Trotz der natürlichen Angstgefühle, die er empfand, konnte Danny nicht anders, als sich genüßlich die Lippen zu lecken. Das war eine jener Situationen, an denen er von Natur aus schon immer seine wahre Freude gefunden hatte, und auch jetzt würde er sich daran weiden, sobald er einen Platz gefunden hätte, wo er sich hinsetzen und alle die verwickelten Gedanken in seinem Kopf mit Hilfe einiger Tabellen und Venn-Diagramme ordnen könnte. Danach erst wollte er sich um einen Hubschrauber kümmern.

Er fand die Kameracrew im *Rockcliffe Inn*, das, kurz nachdem Jane und Vanderdecker gegangen waren, wieder geöffnet hatte und bald wieder schließen würde.

»Also gut, Leute«, rief Danny forsch, »trinkt schnell aus! Wir machen am besten weiter, solange es noch hell ist.«

Niemand beachtete ihn, aber daran war er gewöhnt. Er wechselte am Tresen eine Fünfpfundnote, begab sich zum Telefon in der Ecke des Billardzimmers und rief eine Nummer in Shepherds Bush an.

»Du meine Güte, nicht du schon wieder!« stöhnte die Stimme am anderen Ende der Leitung. »Hast du eigentlich den lieben langen Tag nichts anderes zu tun, als irgendwelche Leute mit deinen Anrufen zu belästigen?«

»Nein«, antwortete Danny, »von Zeit zu Zeit mache ich auch Fernsehsendungen. Das heißt, wenn nicht gerade irgendwelche speichelleckenden Amtsärsche versuchen, mich mundtot zu machen. In letzter Zeit scheint das ziemlich häufig zu passieren, was bedeutet, daß ich mehr Zeit mit Telefonaten verbringen muß. Ursache und Wirkung nennt man so was.«

»Bezeichnest du mich etwa als speichelleckenden Amtsarsch?«

»Ja.«

»Noch einer, der sein Vokabular aus dem Privatfernsehen hat. Hör mal, nichts ist mir gleichgültiger als das, was du von mir hältst. In Talkshows knallt man mir weit härtere Sachen an den Kopf. Aber wenn du denkst, ich lasse mir das von dir gefallen, während du in irgendwelchen Badeorten herumflanierst und das Geld der BBC für deine idiotischen Verfolgungsphantasien verschleuderst, dann bist du ein noch größerer Idiot als der, für den ich dich bereits gehalten habe. Und du kannst mir glauben, sich so etwas vorzustellen, wäre ganz schön schwierig.«

»Cirencester«, sagte Danny.

Es trat eine kurze Pause ein. »Was hast du eben gesagt?«

»Ich hab gesagt, Cirencester«, wiederholte Danny.

»Ich hab mir gedacht, daß du Cirencester gesagt hast«, antwortete die Stimme. »Ich wollte dir gerade nur die Gelegenheit geben, so zu tun, als hättest du etwas anderes gesagt.«

»Und was ist daran falsch, wenn ich Cirencester sage?« fragte Danny höflich nach.

»Nichts, wenn man es im richtigen Zusammenhang erwähnt«, antwortete die Stimme betont ruhig. »In einer Unterhaltung über die Ortschaften der Cotswold Hills wäre das völlig normal. In diesem Fall aber könnte ein etwas weniger mildtätiger Mensch als ich das für den Beweis halten, daß du nun endgültig durchgedreht bist.«

Das Signal zum Geldnachwerfen ertönte, aber Danny war diesmal darauf vorbereitet und warf eine weitere Pfundmünze ein. »Ich sagte Cirencester, weil ich weiß, daß du weißt, was das bedeutet.«

»Danke«, sagte die Stimme. »Das ist wohl mit das Netteste, was jemals jemand über mich gesagt hat. Wovon brabbelst du da eigentlich?«

»Von der Cirencester-Gruppe«, klärte Danny ihn auf, wobei er vergeblich versuchte, gelassen zu klingen. »Und davon, daß du ein Mitglied dieser Gruppe bist.«

In diesem Augenblick trat eine Pause ein. Sie war dieses Mal etwas länger. »Ach, wirklich?« meldete sich die Stimme zurück. »Und was soll damit sein?«

»In dem Augenblick, als du versucht hast, mich mundtot zu machen, hab ich mir gedacht: Warum versucht dieser Mensch eigentlich, mich mundtot zu machen? Dann traf es mich wie ein Schlag. Cirencester. Nicht du bist es, der mich mundtot machen will, eure ganze verdammte Bande ist es. Eure Gruppe!«

»Und welche mögliche Verbindung sollte es zwischen einem erlesenen privaten Literaturklub und dem durchaus nachvollziehbaren Wunsch geben, daß du keine geisteskranken Dokumentationen drehen solltest?«

»Na, das gefällt mir!« empörte sich Danny. »Ein erlesener privater Literaturklub. Nach diesen Wertmaßstäben wa1 das Dritte Reich der reinste Kegelklub. Ich weiß genau, daß ihr alle in diesem neugeorgianischen Herrenhaus in der Tetbury Road irgendwas anstellt.«

An dieser Stelle muß darauf hingewiesen werden, daß Danny bis zu diesem Zeitpunkt nicht die leiseste Ahnung hatte, was dort vor sich ging, obwohl man nicht behaupten kann, daß er sich nicht alle erdenkliche Mühe gegeben hätte, dies herauszufinden. Aber das Schweigen am anderen Ende der Leitung verriet eindeutig, daß er hier auf etwas gestoßen war. Schon seine vorherige Drohung hatte eine recht erfreuliche Wirkung erzielt, aber das hier war unvergleichlich besser.

»Was hast du noch mal gesagt, was du brauchst?« fragte die Stimme.

»Einen Hubschrauber.«

»Irgendeine bestimmte Marke?«

Danny war erstaunt. »Wie meinst du das?« fragte er.

»Gazelle? Luchs? Sea King? Ich denke, Sea Kings sind sehr bequem.«

»Das hört sich gut an. Dann kann ich also einen mieten, oder?«

»Davon will ich nichts hören«, entgegnete die Stimme. »Ich werde selbst einen ordern. Auf diese Weise geht es viel schneller.«

»Ach so ...« Danny runzelte überrascht die Stirn. »Das ist sehr freundlich von dir.«

»Überhaupt nicht«, widersprach die Stimme. »Gar kein Problem. Wozu hat man denn einen Schreibtisch mit sechs Telefonen, wenn man sie doch nie benutzt? Wo wollt ihr abgeholt werden?«

»Wo immer es dir recht ist«, sagte Danny, um nicht zurückzustehen. »Ich weiß nicht, wo der nächste Flugplatz ist, aber ...«

»Ach, Flugplätze!« wehrte die Stimme energisch ab. »Wer braucht die schon? Geht einfach runter zum Strand, und ich sorge dafür, daß euch dort jemand abholt. Gib mir eine halbe Stunde.«

Die Leitung wurde unterbrochen. Danny steckte sich das restliche Wechselgeld in die Tasche und ging an den Tresen, um sich etwas zu trinken zu bestellen, doch im selben Augenblick wurden wieder die Handtücher über die Zapfhähne gehängt.

Cornelius und Sebastian ruderten Jane im Beiboot an Land und setzten sie an einer abgelegenen Stelle ab, um nicht aufzufallen. Der anschließende Fußmarsch zur Straße über steiniges und schwieriges Gelände war alles andere als nach Janes Geschmack, zumal sie von den Anstrengungen des Tages auch schon ohne körperliche Ertüchtigungsübungen ziemlich am Ende war.

Montalban zu finden war viel leichter gesagt als getan — als bräuchte sie lediglich in den Gelben Seiten unter ›Alchimisten‹ nachzusehen. Es war ebenfalls leichter gesagt als getan, dem Professor Vanderdeckers Nachricht zu übergeben, sobald sie Montalbans Aufenthaltsort kannte. Die Wirklichkeit könnte sich durchaus als sehr viel verzwickter herausstellen. Womöglich war der Professor noch nicht einmal aus Genf zurück.

Kaum hatte sie die Landstraße erreicht, wurde sie von dem Luftwirbel der Rotorblätter eines gewaltigen Hubschraubers, der anscheinend nur wenige Zentimeter über ihrem Kopf vorbeidonnerte, beinahe in den Graben gefegt. Jane rief ihm ein paar nicht druckreife Ausdrücke hinterher, aber es war sehr unwahrscheinlich, daß die Besatzung bei dem Lärm der Rotorblätter etwas davon mitbekommen hatte, was wahrscheinlich auch gut so war.

Nach einem langen Fußmarsch erreichte sie die Ortschaft West Bay. Dort ging sie zu ihrem Wagen, setzte sich hinein und zog sich die Schuhe aus. Dann schrieb sie Vanderdeckers Nachricht auf die Rückseite eines Briefumschlags, um sicherzugehen, daß sie sie nicht vergaß. Montalban. Wen kannte sie, der wissen könnte, wo dieser Professor zu finden war?

Eigenartigerweise fiel ihr diesbezüglich nur Peter ein. Letzten Endes gab es nicht viel, was Peter wußte. Mit der weiblichen Psyche kannte er sich jedenfalls nicht besonders aus, soviel stand fest, und Jane hatte sogar ihre berechtigten Zweifel, ob er das Binden seiner eigenen Schnürsenkel sicher beherrschte, aber er war Wissenschaftler. Und welch ein Wissenschaftler! Er lebte in einem kleinen weißen Häuschen am nördlichen Stadtrand von Oxford und arbeitete an der Erforschung von Halbleitern, was immer das sein mochte. Jane wußte darüber lediglich, daß diese Dinger weder etwas mit in der Mitte durchgesägten Leitern noch mit Heimleitern zu tun hatten.

Jedenfalls schien Peter eine geeignete Anlaufstelle zu sein, um mit den Nachforschungen zu beginnen. Sie brauchte jetzt nur noch seine Telefonnummer herauszubekommen. Das hätte eigentlich nicht mehr Mühe machen sollen, als die Quelle des Nils zu finden, vorausgesetzt, sie hätte daran gedacht, ihr Adreßbuch mitzunehmen.

Als sie endlich eine Telefonzelle entdeckte, rief sie zunächst notgedrungen die Auskunft an und wählte dann Peters Nummer. Dort war besetzt. *Das reicht mir,* sagte sie sich. *Essen.*

Die mit Abstand beste Möglichkeit, in West Bay und Umgebung etwas zu essen zu bekommen, besteht darin, nach Bridport zu fahren, wo einem im *Cherry Tree Café* mit Vergnügen das ein oder andere Sandwich verkauft wird, wenn man den Betreibern und Angestellten des Lokals genügend Respekt entgegenbringt. Nachdem Jane dies begriffen hatte, überlegte sie sich bei einem Sandwich und einer Tasse Kaffee, die man versehentlich mit hellbraunem Öl gefüllt zu haben schien, ihre nächsten Schritte. Peter anrufen, Montalbans Koordinaten bekommen, hinfahren, ihn treffen, die Nachricht abliefern, rechtzeitig zur Nachmittagswiederholung von ›Nachbarn‹ wieder zu Hause sein. So einfach könnte alles sein. Vielleicht würde es sich aber auch als sehr viel schwieriger herausstellen, und es wäre klug, sich schon jetzt einige Gedanken über mögliche Komplikationen zu machen. Janes Gedanken schweiften jedoch ab, und sie ertappte sich dabei, daß sie an etwas völlig anderes dachte.

Wie wäre es wohl gewesen, vierhundert Jahre auf einem Schiff zu verbringen? Immer auf demselben Schiff. Immer auf demselben kleinen, unbequemen und unpraktischen Schiff. Hätte es ihr gefallen? Wie sie glaubte, wäre das stark abhängig von der Gesellschaft gewesen, in der sie sich befunden hätte. Es fiel ihr schwer, sich jemanden vorzustellen, mit dem sie die Zeit vom Frühbarock bis heute, zusammengepfercht auf einem Schiff, hätte verbringen können, ohne total verrückt zu werden, so unterhaltsam dieser Mensch auch immer gewesen sein mochte. Nach dem kurzen Eindruck, den sie von der Mannschaft des Fliegenden Holländers gewonnen hatte, war es allerdings nicht sehr wahrscheinlich, daß diese Vanderdecker dabei behilflich gewesen war, den Verstand nicht zu verlieren. Und doch hatte er es irgendwie geschafft. An sich bemerkenswert. Er war sowieso ein ziemlich bemerkenswerter Mensch, wenn auch auf eine etwas anstrengende und nervenaufreibende Weise. Oder hatte er auch nur dasselbe getan wie sie und jeder andere, um sich durch ein im Grunde langweiliges und trostloses Dasein zu schlagen? Der Beruf des Buchhalters ist in gewisser Weise fast so etwas wie eine endlose Weltumseglung, da er nur wenige Lichtblicke bietet, die durch breite graue Flächen der endlosen Langeweile weiträumig voneinander getrennt sind. Um diese Flächen zu überqueren, versucht man, nicht an die ewig lange Strecke zu denken, die man bewältigen muß, und hat statt dessen nur den nächsten Lichtblick vor Augen: das Wochenende. Im Falle Vanderdekkers fanden diese Lichtblicke nicht alle sieben Tage, sondern nur alle sieben Jahre statt, aber als er sich erst einmal daran gewöhnt hatte, war es vermutlich auf dasselbe herausgekommen. Jane schüttelte sich. Dieses Leben glich auf bedrückende Weise ihrer eigenen Situation, nur war es noch schlimmer.

Letztendlich mußte Vanderdecker lediglich Montalban finden, um den alchimistischen Prozeß umzukehren und den Geruch loszuwerden, und schon würde es ihm gutgehen. Jane hingegen mußte sehr viel gerissener vorgehen, um aus ihrem eigenen Teufelskreis auszubrechen, zum Beispiel erfolgreich an der Börse spekulieren oder einen Millionär heiraten. Sobald Vanderdecker erst einmal hinreichend keimfrei gemacht und mit dem Hause Fugger zu einer umfassenden Einigung gelangt war, könnte er den Rest seines Lebens in Frieden und Luxus verbringen. Sie hingegen war noch nicht einmal dazu gekommen, sich um ihre Rentenansprüche zu kümmern. Manche Leute haben eben immer Glück, sagte sie sich. Wenn es mir gelungen wäre, ihn zu dieser umfassenden Vereinbarung mit dem Strumpf zu überreden, dann wäre ich jetzt vielleicht fein raus und ebenfalls von allen Zwängen befreit. Aber Jane verdrängte diesen Gedanken wieder. Wenn sich der Fliegende Holländer irgendwann einmal freiwillig entscheiden wird, die Police einzulösen, dann wünsche ich ihm jedenfalls alles Glück dieser Erde. Er hat es in gewisser Weise verdient, und ich will nicht diejenige sein, die ihn zu irgend etwas drängt.

Jane riß sich von diesen träumerischen Gedanken wieder los und betrachtete die fettige Kruste des Sandwiches und die grobkörnigen Rückstände in der Kaffeetasse, womit sich die ernährungstechnische Seite für sie vorläufig erledigt hatte. Es war an der Zeit, nochmals zu versuchen, Peter anzurufen.

»Hallo, Peter«, meldete sich Jane kurz darauf aus einer Telefonzelle. »Weißt du, wo ich Professor Montalban finden kann?«

»Hallo, Jane«, antwortete eine ziemlich überraschte Stimme — und zwar so überrascht, wie vermutlich Rip van Winkle geklungen hätte, wenn ihn jemand in den frühen dreißiger Jahren des neunzehnten Jahrhunderts angerufen hätte, um ihn nach der Abfahrtszeit des nächsten Busses nach San Bernadino zu fragen. »Bist du das?«

»Ja, sicher. Wo finde ich Montalban?«

»*Professor* Montalban?«

»Nein, Erzbischof Montalban. Wo kann ich ihn finden?«

»Mensch, Jane! Das ist ja Urzeiten her, daß ich das letztemal was von dir gehört hab«, freute sich Peter. »Und wie ist es dir so ergangen?«

Jane wollte schreien, aber sie befand sich in einer dieser offenen Telefonzellen. »Mir ist es gut ergangen, danke, Peter. Ich führe das auf die formaldehydhaltigen Gesichtspackungen zurück. Professor Montalban. Wie lautet seine Adresse? Wo lebt er? Du weißt es doch, oder?«

»Nein.«

Und warum hast du das nicht gleich gesagt, du Scherzkeks? fluchte Jane in sich hinein. »Du weißt es nicht?«

»Nein, tut mir leid.«

»O je, das ist aber schade, Peter, wirklich. Ach, du hast ja keine Ahnung, was für ein Jammer das ist«, schluchzte Jane in den Hörer.

»Ich könnte natürlich jederzeit nachschlagen.«

»Ach, wirklich?«

»Ja, sicher.«

Lieber Gott, gib mir Kraft. Vielleicht nicht unbedingt die Kraft, um Berge zu versetzen, aber doch so viel, um dieses Telefongespräch durchzuhalten. »Und wo könntest du nachschlagen, Peter?«

»Im Lehrkörper-Adreßbuch natürlich.«

Natürlich. Wie dumm von mir, das nicht zu wissen. Das Geräusch, das du hörst, stammt von mir, ich schneid mir nämlich gerade die Pulsadern auf. »Und hast du zufällig ein Exemplar davon griffbereit, Peter?« säuselte sie in den Hörer.

»Selbstverständlich.« Peter klang ein wenig gekränkt. »Es liegt direkt vor mir auf dem Schreibtisch.«

»Na, das ist ja prima, Peter! Ich glaube, wir kommen der Sache schon näher. Wie wär's, wenn du's unter dem Buchstaben M aufschlagen würdest?« Jane zählte leise bis fünf, um ihm Zeit zu geben. »Bist du noch da, Peter?«

»Ja.«

»Montalban, Peter. Wenn ich raten müßte, würde ich sagen, es steht irgendwo zwischen Mellish und Moore. Glück gehabt?«

»Warte, ich hab's gerade fallengelassen. Ah ja, da ist es. Montalban. Du hast gesagt, du willst seine Adresse wissen?«

»Genau«, jauchzte Jane. »Du mußt ein Gedankenleser sein.«

»Also, die Adresse lautet ...«

»Warte!« unterbrach ihn Jane. »Ich muß noch einen Bleistift rausholen.«

Das Signal zum Geldnachwerfen ertönte. Jane stopfte gerade noch rechtzeitig eine Pfundmünze in den Schlitz, dann förderte sie einen Bleistift und die Rückseite eines Briefumschlags zutage. »Fertig. Schieß los!«

»Die Adresse lautet: Greathead Manor, High Norton bei Cirencester.«

»Danke.«

»Gloucestershire.«

»Ach, *das* Cirencester. Weißt du, ob er schon aus Genf zurück ist? Ach ja, ist er? Nun, vielen Dank, Peter. Und wie geht's mit der Doktorarbeit voran?«

»Leider nicht sehr gut«, sagte Peter. »Ich stoße laufend auf neue Probleme und muß dann immer wieder den Anfang ändern.«

»Den richtigen Anfang zu finden ist immer sehr schwierig, Peter«, tröstete ihn Jane. »Nach meinen Erfahrungen fast so schwer wie der Mittelteil und vor allem der Schluß. Du mußt einfach durchhalten, Peter. Denk an die Sage vom Schottenkönig Robert Bruce, der sich an der Hartnäckigkeit einer Spinne ein Beispiel nahm. Es war schön, mit dir mal wieder zu reden. Aber ich muß jetzt leider los, tschüs.«

Jane setzte sich ins Auto, stellte den Rückspiegel ein, legte den Sicherheitsgurt an und zog den Choke. Dem Straßenatlas des britischen Automobilklubs zufolge gelangte man am schnellsten von Bridport nach Cirencester, indem man über einige Landstraßen zweiter Ordnung bis zur M 5 fuhr, dann hinter Bristol die M 4 in Richtung London nahm und später auf die A 429 abbog. Obwohl ihrer Erfahrung nach Straßenkarten dazu neigen, wie gedruckt zu lügen — besonders, wenn es um den Standort von Autobahntankstellen geht —, schien es doch einen Versuch wert zu sein. Als sie den Zündschlüssel drehte, veranlaßte sie etwas, noch einmal aus dem Fenster zu sehen und einen letzten Blick auf das kleine Städtchen Bridport zu werfen, wo all das geschehen war, was solch tiefgreifende Konsequenzen nach sich gezogen hatte: der erste Hinweis in der Bank, das Gästebuch im Hotel, das Aufsuchen dieses seltsamen, verfallenen Cottages, was letztendlich auf die dramatische Begegnung am Bootshafen hinausgelaufen war, und ihre irrationale, bis jetzt noch nicht zu erklärende Entscheidung, sich noch tiefer in dieses Abenteuer hineinzustürzen, das so unwirklich und doch von solch ungeheurer Anziehungskraft war. Die Sonne glänzte in den Fenstern des Rathauses, und die Ampeln schienen ihr wie alte Freunde zuzuzwinkern. Vielleicht würde sie eines Tages wieder zurückkommen, vielleicht auch nicht. Vielleicht würde sie diese Strecke niemals wieder entlangfahren und nun alles zum letztenmal sehen.

»Juchhu!« rief sie vor lauter Übermut und ließ die Kupplung kommen.

Der Kater wachte auf, entrollte seinen Schwanz und hielt es für angebracht, einen kleinen Spaziergang zu machen. Nach ungefähr einem Meter entdeckte er, daß da Gitterstäbe im Weg waren.

Soweit ganz nette Gitterstäbe, wie Gitterstäbe eben so sind. Höchstwahrscheinlich waren sie ihm zuliebe da, um zu verhindern, daß er zu weit fortlief und aus dieser geringen Höhe auf den Boden stürzte. Wenn es hier Wölfe gab, würde das Gitter sie mindestens dreißig Sekunden zurückhalten können, vorausgesetzt, sie waren nicht zu hungrig. Der Kater erwog alle diese Möglichkeiten, verwarf sie und miaute kläglich.

Am anderen Ende des Raums spielte ein Mann auf einem großen, eleganten Musikinstrument, das wie eine Mischung aus einem Spinett und einem Cembalo aussah — es sollte darauf hingewiesen werden, daß er dies fast vollkommen lautlos tat, wenn man das Klappern der Tasten unter seinen sich rasch bewegenden Fingerspitzen nicht zählte.

Als der Mann das Miauen hörte, hob er den Kopf und blickte zum Käfig hinüber. Es schloß den Deckel des Musikinstruments und schlenderte durch den Raum. Auf halbem Weg blieb er bei einer Art Schuhkarton stehen, aus dem er eine tote Maus am Schwanz herauszog.

»Hier, Muschi«, murmelte er, wobei er ziemlich verlegen klang; er war es nicht gewohnt, mit Katzen, kleinen Kinder oder irgendwelchen anderen empfindsamen Lebensformen zu sprechen, die von einem praktisch erwarten, daß man sie mit alberner Stimme anredet. In Wirklichkeit war er es sogar nicht einmal gewohnt, mit irgend jemandem zu sprechen, der kein akademischer Würdenträger war, und das merkte man. »Mag denn unser hübscher Schmusekater ein leckres kleines Mäuschen?«

Der hübsche Schmusekater miaute, und der Mann ließ die leckre kleine Maus durch die Gitterstäbe hindurch von oben hinabfallen. Der Kater duckte sich und konnte gerade noch verhindern, am Kopf getroffen zu werden; er sah noch nicht einmal so aus, als wäre er besonders dankbar für diese nette Geste. Der Mann gab die verschiedensten gurrenden Laute von sich und stupste mit dem Finger in Richtung des Katers, um ihn wohl ein wenig aufzuheitern. Der Kater wußte das sehr zu schätzen — er biß hinein, und zwar fest. Der Mann zuckte leicht zusammen und zog den Finger zurück. Er war unverletzt. Durch diese kleine Vergeltungsmaßnahme ermutigt, fraß der Kater die Maus. Der Mann sah auf die Uhr. Fünf Minuten später verließ er den Raum und begab sich in das im eleganten Queen-Anne-Stil gehaltene Treppenhaus.

»Missis Carmody«, rief er quer durch den Flur, »könnten Sie wohl einen Moment ins Arbeitszimmer rüberkommen?«

Kurz darauf tauchte in der Tür eine große grauhaarige Frau auf, die über einem unbezahlbaren Ralph-Lauren-Modellkleid eine Schürze trug. Ihre Hände waren voller Mehl.

»Was gibt's denn?« fragte sie leicht gereizt.

»Missis Carmody, riecht diese Katze?«

Die Frau schnupperte vorsichtig am Käfig. »Nein, sollte sie das denn?«

»Nein«, entgegnete der Mann. »Danke, Sie waren mir eine große Hilfe.«

Der Kater betrachtete die beiden Menschen erstaunt, die aber nichts davon bemerkten. Die Frau fragte, wann sie die Gäste erwarten könne.

»Ich glaube, es hieß, wir treffen uns gegen halb sieben«, sagte der Mann.

»Dann müssen die eben warten«, erboste sich die Frau. »Sie können von mir nicht erwarten, daß ich aus dem Nichts Rosinenbrot zaubere.«

Der Mann nickte schuldbewußt und gestand seinen Fehler ein. Dann setzte er sich wieder ans Spinett und begann so lautlos wie zuvor zu spielen. Nach ungefähr zehn Minuten klingelte das Telefon, und jemand las ihm die Ergebnisse eines Experiments mit Platinisotopen vor. Der Mann bedankte sich, verabschiedete sich und legte den Hörer wieder auf. Eine halbe Stunde später rief der Mann Mrs. Carmody erneut zu sich.

»Und riecht sie jetzt?« wollte er von ihr wissen.

»Nein.«

»Ausgezeichnet!« freute sich der Mann. »Es macht Ihnen doch hoffentlich nichts aus, mir auf diese Weise behilflich zu sein, oder?«

Mrs. Carmody überlegte kurz und sagte dann: »Nein.« Der Mann dankte ihr daraufhin erneut, und sie ging wieder hinaus.

Was die Katze über alles das dachte, tut nichts zur Sache.

»Entschuldigung, aber fliegen wir nicht in die falsche Richtung?« erkundigte sich Danny besorgt.

Der Pilot lehnte sich zurück und grinste beruhigend. Offensichtlich verstand er wegen des Motorenlärms und der aufgesetzten Kopfhörer kein Wort. Allerdings flog er tatsächlich in die falsche Richtung.

»Hören Sie!« rief Danny. »Wir fliegen landeinwärts, und wir sollten uns in Richtung Meer bewegen!«

Der Pilot nahm eine Ohrmuschel ab. »Was ist los?« schrie er.

»Landeinwärts!« rief Danny.

Der Pilot nickte. »Ja!«

»Nein!« entgegnete Danny. »Falsche Richtung. Wir sollten aufs Meer hinausfliegen!«

Der Pilot schüttelte energisch den Kopf. »Nein. Landeinwärts. Viel besser. Richtige Richtung.«

Na gut, murmelte Danny in sich hinein. Auch wenn du auf Teufel komm raus in die falsche Richtung fliegst, mußt du noch lange nicht wie ein Indianer reden. Er schüttelte genauso energisch den Kopf und kreischte zurück: »Nein! *Falsche* Richtung! Wir wollen *dahin!*«

Er deutete auf den Ärmelkanal, aber der Pilot machte sich nicht einmal die Mühe hinzuschauen. Er hatte den Kopfhörer wieder aufgesetzt und konzentrierte sich ganz auf die Instrumente. Danny tippte ihm auf die Schulter.

»Was ist denn jetzt schon wieder?« rief der Pilot gereizt, als könne er zwar hin und wieder einen Scherz vertragen, habe aber keine Lust, dies alle fünf Minuten unter Beweis zu stellen. »Wenn Sie was von mir wollen, müssen Sie schon lauter sprechen!«

»Wir fliegen in die falsche Richtung!« brüllte Danny langsam und deutlich — es ist nicht einfach, langsam und deutlich zu brüllen, aber Danny schaffte es irgendwie. »Wir sollten aufs Meer hinausfliegen!«

Genauso langsam brüllte der Pilot zurück: »Nein, sollten wir nicht! Bitte setzen Sie sich jetzt hin, und seien Sie endlich still!« Dann beugte er sich vor und schaltete das Radio ein; auf volle Lautstärke, damit es über dem ohrenbetäubenden Lärm zu hören war.

»Der Aktienindex der Financial Times«, verkündete die Stimme im Radio, »schloß bei neunhundertsechsundsiebzig Punkten; das ist ein leichter Rückgang um zwei Punkte gegenüber dem gestrigen Stand bei Börsenschluß. Die Staatsanleihen fielen ebenfalls im Laufe des Tages, so daß es kurz vor Börsenschluß zu relativer Hektik kam. Der Dow-Jones-Index ...«

Der Pilot schnaubte vergnügt, schaltete das Radio ab und lehnte sich zurück; zum erstenmal bemerkte Danny, daß er unter der Fliegerjacke einen recht eleganten grauen Anzug und ein Hemd mit angeknöpftem Kragen trug.

»Was haben Sie eben gesagt?« fragte der Pilot.

»Nichts«, antwortete Danny, »rein gar nichts.« Er setzte sich hin, blickte aus dem Fenster und versuchte sich an das bißchen Geographie zu erinnern, das er in der Schule gelernt hatte.

Die Raststätte Leigh Delamere ist ohne Frage das Xanadu der M 4. Ihr Werbeslogan könnte lauten: ›Bringen Sie uns Ihre geplagten, reisekranken Kinder, schleppen Sie Ihre müden und geschundenen Knochen zu uns, und wir werden Ihnen eine starke Tasse Tee und einen Teller Rührei zubereiten.‹ Gäbe es dort noch ein Kino und eine auch nur ansatzweise demokratische Regierung, würde jeder einigermaßen vernünftige Mensch für immer dort bleiben wollen.

Als sie die Energie des Tees spürte, der ihren Blutkreislauf wie Feuer durchflutete, begann Jane, sich von ihrer Situation ein Bild zu machen. Es ist sehr einfach zu sagen: Ich werde jetzt aufstehen, losfahren und Professor Montalban Vanderdeckers Nachricht übergeben, aber es gibt da ein paar Unwägbarkeiten. Vielleicht ist er nicht zu Hause. Vielleicht will er mich nicht sehen.

Vielleicht finde ich High Norton erst gar nicht, geschweige denn Greathead Manor. Vielleicht wird die ganze Geschichte noch gefährlich oder zumindest vollkommen peinlich. Mit anderen Worten: Warum tue ich das überhaupt?

Gute Frage, Mädchen, wirklich. Eine sehr gute Frage!

Wie immer, wenn sie vor einem haarigen Problem stand, fragte sich Jane, was ihre Mutter wohl sagen würde. Das herauszufinden war relativ leicht.

Bist du sicher, daß du dich vernünftig ernährst, mein Schatz?

Jane schluckte den letzten Bissen des marmeladengefüllten Doughnuts hinunter und hatte ein reines Gewissen. Ja. Unglücklicherweise ließ dies die gute Anfangsfrage weitgehend unbeantwortet.

Warum tust du das überhaupt, mein Schatz? Hältst du das wirklich für vernünftig? Was werden deine Arbeitgeber dazu sagen? Hast du überhaupt noch Arbeitgeber? Ach, was soll nur aus dir werden, du kleines Dummerchen?

Einst bin ich eine gelangweilte Buchhalterin gewesen, bis ich Bridport entdeckte. Dann verstrickte sich mein Schicksal mit dem Los der Menschheit, und ich wurde eine Art fahrender Ritter der Finanzwelt. Durch puren Zufall. Ich spürte den verwirrten Menschen auf, den zu finden ich ausgesandt worden war, und bot ihm den Handel an, den anzubieten mir aufgetragen worden war. Der Mann aber lehnte ab, und deshalb wäre es nun an der Zeit, meinen Vorgesetzten Bericht zu erstatten und mich wieder dorthin zu begeben, wo mein angestammter Platz ist — in die Buchhaltung. Aber meine Vorgesetzten haben sich in der Vergangenheit als Menschen sonderbaren Gemüts herausgestellt und mich derartig in Schwierigkeiten verstrickt, daß es nicht sehr weise zu sein scheint zurückzukehren. Frag mich nicht, wie das passiert ist. Ich hatte nichts damit zu tun, und ich vermute, daß ich für solch hehre Aufgaben nicht geschaffen bin. Aber es ist nicht ratsam, allzugenau darüber nachzudenken, da ich fürchte, sonst meiner Sinne vollends beraubt zu werden. Nebenbei bemerkt, will ich eigentlich gar keine Buchhalterin mehr sein.

Deshalb begebe ich mich jetzt zu einem Ort namens High Norton, um dort einen sehr alten Alchimisten aufzusuchen und ihm eine unflätige Nachricht zu übergeben.

Und was dann, mein Schatz?

Wenn ich es schaffe und wenn das gelingt, was Kapitän Vanderdecker auch immer im Schilde führt, dann ... Ja, was dann? Was ist bloß in meinem dummen kleinen Kopf vorgegangen, als ich mich plötzlich entschloß, mich Vanderdeckers Mannschaft anzuschließen?

Nun, Kapitän Vanderdecker besitzt unglaublich viel Geld, wenn auch nur auf recht eigentümliche Weise, sagte sich Jane. Wenn es ihm gelingt, von Professor Montalban das zu bekommen, was er will, könnte er bestimmt dazu überredet werden, seine große Dankbarkeit auch finanziell auszudrücken. Dann kann die kleine Jane für alle Zeiten glücklich leben und muß nie mehr zur Arbeit gehen. Natürlich vorausgesetzt, Vanderdekker existiert wirklich, und die ganze Geschichte ist nicht die Folge eines unklugerweise direkt vor dem Zubettgehen eingenommenen Käsebrots. Und wenn es so ist, nun ja, dann werden wir aufwachen und wie gewöhnlich zur Arbeit gehen. Prima.

Aber das ist nicht der Grund, nicht wahr, mein Schatz?

Jane blickte finster auf den Teller, auf dem der Doughnut gelegen hatte, und mußte sich eingestehen, daß Geld nicht der Grund war.

Was, zum Teufel, ist dann der Grund? Kapitän Vanderdeckers graue Augen womöglich? Wir ziehen dies nur aus einer gewissen Sorgfaltspflicht heraus und der Ordnung halber in Erwägung, ermahnte sich Jane eilig, und heften es gleich wieder als erledigt ab. Kapitän

Vanderdecker ist sehr alt, er verbringt seine ganze Zeit auf einem Schiff auf hoher See, und — wie er selbst zugibt — er stinkt.

Sicher, aber wenn er nicht mehr riechen würde, müßte er nicht seine ganze Zeit draußen auf dem Meer verbringen, sagte Janes innere Stimme und fügte rasch hinzu: Versteh mich bloß nicht falsch. Ich will damit nicht unterstellen, daß an der Graue-Augen-Hypothese irgend etwas dran ist, ich deute damit nur an, daß sie sich nicht ganz so leicht von der Hand weisen läßt. Tust du das alles wirklich nur, um Kapitän Vanderdecker aus seinem Unglück herauszuhelfen? Sei ehrlich, und mach dir nicht selbst was vor.

Ja, natürlich ist das zum Teil der Grund, trotzdem müssen die grauen Augen mit der ganzen Sache noch lange nichts zu tun haben.

Und warum hast du sie dann gleich als erstes erwähnt? Laß uns die Augen mal einen Moment beiseite legen, wie man in der Pathologie sagt. Hast du dich plötzlich entschlossen, eine Heldin zu sein, weil es das Richtige zu sein schien?

Ja, Mutter, das habe ich, da bin ich mir sicher. Und weil ich es satt habe, Buchhalterin zu sein. Außerdem ist es anscheinend eine gute Idee zum richtigen Zeitpunkt gewesen, die möglicherweise sogar eine Menge Geld einbringt. Weil ich es nun einmal so wollte.

Vor allem aber bedeutet es, daß ich danach, was immer auch als nächstes geschieht, eine völlig andere Jane sein werde, die Jane nämlich, die Mut zu solchen Dingen hat.

Was die derzeitige Situation anbelangt, werden wir es einfach darauf ankommen lassen und den Sprung ins kalte Wasser wagen. Da wir gerade davon sprechen: Wo werden wir heute nacht schlafen? Sogar neue Janes müssen schlafen und morgens frische Unterwäsche anziehen, und wir tragen bereits unsere letzte Garnitur.

Mag sein, daß ich mit Kapitän Vanderdecker Mitleid

habe, aber ich will verdammt sein, wenn ich am Ende so rieche wie er.

Die Stimme der neuen Jane wußte eine Antwort darauf und riet ihr, in einem Hotel in Cirencester zu übernachten und sich am nächsten Morgen als erstes bei Marks und Spencer neue Unterwäsche zu kaufen. Danach sollte sie Montalban aufsuchen und dann ...? Nun, wer weiß?

Ziemlich überrascht und etwas verängstigt dankte sie ihrem neuen Ich, daß es die Sache in die Hand genommen hatte, und trank den Tee aus. Was auch immer in sie gefahren war, es schien, als werde es noch eine Weile dort bleiben, und im großen und ganzen tat es ihr nicht leid.

»Missis Carmody, ist alles fertig?« fragte der Mann. Die elegant gekleidete Frau nickte. »Dann seien Sie doch bitte so freundlich, und bringen Sie es rüber. Wir sollten unsere Gäste nicht länger warten lassen.«

Kurz darauf schob Mrs. Carmody einen altmodischen Teewagen herein, auf dem ein Kuchenständer aus Porzellan und ein silbernes Teeservice standen. Der Mann dankte ihr und fragte sie noch einmal nach ihrer Meinung über die Katze.

»Nein«, antwortete sie entschieden.

»Haben Sie vielen Dank«, sagte er. »Würden Sie dann Harvey bitten, unsere Gäste hereinzuführen?«

Der Mann untersuchte den Kuchenständer und probierte ein Stück von dem Rosinenbrot. Es genügte den Anforderungen. Dann schloß er den Deckel des Spinetts, lehnte sich dagegen und wartete auf die Ankunft seiner Gäste.

Der Hubschrauberpilot kam als erster herein. Er hatte die Fliegerjacke ausgezogen und betrat den Raum rückwärts; aber nicht etwa aus falscher Bescheidenheit oder einer perversen Veranlagung heraus, sondern damit er die Mündung seiner Pistole ständig auf Dannys Bauchnabel richten konnte. Als nächster kam Danny herein, unmittelbar gefolgt von der Kameracrew. Der Kopilot des Hubschraubers bildete den Schluß; auf den ersten Blick unterschied er sich von seinem Kollegen lediglich darin, daß sein Anzug marineblau und seine Pistole von einem anderen Hersteller war.

»Nehmen Sie bitte Platz, Gentlemen«, forderte Professor Montalban die Männer auf. »Eigentlich müßten genug Sitzgelegenheiten für alle vorhanden sein. Es tut mir leid, daß Sie ein wenig warten mußten, aber anscheinend hat das Rosinenbrot eine Weile gebraucht, um aufzugehen.«

Danny, der die letze Stunde im Keller damit zugebracht hatte, sich die Meinung der Kameracrew anzuhören, war nicht sonderlich beeindruckt. Er mochte sowieso kein Rosinenbrot. Der Pistolenlauf des Piloten deutete an, daß er sich hinsetzen sollte.

»Danke. Harvey, Neville, bitte versorgt unsere Gäste mit etwas Kuchen und Tee«, sagte der Professor. Der Pilot warf ihm einen mißbilligenden Blick zu und nahm widerwillig einen Teller in die Hand, während sich der Kopilot mit der freien Hand um eine Tasse kümmerte. Der Professor schenkte den Tee ein, wählte ein Stück von dem Rosinenbrot aus und legte es auf den Teller. Die beiden bewaffneten Männer reichten Teller und Tasse an Danny, der aufrichtig versuchte, gute Miene zum bösen Spiel zu machen, was ihm allerdings nur leidlich gelang. Dann wiederholten Harvey und Neville dieselbe Prozedur beim Kameramann, dessen Assistenten und den Tontechnikern. Das alles dauerte eine Weile, und eine Menge Tee landete dabei in der Untertasse.

Als der Professor das Gefühl hatte, daß der Höflichkeit Genüge getan war, stellte er sich vor. »Meine Name ist Montalban, und dieser Gentleman« — er deutete auf den Piloten — »ist Harvey, und der andere Herr heißt Neville.«

Das war anscheinend alles, was Danny als Erklärung

bekommen sollte, zumindest bis der Professor sein Rosinenbrot hinuntergeschluckt hatte. Danny wartete und zwang sich, die Ruhe zu bewahren und nichts zu unternehmen, was als Feindseligkeit oder Drohung aufgefaßt werden konnte. Unter den gegebenen Umständen fiel ihm das nicht allzu schwer; selbst ein mongolischer Reiter hätte seine Probleme gehabt, mit einer Tasse in der einen und einem Teller in der anderen Hand eine drohende Geste zu machen. Vermutlich hätte er sogar schon Schwierigkeiten gehabt, den Kuchen zu essen oder den Tee zu trinken.

»Und das hier«, sagte der Professor schließlich, »ist meine persönliche Assistentin, Missis Carmody. Ich hoffe, Sie hatten eine angenehme Reise.«

Danny nickte zurückhaltend. Die Arme schmerzten ihm vom Halten der Teetasse und des Tellers, aber Harveys Pistole zeigte noch immer auf ihn.

»Mister Bennett«, wandte sich der Professor an Danny, »ich muß mich dafür entschuldigen, Ihnen auf diese Art unnötige Umstände zu bereiten, aber bis zu einem gewissen Grad sind Sie dafür selbst verantwortlich ...« Der Professor legte eine kurze Kunstpause ein und fuhr dann fort: »Sehen Sie, Sie haben gegenüber jemandem erwähnt, daß Sie etwas über Cirencester wissen.«

Dannys Hand zitterte so sehr, daß er etwas Tee verschüttete. »Cirencester?«

»Richtig. Und Harvey hier hatte das Gefühl, keine andere Möglichkeit zu haben, als mich auf diese Tatsache aufmerksam zu machen.«

Diesesmal ließ Danny seine Tasse fallen und schrie: *»Harvey?«*

»Ja, Danny«, meldete sich Harvey verlegen zu Wort. »Nun lernen wir uns doch noch mal persönlich kennen.«

Natürlich! Jetzt, als er darüber nachdachte, fiel Danny endlich ein, daß er seinem Vorgesetzten noch nie zuvor leibhaftig begegnet war, auch wenn sie sich unzählige

Male am Telefon unterhalten hatten. Er hatte sich auch nie danach erkundigt, wofür eigentlich das H stand, und bei der Telefonzentrale immer nur Mister Beardsley zu sprechen verlangt und seine Gespräche stets mit einem ›Hör mal …‹ angefangen.

»Erst hab ich gedacht, daß du wahrscheinlich nur bluffst«, fuhr Harvey fort. »Aber man kann nicht vorsichtig genug sein, und vielleicht ist es dir ja tatsächlich gelungen, statt dieser ganzen Scheiße über die Milchvermarktungsbehörde einmal im Leben etwas wirklich Wichtiges herauszubekommen. Also …«

»Hör mal«, sagte Danny vermutlich aus reiner Gewohnheit, »was wird hier eigentlich gespielt?«

»Das solltest du doch selbst am besten wissen«, entgegnete Harvey grinsend. »Schließlich bist du hier der große Starproduzent von Enthüllungsdokumentationen.«

»Das darf doch wohl alles gar nicht wahr sein …!« rief Danny entsetzt. »Jetzt nimm dieses verdammte Ding da weg, Harvey, und erklär mir endlich, was das alles zu bedeuten hat. Willst du mir meine Story versauen, oder was?«

»Welche Story?« fragte Harvey. »Ach, meinst du etwa diesen Quatsch über das Verklappen von Atommüll? Nein, überhaupt nicht. Aber du hast schließlich Cirencester aufs Tapet gebracht, denk dran.«

»Nun, aber eigentlich …«, begann Montalban.

Harvey schnellte herum und blickte den Professor verdutzt an: »Eigentlich was?« fragte er.

»Tut mir leid, Harvey«, sagte der Professor entschuldigend. »Ich hatte keine Zeit, dich ganz über den Sachverhalt zu informieren. Aber es war Mister Bennetts Film über die Oldtimer-Regatta, der es letztendlich notwendig machte, ihn hierherzubringen.«

»Also, jetzt wart mal einen Moment«, beschwerte sich Harvey, und Danny erkannte sofort, daß er keine Notiz mehr von ihm nahm. Um genau zu sein, zeigte die Pistole auf den Boden. Gleichzeitig hatte Neville gerade ein klebriges Stück Rosinenbrot in der linken Hand und benutzte die rechte, um den Teller zum Auffangen der Krümel direkt unter das Kinn zu halten. Jetzt oder nie, entschied Danny und sprang.

Plötzlich war alles in Bewegung, und wir werden unser Bestes geben, Stück für Stück darüber zu berichten. Dann werden wir die verschiedenen Teile zusammenfügen, um uns ein Gesamtbild machen zu können.

Der Kater wachte auf, machte einen Buckel und schärfte seine Krallen an dem abgebrochenen Stuhlbein, das man ihm aufmerksamerweise für diesen Zweck in den Käfig gelegt hatte.

Der Kameraassistent traf Neville mit einem kleinen Polsterschemel direkt am Hinterkopf. Neville ließ daraufhin erst den Teller fallen und stürzte anschließend selbst zu Boden. Der Kameraassistent setzte sich auf ihn und nahm ihm die Pistole ab.

Mrs. Carmody stürzte sich auf den Teewagen, rettete den Kuchenständer und trug ihn aus der Gefahrenzone. Ein Stück Rosinenbrot fiel dabei hinunter, landete auf dem Teppich und wurde von Dannys Ferse in den Flor gedrückt; aber dazu gleich mehr.

Danny ergriff Harveys Handgelenk und versuchte verzweifelt, es auf seine Knie hinunterzudrücken, um ihm die Pistole aus der Hand zu schlagen. Unglücklicherweise war Danny bei weitem nicht so kräftig, wie er annahm, und es folgte eine Rangelei auf recht niedrigem Niveau, in deren Verlauf Danny auf dem besagten Stück Rosinenbrot ausrutschte, das Gleichgewicht verlor und zu Boden stürzte. Während er fiel, renkte er beinahe Harveys Handgelenk aus, an dem er sich noch immer festklammerte, versetzte dabei dessen Finger am Abzug einen Ruck und feuerte auf diese Weise die Pistole ab. Die Kugel traf Professor Montalban direkt oberhalb des Herzens.

Danny, der zwischen diversen Stuhltrümmern auf

dem Boden lag, riß entsetzt die Augen auf und lockerte seinen Griff um Harveys Arm. Plötzlich starrten alle auf den Professor, der etwas sehr Unerwartetes tat — er sackte nämlich nicht tot zu Boden.

»Also wirklich, Mister Bennett!« empörte er sich, während er eine plattgedrückte Pistolenkugel aus seinem Jackettaufschlag hervorzauberte, als wäre sie der letzte Wermutstropfen am Tag nach Abschluß des Waffenstillstandsabkommens. »Ich muß Sie doch wirklich bitten, etwas vorsichtiger zu sein. Das hätte ein Unglück geben können!«

Harvey drückte sich wesentlich drastischer aus und steckte den Lauf der Pistole in Dannys Ohr. Nach und nach nahmen alle wieder ihre Plätze ein, und der Kater legte sich erneut schlafen.

»Vielleicht sollte ich Ihnen lieber erst einmal alles erklären«, besänftigte der Professor die Gemüter.

11. KAPITEL

Jetzt nicht, Sebastian«, bat Vanderdecker und duckte sich instinktiv. Das Geräusch eines auf Eichenplanken prallenden unverwundbaren Holländers ließ jedoch vermuten, daß Sebastian den Kapitän nicht rechtzeitig gehört hatte.

Dabei handelte es sich um ein ziemlich unverkennbares Geräusch, das, um die Wahrheit zu sagen, Vanderdecker allmählich nicht mehr ertrug. Tagein, tagaus dasselbe monotone Aufklatschen. Hätte er früher darüber nachgedacht, so grübelte Vanderdecker, hätte er es wenigstens einem nützlichen Zweck zuführen können. Beispielsweise hätte er Sebastian darin unterweisen können, seine sinnlosen Sprünge zu jeder vollen Stunde zu machen, dann wäre es nicht mehr so schlimm gewesen, wenn er mal vergessen hätte, seine Uhr aufzuziehen.

Nun war es jedoch zu spät, aus einem schlechten ein gutes Lebenswerk zu machen. Mit jener Geschicklichkeit, die man nur durch lange Übung erlangt, verdrängte er diesen lästigen Gedanken und fragte sich lieber, wie Jane wohl zur Zeit vorankam. War es ihr womöglich schon gelungen, den Alchimisten aufzuspüren? Ihrer Meinung nach sollte das kein großes Problem sein, und vielleicht war es das auch wirklich nicht; schließlich schien der Name Montalban heutzutage nicht nur ihm, sondern auch vielen anderen Menschen ein Begriff zu sein. Da war zum Beispiel dieser Verrückte, den die Mannschaft aus dem Meer gefischt hatte und dem man die Alchimiewerkstatt auf dem Schiff gezeigt hatte; anscheinend war er von selbst auf den Namen des Professors gekommen. Sicherlich hatte auch Jane schon von ihm gehört. Also brauchte sie vielleicht nichts weiteres zu tun, als im Telefonbuch nachzusehen. Warum bin ich bloß selbst nie darauf gekommen?

Wenn ich nun davon ausgehe, daß es ihr tatsächlich gelungen ist, die Nachricht zu überbringen, was ist, wenn Montalban sich nicht dafür interessiert? Was ist, wenn er nicht kommt? Und was ist vor allem, wenn er in Wirklichkeit gar kein Mittel gegen den Geruch entdeckt hat?

Daran durfte Vanderdecker gar nicht denken; außerdem war das unlogisch. Wenn sich Montalban in menschlicher Gesellschaft frei bewegen konnte, war es nur logisch, daß er auf ein Mittel gestoßen war, um mit dem Problem fertig zu werden, selbst wenn es sich dabei lediglich um einen außergewöhnlich durchdringenden Pfeifentabak handeln sollte. Doch hatten sie das ja schon selbst ausprobiert, und es war genauso ein Reinfall gewesen wie alles andere; schlimmer noch, seit Matthias an dem Zeug Gefallen gefunden hatte, mußten erst einmal alle lernen, sich schon wieder mit etwas Neuem abzufinden.

Wenn es noch etwas gibt, das wir alle an Bord lernen müssen, sagte sich Vanderdecker, während er sich auf die Reling stützte und beobachtete, wie die Möwen mit schockartigem Ekel abdrehten, dann ist es Toleranz. Mit Ausnahme von gepanschtem Bier und Country-and-Western-Musik haben wir gelernt, so ziemlich alles auf der Welt zu tolerieren. Es macht uns nichts aus, angespuckt, beschossen, mit Wasserkanonen bespritzt, exorziert oder aus Kneipen rausgeschmissen zu werden. Auf Sebastians Selbstmordversuche, Cornelius' Schnarchen, Johannes' Fußnägelschneiden, Pieter Pretorius' Pfeifen, Antonius' dummes Gerede und seine noch dümmeren Schachpartien und praktisch alles, was den Koch betrifft, reagieren wir lediglich mit einem resignierten Achselzucken und einem kurzen therapeutischen Gemurmel. In einer Welt, die sich noch immer nicht abgewöhnt hat, Menschen umzubringen, weil sie der falschen Religion, politischen Partei oder dem gegnerischen Fußballverein angehören, ist das keine kleine Errungenschaft. Das ist fast ein wenig wie Buddhismus, sinnierte Vanderdecker, allerdings ohne dieses ewige Herumsitzen und Vor-sich-Hinsummen.

Und was täten wir nach all diesen Jahren statt dessen heute? Vanderdecker schnaufte nachdenklich, denn das war genau der Punkt, den er bei seinem Nachdenken mehrere Jahrhunderte lang erfolgreich umgangen hatte. Wie wäre es wohl, *nicht* auf diesem Schiff zu sein oder eigentlich überhaupt nicht zu *sein?* Den zweiten Teil dieser Frage konnte er sofort abhaken; man kann sich einfach nicht vorzustellen, überhaupt nicht zu sein, und das ist wahrscheinlich auch gut so. Aber angenommen, wir könnten irgendwie diesen Geruch loswerden, was täten wir dann?

Der Fliegende Holländer lächelte. Es ist natürlich typisch, daß ich ›wir‹ sage — nach so vielen Jahren auf dem gleichen Schiff teilen wir armen Tröpfe ein kollektives Bewußtsein, wie man es sonst nicht einmal im Tierreich findet. Es stimmt, daß wir uns alle gegenseitig nicht ausstehen können, oder zumindest behaupten wir das voneinander. Aber vermutlich haßt praktisch der Arm die Hand, und wahrscheinlich machen die Zehen hinter dem Rücken spitze Bemerkungen über den Knöchel. Wir sind die Geschöpfe, aber auch die Opfer unserer gemeinsamen Erfahrung. Ich kann mir nicht vorstellen, daß wir uns jemals trennen oder irgendwann einmal jemand anderen in unsere Gemeinschaft aufnehmen. Besonders das letztere nicht; hätten wir uns endlich an die speziellen Gewohnheiten des Neulings gewöhnt, wäre er oder sie schon längst an Altersschwäche gestorben.

Aber genau das habe ich ja bereits getan, widersprach sich Vanderdecker, indem ich Jane als Verbündete angeheuert habe. Nun, irgend jemand mußte diese Aufgabe erledigen; wir selbst sind nicht dazu in der Lage, und sie hat sich freiwillig bereit erklärt, also brauche ich mir keine Vorwürfe zu machen. Andererseits war es eine unbeschreiblich angenehme Abwechslung, einmal mit jemandem mehr als drei Worte zu wechseln, mit dem ich den spanischen Eroberungskrieg nicht zusammen erlebt habe. Aber was, wenn der Reiz des Neuen vorbei ist? Mit Antonius zu sprechen ist jedenfalls etwas ganz anderes; während unserer zahlreichen Gespräche müssen wir im Laufe der Jahre jede erdenkliche Kombination der paar hundert Wörter gebraucht haben, die seinen affenähnlichen Wortschatz ausmachen. Ich kann in jeder Situation genau voraussagen, was Antonius sagen wird, und ich habe bereits die Phase durchlebt, in der ich ihn jedesmal gleich über Bord werfen wollte, sobald er nur den Mund aufmachte. Heutzutage kann mich alles, was er sagt, schlimmstenfalls noch leicht verwundern. In gewisser Weise ist das ein durchaus beruhigender Gedanke, und bis zu einem gewissen Grad gilt das auch für jeden anderen auf dem Schiff. Warum sollte ich also das alles aufs Spiel setzen und ein einmalig gewachsenes Verhältnis in Gefahr bringen, nur um ein-, zweimal mit irgendwem zu plaudern, der in spätestens siebzig Jahren tot und vergessen sein wird? Siebzig Jahre sind schließlich überhaupt keine Zeitspanne; Antonius brauchte für sein letztes Puzzle weit länger.

»Käpt'n?« Wenn man vom Teufel spricht. »Ich habe nachgedacht.«

»Schön für dich, Antonius. Und wie hat es dir gefallen?«

Antonius blickte ihn verdutzt an. »Was soll mir denn gefallen haben, Käpt'n?«

»Das Nachdenken.«

Die großen Augenbrauen zogen sich zunächst zu einem dichten Pelz zusammen, und erst allmählich hellte sich Antonius' Miene wieder auf. »Wie meinst du das, Käpt'n?«

»Nichts, Antonius. Vergiß es einfach. Was wolltest du sagen?«

»Nun ja«, begann der Erste Maat zaghaft, »ich und die andren Jungs ha'm uns gefragt, was passiert, wenn dieser Montalban tatsächlich irgendwas erfunden hat. Ich meine, was tun wir dann?«

Kindermund tut Wahrheit kund, murmelte der Fliegende Holländer gedanklich vor sich hin. »Das ist eine sehr gute Frage, Antonius. Wirklich eine sehr gute Frage.«

»Wirklich?« Antonius war hocherfreut. »Nun, was *wird* denn nun geschehen?«

»Habt ihr vielleicht auch mal daran gedacht, daß ich das eventuell selbst nicht weiß?«

»Nein«, antwortete der Erste Maat, und Vanderdecker glaubte ihm das sofort. Er bemerkte, daß Antonius einen Kloß im Hals hatte, der vorher nicht dagewesen war. »Ich meine, es wird sich doch nichts ändern, Käpt'n, oder?«

»Bestimmte Dinge schon«, antwortete Vanderdecker.

»O je!« Antonius' Miene verfinsterte sich wieder. »Wie meinst du das?«

»Erst mal wird es mehr Landurlaub geben, dann weniger Rauswürfe aus Kneipen und ... Na ja, solche Dinge eben.«

Antonius' Augen begannen zu leuchten. »Das fänd ich toll.«

»So?«

»Ja.«

»Gut.«

Antonius beugte sich vor und stützte sich auf die Reling, und Vanderdecker konnte förmlich hören, wie er sich vorstellte, nicht mehr aus Kneipen rausgeschmissen zu werden.

»Antonius?«

»Ja, Käpt'n?«

»Sag mal, wie gefällt dir ... nun, das alles hier?«

»Wie? Was alles, Käpt'n?«

Vanderdecker unternahm den halbherzigen Versuch einer verdeutlichenden Geste. »Nun, dieses Festsitzen auf einem Schiff mitten auf hoher See und was eben alles damit zusammenhängt.«

»Ich glaub, das gefällt mir«, antwortete Antonius nachdenklich. »Ich meine, das hilft einem, die Zeit totzuschlagen, findest du nicht?«

»Doch, doch, das nehme ich wohl an. Weißt du, so hab ich das noch nie gesehen.«

»Wie hast du was noch nie gesehen, Käpt'n?«

»So, wie du es gerade gesagt hast.«

Antonius drehte sich überrascht zu ihm um. »Ehrlich nicht?«

»Nein, Antonius. Jedenfalls nicht direkt. Nun, vielen Dank, Antonius, du bist mir wirklich eine große Hilfe gewesen.« Angespornt von einem plötzlichen Instinkt, steckte Vanderdecker die Hand in die Tasche seiner Seemannsjacke. »Möchtest du einen Apfel?«

»Danke, Käpt'n.«

Antonius nahm den Apfel und untersuchte ihn vorsichtig, als wolle er abwägen, ob er ihn gleich essen oder lieber warten sollte, bis ein Baum daraus wuchs. »So als Abwechslung mag ich Äpfel ganz gern.«

»Dazu sind sie da«, sagte Vanderdecker und eilte hurtig davon, bevor der Erste Maat ihn bitten konnte, ihm seine letzte Bemerkung genauer zu erläutern. Auf dem Weg zur Kajüte stieß er auf Sebastian.

»Na, Sebastian, wie geht's, wie steht's?«

Sebastian runzelte die Stirn. »Wie meinst du das, Käpt'n?«

Vanderdecker lächelte. »Ich meine, wie läuft es so bei dir?«

»Wie immer, glaube ich.« Sebastian kniff die Augen

zusammen. »Worauf willst du eigentlich hinaus, Käpt'n?« fragte er mißtrauisch.

»Auf nichts, auf gar nichts«, versicherte Vanderdecker ihm. »Wie ist es denn bei dir in letzter Zeit mit den Selbstmordversuchen gelaufen? Kommst du voran?«

»Nein.«

»Mach dir nichts draus, Sebastian. Bleib dran, ich bin mir sicher, irgendwann schaffst du es. Es ist natürlich nicht so, daß ich das will, Gott bewahre! Also, paß auf dich auf.«

Vanderdecker schlüpfte an ihm vorbei und sprang die Treppe zur Kajüte hinauf, wobei er zwei Stufen auf einmal nahm. Sebastian schaute ihm hinterher, tippte sich zweimal an den Kopf und machte sich wieder an die Arbeit.

Wäre Danny Bennett dort gewesen, er hätte bestimmt Verständnis für die Sorgen und Nöte der Besatzung der *Verdomde* gehabt. Da die Unterredung mit dem Professor aber ergebnislos verlaufen war, befand er sich wieder unten im Keller.

Nachdem der Professor aus ihm herausbekommen hatte, daß Danny nicht das geringste über die Cirencester-Vereinigung wußte (außer der Tatsache, daß es sie gab, und ein paar ziemlich grundsätzlichen Vermutungen, die eine Laborratte von mittlerer Intelligenz in ungefähr zehn Minuten hätte anstellen können), hatte Montalban allen Anwesenden das Dilemma erklären müssen, in dem er sich nun befand. Er hatte höchst illegal einen BBC-Produzenten samt Technikercrew gekidnappt und mit Waffengewalt in einen feuchten Keller gesperrt. Angeblich gab es dort sogar eine Ratte. Damit hatte er lediglich erreicht, seinem Gefangenen weit mehr über die von diesem bereits entdeckte Geheimorganisation zu offenbaren, als er vorher eigentlich gewußt hatte. Also mußte sich Danny jetzt entweder der Verschwörung anschließen und in irgendeiner noch nicht näher definierten, aber lukrativen Funktion für die Geheimorganisation arbeiten oder ... Nun ja, da gab es kein wirkliches Oder, denn selbst Danny war klar, daß Montalban niemals eine kaltblütige Exekution anordnen würde. Folglich hockte er jetzt hier im Keller, hatte sich häuslich niedergelassen und mußte mit Nahrung und sauberer Wäsche versorgt werden. Es war alles höchst aufregend, und wenn Danny es nicht eilig gehabt hätte, hier herauszukommen, um endlich mit den Dreharbeiten zu beginnen, hätte er sich mit der Idee, noch eine ganze Weile zu bleiben und sich zu einer größtmöglichen Nervensäge zu entwickeln, leicht anfreunden können.

Er saß gerade auf dem Fußboden und dachte über alles nach, als der Börsenmakler Neville erschien, der nebenberuflich als zweiter Mörder tätig war. In der rechten Hand hielt er nach wie vor eine Pistole und in der linken nun zusätzlich einen verwahrlosten großen Kater, der genauso verärgert wie Neville selbst wirkte.

»Da haben Sie dieses blöde Vieh«, schnaubte er verächtlich und ließ den Kater frei. »Ich hoffe, Sie sind jetzt endlich zufrieden.«

Danny riß entgeistert die Augen auf. »Was tun Sie da?« Obwohl er sich mit Folterungen nicht besonders gut auskannte, wußte er, daß mit Gefangenen von verschwörerischen Gemeinschaften so etwas häufig geschah, und außerdem mochte er keine Katzen.

»Sie selbst haben doch behauptet, hier seien Mäuse im Keller«, klärte Neville ihn auf. »Also bin ich angewiesen worden, diese Katze runterzubringen. Zufrieden?«

»Ach so! Ich verstehe«, seufzte Danny erleichtert. »Danke auch«, fügte er verspätet hinzu, denn Neville war schon wieder hinausgegangen und hatte nur den Kater zurückgelassen.

Der Kater wanderte ein bißchen umher, kratzte an der Tür, miaute mißmutig und legte sich dann schlafen. An

Mäusen schien er jedenfalls nicht interessiert zu sein, aber wer konnte ihm das verübeln? Danny, der eine grundsätzlich liberale Einstellung hatte, war strikt gegen jedes rassistische oder sexuelle Vorurteil, und dieses Prinzip galt vermutlich auch für Tiere.

Für etwa eine halbe Stunde war das alles. Dann waren wieder Schritte auf der Kellertreppe zu hören, von denen Danny hoffte, daß sie etwas mit Essen zu tun hatten. Er schaute sich nach der Kameracrew und den Tontechnikern um, die es dem Kater gleichgetan hatten und fest schliefen.

Die Tür öffnete sich, und ein Mädchen kam herein. Hinter ihm befanden sich Harvey und Harveys Pistole.

»Rein da!« grunzte Harvey überflüssigerweise. Das Mädchen warf ihm einen feindseligen Blick zu, kam seiner Aufforderung aber anstandslos nach und trat ein.

Es war ziemlich dunkel im Keller, und das könnte erklären, warum Jane, die unter normalen Umständen ein vorsichtiger Mensch war, dem Kater auf den Schwanz trat. Der Kater wachte auf, kreischte und schnellte hoch. Jane ebenfalls. Sie sprang ungefähr einen Meter hoch in die Luft, verlor das Gleichgewicht und fiel gegen Harvey. Harvey für seinen Teil reagierte gemäß den Instinkten von Generationen ritterlicher Vorfahren und fing sie auf, wobei er vor lauter Zuvorkommenheit die Waffe fallen ließ. Bitte verfolgen Sie aufmerksam, was nun geschieht.

Die Pistole fiel auf den Steinfußboden, landete auf dem ungesicherten Schlaghebel, ging los und erschoß den Kater. Danny suchte vergeblich Deckung, als er den Schuß hörte. Harvey versuchte, Jane loszulassen, die sich aber strikt weigerte, losgelassen zu werden, und ihn bei den Ohren packte. Auf diese Weise setzte sie ihn eine Weile außer Gefecht, so daß Danny genug Zeit hatte, sich auf dem Fußboden hinüberzuschlängeln, die Pistole mit den gefesselten Händen zu ergreifen und zu versuchen, Harvey damit in Schach zu halten. Unglücklicherweise behinderten ihn die Fesseln zu sehr, um die richtige Person in Schach halten zu können, und Jane, die sah, daß jetzt noch ein anderer Mann mit einer Pistole auf sie zielte, kreischte auf und ließ Harveys Ohren los. Harvey blieb genau dort, wo er war. Er hatte genug von diesem Blödsinn mit Pistolen und abgeschlossenen Kellern und trat in den Streik.

»Okay, Harvey, das Spiel ist aus!« zischte Danny.

»O je, fällt dir denn nichts Beßres ein?« antwortete Harvey, denn er haßte Klischees. Danny hingegen hatte weit mehr Spionagethriller gesehen, als gut für ihn war, und wußte deshalb ganz genau, was als nächstes kam. »Keine Bewegung!« knurrte er. Es gefiel ihm, diese Drohung knurrend auszustoßen, und die Tatsache, daß er mit der Pistole immer noch auf die falsche Person zielte, tat nichts zur Sache.

Der kürzlich erfolgte Ablauf lautstarker und hektischer Bewegungen hatte auch das restliche Fernsehteam aufgeweckt. Die Männer öffneten die Augen, registrierten, was vor sich gegangen war, und brachten ihre Meinung zum Ausdruck, daß dies ja auch allmählich an der Zeit gewesen sei.

Jane, die sich ziemlich übergangen fühlte, stellte sich vor. »Mein Name ist Jane Doland. Ich arbeite für Moss Berwick als Buchhalterin. Und wer sind Sie bitte?«

»Danny Bennett, BBC, Redaktion Tagespolitik«, antwortete Danny. »Angenehm.« Er verlagerte sein Gewicht auf den Musikantenknochen des linken Ellbogens und brachte die Pistole auf gleiche Höhe mit Harveys zitronenfarbenen Socken. Das mußte reichen.

»Was meinen Sie? Ob wir jetzt wohl gehen können?« fragte Jane.

Danny dachte nach und antwortete schließlich: »Ja.«

»Sehr schön. Dann kommen Sie.«

Danny fiel plötzlich wieder etwas ein. »Vielleicht binden Sie mich vorher los«, schlug er vor.

Jane schaute auf die Seile, dann auf ihre Fingernägel.

Sie war kein eitler Mensch, aber es dauert furchtbar lange, bis abgebrochene Nägel nachgewachsen sind, und die Seile wirkten ziemlich fest. »Was Knoten angeht, bin ich ein hoffnungsloser Fall. Vielleicht könnte Mister ...«

»Harvey«, ergänzte Danny.

»... das für mich erledigen. Wären Sie bitte so freundlich?«

Harvey nickte. »Moment mal!« protestierte Danny. »Immer hübsch langsam!« Insgeheim war er froh, eine Gelegenheit zu haben, das zu sagen, obwohl er aufgrund seiner Körperhaltung nicht genug Atem übrig hatte, um es zu knurren. »Hier! Sie nehmen die Waffe und halten ihn in Schach.«

Mit enormer Kraftanstrengung reichte er Jane die Pistole, die ziemlich schwer und fettig war. Jane konnte sich nicht besonders dafür begeistern. Harvey löste die Knoten, und Danny stand auf.

»He!« protestierte einer der Tontechniker. »Und was ist mit uns?«

Harvey befreite auch die anderen Männer, bis alle wieder ganz normal auf den Füßen standen und die Gruppe noch am ehesten wie eine mißlungene Stehparty wirkte.

»Können wir *jetzt* bitte gehen?« fragte Jane. Aber Danny hatte etwas anderes bemerkt.

»Sehen Sie nur, die Katze ...«

»Welche Katze?«

»Die Katze, auf die Sie eben voll draufgetreten sind. Sie lebt noch.«

Jane blickte ihn stirnrunzelnd an. »Ich bin ihr nur leicht auf den Schwanz getreten.«

»Mag ja sein, aber ich bin mir sicher, daß sie eben von der Kugel getroffen worden ist, als die Waffe losging.« Er bückte sich und hob etwas auf.

»Hören Sie, daß alles ist bestimmt sehr interessant«, wandte Jane ein, »aber sollten wir nicht zusehen, daß wir hier wegkommen?«

»Diese Kugel …«, begann Danny, wobei er das Corpus delicti auf der Handfläche zur Schau stellte, »… diese Kugel hat die Katze da getroffen.«

»Ach, wirklich?« Jane heuchelte Interesse.

»Ja! Sehen Sie sich das Ding mal an.«

Wenn Leute lästig werden, ist es normalerweise das einfachste, ihnen recht zu geben, pflegte Janes Mutter zu sagen. Also gab Jane nach und nahm die Kugel genauer in Augenschein. Die Spitze war plattgedrückt, als wäre sie gegen die Wand oder etwas Ähnliches geschlagen.

»Wahrscheinlich ist sie gegen die Wand geprallt«, vermutete Jane.

»Nein!« widersprach Danny heftig. »Glauben Sie mir, sie hat eindeutig die Katze getroffen. Als wär die Katze … unverwundbar oder so was.« So, wie es der Professor schon zuvor gewesen war, fiel ihm dabei ein.

Jane erinnerte sich ihrerseits daran, wo sie sich gerade befanden. »Vielleicht ist sie das sogar wirklich«, räumte sie ein. »Hören Sie, ich verspreche, Ihnen das alles zu erklären, aber ich finde wirklich, wir sollten jetzt endlich gehen. Sonst …« Als ihr wieder einfiel, daß sie die Waffe in der Hand hielt, drehte sie sich rasch um, stieß Harvey die Pistole in die Rippen und befahl mit fester Stimme: »Los, vorwärts!«

So weit, so gut; aber was war mit dem Schuß? Kam Neville nicht herbeigeeilt, als er ihn hörte, und war ihm etwa kein Streitaxt schwingender Professor Montalban auf den Fersen, dem eine mit Seilen und Chloroform ausgestattete Mrs. Carmody folgte? Nicht direkt. Neville, so scheint es, befand sich draußen und überprüfte gerade Ölstand und Reifendruck an seinem Wagen, als die Pistole losging, und konnte den Schuß nicht hören. Professor Montalban nahm ihn zwar wahr, hielt das Geräusch aber für eine zuschlagende Tür und verbannte es aus seinem Kopf. Als was Mrs. Carmody es auffaßte, ist nicht bekannt, aber da von keiner Aktion ihrerseits berichtet wurde, können wir die gute Frau einfach vergessen, zumal Mrs. Carmody für die Handlung sowieso höchst unwichtig ist.

Als Jane nun Harvey die Treppe hinauf in die Spülküche stieß, wurden sie dort von niemandem erwartet, und auch im Flur war keine einzige Menschenseele zu sehen.

Sie forderte Harvey auf, die Eingangstür zu öffnen und nach draußen zu gehen, dann folgte sie ihm. Alles klar soweit. Dann erblickte sie Neville, der sich gerade über die offene Motorhaube seines Wagens beugte und den Ölmeßstab mit einem Stück Haushaltspapier abwischte.

Jane räusperte sich. »Verzeihung …«

Neville schaute auf, sah die Waffe und zeigte sich leicht überrascht.

»Würden Sie bitte die Hände hochheben?« forderte Jane ihn höflich auf. »Danke.«

Zwar hatte ihn niemand darum gebeten, aber Danny ging los und wollte Neville die Pistole abnehmen, die aber hoffnungslos verhakt in dessen Jackentasche steckte. Der Hahn hatte sich im Futter verfangen, und Danny hatte große Mühe, sie herauszubekommen. Selten war er sich vor anderen Leuten dämlicher vorgekommen. »Okay, und jetzt laßt uns abhauen!« rief er den anderen zu.

»Welch überragende Idee!« seufzte Jane. »Warum hab ich nicht gleich daran gedacht? Mein Wagen steht übrigens direkt unten in der Einfahrt.« Sie versetzte Harvey erneut einen Stoß in die Rippen, aber er weigerte sich weiterzugehen.

»Sie brauchen mich doch jetzt überhaupt nicht mehr«, stellte er lapidar fest.

»Hör mal, Junge!« knurrte Danny, aber Jane wies ihn darauf hin, daß mit Harvey ohnehin nicht genügend Platz für sie alle im Wagen sei, es sei denn, jemand wolle partout in den Kofferraum steigen. Sie dankte Harvey und verabschiedete sich von ihm. Harvey lächelte leicht beschämt und ging zum Haus zurück.

»Warum, zum Teufel, haben Sie das getan?« fauchte Danny sie wütend an.

»Ach, halten Sie endlich die Klappe, und stecken Sie dieses lächerliche Ding weg!«

Danny wirkte furchtbar verletzt, und Jane war es peinlich, daß sie sich ihm gegenüber so rüde verhalten hatte. Das war überhaupt nicht ihre Art, aber dieser Kerl ging ihr wirklich allmählich auf die Nerven.

»Und überhaupt, wohin fahren wir eigentlich?« wollte Danny wissen, als er sich wieder einigermaßen gefangen hatte. »Sollten wir sie nicht lieber hier festhalten, bis die Polizei kommt?«

Janes Schuldgefühle lösten sich in Luft auf. »Ach, vergessen Sie die Polizei«, sagte sie streng. »Wir wollen denen doch keine Probleme aufhalsen, oder?«

Danny blickte sie verdutzt an. »Und warum nicht?«

»Weil ...« Weil eine Verhaftung Montalbans die Sache nur noch komplizierter macht, als sie eh schon ist, aber ich kann das alles jetzt nicht erklären. »Ach, das ist jetzt egal. Kommen Sie nun mit oder nicht?«

»Und ob wir mitkommen«, meldete sich einer der Tontechniker zu Wort. »Könnten Sie uns vielleicht bis zum nächsten Bahnhof mitnehmen?«

Sie standen immer noch da, als die Eingangstür des Hauses geöffnet wurde und der Professor herauskam, gefolgt von seinen verlegen dreinschauenden Komplizen. Die drei näherten sich ihnen stumm mit erhobenen Händen, als würden sie einen pantomimischen Maurentanz hinlegen, bei dem nur die Masken und die Verkleidung fehlten.

»Lassen Sie die Hände oben!« fauchte Danny und fuchtelte drohend mit der Pistole herum. Auch wenn außer ihm niemand das ernst nahm, er tat es. Die anderen beachteten ihn aber einfach nicht, und das war nicht fair.

»Möchten Sie vor Ihrer Abfahrt vielleicht noch eine Tasse Tee mit uns trinken, Miß Doland?« fragte der Professor.

»Tee?«

»Oder auch Kaffee«, ergänzte der Professor. »Und wenn Sie die Zeit erübrigen könnten, habe ich da eine Nachricht für Mister Vanderdecker, und ich wäre ihnen zu tiefstem Dank verpflichtet, wenn Sie ihm diese überbringen könnten.«

Jane runzelte die Stirn. »Ich dachte, Sie könnten damit nichts anfangen was ich Ihnen erzählt hab?«

»Ich habe in alten Aufzeichnungen nachgesehen«, antwortete der Professor. »Wenn es Ihnen also nicht allzu viele Umstände bereitet ...«

»Einverstanden«, sagte Jane und steckte die Pistole in die Tasche, als handelte es sich dabei um eine Puderdose. »Zwei Stück Zucker, bitte.«

12. KAPITEL

Das da«, sagte der Professor, »ist mein Computer.«

Danny, der seine Pistole und einen Teller auf den Knien balancierte, während er gleichzeitig ein klebriges Biskuittörtchen aß, blickte auf. Montalban deutete auf das Cembalo.

»Natürlich ist das ein ziemlich altmodisches Modell«, fuhr der Professor fort. »Vor allem hat der Computer gar keinen Bildschirm, aber dafür druckt er alles gleich aus.« Er nahm die Papierbögen in die Hand, die Jane für Notenblätter gehalten hatte, und deutete darauf. »Wissen Sie«, erklärte er, »als ich siebzehnhundertund ... nein, sechzehnhundertvierundneunzig den Computer erfunden hab, kamen Musiknoten einer abstrakten, buchstabenlosen Schrift noch am nächsten, und deshalb paßte ich dieses Notationsverfahren meinen Zwecken an. In diesem System haben jede halbe, jede Viertel- und jede Achtelnote ihren eigenen Mengenwert auf der Basis von Sieben, und zufällig ist es auch noch ein äußerst leistungsfähiges und flexibles System, viel besser als das Binärsystem, das ich bei den ersten Verkaufsmodellen eingesetzt hab. Da ich mich im Laufe der Jahre an dieses System gewöhnt habe, hab ich mir nie die Mühe gemacht, meine gespeicherten Daten in die neuen Computersprachen zu übertragen, die seitdem entwickelt worden sind. Ich hab einfach an meinem ursprünglichen System herumgetüftelt, wie und wann immer es gerade erforderlich war. Deshalb reicht es für meine Zwecke inzwischen vollkommen aus und hat zudem den Vorteil, daß es außer mir kein Mensch auf der Welt versteht. Also vollkommen sicher und geschützt vor etwaigen Entschlüsselungsversuchen von ... ehm ... Hakkern. Ich glaub, so nennt man die doch, oder?«

»Stimmt«, sagte Jane. »Das klingt ja alles sehr beeindruckend.«

»Wirklich?« Der Professor war ein wenig überrascht. »Ich hab es keineswegs darauf angelegt, Eindruck zu schinden. Seit ich im Berufsleben stehe, bemühe ich mich nämlich, praktisch genau das Gegenteil zu erreichen, also sozusagen nicht ins Rampenlicht der Öffentlichkeit zu geraten. Das ist für mich absolut notwendig, um mit meiner Arbeit in Ruhe und Frieden weiterzumachen, und aus diesem Grund hab ich auch die Cirencester-Gruppe gegründet.«

»Hört, hört!« warf Danny ein.

»Gegründet hab ich sie siebzehnhundertund ... wann war das noch mal? Mhm ... also, das war kurz nach dem Bankrott der Südseegesellschaft«, überlegte Montalban. »Nehmen Sie sich doch noch etwas Tee, dann erzähle ich Ihnen davon.«

Der Tee war kalt, aber niemand verlor darüber ein Wort. Danny hatte inzwischen Pistole und Teller auf den Boden gelegt und machte sich Notizen.

»Dieser sogenannte Südseeschwindel«, sagte der Professor, »geht allein auf meine Kappe. Ich brauchte einen wirtschaftlichen Zusammenbruch, müssen Sie wissen.«

»Wie? Sie brauchten einen für sich persönlich?« hakte Danny nach.

»Ja. Klingt Ihnen das zu eigennützig? Nun, vielleicht bin oder war ich das sogar. Um an die von mir benötigten Geldmittel heranzukommen, mußte ich die Kontrolle über große Finanz- und Handelsinstitutionen erlangen. Auf dem einfachsten Weg erlangt man die Kontrolle dann, wenn man bei niedrigen Preisen kauft, also nach einem Preissturz. Ich konnte es mir nicht leisten, auf einen Preissturz zu warten, also rief ich künstlich einen hervor. Zunächst gründete ich eine Art Schwindelfirma und blies sie wie eine Seifenblase auf, und dann stach ich mit einer Nadel hinein. Das war nicht weiter schwierig; durch die Einführung neuer Technologien und industrieller Fertigungsmethoden sorgte ich für bestimmte Veränderungen im nationalen Wirtschaftssystem. Ich steckte das Kapital, das ich durch meine alchimistische Tätigkeit erworben hatte, in diese Scheinfirma, die wie ein Seifenblase anschwoll; dann stach ich hinein, wie ich ja schon gesagt habe.. Der Computer hat mir dabei natürlich unschätzbare Dienste geleistet.«

»Ich verstehe«, sagte Jane zur allgemeinen Verwunderung. »Und dann?«

»Danach machte ich mit meiner Arbeit weiter und überließ die ganz Angelegenheit meinem Computer. Ich hatte ihn darauf programmiert, die Wirtschaftssysteme der Industrienationen zu steuern, und das tat er auch. Tatsächlich tut er das immer noch.«

Diesmal war Neville an der Reihe, den Professor schockiert anzublicken. »Das hast du mir nie gesagt.«

»Ich weiß, und es tut mir auch in gewisser Weise leid«, entschuldigte sich der Professor. »Aber ich fürchte, du hättest der Versuchung nicht widerstehen können, selbst einen riesigen Haufen Geld daraus zu schlagen. Statt dessen hast du mir geholfen und auf diese Weise lediglich einen Haufen Geld gemacht. Ich denke, daß du alles in allem angemessen behandelt worden bist.«

»Einen Moment bitte mal«, warf Jane ein. »Diese Arbeit, die Sie da machen, worum geht es dabei genau?«

»Ganz einfach«, antwortete der Professor. »Sie haben mich doch gefragt, ob ich rieche. Nun, offensichtlich ist das nicht der Fall. Das ist meine Arbeit.«

»Also haben Sie Ihre Arbeit vollendet?«

»Fast, aber noch nicht ganz. Ich habe entdeckt, daß durch das Elixier, das Vanderdecker und ich getrunken hatten, unsere Molekularstrukturen grundsätzlich verändert worden sind. Diese Veränderungen ähnelten den Folgen eines Bombardements mit hoch radioaktiver Strahlung — wir sind, wenn Sie so wollen, zu unseren eigenen Isotopen geworden. Ich hoffe, ich gehe nicht zu sehr ins Wissenschaftliche.«

»Nur ein bißchen. Aber fahren Sie bitte fort«, ermunterte Jane den Professor.

»Danke. Kürzlich, vor ungefähr sechzig Jahren, fand ich heraus, daß hoch radioaktive Strahlung die Wirkung des Elixiers teilweise umkehren kann. Seitdem hatte ich versucht, einen ausreichend leistungsfähigen Atomreaktor zu konstruieren, der genügend Radioaktivität für meine Zwecke liefern konnte. Also mußte ich von da an einen Pakt mit der Atomindustrie eingehen. Ich muß mich dafür entschuldigen, aber es gab keine andere Möglichkeit.«

»Nun ja, wenn Sie meinen«, bemerkte Jane ziemlich gefühllos. »Aber erzählen Sie bitte weiter.«

»Grundsätzlich ist es folgendermaßen: Wenn man einen Menschen, der das Elixier getrunken hat, in das Zentrum einer Kernreaktion bringt, verändert sich dessen Molekularstruktur. Dadurch lockert sich die Struktur auf, und die Moleküle werden regelrecht herausgeschüttelt. Aber die Art des Herausschüttelns, die ich erreichen will — nämlich nur den Geruch auszusieben, ohne das komplette Wesen quasi durchs Sieb rutschen zu lassen —, ist nicht leicht zu erreichen, und bis heute habe ich das Ganze noch nicht richtig im Griff. Die auf der Hand liegende Schwierigkeit ist die Gefährlichkeit der radioaktiven Strahlung, und ich war nicht erpicht darauf, das an mir selbst auszuprobieren; übrigens auch nicht an jemand anderem, nicht einmal an Kapitän Vanderdecker — obwohl der mich in erster Linie in diese Lage gebracht hat. Aber dann fiel mir der Kater ein, an dem ich das Elixier zum erstenmal ausprobiert hatte. Es gelang mir, ihn aufzuspüren und hierherbringen zu lassen. Nach ein paar Experimenten in Dounreay stellte sich heraus, daß der Geruch zeitweise dadurch unterdrückt werden kann, wenn man den Kater längere Zeit radioaktiver Strahlung eines bestimmten Typs aussetzt, was übrigens ein bißchen der modernen Art der Lebensmittelbestrahlung ähnelt. Die bislang längste Zeitspanne, die der Geruch unterbunden werden kann, beträgt einen Monat, und bald müssen Percy und ich wieder nach Dounreay, um uns eine neue Dosis zu verabreichen.«

»Percy?«

Montalban errötete leicht. »Ich nenne den Kater Percy. Das ist eine Kurzform von Parsifal. Die heilige Unschuld, verstehen Sie?«

Jane verstand das zwar nicht, machte sich deswegen aber keine weiteren Gedanken und bat den Professor fortzufahren.

»Und das ist also meine Arbeit, meine Beschäftigung über die Jahre hinweg. Die Cirencester-Gruppe, die, seit ich das Haus gebaut habe, von hier aus operiert, besteht aus allen den Leuten, deren Unterstützung ich benötige — aus Bankiers, Finanziers, Werbeleuten, Industriellen, Leitern von Regierungsstellen ...«

»Warten Sie!« rief Danny dazwischen, dessen Kugelschreiber ihm gerade den Dienst versagte. »So, jetzt. Was kam noch mal nach Bankiers?«

»... und natürlich dem Intendanten des Klassiksenders Radio Three. Ohne diese Leute ...«

Danny hatte seinen Ersatzstift fallen lassen. »Was haben Sie eben gesagt?«

»Dem Intendanten von Radio Three«, wiederholte der Professor. »Ohne ihn bräche das gesamte System zusammen. Und jetzt ...«

»Warum?« verlangte Danny zu wissen.

»Tut mir leid, ich war der Meinung, das alles schon einmal erklärt zu haben. Ich sagte bereits, daß mein Computer ein System benutzt, das auf der Grundlage von Musiknoten beruht. Nun, im Grunde *ist* das System nichts anderes als musikalische Notation. Man kann sich ohne jede Schwierigkeit ans Klavier setzen und eins meiner Programme spielen, und gewöhnlich (möchte ich in aller Bescheidenheit behaupten) mit großem Vergnügen. Ich möchte sogar wetten, daß Sie eine ganze Menge meiner Programme auswendig kennen. Natürlich habe ich sie alle unter verschiedenen Pseudonymen geschrieben ...«

»Zum Beispiel?« fragte Danny.

»Bartók«, antwortete der Professor. »Mendelssohn, Sibelius, Chopin, Mozart, Elgar, Delius, Händel, Ravel, Schubert, Jelly Roll Morton ...«

Danny sperrte Mund und Nase auf. »Wirklich?«

»Ja, natürlich.«

»Das glaube ich nicht.«

Der Professor lächelte. »Sie glauben mir ohne weiteres, daß ich den Computer und das elektrische Licht erfunden habe, aber nicht, daß ich die *Eroica* oder die *Rhapsody in Blue* geschrieben habe — die zufälligerweise beide nicht viel mehr als simple Textverarbeitungsprogramme sind. Na ja, man sagt, der Prophet gilt nichts im eigenen Land. Ich will es Ihnen demonstrieren.«

Der Professor stand auf und begab zu der recht beeindruckenden Hifi-Anlage hinüber. Dort wählte er eine CD aus und steckte sie in den CD-Player.

»Wieviel ist sechsunddreißig, multipliziert mit der Quadratwurzel aus neunzehn, geteilt durch fünf und ins Quadrat?« fragte er Danny.

Danny begann, an den Fingern abzuzählen, und gab dann auf. »Weiß ich nicht.«

»Hier haben Sie einen Taschenrechner. Sie rechnen es auf Ihrem Gerät aus und ich auf meinem«, forderte ihn der Professor auf.

Danny drückte verschiedene Knöpfe, während Montalban ein kurzes Stück aus Händels *Messias* abspielte. Dann schaltete er die Stereoanlage aus und sagte:

»Neunhundertvierundachtzig Komma neun fünf neun neun sieben. Hab ich recht?«

»Ja«, bestätigte Danny.

Der Professor nickte etwas selbstgefällig. »Wie Sie aus dem Datum der Komposition ersehen können, war das eins meiner ersten Programme, ein einfaches Rechensystem zwar, aber dennoch eingängig.«

Danny, der mittlerweile benommen schwieg, gab den Taschenrechner zurück, und der Professor fuhr fort.

»Daher auch die Notwendigkeit, bestimmen zu können, was zu ganz bestimmten Zeiten auf Radio Three gespielt wird und was nicht. Meine Methode, eine Reihe anderer Computer zu programmieren, besteht nämlich darin, daß ich meine musikalische Sprache an strategisch wichtigen Punkten auf der ganzen Welt abspielen lasse. Wenn das falsche Stück zur falschen Zeit abgespielt wird, kann das katastrophale Folgen haben. Der kürzliche Kursverfall an der Börse war beispielsweise das Resultat der Entscheidung eines gedankenlosen Musikredakteurs, den ›Ritt der Walküren‹ am Freitagnachmittag um siebzehn Uhr dreißig zu senden. Ich habe das übrigens nicht komponiert, aber durch einen puren Zufall faßt einer meiner Computer das als den Befehl auf, kurzfristige Staatsanleihen zu verkaufen. Ich bin nur dankbar, daß so etwas nicht mit ›Spiel mir das Lied vom Tod‹ passiert ist.«

Es herrschte ein sehr langes Schweigen, das nur durch den Kameraassistenten gestört wurde, der ›I Did It My Way‹ summte. Währenddessen trank der Professor den Rest seines Tees aus. Dann sammelte Jane die jämmerlichen Reste ihrer Geisteskraft zusammen und stellte eine simple, aber nicht unberechtigte Frage.

»Und was heißt das jetzt für uns?«

»Das hängt ganz von Ihnen ab«, entgegnete der Professor. »Wenn Sie und Ihre Freunde sich damit zufriedengeben, alles zu vergessen, was ich Ihnen gerade erzählt habe, kann ich ungestört mit meiner Arbeit fortfahren, bis sie vollendet ist. Danach habe ich vor, mich zurückzuziehen und Bienen zu züchten. Wenn Sie sich weigern, werde ich natürlich alles daransetzen müssen, ohne Rücksicht auf Verluste weiterzumachen. Aber bestimmt werden Sie Ihre Entdeckung in aller Welt verbreiten wollen, und obwohl ich meinen gesamten beträchtlichen Einfluß geltend machen werde, um Sie daran zu hindern, könnte es sein, daß man Ihnen glaubt. Dann wird die Welt sich entscheiden müssen, was sie mit mir anstellen will. Man kann mich nicht töten, mir nicht einmal ein einziges Haar krümmen. Ich kann unberechenbaren Schaden anrichten, bevor man mich los ist — um eine plötzliche Rezession auszulösen, muß ich nur zum Telefon gehen und die BBC bitten, morgen nachmittag um Viertel nach drei ›Sergeant Pepper's Lonely Hearts Club Band‹ zu spielen. Es wird Hunderte von Jahren in Armut und Dunkelheit kosten, die Strukturen, die ich errichtet habe, wieder zu zerstören. Und die unmittelbare Folge meiner Niederwerfung — mir fällt leider gerade kein besseres Wort dafür ein — wird die Zerschlagung der Wirtschaftssysteme der freien Welt sein ...«

»Oje, nicht Sie auch noch ...«, stöhnte Jane.

»Wie bitte?«

»Ach, nichts«, wehrte Jane überdrüssig ab. »Fahren Sie lieber fort.«

Aber der Professor zeigte sich interessiert. »Sie sagten gerade: ›Nicht Sie auch noch.‹ Heißt das, Sie wissen über die Vanderdecker-Police Bescheid?«

»Ja. Sie etwa auch?«

»Aber gewiß. Schließlich ist das eins meiner größten Probleme.«

»Eins Ihrer größten Probleme?« wiederholte Jane.

»Mit Sicherheit. Sie müssen wissen, daß ich fast unmittelbar nach dem Auffliegen des Südseeschwindels die Lombard National Bank aufgekauft habe.«

Danny Bennett fühlte sich besser. Er hatte einen Fernsehapparat entdeckt.

Obwohl ihn keine Nabelschnur mit dem Gerät verband, spürte er doch, wie dessen wiederbelebende Kraft in seinen Körper strömte, ähnlich der Sonne von Patmos, aber ohne die Gefahr eines Sonnenbrands. Zugegeben, da lief nichts anderes als ›Das Zauberkarussell‹, aber immer noch besser als überhaupt kein Fernseher. Als er so dasaß und mit seinem Medium Verbindung aufnahm, sproß eine Idee unter seiner Schädeldecke, ihre Wurzeln durchstießen die dünne, feste Schale und suchten kraftvoll nach Feuchtigkeit und Mineralstoffen. Er konnte die Story an jemand anders weitergeben.

Ziemlich untypisch? Sehr sogar. Ein bißchen so, als würde Neil Armstrong zu Buzz Aldrin sagen: ›Mach du das mal, ich glaub, ich bleib lieber zu Hause und bügle die Wäsche.‹ Aber die Tatsache bleibt bestehen, daß Danny es ernsthaft in Erwägung zog. In seiner unersättlichen Gier nach einem BAFTA-Award, der höchsten Auszeichnung der britischen Film- und Fernsehakademie, wußte er, daß dies eine Story war, die gebracht werden mußte. Und wenn er sie nicht selbst bringen konnte, hatte er keine andere Möglichkeit, als sie jemand anders zu geben. Aber wem?

Da gab es Moira Urquhart; nein, nicht wirklich. Lieber hätte Danny dem größten Feind der Menschheit mit Vergnügen Haus und Hof vermacht als Moira diese Story. Ihr fehlte der gewisse Weitblick. Sie würde vermutlich versuchen, knuddelige Tierchen mit hineinzubringen, und das würde die ansonsten makellose Symmetrie dieser Story stören. Moira arbeitete überall knuddelige Tierchen mit ein, sogar in Neunzig-Sekunden-Spots über das Europäische Währungssystem für ›Newsnight‹. Also kam Moira nicht in Frage.

Außerdem gab es da noch Paul. Laß es Paul machen. Daran hätte zumindest die Cirencester-Gruppe ihren Spaß, denn auf diese Weise ginge die Story garantiert völlig den Bach runter, und niemand nähme auch nur die geringste Notiz davon. Pauls Geschick, die Aufmerksamkeit der Zuschauer zu fesseln, war enorm; wenn er einem auf seine unnachahmliche Art erzählen würde: Übrigens deine Ohren brennen, wäre man von dem Thema so gelangweilt, daß man sich noch nicht mal die Mühe machen würde, sie zu löschen. Paul also auch nicht.

Was bedeutete, daß es Diana sein mußte. Schade, aber so war es nun einmal. Danny bemerkte, daß Zebulon und Dougal vom ›Zauberkarussell‹ ihren Platz an die Nachrichten abgetreten hatten, und Diana war auf dem Bildschirm zu sehen. Umgeben von zerstörtem Mauerwerk, erzählte sie den Leuten zu Hause von der Situation im Libanon. Da Danny kein Telefonbuch von Beirut zur Hand hatte und der libanesischen Telefonauskunft generell nur wenig Vertrauen entgegenbrachte, schied sie aus. Diana kam also auch nicht in Frage. Anscheinend kam sowieso niemand in Frage.

Er stand auf und schaltete den Fernseher ab. Irgend etwas mußte er unternehmen, aber er hatte keine Ahnung, was.

»Hallo, Danny«, meldete sich hinter ihm eine Stimme. Dort stand Jane, die eine Tasse Tee und ein Plätzchen in den Händen hielt. »Möchten Sie auch eine Tasse?«

»Nein. Hören Sie, wann kommen wir hier endlich raus?«

»Ich weiß nicht«, antwortete Jane. »Niemand scheint sich darüber Gedanken gemacht zu haben.«

»Schließlich können wir nicht bis ans Ende unserer Tage hierbleiben«, gab Danny zu bedenken.

»Mal ehrlich, das hätten Sie auch nicht erwartet, wie? Aber egal. Ich glaube jedenfalls nicht, daß wir ohne Erlaubnis einfach gehen dürfen.«

»Erlaubnis!« empörte sich Danny. »Sie haben doch noch immer die Pistole, oder?«

»Sicher. Aber was bringt das? Selbst wenn ich Professor Montalban erschösse, bliebe allenfalls ein Loch in seiner Strickjacke zurück. Ich glaube zwar nicht, daß er versuchen würde, uns daran zu hindern, einfach zu gehen — jedenfalls nicht mit roher Gewalt, meine ich —, aber er hat ziemlich unmißverständliche Andeutungen gemacht, daß Sergeant-Pepper-Time sei, wenn wir ihm zu sehr auf die Nerven gehen. Ich persönlich möchte dafür, ehrlich gesagt, nicht die Verantwortung übernehmen.«

»Und was passiert Ihrer Meinung nach als nächstes? Ich meine, wir können hier doch nicht einfach nur rumsitzen. Bestimmt plant irgendwer, irgend etwas zu unternehmen.«

Jane schlürfte etwas Tee und setzte sich auf eine Chaiselongue. »So, wie ich das sehe, müssen wir wirklich warten, bis Vanderdecker auftaucht. Er ist der einzige Mensch, der mir einfällt, der irgendeinen Einfluß auf den Professor hat.«

Danny runzelte die Stirn. »Wie meinen Sie das?«

»Nun ja, erst mal sieht es ganz so aus, als hätte Montalban einige Notizbücher zurückgelassen, als er vor diesen Hunderten von Jahren Vanderdeckers Schiff verließ. Darin stehen alle möglichen Berechnungen und Ergebnisse, und offenbar ist es ihm bis heute nicht gelungen, alle davon zu reproduzieren. Ich denke, Vanderdecker hat diese Aufzeichnungen immer noch, und das ist doch wenigstens ein Anfang, oder finden Sie nicht?«

»Mag sein.«

»Und dann ist da noch die Vanderdecker-Police. Sollte irgendwann einmal jemand etwas darüber herausfinden, dann macht es bei der National Lombard Bank *Bumm!*, und die finanzielle Grundlage für Montalbans Forschung ist im Eimer.«

»Aber das ist keine wirkliche Drohung«, widersprach Danny. »Denn damit würde dasselbe erreicht wie mit Sergeant Pepper, und ich dachte immer, genau das versuchen wir zu verhindern. Und von Ihrem ersten Gedanken halte ich ebenfalls nicht viel.«

»Nein?«

»Versuchen Sie doch mal, ihm damit zu drohen: ›Montalban, entweder geben Sie Ihr gesamtes Forschungsprojekt auf, oder wir sorgen dafür, daß Sie Ihre alten Aufzeichnungen nicht zurückbekommen, ohne die Sie allerdings auch schon einige Jahrhunderte gut klargekommen sind.‹ Wirklich atemberaubend. Merken Sie denn nicht, daß er uns alle völlig im Sack hat? Selbst mir fällt nichts ein.«

Jane verkniff sich einen Kommentar und murmelte statt dessen: »Machen Sie sich nichts draus. Haben Sie sich schon mal gefragt, was an Montalbans Verschwörung — oder wie man das auch immer nennen will — wirklich so furchtbar schrecklich ist?«

Danny riß die Augen auf. »Meinen Sie das ernst? Es handelt sich doch wohl eindeutig um eine Verschwörung, die eine fundamentale Bedrohung der Unabhängigkeit der gesamten freien Welt darstellt. Und so geht das ...«

»Richtig, und so geht das immerhin schon seit über dreihundert Jahren«, unterbrach ihn Jane nachdenklich. »Sicher, wenn man die Zeit rückblickend betrachtet, kann man nur wenig Erfreuliches daran entdecken. Ich finde allerdings nicht, daß sich die ganze Angelegenheit allein dadurch fürchterlicher darstellt, weil der Gang der Geschichte auf der systematischen Vorgehensweise eines recht netten alten Spaniers namens Montalban beruht und sich nicht ausschließlich auf den angesammelten Größenwahn und die Gleichgültigkeit von Generationen von Staatsmännern zurückführen läßt, Sie etwa? Ich meine, Montalban plant schließlich nicht, die Demokratie zu zerschlagen oder das Sudetenland zu annektieren, er versucht lediglich, den Geruch loszuwerden. Wäre es wirklich so schlimm, wenn er Erfolg damit hätte?«

»Aber ... aber ...«, stammelte Danny. Er wußte genau, was so schlimm und falsch daran war, fand aber einfach nicht die richtigen Worte. »Aber Montalban ist nur ein ... ein einzelner Mensch, ein eigennütziger Individualist, der das Leben von Millionen und Abermillionen Menschen kontrolliert. So was kann man doch nicht einfach machen. Das ist nicht richtig.«

»Ich verstehe«, sagte Jane. »Wenn wir also die Armut in der Dritten Welt, Atomwaffen, den Ost-West-Konflikt und wirtschaftliche Krisen haben, geht das in Ordnung, solange sie durch demokratische Prozesse verursacht werden. Wenn aber nur ein Mensch dafür verantwortlich ist, dann ist das Tyrannei, richtig? Sie müssen schon entschuldigen, aber ich hatte nie sehr viel Geschichtsunterricht in der Schule und verstehe nichts von diesen Dingen.«

»Ach, jetzt kommen Sie mir doch nicht so«, wehrte Danny ab. »Sie begreifen überhaupt nichts ...«

»So wird es wohl sein«, entgegnete Jane süßlich. »Aber bevor Sie etwas über Montalban erfahren haben, hätten Sie ihr Leben dafür gegeben, die fundamentalen Grundlagen unserer Gesellschaft und unserer Lebensart gegen die Montalbans dieser Welt zu verteidigen. Vermutlich hätten Sie das als den unabänderbaren Status quo bezeichnet. Und nun stellt sich heraus, daß das alles sein Werk war, und plötzlich wird Ihnen klar, daß das schlecht ist und verschwinden muß. Bitte erklären Sie mir das.«

Danny starrte sie zornig an und holte tief Luft. »Alles klar! Also sind Sie jetzt auf seiner Seite, oder wie soll ich das verstehen?«

Jane schüttelte den Kopf. »Ich bin auf gar keiner Seite. Bei Ihnen hört sich immer alles so an, als ginge es um irgendein Hockeyspiel zweier Schulmannschaften. Mir ist es vollkommen gleichgültig, ob Montalban seinen Geruch los wird — allerdings nicht ganz, denn es muß ziemlich furchtbar sein, so zu riechen. Und ganz nebenbei bemerkt, wenn er ein Gegenmittel entdeckt, wird Vanderdecker ebenfalls geheilt werden, und ich ... Nun, ich mag ihn eben. Außerdem möchte ich nicht so etwas wie einen Börsenkrach erleben und daß sich deswegen gleich alle in der Wall Street oder King William Street aus dem Fenster stürzen. Schließlich wäre damit auch niemandem geholfen, nicht wahr? Wohingegen« — Jane wurde plötzlich gewahr, daß sie das Wort ›wohingegen‹ in einer Unterhaltung gebraucht hatte, und sie wußte nicht, ob sie sich deswegen schämen oder stolz sein sollte —, »wohingegen wir alles klären können und jeder das kriegen kann, was er will, wenn wir alle vernünftig sind und uns wie Erwachsene benehmen.«

»Ist das Ihr Ernst?«

»Sicher, warum nicht? Vanderdecker kann seine Police gegen eine Pauschalsumme in bar und das Antigeruchsmittel eintauschen, dafür händigt er vorher dem Professor die alten Unterlagen aus, damit Montalban seine Forschungsarbeiten endgültig abschließen kann. Der Professor will sich einfach nur zurückziehen und Bienen züchten, sobald er seine Arbeit beendet hat. Also könnte er den Großteil seines Vermögens in irgendeine gigantische Stiftung stecken, die sich zum Beispiel um die Not in der Dritten Welt kümmert. Und vielleicht sollten wir darauf bestehen, daß er einen Ersatz für die Kernenergie findet und etwas, das Benzin und alles das ersetzt — nach dem zu urteilen, was er bislang vorzuweisen hat, sollte das für ihn kein allzu großes Problem darstellen. Und ...«

»Und alle werden glücklich sein bis an ihr Lebensende?«

»Ja, warum eigentlich nicht?« wandte Jane ein.

»Also gefällt Ihnen dieser Vanderdecker, stimmt's?«

Diesmal war Jane damit dran, Danny entgeistert anzustarren. »Was haben Sie eben gesagt?«

»Nun, das ist doch wohl ganz offensichtlich, oder? Sie sind bereit, die gesamte westliche Zivilisation zu verkaufen, und das für einen Mann, der alt genug ist, um Ihr Urururur ...«

Jane stand auf, klopfte sich nervös ein paar Krümel vom Rock und sagte mit fester Stimmer: »Guten Morgen, Mister Bennett.«

»Wo wollen Sie denn hin?«

»Harvey und Neville bitten, Sie zu fesseln und Sie dann wieder in den Keller zu werfen. Zur Ratte.«

»Maus.«

»Ratte«, sagte Jane bestimmt und ging.

Obwohl sie es sich selbst niemals eingestanden hätte, war sie über Dannys Anspielung in der Tat sehr verärgert, und sie hatte das Gefühl, dringend etwas frische Luft zu brauchen. Sie ging durch die vordere Eingangstür nach draußen und dann zur Rückseite des Hauses, wo sich eine riesige Rasenfläche befand, auf der man zu Zeiten König Eduards des Siebten Kricket gespielt hätte.

Plötzlich war am Himmel ein knatterndes Geräusch zu hören, und Jane blickte erschrocken nach oben. Ein Hubschrauber setzte zur Landung an. Jane erschauderte am ganzen Körper. Was nun?

Und dann nahm sie etwas wahr — etwas sehr Schreckliches und Ungewohntes, das aber extrem schwach und weit weg war. Es war ein Geruch; ein Geruch, der so durchdringend und penetrant war, daß selbst sie ihn bemerkte.

Der Hubschrauber schwebte einen Moment lang über dem tadellos gepflegten Rasen und plumpste dann wie eine müde Möwe herunter. Ein Mann mit einer Gasmaske sprang heraus und rannte davon, als sei ihm der Leibhaftige auf den Fersen. Ein anderer Mann — Sebastian, der verrückte Selbstmörder — lief hinter ihm her, holte ihn ein und brachte ihn mit einem Hechtsprung zu Fall. Der Mann mit der Gasmaske schien aufzugeben und versuchte verzweifelt, den Kopf unter der Brust zu vergraben.

Dann sprang noch jemand aus dem Hubschrauber — und Jane, die in der Lage war, den Geruch nicht wahrzunehmen, eilte auf ihn zu.

»Hallo!« begrüßte sie den Mann freudestrahlend. »Was, um alles in der Welt, tun *Sie* denn hier?«

Vanderdecker schaute überrascht. »Haben Sie mich gerade geküßt?« fragte er, als hätte ihn eine Nonne auf der Straße angehalten und ihm aus einer dieser modernen Sprühdosen künstliche Schlagsahne ins Ohr gespritzt.

»Das hab ich«, bestätigte Jane. »Aber Sie brauchen dringend ein Bad, mein Herr.«

»Das war aber eben sehr voreilig von Ihnen. Normalerweise küsse ich keine Menschen, die ich nicht seit wenigstens dreihundertfünfzig Jahren kenne.«

»Lassen Sie uns später darauf zurückkommen«, sagte Jane, die sich plötzlich dumm vorkam. »Sagen Sie, *was* tun Sie hier? Was ist denn überhaupt los?«

»Es gibt da ein paar Probleme.«

»Ich weiß, aber ...«

»Nein, nicht die Probleme, die Sie meinen. Wo ist Montalban?«

»Da drinnen.« Jane zeigte auf das Haus. »Wo haben Sie eigentlich den Hubschrauber her?«

»Nun ja, da war dieser Zerstörer, und als wir längsseits gingen, ist die gesamte Mannschaft zur anderen Seite gerannt und über Bord gesprungen. Glücklicherweise gelang es uns, einen der Hubschrauberpiloten herauszufischen und ihn so einzuschüchtern, daß er bereit war, uns hierherzubringen. Haben Sie schon mal in so einem Ding gesessen? Das ist furchtbar. Als befände man sich in einem Krups-Mixer.«

»Was haben Sie mit dem Piloten gemacht?«

»Nicht viel. Sebastian hat ihn nur etwas bedroht.«

»Mit einer Pistole?«

»Nein. Mit einem Strumpf.«

»Mit einem Strumpf?«

»Ja. Mit einem der Strümpfe, die er anhatte. Sebastian drohte ihm damit, sie auszuziehen und sie ihm in die Gasmaske zu stecken. Danach verhielt sich der Pilot ausgesprochen kooperativ. Hören Sie, ich muß mit Montalban sprechen.«

»Aber woher wußten Sie überhaupt, wo er zu finden ist?« wollte Jane wissen.

»Ganz einfach. Ich hab die Auskunft angerufen. Haben Sie das nicht auch getan?«

Jane sah ihn schweigend an, dann sagte sie: »Ich glaube, er ist im Arbeitszimmer. Folgen Sie mir.«

13. KAPITEL

Oh, oh, das ist aber sehr bedauerlich!« klagte Professor Montalban. »Möchten Sie noch etwas Tee?«

»Im Moment nicht, danke«, lehnte der Fliegende Holländer ab. »Haben Sie schon eine offizielle Mitteilung erhalten?«

»Ich werde mal nachsehen.« Der Professor erhob sich und begab sich zu einem eleganten Stuhl aus der Zeit Jakobs des Ersten hinüber, der in einer Ecke des Raums stand. Dort drückte er auf einen Knopf, der in einer der geschnitzten Armlehnen eingelassen war, und aus dem Sitz kam ein Fernschreiber hervor.

»Ah ja. Die Nachricht muß gerade erst eingetroffen sein. Sie hatten recht. Du meine Güte! Das ist wirklich sehr bedauerlich!«

»Sehr bedauerlich? Ist das nicht etwas milde ausgedrückt?« bemerkte Jane aufgebracht. »Ich meine, das Atomkraftwerk in Dounreay steht kurz davor, in die Luft zu gehen, und mit ihm halb Europa, und Sie sagen …«

»Dann eben höchst bedauerlich«, korrigierte sich der Professor. »Unglücklicherweise enthält das Telex keine Details. Vielleicht sollte ich dort anrufen.«

»Gute Idee. Gehen Sie und tun Sie das«, stimmte ihm Vanderdecker zu, und nachdem der Professor den Raum verlassen hatte, wandte er sich Jane zu. Ihr Gesicht war kreidebleich. »Man kann von Glück sagen, daß wir dort gewesen sind. Wir segelten gerade arglos den Bristol Channel entlang, als wir zufällig wieder auf die *Erden-*

krieger stießen. Sie erinnern sich doch? Das ist dieses Schiff mit den Kernkraftgegnern, von dem ich Ihnen erzählt hab, mit all diesen schrecklich ernsten jungen Leuten an Bord. Sie kamen gerade aus Dounreay und wirkten alle sehr besorgt, denn sie hatten dieses Glühen auf dem Wasser gesehen, und das gefiel ihnen natürlich überhaupt nicht. Sie hatten versucht, einen Funkspruch abzusetzen, um alle zu warnen, aber natürlich glaubt man denen bei diesem speziellen Thema kein Sterbenswörtchen. Also hab ich sie gefragt, was sie denn genau gesehen hätten, und als sie's mir beschrieben, vermutete ich, daß es dort einen schrecklichen Unfall gegeben haben mußte. Und dann haben wir den Zerstörer gesehen, der der *Erdenkrieger* gefolgt ist, und den Rest kennen Sie ja.«

»Aber, was ...«, begann Jane.

»Wie bitte?«

»Ich meine, das ist nicht böse gemeint, aber was können Sie jetzt dagegen unternehmen?«

Vanderdecker hob eine Augenbraue. »Ich dachte, das sei klar. Schließlich sind wir die einzigen Menschen auf der Welt, die überhaupt etwas dagegen unternehmen können — das heißt, falls es nicht schon zu spät ist. Aber das kann uns der Professor bestimmt gleich sagen.«

»Sie meinen, weil Sie nicht getötet werden können?«

»Genau. Irgendwann kann man alles noch mal gebrauchen, wie meine Großmutter zu sagen pflegte, wenn Sie kleine Bindfadenstücke aufhob, und in unserem Fall ist das die Unverwundbarkeit. Soweit wir wissen, sind wir zwar unverwundbar, aber ich kann mich nicht daran erinnern, daß sich auf der Flasche mit dem Elixier ein Etikett befunden hat, auf dem stand ›Unverwundbarkeitsgarantie oder Geld zurück; der Rechtsweg ist ausgeschlossen‹. Also bleibt das wirklich abzuwarten. Deshalb hab ich ja auch Sebastian mitgebracht.«

»Aber das *dürfen* Sie nicht tun!« platzte Jane los. »Nicht, wenn es gefährlich ist.«

Vanderdecker schaute sie an und begann dann zu lachen. Er lachte sehr lange, obwohl er zu merken schien, daß Jane das überhaupt nicht gefiel; aber er konnte einfach nicht anders, und als der Professor wieder hereinkam, lachte er immer noch.

»Höchst bedauerlich«, sagte Montalban ernst. »Die Schuld liegt natürlich bei mir.«

Jane warf dem Professor einen finsteren Blick zu. »Sie meinen, es war Ihr Fehler?«

»Das nehme ich wohl an«, räumte der Professor ein. »Hätte ich die Kernspaltung nie erfunden, wäre das logischerweise niemals passiert.«

»Was ist denn nun los? Hatte ich recht?« wollte Vanderdecker wissen.

»Absolut recht«, bestätigte der Professor. »Ihre Beurteilung der Lage war völlig korrekt. Ich wußte gar nicht, daß Sie Wissenschaftler sind.«

»Seit wir uns das letztemal gesehen haben, ist schließlich eine Menge Zeit vergangen, nicht wahr? Außerdem haben Sie mir nie geschrieben. Aber was wird dort jetzt unternommen?«

»Man hat erst das gesamte Gebiet evakuiert«, antwortete der Professor. »Und jetzt wird der Norden Schottlands geräumt. Aber ich glaube nicht, daß genügend Zeit bleibt. Und wenn man sichergehen will, sollte man im Idealfall sowieso ganz Europa evakuieren.«

»Ach, sollte man das wirklich?« warf Jane bissig ein. »Oje, wirklich sehr bedauerlich ...«

»Ach, seien Sie still!« rief Vanderdecker. »Ihre Kommentare sind nicht gerade hilfreich. Hören Sie, Professor, bleibt noch Zeit, irgendwas zu unternehmen? Oder ist die Lage schon zu kritisch geworden?«

»Ich fürchte, ja«, entgegnete der Professor. In der Hand hielt er einen kalten Pfannkuchen, den er völlig vergessen hatte. Er hatte ihn mindestens zwanzig Minuten lang mit sich herumgetragen, und die einstmals geschmolzene Butter war zu einem durchsichtigen gelben Film erstarrt. »Obwohl es theoretisch immer noch möglich wäre, das Feuer in der Hauptkammer unter Kontrolle zu kriegen, könnte da drinnen kein menschliches Wesen länger als fünf Minuten überleben, selbst nicht in Schutzkleidung. Sie verstehen, meine zuletzt vorgenommenen Neuerungen ...«

»Das Feuer könnte also immer noch gelöscht werden?« unterbrach ihn Vanderdecker. »Aber wie?«

»Richtig, allerdings kommt es wirklich auf das Wie an«, sagte der Professor. »Man könnte keine noch so moderne Feuerlöschausrüstung mit hineinnehmen; sie würde einfach schmelzen.«

Vanderdecker lächelte. »Vergessen Sie dabei nicht etwas?«

»Das kann schon sein«, räumte der Professor ein. »Aber was?«

»Dreimal dürfen Sie raten«, antwortete Vanderdecker. »Was ist das einzige auf der Welt, das nicht zerstört werden kann?«

Der Professor dachte nach, erinnerte sich an den Pfannkuchen und biß geziert ein Stückchen von der Rinde ab; es gab ein knirschendes Geräusch, als äße er eine Tontaube. »Mein lieber Freund. Sie haben natürlich völlig recht. Was für eine außerordentlich gescheite Idee! Aber das Ganze birgt ein gewisses Restrisiko, denn soweit ich weiß ...«

»Das spielt doch keine Rolle«, unterbrach ihn Vanderdecker. »Jedenfalls, meinen Sie nicht auch, daß wir uns auf den Weg machen sollten?«

»Doch, selbstverständlich«, stimmte der Professor sofort zu. »Sollen wir Ihren Hubschrauber nehmen oder meinen?«

»Welcher Ihnen lieber ist. Hören Sie, ich will Sie nicht drängen, aber ...«

»Natürlich. Ich hol nur noch schnell ein paar Sachen.

Meine Instrumente und vielleicht eine Thermoskanne Kaffee ...«

»Keinen Kaffee, Professor!« widersprach der Fliegende Holländer energisch. »Kein feines Teegebäck, keine süßen Brötchen, keinen Kuchen. Lassen Sie uns einfach an die Arbeit gehen, später können wir alle gemeinsam Tee trinken.«

Leicht betroffen eilte der Professor davon.

»Wir werden beim Schiff vorbeischauen müssen, um den Rest der Mannschaft aufzulesen«, sagte Vanderdekker mehr zu sich selbst als zu Jane. »Ich hoffe, sein Hubschrauber ist groß genug.«

»Was haben Sie denn eigentlich vor?« verlangte Jane zu wissen.

»Natürlich das Feuer löschen. Oder glauben Sie, ich lege den ganzen Weg zu einem brennenden Atomreaktor zurück, um dort Kartoffeln zu rösten?«

»Aber das schaffen Sie doch nie«, wandte Jane ein.

»Das mag ja sehr gut sein«, wiegelte Vanderdecker ab — wie konnte er bei all dem so ruhig bleiben? »Aber es ist einen Versuch wert, und ich hab grade sowieso nichts anderes vor.«

»Ach, Sie verdammter Idiot!« schrie Jane. »Sie werden dabei umkommen!«

Der Fliegende Holländer lächelte. »Passen Sie bloß auf, daß Sebastian Sie nicht so reden hört. Ich will dem armen Kerl keine Hoffnungen machen.«

»Ich kann das einfach nicht glauben!« schimpfte Jane und bemerkte, daß sie allmählich etwas überreizt reagierte. Eine überreizt reagierende Buchhalterin ist — wie die Universität von Hull — ein Widerspruch in sich. Trotzdem schrie sie: »Also wollen Sie in Wirklichkeit sterben, stimmt's?« Dann schwieg sie, hauptsächlich weil sie auf einmal außer Atem geraten war.

Vanderdecker grinste sie an, dann antwortete er: »Ja, mehr als alles andere auf der Welt. Ginge es Ihnen in meiner Lage nicht genauso?«

Ihre Blicke trafen sich, und vierhundert Jahre eines rastlosen, qualvollen Daseins schienen Jane anzusehen; vierhundert Jahre voller Wochen ohne Wochenenden, ohne Feiertage, ohne vierzehntägige Urlaubsaufenthalte in der Toskana, ohne Weihnachten, ohne Geburtstage, sogar ohne abends nach Hause zu kommen, sich die Schuhe auszuziehen und sich einen guten Film anzuschauen. Nur Millionen völlig identischer Tage ohne irgendeine Abwechslung. Sie sagte die ganze Zeit nichts mehr, und erst als sich der Hubschrauber schon lange mit lautem Getöse entfernt hatte, setzte sie sich und begann jämmerlich zu weinen, bis ihr die Wimperntusche über die Wangen lief.

Vanderdecker neigte normalerweise nicht dazu, für alles, das ihm beschert wurde, dankbar zu sein — nicht, weil er ein ungewöhnlich trübsinniger Mensch war, sondern weil er es einmal versucht hatte, und das nicht länger als zwei Sekunden durchgehalten hatte.

Trotzdem gibt es da etwas, wofür ich zweifellos dankbar sein kann, sagte er sich, während der Hubschrauber durch den wolkenverhangenen Himmel dröhnend in Richtung Schottland flog; ich hab nämlich die letzten vierhundert Jahre wenigstens nicht in einem dieser furchtbaren Dinger verbringen müssen. Verglichen mit dieser in der Luft befindlichen Küchenmaschine, ist die *Verdomde* eine Unterkunft erster Klasse.

Die Reise war nicht ohne Zwischenfälle verlaufen. Zum Beispiel war Vanderdecker so sehr in Gedanken vertieft gewesen, daß er nicht bemerkt hatte, wie Sebastian ganz raffiniert die Tür geöffnet hatte und hinausgesprungen war, während sie über den Lake District geflogen waren. Hätte Sebastian nicht laut ›Jetzt geht's los!‹ gebrüllt, als er sich in die Luft stürzte, wäre sein Verschwinden wahrscheinlich überhaupt nicht aufgefallen, und es hätte noch länger gedauert, ihn wiederzufinden, als es sowieso schon gedauert hatte. Als es ihnen schließlich gelang, ihn nach mehrmaligem Abfliegen des Lake Coniston zu lokalisieren, steckte er mit dem Kopf zuerst in einem hohlen Baumstumpf, und sie mußten Äxte benutzen, um ihn wieder freizubekommen.

Außerdem war da noch das Geruchsproblem. Obwohl sie sich hoch am Himmel befanden, verursachten sie am Boden eine Woge der Entrüstung, gepaart mit allgemeinem Unwohlsein, und sie mußten die Randgebiete größerer Orte umgehen, um eine Massenpanik zu vermeiden. Trotzdem wäre ein Transporthubschrauber der Armee, mit dem sie kurz zuvor ein paar Hunderttausend Kubikmeter Luftraum geteilt hatten, beinahe an einem Berghang des Penninischen Gebirges zerschellt.

Doch keine dieser trivialen Aufregungen reichte aus, um den Fliegenden Holländer vom Grübeln abzuhalten. Ihm wurde klar, daß er vor einem Dilemma, vor einem wirklichen Interessenkonflikt stand. Einerseits bestand die Möglichkeit, daß sein fast lästig langes Leben bald ein Ende finden würde, und obwohl er sich selbst zugute hielt, ein den Umständen entsprechend ausgeglichenes und gesundes Individuum zu sein, wäre das bestimmt nicht die schlechteste Lösung gewesen. Das Leben war zu einer einzigen langweiligen Stehparty geworden, und es war höchste Zeit, sich höflich zu verabschieden und zu gehen. Aber das Problem war das große Problem jeder langweiligen Stehparty — gerade dann, wenn man eine Möglichkeit gefunden hat, sich unauffällig zu verdrücken, ohne an zusammengeknoteten Tischtüchern aus dem Fenster klettern zu müssen, begegnet man Leuten, mit denen man sich gern unterhalten möchte. Kaum hat man diese Leute kennengelernt und unterhält sich mit ihnen, ist es Zeit zu gehen, weil die Gastgeberin vorbeikommt, allen Leuten die Gläser aus der Hand reißt und die Musik abstellt.

Das Problem menschlichen Lebens ist — wenn es wesentlich länger dauert, als es sollte — die Langeweile.

Wenn es langweilig ist und man nichts zu tun hat, macht es keinen Spaß. Gerade jetzt hatte Vanderdecker jedoch das beklemmende Gefühl, daß sein Leben wesentlich weniger langweilig war, als es eine ganze Reihe von Jahrhunderten lang verlaufen war, und das Fehlen von Langeweile konnte er mit ziemlicher Bestimmtheit dem Einfluß dieser verflixten Buchhalterin zuschreiben. Vom Hubschrauber aus blickte Vanderdecker auf Stirling Castle — er hatte dort 1742 einen Hut vergessen, aber der war mittlerweile bestimmt schon unter den Hammer gekommen — und versuchte, seine Gedanken zu ordnen. Liebe? Liebe war ein Begriff, bei dem ihn mittlerweile ein gewisses Unbehagen beschlich. In seinem Alter war es nicht gut, die Dinge allzu ernst zu nehmen, und das Deprimierende an der Liebe war die Ernsthaftigkeit, die offenbar unabdingbar dazugehörte; genauso wie man heutzutage in keiner Kneipe mehr eine Bratwurst mit Pommes kriegt, ohne daß einem auch noch Salat mit auf den Teller geknallt wird. Angenommen, eine nähere Bekanntschaft mit Jane Doland könnte sein Leben erträglicher gestalten — was zweifellos vollkommen sicher war und die weitere Voraussetzung erforderte, daß Jane überhaupt Interesse daran hatte, sein Leben erträglich zu gestalten, was wiederum so sicher war wie die völlige Abschaffung der Einkommensteuer — all das mal angenommen plus der Tatsache, daß Jane Doland in ungefähr sechzig Jahren sterben würde (nach Vanderdeckers persönlicher Zeitrechnung lediglich die Zeitspanne eines Nachmittags), dann stünde er wieder vor demselben Scherbenhaufen wie jetzt und müßte, penetrant riechend, mit Johannes, Sebastian, Wilhelmus und den Jungs um die Welt segeln. Scheißspiel.

Da fiel es ihm ein: der Gestank. Selbst wenn Jane aufgrund irgendeiner unerklärlichen perversen Veranlagung den Wunsch verspüren sollte, ihm Gesellschaft zu leisten, dann wäre das infolge des Geruchs nur auf einem Schiff möglich, und er konnte von Jane in keiner Weise verlangen, den Rest ihres Lebens auf der *Verdomde* zu verbringen. Und selbst wenn sie dazu bereit wäre, würde dann ihre zugegebenermaßen ungewöhnlich anregende Gesellschaft ausreichen, das Leben an Bord dieses schwimmenden Sargs wirklich angenehmer zu gestalten? Sei realistisch, Vanderdecker. Natürlich nicht.

Dann also auf in den radioaktiven Tod! Aber so sehr er sich auch bemühte, wollte es ihm bei seiner unnachgiebigen und starrköpfigen inneren Einstellung einfach nicht gelingen, sich der Kraft dieser Argumente zu beugen. Er benötigte einen letzten zwingenden Grund. Doch so sehr er es auch versuchte, einen zu finden, erwies sich dies als ebenso schwierig, wie etwas wiederzufinden, das man Jahre zuvor an einem sicheren Ort versteckt hatte, um es nicht zu verlieren. Der Gedanke, daß er all das vorhatte, um die Bevölkerung Nordeuropas vor dem sicheren Untergang zu bewahren, eignete sich zwar, um damit wie mit einem auf- und abhüpfenden Ball im Kopf zu spielen, aber er mußte sich eingestehen, daß er es nicht fertigbrachte, dem Tod mit derselben offenen Feindseligkeit zu begegnen wie die meisten seiner Mitmenschen. Außerdem bestand noch die schreckliche und nach mathematischen Gesichtspunkten durchaus denkbare Möglichkeit, daß das ganze Ding in die Luft fliegen würde, sobald er sich mit seinen in wissenschaftlichen Dingen unbewanderten Weggefährten im Innern des Atomreaktors zu schaffen machte. Das würde zwar einen Schlußstrich unter Nordeuropa ziehen, ihn und seine Kollegen jedoch mit keinen schlimmeren Folgen als einer tiefen Schuld zurücklassen, und sein Problem wäre damit auch nicht gelöst, oder?

Der Professor hatte den größten Teil der Reise mit einem Taschenrechner und einer tragbaren kleinen Yamaha-Orgel (für seine Zecke gleichermaßen verwendbar) verbracht und sich an komplizierten Berechnungen und ähnlichem aufgehalten. Nun hatte er die Geräte beiseite gelegt und knabberte an einem Stück Rosinenkuchen. Es was schwer festzustellen, ob er nun ängstlich, unausgefüllt oder einfach nur hungrig war. Vanderdecker erhaschte seinen Blick, und über dem Dröhnen der Rotorblätter führten die beiden ihre erste längere Unterhaltung seit vielen Jahrhunderten.

»Also gut, Montalban«, begann Vanderdecker, wobei er sich Mühe gab, so freundschaftlich wie möglich zu klingen, »dann erzählen Sie mir mal, was Sie so alles auf die Beine gestellt haben, seit wir uns das letztemal gesehen haben.«

Der Professor blickte ihn fragend an. »Sie meinen, in bezug auf meine Arbeit?«

»Ja, aber auch ganz unabhängig davon.«

»Unabhängig von meiner Arbeit?«

»Richtig. Ich meine, was haben Sie in Ihrer Freizeit so getrieben? Hobbys, interessante Leute, gute Filme, so was eben.«

»Leider bin ich immer zu beschäftigt gewesen, um Zeit für derlei Vergnügungen zu finden«, entgegnete der Professor, und der Klang seiner Stimme verriet, daß er nicht wirklich verstand, worüber der Fliegende Holländer mit ihm diskutieren wollte — ähnlich wie sich Vanderdecker gefühlt hätte, wenn er von jemandem als Opfer ausgesucht worden wäre, um ernsthaft über die bevorstehende Weltmeisterschaft im Flohhüpfen zu diskutieren.

»Sie meinen, Sie sind wirklich immer zu beschäftigt gewesen?«

»Ja.«

»Mit der Arbeit?«

»Ja.«

»Ich verstehe.« Vanderdecker verstand überhaupt nicht. Trotz seines langen Leidenswegs hatte er wenigstens alle sieben Jahre ein paar Tage frei gehabt. Er fragte sich, ob es überhaupt einen Sinn machte, diese Unterhaltung fortzuführen, da er stark bezweifelte, ob es außer einer vagen Grundlage gemeinsamer Erfahrungen mit seinem alten Bekannten irgendwelche Berührungspunkte gab.

Der Professor blickte Vanderdecker verunsichert an. »Ich nehme an, daß ich mich bei Ihnen und Ihrer Mannschaft entschuldigen muß.«

Vanderdecker seufzte und schüttelte den Kopf. »Ach, vergessen Sie's. Kann sein, daß ich Ihnen noch vor zweihundert Jahren den Hals hätte brechen wollen, aber selbst Groll wird mit der Zeit stumpf wie die Klinge eines Schweizer Taschenmessers. Außerdem haben wir beide schuld.«

»Das ist sehr zuvorkommend von Ihnen«, bedankte sich der Professor. »Ich weiß nicht, ob ich eine solch vernünftige Sicht der Dinge angenommen hätte, wenn ich in Ihrer Lage gewesen wäre.«

»Machen Sie sich nichts draus. Außerdem sind Sie in derselben Lage wie wir, jedenfalls in gewisser Weise.« Vanderdecker wandte sich ab und blickte aus dem Fenster. Schafe. Nicht sehr spannend.

»Allerdings gibt es da noch etwas ...«, sagte der Professor leicht nervös.

»Ja?«

»... Ihre Lebensversicherung. Haben Sie mal darüber nachgedacht ...?«

»Ach so, die ...«, erinnerte sich Vanderdecker. »Was ist damit?«

»Nun, wie Sie möglicherweise wissen, gehört die Bank, die das Risiko trägt, zufällig mir, und mir kam in den Sinn ... falls im Kraftwerk etwas ... nun ja, Unvorhergesehenes passieren sollte ...«

»Ich verstehe«, entgegnete Vanderdecker, wobei er versuchte, nicht zu grinsen. »Ja, natürlich, dann wäre eine Auszahlung fällig, nicht wahr? Ganz schön unangenehm für Sie, nehme ich an. Aber so ist das in der Versicherungsbranche nun mal.«

Der Professor rümpfte die Nase. »Ich hab mich jedenfalls schon gefragt, wer Anspruch auf die Prämie hat. Ich nehme an, daß Sie nicht zufällig ein Testament verfaßt haben, oder?«

»Nein, das hab ich allerdings noch nicht getan«, antwortete Vanderdecker beherrscht. »Ziemlich unverantwortlich von mir, ich weiß, aber es schien mir wirklich nicht vordringlich zu sein. Tja, und heute ist es wohl ein bißchen zu spät dafür, finden Sie nicht? Außerdem konnte ich mit Rechtsanwälten oder Notaren noch nie viel anfangen. Oder haben Sie in all den Jahren auch nur einen einzigen Anwalt kennengelernt, dem Sie im Brandfall freiwillig das Leben gerettet hätten? Ich nicht.«

Der Professor verzichtete auf einen Kommentar und fuhr fort:

»In dem Fall würde der Erlös, da Sie keine nächsten Verwandten und keine testamentarischen Erben haben, voraussichtlich an die Staatskasse desjenigen Landes gehen, dessen Bürger Sie sind. Wäre das Holland, wissen Sie das?«

»Keine Ahnung«, gestand Vanderdecker ein. »An Ihrer Stelle würde ich das den Fachleuten überlassen. Ich kann zwar Ihren Wunsch nachvollziehen, daß ich ein Testament aufsetze, aber ich halte die vierzig Pfund, die ich dafür ausgeben muß, damit entschieden wird, was nach meinem Tod geschieht, für nichts anderes als reine Verschwendung guten Biergelds. Außerdem geht mich das auch überhaupt nichts an, oder? Ich meine, ich werde den Spaß logischerweise nicht miterleben können, also schert es mich auch einen Teufel, ob die holländische Regierung oder die Lombard-Regierung ...«

»Es gibt keine Lombard-Regierung mehr«, warf der Professor ein.

»Ach nein? Ist mir egal, ich lese sowieso nur die Sportseite. Dann eben die italienische Regierung, wen interessiert das schon? Ich wünsche denen jedenfalls viel Glück und hoffe, daß sie nicht alles für Kriegsschiffe verplempern.«

»Wenn es Ihnen *wirklich* so gleichgültig ist«, sagte der Professor geduldig, »dürfte ich dann vorschlagen, daß Sie die Police der Bank zurückübertragen? Das würde nämlich eine Menge Probleme ersparen, müssen Sie wissen, insbesondere der Weltwirtschaft und so.«

»Kann ich das denn so einfach machen?« erkundigte sich Vanderdecker neugierig. »Ich meine, einfach so bestimmen, wer das Geld bekommen soll?«

»Ach, das ist ganz einfach«, ereiferte sich der Professor. »Dazu müßten Sie lediglich das kleine Feld auf der Rückseite der Police ausfüllen. Es sei denn, Sie haben das bereits getan.«

»Das weiß ich nicht«, gestand Vanderdecker ein und begann nach langer Zeit wieder einmal in seiner Brieftasche herumzuwühlen. Diesmal entdeckte er eine Eintrittskarte für die Uraufführung der *Aida* (verschlafen), eine Ausleihquittung der Bibliothek (»Mein Gott! Da wird einiges an Bußgeld zu zahlen sein«, bemerkte Vanderdecker), einen Mitgliedsausweis für das *White's Coffee House* und eine weiße Fünfpfundnote, bis er endlich das eigentliche Dokument zutage förderte.

»Und wo ist dieses Feld, von dem Sie gesprochen haben?« fragte er den Professor, während er die Police aufmerksam durchlas. Der Professor zeigte ihm die Stelle, und sie war leer.

»Einfach hier?«

»Richtig«, ermunterte ihn der Professor.

»Und ich fülle es einfach aus, richtig?«

»Ganz genau, mein lieber Freund.«

»Haben Sie einen Schreiber?«

Der Professor holte einen Füller aus seiner Jackentasche hervor.

»Irgendwas zum Drunterlegen?«

»Hier«, sagte der Professor ungeduldig und reichte ihm ein Buch mit mathematischen Tabellen. Vanderdekker dankte ihm, schrieb etwas in das Feld und setzte mit einer schwungvollen Bewegung seine Unterschrift darunter. Der Professor blickte ihm über die Schulter und starrte Vanderdecker dann ungläubig an. Obwohl die Handschrift des Fliegenden Holländers normalerweise ungefähr so lesbar war wie die hastig mit links geschriebene Schönschrift eines Betrunkenen, konnte der Professor klar erkennen, daß Vanderdecker im Feld ›Nutznießer der Versicherung‹ Jane Doland eingetragen hatte.

»So, das wär's«, stellte Vanderdecker zufrieden fest. »Wir sollten das Dokument lieber an einem sicheren Ort aufbewahren. Gut, daß Sie mich überhaupt an die Police erinnert haben, sonst hätte ich sie noch in meiner Brieftasche gehabt, wenn wir ins Kraftwerk hineingehen, und ich kann mir nicht vorstellen, daß sie das lange überstehen würde. Wenn ich daran denke, daß ich dieses Ding die ganzen Jahre über mit mir herumgeschleppt hab, grenzt es sowieso schon an ein Wunder, daß es so lange überlebt hat.« Er dachte nach. Dann steckte er die Police wieder in die Brieftasche zurück, begab sich nach vorn und wechselte ein paar Worte mit dem Piloten.

»Jetzt ist alles in bester Ordnung«, sagte Vanderdekker, während er sich wieder neben den Professor setzte. »Ich hab dem Piloten gerade erklärt, daß er, falls ich nicht zurückkomme, die Police an Moss Berwick schikken soll, zu Händen Jane Doland. Ich kenne nämlich ihre Adresse nicht, aber ich denke, daß es sie dort ebenso erreichen wird. Ich meine, wenn man Buchhaltern nicht mal mehr trauen kann, wem dann?«

»Aber ... aber Sie haben ...«, stammelte der Professor.

»Wissen Sie, es war wirklich gut, daß Sie die Police erwähnt haben«, fuhr der Fliegende Holländer fröhlich fort. »Um ganz ehrlich zu Ihnen zu sein — und ich sage das natürlich im strengsten Vertrauen —, glaube ich, daß Miß Doland von ihrem Beruf als Buchhalterin die

Nase gestrichen voll hat und daß sie nichts dagegen einzuwenden hätte, auf eigenen Beinen zu stehen. Ich kann mir gut vorstellen, daß ihr eine solch nette kleine Erbschaft bestimmt ganz gelegen käme. Obwohl ich fürchte, daß sie Erbschaftssteuern zahlen muß. Ach, ich hab schon wieder ganz vergessen, daß sie ja selbst Buchhalterin ist — die kennen sich mit so was aus. Damit wäre dann ja alles unter Dach und Fach.«

»Ist Ihnen eigentlich klar, was Sie da gerade getan haben, Vanderdecker?«

»Sicher.«

»Nein, ganz offensichtlich nicht.«

»Und ob mir das klar ist«, widersprach Vanderdecker mit breitem Grinsen. »Ich hab die wirtschaftliche Zukunft der freien Welt Jane Doland anvertraut. Als ich noch ein Kind war, gehörte zur freien Welt alles, was Philipp von Spanien noch nicht in die Hände gefallen war, und das war herzlich wenig. Das zeigt doch, daß sich die Dinge nicht sehr viel verändert haben, stimmt's? Alles in allem denke ich jedoch, daß Philipp besser war als Sie. Nehmen Sie es mir nicht übel. Wenigstens hatte er außer seiner Arbeit noch andere Interessen — ich glaube, er sammelte Knochen von Heiligen, oder war das Ludwig der Neunte? Jedenfalls halte ich es durchaus für vernünftig, die wirtschaftliche Zukunft der freien Welt und alles, was damit zusammenhängt, einer Person anzuvertrauen, die mit einem außerordentlich klaren Kopf und großem Pflichtbewußtsein ausgestattet ist. Jane Doland ist sehr viel eher dazu in der Lage, sich darum zu kümmern, als einer von uns beiden. Das ist nicht böse gemeint, Professor, aber für meinen Geschmack steht Ihr persönliches Interesse bei der ganzen Geschichte zu sehr im Vordergrund. Und, was das wichtigste ist, Sie haben keine Hobbys; Workaholic nennt man das heutzutage wohl. Ich konnte diese Leute nie ausstehen. Wir müssen übrigens gleich da sein.«

Leicht zitternd lehnte sich Montalban in dem harten,

vinylüberzogenen Sitz zurück. Er atmete schwer und schnaufte: »Sie sind verrückt.«

»Dann sind Sie eben Sergeant Pepper«, gab Vanderdecker freundlich zurück. »Das war auch so ein Spinner. Ist das Suilven, was ich da unten seh? Kann jetzt nicht mehr weit sein. In gewisser Weise freu ich mich sogar schon auf das, was uns da unten erwartet.«

Unter ihnen erhob sich das Küstengebirge von Caithness in einen trostlosen, feuchten Himmel. Der Erste Maat, der seit dem Rendezvous des Hubschraubers mit der *Verdomde* laut vernehmlich geschlafen hatte, wachte auf, streckte die Arme und grunzte: »Sind wir endlich da?«

»Fast, ich kann schon das Meer sehen«, informierte ihn Vanderdecker.

»Prima«, murmelte Antonius.

»Prima? Na, lieber mal abwarten. Aber wenn alles vorbei ist, gebe ich dir einen Halben aus. Wie findest du das?«

»Nicht schlecht, Käpt'n«, freute sich Antonius. »Was haben wir da unten eigentlich vor?«

»Wir werden das Feuer löschen«, klärte Vanderdecker ihn auf.

»Ach so ...« Antonius runzelte nachdenklich die Stirn. »Und warum?«

»Warum nicht?«

»Mhm ...« Der Erste Maat dachte angestrengt darüber nach und fand keine Einwände. »Und dann gibst du mir einen Halben aus, richtig?«

»Wenn es menschenmöglich ist, ja.«

»Das gefällt mir.« Antonius gähnte ausgiebig, dann schlief er wieder ein.

Danny Bennett schaute durch das Fenster des Hubschraubers und wischte das die Sicht verschleiernde Kondenswasser ab, das sein Atem gebildet hatte. Ein BAFTA-Award schien ihm sicher zu sein, aber vermutlich posthum, denn da unten sah es äußerst beängstigend aus.

Es war gar nicht so einfach gewesen hierherzukommen. Nachdem es ihm endlich gelungen war, Neville, den Börsenmaklerspezi des größenwahnsinnigen Professors Montalban, zu überreden, den Ersatzhubschrauber zu fliegen — was ihn einige Mühe gekostet hatte, obwohl ihm die Pistole dabei behilflich gewesen war —, hatte er noch vor dem schier unlösbaren Problem gestanden, die Kameracrew dazu zu bringen, am größten Knüller seit Watergate teilzunehmen. Diese Leute zu überreden, hatte sich als sehr viel schwieriger erwiesen, weil sie den Eindruck hatten, daß sie der Besitz eines gültigen Gewerkschaftsausweises kugelsicher machte, und Danny hatte zum Mittel der Bestechung greifen müssen. Tatsächlich mußte er dazu den Kreditrahmen des Senders bis an die Grenzen ausschöpfen — eine monatliche Zusatzgebühr von zwei Pence auf den Besitz eines jeden Farbfernsehers würde den Verlust gerade soeben abdecken —, und hätte Harvey ihm nicht Schützenhilfe geleistet und gesagt, er würde das mit dem Generalintendanten klären, wäre die ganze Sache ins Wasser gefallen. Harvey war offensichtlich derart begeistert von dem Gedanken, Danny Bennett werde in den sicheren Tod fliegen, daß er bereit war, mit einer lebenslangen Gewohnheit zu brechen und Ausgaben zu genehmigen.

Also waren sie nun hier, und dort war die Story, die sich als orangerotes Flammenmeer unter ihnen entfaltete. Auf Dannys Knien lag in Form einer Spieluhr ein erstklassiger Geigerzähler aus Meißner Porzellan, den er sich aus Montalbans Arbeitszimmer geborgt hatte, und im Augenblick befand sich die Nadel noch ungefähr einen Millimeter vor dem roten Bereich. Vermutlich weit genug. Danny sprach mit dem Piloten und wies den Kameramann an, sie dabei zu filmen.

Danny schaute noch einmal durch das Acrylglasfenster hinaus. Vanderdeckers Hubschrauber war einen knappen Kilometer entfernt gelandet, knapp außerhalb der roten Zone — schade, daß er es nicht geschafft hatte, ein Interview mit ihm zu bekommen, aber so war es nun einmal —, und die kleine Gruppe war bereits herausgeklettert und trottete nun auf den ausgesprochen unfreundlich wirkenden Kraftwerkskomplex zu. Selbst als er jetzt wie am Schnürchen in das tragbare Aufnahmegerät plapperte, ließ Dannys Blick nicht von seinen Opfern ab, denn er rechnete fest damit, daß sie jeden Augenblick zu kleinen Staubwölkchen aus Gammateilchen verpuffen würden (Dannys Kenntnisse auf dem Gebiet der Kernphysik beruhten in erster Linie auf Wiederholungen von Buck Rogers). Er schaute zum Kameramann hinüber, um sicherzugehen, daß die Linse dorthin zeigte, wo sie hinzeigen sollte. Das war der Fall. Aber hätte die radioaktive Strahlung nicht den Film versauen können? Mittlerweile war es sowieso zu spät, sich jetzt noch den Kopf darüber zu zerbrechen. Es war besser, gefilmt und das Material dann verloren zu haben, als überhaupt nicht gefilmt zu haben.

»Sie nähern sich jetzt dem Haupteingang«, murmelte er in sein Diktiergerät, seine Stimme klang dabei so aufgeregt wie die eines Sportkommentators. »Bis jetzt sind sie zwar noch nicht verbrannt, aber sicherlich ist das nur noch eine Frage der Zeit. Und wer wagt ernsthaft zu bezweifeln, daß die Frage, die diesen mutigen Männern in diesem Moment auf den Lippen brennt — natürlich vorausgesetzt, sie haben in diesem Moment noch Lippen — lautet, welche Reformen der Kernkraftwerksüberwachung die Regierung jetzt durchzuführen beabsichtigt, wenn sie auch nur ansatzweise ihre Glaubwürdigkeit in den Augen der Nation zurückgewinnen will. Wußte etwa irgend jemand in der Downing Street davon, daß so etwas hier höchstwahrscheinlich passieren mußte? Gab es da womöglich eine Vertusch ...?«

Bevor er ›... ung‹ sagen konnte, ertönte ein ohrenbetäubendes Donnern, und der Hubschrauber wurde von einem gewaltigen Luftstoß durchgerüttelt, als der vordere Teil des Kraftwerks in einer riesigen Wolke aus Rauch und gelben Flammen zusammenstürzte. Der Meißner Geigerzähler begann, ›Sah ein Knab ein Röslein stehn‹ zu spielen, was vermutlich seine kuriose Art war, im Stil des Rokoko Gefahr anzuzeigen. Danny blickte gebannt hinunter, aber außer aufwirbelnden Rauchwolken war nichts zu erkennen, und er befahl Neville, den Hubschrauber schnell aus der Gefahrenzone zu fliegen.

»Haben Sie alles im Kasten?« fragte er den Kameramann außer Atem.

Der Kameramann blickte ihn entsetzt an. »Au, Scheiße! Ich hab doch glatt vergessen, die Schutzkappe von der Linse abzunehmen. War nur 'n Scherz!« fügte er rasch hinzu, als sich Dannys Gesicht zu einer einzigen zornigen Maske verzerrte und sich seine Hand dem Pistolengriff näherte. »Verstehen Sie plötzlich keinen Spaß mehr?«

»Nein«, fauchte Danny. »Das ist mein BAFTA-Award, den Sie da in dem Ding haben, also hören Sie um Himmels willen auf, sich auf meine Kosten lustig zu machen.« Die Klänge vom ›Heideröslein‹ waren verstummt, und die schmale Anzeigenadel war wieder aus dem roten Bereich heraus. »Okay, Neville!« rief er nach vorn. »Lassen Sie uns zurückfliegen und noch mal nachsehen.«

Neville schüttelte den Kopf. »Geht nicht. Kein Sprit mehr. Tut mir leid.«

Danny fluchte. »Was heißt hier, kein Sprit mehr?«

Neville deutete achselzuckend auf ein Gerät, das Danny für die Treibstoffanzeige hielt, obwohl es für seine Begriffe ebensogut der Kassettenrecorder hätte sein können.

»Sie Witzbold! Die Story des Jahrzehnts, und ausgerechnet jetzt ist das Benzin alle.«

»Das ist kein normales Benzin«, verbesserte ihn Neville. »Das ist spezielles Flugbenzin.«

»Mir ist egal, ob das Methylalkohol oder sonst was ist«, brüllte Danny. »Fliegen Sie gefälligst irgendwohin, wo Sie dieses Zeugs kriegen, und beeilen Sie sich!«

Neville schaute auf einer Karte nach und schlug den Ort Inverness vor.

Danny, der schon einmal in Inverness gewesen war, erschauderte zwar, aber anscheinend hatten sie keine andere Wahl. »In Ordnung! Aber beeilen Sie sich!«

Während der Hubschrauber abdrehte, starrte Danny verzweifelt aus dem Heckfenster, und durch ein Miasma schwarzer Wolken hindurch erkannte er gerade noch das helle Glühen eines brennenden Atomkraftwerks.

»Bleiben Sie dran«, sagte er. »Wir sind gleich nach der Werbung wieder da.«

Ein ganz normaler Tag in der recht heruntergekommenen und entsprechend unbehaglichen Zimmerflucht, die den verlorenen Seelen, die Radio Three betrieben, als Sendezentrale überlassen worden war. Ein abgespannt wirkender Mann, der ein Kleidungsstück trug, das vor dreißig Jahren einmal eine teure Tweedjacke gewesen war, erzählte den Zuhörern, daß sie gerade eine Sonate von Alban Berg gehört hatten. Vor langer Zeit, als die Jacke noch neu und die Welt noch einigermaßen aufnahmefähig und kein so erbärmlicher Ort gewesen war, hätte das vielleicht irgend jemanden da draußen interessiert.

Der abgespannt wirkende Mann kündigte Schuberts ›Unvollendete‹ an, setzte die Kopfhörer ab und fingerte auf der Suche nach einer Packung Pfefferminzpastillen in der Jackentasche herum. Keine mehr da. Mist!

»George?«

Die Tür des Studios hatte sich geöffnet — ein äußerst sonderbares Ereignis während der Arbeitszeit. Hatte sich etwa jemand auf der Suche nach der Toilette verlaufen? Nein, denn der Fremde hatte ja seinen Namen ausgesprochen. George drehte sich um.

»Kurzmeldung, George. Wir unterbrechen dieses Programm und so weiter.«

»Toll!« freute sich George. »Beim letztenmal, als ich so was gemacht hab, ging's um den bedauernswerten Präsidenten Kennedy. Worum geht's diesmal?«

»Atomkraftwerk in Schottland explodiert«, informiert man ihn.

George zog eine Augenbraue hoch. »Das ist ja furchtbar!«

»Allerdings.«

»Ich meine, wir werden das gesamte Nachmittagsprogramm umstellen müssen. Bestimmt werden den ganzen Tag über jede Menge Kurzmeldungen eintrudeln, und dadurch wird es dann unmöglich, Bartók zu spielen. Man kann Bartók nicht mit Unterbrechungen spielen. Das gehört sich nicht.«

»Da ist wohl wahr, George.«

»Ich bin froh, daß wir einer Meinung sind. Gibt es schon ein überarbeitetes Programm?«

»Nein, George, das gibt's noch nicht«, sagte man ihm. »Ich nehme an, daß die zu sehr damit beschäftigt waren, Journalist zu spielen, um sich über die wirklich wichtigen Dinge des Senders Gedanken machen zu können.«

George runzelte die Stirn. »Na, na! Jetzt aber mal halblang. Es gibt keinen Grund, sarkastisch zu sein. Überlaß die Programmgestaltung lieber mir. Ich werd eben irgend was zusammenschustern müssen.«

»Sehr schön, mach du mal so, wie du denkst«, willigte Georges Gesprächspartner ein. »Niemand soll später sagen können, du hättest nicht die Ruhe bewahrt und so deinen Teil zur Überwindung der Krise beigetragen.«

»Danke.«

»Wie das Orchester auf der Titanic.«

»Danke.«

»Keine Ursache, George.«

Die Tür wurde wieder geschlossen, und George dachte einen Moment lang nach. Im Hintergrund spielte die Musik und inspirierte George zu dem Gedanken, daß sich die ›Unvollendete‹ mittlerweile per se an ihren Zustand gewöhnt haben dürfte und er sie gleich problemlos ausschalten könnte, um die Kurznachricht zu verlesen. Was kam für ein improvisiertes Programm mit Unterbrechungen sonst noch in Betracht?

Aus rein ästhetischen Erwägungen heraus wäre es zu diesem Zeitpunkt vielleicht angebracht, das Innere des Kraftwerks zu beschreiben, in dem gerade Vanderdekker, Montalban, die Besatzung der *Verdomde* und eine Katze unbestimmter Herkunft herumspazieren. Es gibt jedoch so etwas wie eine offizielle Geheimhaltungspflicht, und Schriftsteller mögen keine Gefängnisverpflegung — denken Sie zum Beispiel nur an Oscar Wilde.

»Wozu mußten Sie eigentlich diese Katze mitnehmen?« wollte Vanderdecker wissen, während er eine Schiebetür öffnete, die zu einem bestimmten Raum in einem Seitengebäude führte.

»Als Versuchskaninchen«, antwortete Montalban durch die verkohlten Stoffetzen hindurch, die einst ein Taschentuch gewesen waren, das er sich vor die Nase gehalten hatte.

Antonius runzelte die Stirn. »Was, Sie meinen, um eins zu fangen?«

Montalban blieb stehen und drehte sich um. »Um *was* zu fangen?«

»Ein Versuchskaninchen«, antwortete der Erste Maat. »Haben Sie deshalb die Katze mitgenommen?«

Montalban lächelte. »Nein, nein. Anscheinend können Sie mir nicht ganz folgen, guter Mann. Die Katze *ist* das Versuchskaninchen.«

»Das ist aber kein Kaninchen, das ist eine Katze«, erboste sich der Erste Maat.

»Du hast völlig recht, Antonius«, mischte sich Vanderdecker schnell ein. »Das ist eine Katze. Stimmt's, Montalban? Oder haben Sie etwa noch Ihre Lesebrille auf?«

»Diese Katze«, sagte Montalban langsam und deutlich, »ist hier, um die Funktion eines Versuchskaninchens zu übernehmen.«

Die gerunzelte Stirn des Ersten Maats blieb so unverändert wie der Polarstern. »Sie meinen, sie soll in einem kleinen Rad herumrennen oder so was?«

»Ja«, antwortete der Professor, denn er lernte schnell dazu. »Aber nur dann, wenn es wirklich nötig ist.«

»Ich verstehe«, sagte der Erste Maat und fügte hinzu: »Warum?«

»Weil ...«, begann der Professor und griff in die Tasche, um ein anderes Taschentuch hervorzuholen. Unglücklicherweise war da keins mehr; es war auch keine Tasche mehr da. Tatsächlich haftete an der ganzen Gesellschaft nicht mal mehr ein einziger Stoffaden; es waren nur noch aufgeheizte, unverwundbare nackte Körper da.

»Ziemlich stickig hier drinnen, findet ihr nicht? Können wir nicht mal ein Fenster aufmachen?« bat Wilhelmus.

»Auf keinen Fall. Das wäre ziemlich unklug«, widersprach Vanderdecker. »Hören Sie mal, Professor, sollten wir nicht langsam mal etwas unternehmen, anstatt hier nur so herumzulaufen?«

»Wenn Sie nur noch ein wenig Geduld mit mir haben«, sagte der Professor, »dann hoffe ich, schon bald in der Lage zu sein, das Ausmaß des uns gegenüberstehenden Problems genauer beurteilen zu können.«

Ein großes gezacktes Stück Mauerwerk löste sich vom Dach und schlug genau dort auf, wo Sebastian gestanden hätte, wenn Vanderdecker ihn nicht kurzerhand beiseite gerissen hätte. Sebastian knurrte mürrisch und murmelte ein paar Verwünschungen vor sich hin.

»Also los!« sagte der Fliegende Holländer bestimmt. Tief im Innern spürte er, daß er allmählich wütend wurde. Das letztemal, daß er wütend gewesen war, lag viele Jahre zurück, als er dank einer Reihe von Unfällen und Zufällen mitten in die Schlacht von Trafalgar geraten war. Die Franzosen standen damals kurz vor dem Sieg, als eine Kanonenkugel aus den französischen Reihen das letzte Faß Bier auf der *Verdomde* zerschlug. Wegen der darauffolgenden Ereignisse fühlte sich der Fliegende Holländer bis heute schuldig, und der Anblick der Nelsonsäule bereitete ihm immer wieder leichtes Unbehagen.

»Wo gehen Sie denn hin?« wollte Montalban wissen.

»Das lassen Sie mal meine Sorge sein«, winkte Vanderdecker ab. »Wenn Sie mir nur kurz Ihre Katze leihen, können Sie gehen und gemütlich eine Tasse Tee oder sonst was trinken. Cornelius, Sebastian, ihr folgt mir. Der Rest bleibt hier.«

Montalban übergab Vanderdecker den Kater, der leise knurrte, und sah hilflos mit an, wie der Fliegende Holländer durch eine Stahltür stakste, deren Existenz im nachhinein nicht eindeutig bestätigt werden kann; die Tür schloß sich nämlich und flog einen Augenblick später mitsamt dem dahinterliegenden Raum in die Luft.

»Nicht *jetzt*, Sebastian!« brüllte eine Stimme inmitten der Flammen.

»Du meine Güte!« stöhnte der Professor. »Er hätte dort wirklich nicht hineingehen sollen.«

Die anderen Besatzungsmitglieder versuchten, durch die Wolke aus Rauch, Flammen und Schutt hindurchzusehen, aber sie war vollkommen undurchlässig. Sie hörten lediglich das laute Knallen und Poltern herunterfallender Trümmerstücke.

»Antonius, Johannes, Wilhelmus, Pieter, Dirk, Jan. Christian! Hier herüber, so schnell ihr könnt!« erfolgte ein donnerndes Kommando. »Cornelius, schnapp dir die Katze!«

Montalban blieb inmitten einer brennenden Halle allein zurück. Es gefiel ihm nicht besonders. Das herabfallende Mauerwerk und das ganze andere Zeug gingen an die Nerven, und außerdem hatte er seit fünf Stunden keinen Rosinenkuchen mehr gegessen.

»Wartet auf mich!« rief er.

Jane hatte sich mit dem Videotext der BBC noch nie richtig anfreunden können, aber seit er musikalisch untermalt wurde, haßte sie ihn regelrecht. Es war nicht nur die Art, wie das verdammte Ding ›That's Entertainment‹ auf der elektronischen Orgel piepste, während es die letzten Opfer des Erdbebens in Mexiko auflistete; es war noch nicht einmal die eselsgleiche Hartnäckigkeit, mit der es einem ständig ein Rezept für Coq au vin mitteilte, wenn man die Wettervorhersage sehen wollte — es waren die kleinen Zahlen oben auf dem Bildschirm, die bei Jane fast einen Schreikrampf hervorriefen. Sie war allein in dem Haus des Professors, und da es in unmittelbarer Nähe keine Nachbarn gab, die sie hätte stören können, schrie sie.

Dann riß sie sich wieder zusammen und drückte einige Knöpfe auf der Fernbedienung. Zurück zum Index. Ja. Fein. Bleib dran, Jane. Aha. *Neueste Nachrichten — Tafel 351. Geben Sie 351 ein.* Mach ich. *Unser Tagesrezept: Tournedos à la Rossini.* Neiiiiiiin!

Versuch's mal auf dem anderen Kanal, sagte eine vorwitzige Stimme in Janes Kopf. Das Programm wird zwar genauso schlecht sein, aber das Kochrezept ist vielleicht ein anderes. Jane probierte den anderen Kanal aus und entdeckte die Indexnummer für die neuesten Nachrichten. Sie gab die erforderliche Zahlenkombination auf der Fernbedienung ein und erhielt die australischen Ergebnisse der American-Football-League.

Sie kam zu dem Schluß, daß man ein Vermögen verdienen müßte, wenn man die Brieftaube noch einmal erfinden würde. Oder Rauchsignale. Schlauerweise ging sie zum Hauptinhaltsverzeichnis zurück und gab von dort aus die Zahl für das Rezept ein. Es gab ein buntes Geflimmer, der Fernsehapparat sang ›I Did It My Way‹, und sie bekam die australischen Footballergebnisse geliefert. Melbourne, so schien es, lag diese Saison gut im Rennen. Vorwärts, Jungs!

Vielleicht wird in den Nachrichten gar nicht darüber berichtet, fiel Jane siedendheiß ein. Was, wenn Harvey und seine Kollegen eine totale Nachrichtensperre verhängt hatten? Womöglich war das auch der Grund gewesen, weshalb er so eilig davongefahren war, gleich nachdem die Hubschrauber abgehoben hatten. Jane war ein Kind des Medienzeitalters, und im Hinterkopf hielt sie instinktiv an dem Glauben fest, daß etwas, das nicht in den Nachrichten kam, gar nicht wirklich passiert sein konnte. Wenn Harvey also verhindern konnte, daß es gesendet wurde, würde das Ganze vielleicht gar nicht geschehen, wie ein Filmprojektor, in dem der Film rückwärts läuft. Nein. Unwahrscheinlich.

Jane legte die Fernbedienung hin und trat ans Fenster. Draußen regnete es. Das war dieser langsame, sanfte und extrem feuchte Cotswold-Regen, der einst Wassermühlen angetrieben und in der einen oder anderen Weise etwas mit dem Wollhandel zu tun gehabt hatte. Geschichte war auf der Schule nie ihr stärkstes Fach gewesen, und beim Thema Wollhandel taten sich bei ihr klaffende Wissenslücken auf. Entsprechend schwer fiel es ihr, sich an irgendwelche Einzelheiten zu erinnern. Was konnte Regen mit Wolle zu tun gehabt haben? Machte er den Boden so matschig, daß man wegen der Huffäule keine Kühe halten konnte und statt dessen Schafe züchten mußte? Hatte der Regen etwas mit dem Wollhandel zu tun? Hatte es überhaupt jemals einen Wollhandel gegeben? Ja, denn schließlich hatte sie jemanden kennengelernt, der etwas damit zu tun gehabt hatte. Der Wollhandel, die Hanse, die Spanischen Niederlande ... Ihr waren das böhmische Dörfer. Seltsam, sich vorzustellen, daß ein einziger Mensch das alles erlebt haben soll.

Dann erinnerte sie sich an ein Lied, das sie im Schulchor gesungen hatte. *Wir lagen vor Madagaskar und hatten die Pest an Bord. In den Kesseln da faulte das Wasser, und täglich ging einer über Bord.* Der Ärmste. Es mußte schlimm für ihn gewesen sein.

Eine geschichtliche Episode, die selbst sie sich gemerkt hatte, war die Sage vom Schottenkönig Robert Bruce und der Spinne, weil sie Angst vor Spinnen hatte. Also zurück zum Videotext. Versuch's noch einmal, Jane! Mit Bedacht suchte sie das erforderliche Inhaltsverzeichnis aus und gab die Nummer für die australischen Footballergebnisse ein. Sie erhielt die Footballergebnisse, während ein unsichtbares Orchester ›They Call The Wind Maria‹ spielte.

Wie der Apostel Paulus auf der Straße nach Damaskus hatte Jane plötzlich eine Erleuchtung. Ihr fiel es wie Schuppen von den Augen; während sie im Wohnzimmer eines Hauses außerhalb von Cirencester in Socken dastand, hatte Jane Doland ganz allein eins der unergründlichsten Rätsel des zwanzigsten Jahrhunderts gelöst. Sie wußte jetzt, warum zum Videotext Hintergrundmusik gespielt wurde, und sie kannte das Prinzip, nach dem diese ausgewählt wurde.

Jetzt mußte sie nur noch den Decoder des Professors finden, was ihr allerdings nicht leichtfallen dürfte, denn angesichts der Vorliebe Montalbans für Tarnungen konnte er alles sein; das georgianische Teeservice, die Dresdner Hirtin, die Messinguhr, der kleine schwarze Kasten mit der Aufschrift ›Decoder‹ ...

Mit zitternden Händen steckte sie das Kabel in die Steckdose und schaltete das Gerät ein. Als der Fernsehapparat ›Thank Heaven For Little Girls‹ anstimmte, war ein brummendes Geräusch aus dem Decoder zu hören, ein Pfeifen, ein Zischen, und dann begann eine mechanische Roboterstimme zu sprechen.

»Melbourne sechzehn, Perth null«, sagte die Stimme.

»Verdammt!« fluchte Jane. In einem plötzlichen Wutanfall schnappte sie sich die Fernbedienung und knallte sie auf den Fußboden. Auf dem Bildschirm war ein Schneesturm aus farbigen Lichtpunkten zu sehen, und die aktuellen Schlagzeilen erschienen.

Jane starrte gebannt auf den Apparat. *Das Neueste von der Dounreay-Krise. Die Evakuierung verläuft ordnungsgemäß. Bis jetzt noch kein Grund für einen Alarm. Fragestunde im Unterhaus.* So also ging Harvey mit der Sache um. Wie furchtbar einfallslos von ihm. Dann bemerkte sie das gedämpfte Murmeln der Roboterstimme in dem schwarzen Kasten, die dazu aufforderte, die Welt zu kaufen. Kauft Stammaktien. Kauft Gold. Kauft Pfandbriefe. Kauft kurzfristige Staatsanleihen. Kauft Brauereiaktien, Industrieaktien, Chemieaktien, Aktien der Kommunikations- und Unterhaltungsindustrie. Selbst Investmentpapiere. Kauft, kauft, kauft.

Jane bekam vor Staunen den Mund nicht mehr zu. Sie hob die Fernbedienung auf, wünschte sich etwas und warf sie an die Wand. Sie empfing die Regionalnachrichten. So macht man das also.

Wie sie feststellen konnte, kletterten die Aktienkurse in ungeahnte Höhen. *Der Financial-Times-Index erreicht den höchsten Stand aller Zeiten. Dow-Jones-Index schnellt durch Panikkäufe in die Höhe. Der Hang Seng hängt in der Schwebe.* Was geht denn da eigentlich vor? fragte sich Jane.

Der Decoder war diesmal keine große Hilfe: er wiederholte nur immer wieder den Befehl, alles zu kaufen, was nicht niet- und nagelfest war. Kauft zaristische Regierungsanleihen. Kauft fünf Prozent Darlehensaktien der Südseegesellschaft ohne Sicherheiten. Der Decoder schien wirklich langsam durchzudrehen. Jane zuckte die Achseln und suchte ein Radio.

Schließlich fand sie ein tragbares Gerät in der Küche und schaltete Radio Three ein.

»Wegen der Dounreay-Krise entschuldigen wir uns für die wiederholten Unterbrechungen des laufenden Programms«, sagte ein Stimme. »In der Zwischenzeit fahren wir mit unserem improvisierten Gilbert-und-Sullivan-Medley fort. Als nächstes hören Sie ›Three Little Maids From School‹ aus der Operette *The Mikado.* Eine Aufnahme aus dem Jahr 1956.«

Die Stimme im Decoder schwoll zu einem hysterischen Kreischen an, beschwor die Welt, in Gottes Namen De-Lorean-25-Pence-Stammaktien zu kaufen, und das Gerät explodierte. Jane schüttelte mehrere Male ungläubig den Kopf, schaltete das Radio und den Fernseher aus und ging in die Küche, um sich eine Tasse Tee zu kochen.

Dem Kater ging es von Grund auf beschissen. Es war heiß, es gab keine Mäuse, und ständig fielen ihm große Betonbrocken auf den Kopf. Aber immerhin war es ihm gelungen, von diesen Verrückten mit den komischen Namen wegzukommen.

In jener unbeschreiblich grazilen Art, die Katzen an sich haben, machte der Kater einen Buckel, streckte sich, ließ die Krallen spielen und spazierte geräuschlos umher. Ein Kater allein auf der Pirsch. Ein vier Jahrhunderte währendes Leben hatte ihn eine Art blinden Optimismus gelehrt. Obwohl seine Erfolgschancen gering waren, hätte es dort irgendwo Mäuse oder gar Vögel geben können, vielleicht sogar einen verwesenden Hühnerkadaver. In diesem Raum zum Beispiel.

Dort befand sich ein Tisch, und auf dem Tisch stand ein viereckiges weißes Ding, das der Kater nicht als Computerkonsole erkannte. Hergestellt aus den neuesten Materialien des Weltraumzeitalters, war die Konsole bis jetzt noch nicht geschmolzen. Sie war dafür konzipiert, so extremen Temperaturen zu widerstehen, daß selbst Diamanten schon längst verkohlt wären. Das war auch notwendig, denn hierbei handelte es sich nicht um einen herkömmlichen Videospiele-Computer, sondern um die Hauptschaltzentrale der gesamten Anlage. Alles, was noch in der Lage war, in diesem Inferno zu arbeiten, wurde von hier aus gesteuert.

Aber das konnte der Kater nicht wissen. Für ihn sah es wie ein gemütlicher Schlafplatz aus, an dem man sich behaglich zusammenrollen konnte. Mit einem gefühlvollen kurzen Hopser sprang er auf den Tisch und spazierte zur Mitte der Konsole, wobei er mit seinen samtweichen Pfoten jedesmal leicht auf die vielen beschrifteten Tasten trat. Schließlich legte er sich hin, drehte sich noch dreimal um und schlief ein.

»Sebastian!« schrie Vanderdecker. »Da drüben! Links von dir!«

Sebastian schaute sich um und sah die kleine brennende Fläche, die seinem Kapitän offensichtlich Sorgen bereitete. Er trampelte darauf herum, bis die Flammen erloschen waren.

Seit Stunden waren sie jetzt schon dabei und kamen nicht sehr gut voran. Es war ein riesiger Gebäudekomplex, von dem der größte Teil in Flammen stand, und es dauert eine Weile, ein solches Feuer mit bloßen Händen und Füßen zu ersticken. In der Zwischenzeit kroch die Nadel von Montalbans Geigerzähler (dieser steckte in einem Fabergé-Ei) langsam höher. Sie galoppierte nicht, sie kroch nur — noch galoppierte sie nicht ...

»Hören Sie, Montalban«, keuchte Vanderdecker. »Erreichen wir auf diese Weise überhaupt etwas? Und das ist jetzt wirklich nicht die Zeit für höfliche Zurückhaltung.«

»Ich fürchte, das Feuer hat sich schon zu weit ausgebreitet«, antwortete der Professor. »Wir haben einfach nicht die Zeit, es auf diese Weise zu löschen.«

Vanderdecker nickte. »Und?«

»Nun, es scheint nicht sehr viel Sinn zu haben, daß wir hierbleiben. Was meinen Sie, Käpt'n?«

Vanderdecker schüttelte energisch den Kopf. »Ach, zum Teufel! Irgendwas müssen wir doch tun können!« fluchte er und trat dabei fuchsteufelswild auf ein paar Flammen herum, um Luft abzulassen.

»Unglücklicherweise ...« Der Professor verstummte plötzlich, denn das Fabergé-Ei begann, ›An der schönen blauen Donau‹ zu klimpern. »Ojemine«, murmelte er bedrückt.

»Was ist denn los, Professor?«

»Die Lage ist kritisch. Welch ein Jammer.«

»Jetzt hören Sie endlich auf damit!« fuhr Vanderdekker den Professor an. »Warum unternehmen Sie zur Abwechslung nicht endlich mal was, anstatt hier ewig nur rumzulamentieren?« Der Fliegende Holländer sah sich nach jemandem um, den er anschreien konnte. Genau in diesem Moment tauchte der Erste Maat auf.

»Käpt'n, ich hab die Katze verloren.«

»Die was?«

»Die Katze. Das Versuchskaninchen oder wie das Ding heißt.«

»Wirklich?« knurrte Vanderdecker. »Wie furchtbar verheerend! Na gut, dann laß uns gehen und nach dieser verdammten Katze suchen. Ich hab keine Lust mehr, hier nur dumm rumzustehen.«

Der Erste Maat sagte, er habe die Katze zuletzt da drüben gesehen, also gingen sie in die von ihm angezeigte Richtung. Nach einiger Zeit erreichten sie die Tür zu dem Raum, in dem sich die computergesteuerte Schaltzentrale befand.

»Was ist hier drin?« fragte Vanderdecker neugierig. »Der Raum scheint nicht ganz so zerstört zu sein wie der Rest.«

»Das ist die Computerzentrale«, antwortete Montalban. »Alles hier drin ist auf dem neuesten Stand der Technik ... Pfui!«

»Gesundheit«, wünschte Vanderdecker instinktiv, aber der Professor hatte gar nicht geniest, sondern verscheuchte gerade den Kater von der Konsole.

»Das erklärt einiges«, stellte Montalban fest. »Das verflixte Tier hat sämtliche falschen Tasten gedrückt.« Er tippte einen Moment lang verzweifelt auf den Tasten herum, aber die Nadel des Fabergé-Eies stieg weiter und ›An der schönen blauen Donau‹ wurde schneller und schneller. »Der Kater hat fast alle automatischen Sicherheitsmechanismen abgeschaltet«, erboste sich Montalban. »Du ungezogener Bengel, du!« schimpfte er mit dem Kater, der ihn nur verwirrt anschaute.

»Das war's dann ja wohl, oder?« fragte Vanderdecker. »Gibt es wirklich nichts mehr zu tun?«

»Wir könnten gehen, bevor der ganze Komplex mit ungefähr der neunfachen Sprengkraft der Bomben von Hiroschima und Nagasaki zusammengenommen in die Luft fliegt. Unter diesen Umständen halte ich es für äußerst ratsam, das Gebäude möglichst bald zu verlassen.«

»Na, toll. Dann schieben Sie doch einfach ab, Professor. Ich denke, ich bleib noch ein bißchen.« Vanderdekker trat wütend gegen die Konsole.

»Nun, dann leben Sie wohl, Käpt'n«, sagte Montalban. »Es war sehr nett, Sie wiedergesehen zu haben. Schauen Sie doch mal vorbei, wann immer Sie in der Gegend sind.«

Das Fabergé-Ei hatte aufgehört, ›An der schönen blauen Donau‹ zu spielen, und den ›Minutenwalzer‹ angestimmt. Montalban ließ es fallen, kreischte und floh.

»Sieh nur, Käpt'n!« rief Sebastian. Vanderdecker drehte sich um und blickte ihn an. Er stand neben einer kleinen Tür, die wie eine Banksafetür aussah, auf die mit einer Schablone ein schwarz-roter Totenkopf mit gekreuzten Knochen gesprüht worden war. »Bestimmt Piraten, oder?«

»Sehr wahrscheinlich, Sebastian«, stimmte ihm der Fliegende Holländer zu. »Sehr wahrscheinlich.«

»Das ist ja prima!« freute sich Sebastian. »Piraten hab ich schon immer gemocht.« Dann öffnete er die Tür und ging hinein. Es gab einen zuckenden blauen Lichtblitz, und die Welt wurde ausgelöscht.

Eine halbe Stunde später stand Sebastian auf. Er schaute sich nach allen Seiten um, zwickte sich und fluchte.

»Also gut!« rief er gen Himmel, der durch ein großes Loch in der Decke sichtbar war. »Ich gebe auf. Vergiß es. Du hast gewonnen.«

Er bemerkte, daß er noch immer den Türgriff in der Hand hielt, obwohl vom Rest der Stahltür nichts mehr zu sehen war. Dann fiel ihm noch etwas anderes auf, und er schnüffelte.

»Hallo!« rief eine Stimme unter dem heruntergefallenen Deckenstück hervor. »Ist da jemand?«

»Bist du das, Käpt'n?«

»Ja! Sebastian?«

»Käpt'n, ich ...«, stammelte Sebastian, und seine Stimme klang ziemlich bewegt. »Ich glaube, ich rieche nicht mehr. Findest du, daß ich noch rieche, Käpt'n?«

»Ich weiß nicht, Sebastian. Ich bin nicht sicher. Wenn du so freundlich wärst, diese Betonplatte von mir runterzunehmen, könnte ich das sicher genauer beurteilen.

Sebastian dachte nach und ging dann los, um die anderen zu holen. Das dauerte eine Weile, denn einige von ihnen waren ähnlich wie der Kapitän unter ganzen Gebäudeteilen eingeklemmt worden, aber schließlich waren sie alle beisammen und hievten Vanderdecker gemeinsam unter der Platte hervor.

»Ich danke euch«, sagte er in die Runde und klopfte sich den Staub ab. »Du hast recht, Sebastian, du riechst nicht mehr. Hat irgend jemand das Ei gesehen?«

»Welches Ei?«

»Dieses Ei aus glänzendem Stein, das Melodien spielen kann, Antonius.«

»Ach, das ...« Antonius hob etwas auf und reichte es dem Fliegenden Holländer.

»Danke.« Vanderdecker blickte das Ei eine Weile schweigend an, dann murmelte er: »Mhm, das ist ja komisch, aber vielleicht ist das Ding auch nur kaputt.« Er schüttelte es energisch, doch die Nadel blieb beharrlich auf *Normal* stehen. »Fällt euch eigentlich nichts auf?« fragte er in die Runde.

»Was sollte uns denn auffallen, Käpt'n?«

»Der Geruch scheint tatsächlich verschwunden zu sein, Antonius. Ist das nicht lustig?«

Es folgte ein allgemeines Getuschel, und die Mannschaft der *Verdomde* beschnüffelte sich gegenseitig. Dann brachen alle in lauten Jubel aus.

Mit Ausnahme von Antonius, dem Ersten Maat. Auch er hätte zu gern gejubelt, aber irgend etwas verwirrte ihn. Wie immer, wenn er verwirrt war, zog er seinen Kapitän zu Rate.

»Warum riechen wir denn nicht mehr, Käpt'n?«

»Das ist allerdings die große Preisfrage, Antonius. Ehrlich gesagt, weiß ich das selbst nicht. Ich kann mir nur vorstellen ...«

»Ja?« warf Antonius mit erwartungsvoll leuchtenden Augen ein.

Aber Vanderdecker fand keine Antwort und runzelte ebenfalls nur die Stirn. »Na ja, auf jeden Fall schulde ich dir ein großes Bier.«

»Warum, Käpt'n?«

»Ich hab doch versprochen, dir ein Bier auszugeben, wenn ...«

»Ach, das ist doch jetzt egal«, wehrte Antonius ungeduldig ab. »Warum riechen wir nicht mehr?«

»Ich weiß es wirklich nicht«, gestand Vanderdecker. »Ganz bestimmt nicht. Ich weiß nicht einmal, warum das Kraftwerk nicht mehr brennt und die Radioaktivität auf Normalmaß gefallen ist. Ich würde ja gern den Professor um eine Erklärung bitten, aber der ist nicht hier. Wenn du mich fragst, ist das ein wirkliches Rätsel.«

»Oje.« Antonius' Gesicht war zusammengefallen. »Bist du *sicher,* daß du's nicht weißt?«

Vanderdecker fühlte sich plötzlich furchtbar schuldig. »Natürlich kann ich auch nur Vermutungen anstellen ... Aber einfach so aus der hohlen Hand könnte ich mir vorstellen, daß wir durch die Wucht der Explosion, die durch Sebastians versehentliches Öffnen einer Überdruckschleuse oder etwas Ähnlichem hervorgerufen wurde, die Kernreaktion ausgelöst haben. Die ganze Radioaktivität, die dabei in unsere Körper schoß, muß eine Art molekularer Veränderung bewirkt haben, die die erste molekulare Veränderung umgekehrt hat, die damals beim Trinken des Elixiers bei uns hervorgerufen wurde. In der Zwischenzeit löschte die unglaubliche Wucht der Explosion, die sämtlichen verfügbaren Sauerstoff innerhalb des Gebäudes verbraucht haben muß, die Flammen und löste darüber hinaus eine Art Kettenreaktion aus, durch die die bereits zuvor entwichene Radioaktivität wiederaufbereitet wurde. Und da sind wir nun alle. Verstehst du, was ich damit sagen will?«

»Nein«, antwortete Antonius erleichtert. »Aber wenn du sagst, daß das so passiert ist, dann reicht mir das und den Jungs auch. Stimmt's, Jungs?«

Die Jungs hatten natürlich gar nicht hingehört. Sie freuten sich zu sehr darüber, nicht mehr so entsetzlich zu riechen, daß im allgemeinen Jubel alles andere untergegangen war.

Vanderdecker schoß plötzlich ein Gedanke durch den Kopf: Was war, wenn die atomare Reaktion tatsächlich die Wirkung des Elixiers umgekehrt hatte und sie alle von nun an wieder sterblich waren?

»Das ist allerdings wirklich die Frage«, murmelte er vor sich hin.

»Was denn, Käpt'n?« wollte Antonius sofort wissen,

aber Vanderdecker gab keine Antwort. Er sortierte noch die Unsterblichkeitsfrage ein und fing gerade erst an, sich darüber klarzuwerden, was es heißen könnte, ohne den Geruch leben zu müssen. Also war er vielleicht wirklich nicht mehr unsterblich. Vielleicht. Allerdings bestand wahrhaftig keine Notwendigkeit, das sofort auszuprobieren, oder?

»Ich hab mich gerade gefragt, wo wir hier in der Gegend ein Bier oder so was kriegen, Antonius.«

»Und Klamotten, Käpt'n. Wir haben keine mehr. Sie sind verbrannt.«

»Stimmt, Antonius«, antwortete der Fliegende Holländer. »Wir sollten uns lieber welche besorgen, findest du nicht auch?«

»Gute Idee, Käpt'n. Und wo?«

Vanderdecker lächelte. »Ich schlag vor, du läßt dir etwas einfallen, Antonius.«

»Ich?«

»Ja, du.«

»Oh …« Antonius überlegte. »Mir fällt aber nichts ein, Käpt'n.«

»Wirklich nicht? Schade, ich hatte gedacht, du würdest dich freiwillig melden, um zur nächsten evakuierten Ortschaft zu gehen, dort ein paar Scheiben einzuschlagen und mit ein paar Klamotten für uns zurückzukommen. Hast du das nicht gerade vorschlagen wollen?«

»Nein«, antwortete Antonius wahrheitsgemäß.

»Na gut. Aber was hältst du davon? Ich meine, so als Vorschlag? Du kannst ruhig ehrlich zu mir sein, wenn du dagegen bist.«

»In Ordnung, Käpt'n, ich werd's versuchen«, willigte Antonius ein. »In welcher Richtung geht's zum nächsten Ort?«

14. KAPITEL

Nein«, weigerte sich Mrs. Mackay mit Bestimmtheit. »Und jetzt verschwinden Sie!«

»Also, hören Sie mal«, erwiderte der Polizist. »Sie müssen Ihr Haus jetzt wirklich verlassen, Missis Makkay. Hier ist es einfach nicht mehr sicher.«

Mrs. Mackay dachte kurz nach. »Kommen Sie von meiner Tochter in Edinburgh?« fragte sie mißtrauisch. »Catriona?«

»Ich wußte gar nicht, daß Sie eine Tochter in Edinburgh haben, Missis Mackay.«

»Und das soll ich Ihnen glauben?« erwiderte Mrs. Mackay mit gerümpfter Nase. »In Wirklichkeit will meine Tochter nämlich gar nicht, daß ich zu ihr komme und bei ihrer Familie wohne. Aber ich würde sowieso nicht zu ihr ziehen — und wenn ich hungernd in der Gosse liege. Sie ist natürlich nur hinter diesem Haus her. Also, richten Sie ihr aus, wenn sie glaubt, sie kann mich einfach so aus meinem eigenen Haus rauslocken, in dem ich schon geboren worden bin, und mich in ein Heim in Edinburgh stecken, dann ist ...«

»Also, warten Sie doch mal ...«

»Sie sollten sich was schämen, mit meiner Tochter gemeinsame Sache zu machen«, fuhr Mrs. Mackay fort. »Sie wollen Polizist sein? Hauen Sie bloß ab!«

Sie knallte die Tür zu. Der Polizist schloß die Augen und zählte bis zehn. Würde es wirklich eine große Rolle spielen, fragte eine Stimme unter der Dienstmütze, wenn diese dämliche alte Schachtel in einem radioaktiven Feuersturm zu Staub und Asche verbrennt?

»Missis Mackay«, rief er durch den Briefschlitz, »ich hab sowieso schon genug Zeit mit Ihnen verschwendet! Wenn Sie nicht augenblicklich die Tür aufmachen ...«

In diesem Moment kam auf der Straße gerade eine Gruppe nackter Männer vorbei.

»Wenn Sie nicht augenblicklich aufmachen, sehe ich mich gezwungen, die Tür aufzubrechen! Haben Sie mich verstanden? Es wäre doch für uns alle am besten, wenn Sie ...«

»Ach, entschuldigen Sie«, unterbrach ihn einer der nackten Männer. Er trug eine Katze unter dem Arm.

»Einen Moment, Sir«, entgegnete der Polizist, ohne sich umzusehen. »Missis Mackay ...« Plötzlich tat sich etwas in seinem Gehirn. Er drehte sich um und starrte die Gruppe mit aufgerissenen Augen an.

»Haben Sie zufällig einen unbekleideten Mann vorbeikommen sehen, der so aussah, als hätte er sich verlaufen?« fragte der nackte Mann. »Wissen Sie, wir haben ihn losgeschickt, damit er uns was zum Anziehen besorgt. Aber er sollte wirklich nicht ganz allein im Freien herumlaufen, er ist nämlich nicht gerade der Hellste. Er ist ungefähr einssechzig groß, hat schwarzes Haar ...«

»Dunkelbraunes Haar«, korrigierte ein zweiter Nackter.

»Danke, Sebastian. Hat also dunkelbraunes Haar, trägt einen dichten Bart und hat blaue Augen — ich glaub zumindest, daß er blaue Augen hat, aber, um ehrlich zu sein, hab ich mich dafür nie besonders interessiert, also kann ich mich auch irren.«

Der Polizist rieb sich die Augen und kratzte sich an der Stirn.

»Sind Sie von der Bohrinsel?« fragte er.

»Wie bitte?«

»Ob Sie auf der Ölbohrinsel arbeiten.«

»Nein«, antwortete der nackte Mann, »Nein, wir kommen nicht von der Ölbohrinsel. Ich hab gedacht, die wär schon vor einiger Zeit geräumt worden. Gut, ich schließe daraus, daß Sie den Mann nicht gesehen haben.«

Der Polizist nickte. Das schien ihn fast seine gesamte Kraft zu kosten.

»Na ja«, sagte der nackte Mann. »Trotzdem vielen Dank. Ach, übrigens, die Krisensituation ist vorüber, Sie können jetzt wieder alle Leute nach Hause bringen. Es besteht keine Gefahr mehr.«

»Keine Gefahr mehr?«

»Ja«, bestätigte der nackte Mann. »Hier.« Er hielt einen eiförmigen blauen Stein in die Luft und zeigte mit dem Finger darauf. »Da, sehen Sie selbst«, forderte er den Polizisten auf. »Wieder ganz normale Reststrahlung.« Der Mann ging zu Mrs. Mackays Tür hinüber, öffnete die Klappe des Briefschlitzes und rief hindurch: »Es ist alles wieder in Ordnung, Sie brauchen Ihr Haus nicht zu verlassen! Die ganze Panik war umsonst.«

»Sind Sie Arzt?« fragte Mrs. Mackays Stimme hinter der Tür.

»Nein«, erwiderte der nackte Mann. »Mein Name ist Vanderdecker.« Auf einmal schien dem nackten Mann etwas einzufallen, und er fragte: »Haben Sie zufällig irgendwelche Kleidungsstücke für Männer, die wir uns von Ihnen ausleihen könnten? Wir sind vierzehn Personen.«

Der Polizist wollte protestieren, aber die Anstrengung war für ihn einfach zuviel. Er setzte sich auf die Eingangstreppe und unterzog seine Schuhsohlen einer eingehenden Betrachtung.

»Vierzehn?« fragte Mrs. Mackay. »Sind Sie von der Heilsarmee?«

»Eigentlich nicht«, antwortete Vanderdecker. »Aber wir wären Ihnen sehr dankbar, wenn Sie ...«

»Verschwinden Sie«, fauchte Mrs. Mackay.

»Na schön«, lenkte Vanderdecker ein. »Wie Sie wollen.«

Er entfernte sich wieder von der Tür, und einer der Nackten flüsterte ihm etwas ins Ohr. Vanderdecker nickte und näherte sich dem Polizisten.

»Entschuldigen Sie«, sagte er. Der Polizist blickte von der Untersuchung seiner Sohlen wieder auf. »Ehm, gehe ich recht in der Annahme, daß Sie Polizeibeamter sind?«

Der Polizist dachte scharf nach und nickte dann. Vanderdecker lächelte.

»Das ist ja prima«, sagte er. Der Polizist bedankte sich. »Also, folgendes«, fuhr Vanderdecker fort. »Meine Freunde und ich werden gleich in den Laden da drüben einbrechen.« Er deutete auf das gemauerte kleine Haus auf der anderen Seite der schmalen Hauptstraße, über dessen Eingang ein Schild mit der Aufschrift ›Wollkleidung und Handarbeiten aus eigener Fertigung‹ hing. »Aber denken Sie bitte nicht, wir wollten den Laden ausrauben. Wir sind nämlich keine Plünderer. Es ist nur so, daß wir im Kraftwerk sämtliche Klamotten eingebüßt haben und unsren Aufzug langsam ein wenig auffällig finden. Schon deshalb haben Sie doch bestimmt nichts dagegen, oder?«

Der Polizist entgegnete, das nehme er wohl nicht an. Vanderdecker lächelte erneut. Es war ein freundliches, beruhigendes Lächeln, das den Eindruck erweckte, einen Mann vor sich zu haben, der ganz genau wußte, was er tat. Dafür war der Polizist dem Fliegenden Holländer dankbar.

»Okay, das ist wirklich prima«, freute sich Vanderdekker. »Und würden Sie dem Ladeninhaber, wenn er zurückkommt, bitte sagen, daß er die Rechnung an Professor Montalban, Greathead Manor bei Cirencester, Gloucestershire, schicken soll? Haben Sie das verstanden? Vielleicht schreiben Sie sich das lieber auf.«

Der Polizist notierte sich die Einzelheiten in seinem

Notizbuch und blickte Vanderdecker von unten an, als bäte er um dessen Zustimmung. Der Fliegende Holländer nickte und hatte sich bereits zum Gehen gewandt, als er sich noch einmal umdrehte und sagte: »Ach, übrigens noch etwas ...«

»Ja, Sir?« fragte der Polizist.

»Wir riechen doch nicht irgendwie komisch, oder?«

»Nein, Sir«, antwortete der Polizist.

»Sind Sie sich da sicher?«

»Ganz bestimmt, Sir.«

»Sie sind sich absolut sicher? Sie haben keine Erkältung oder so was?«

»Nein, Sir.«

»Und Sie sind nicht einfach nur höflich, oder? Wir würden Ihnen das wirklich nicht übelnehmen, wenn Sie ...«

Der Polizist schüttelte energisch den Kopf, setzte sich dann wieder auf die Treppe, vergrub das Gesicht in den Händen und murmelte leise vor sich hin. Er wirkte ziemlich erschöpft. Schließlich war es eine lange Woche gewesen, in der außer der Explosion des Kraftwerks auch noch seine Großmutter gestorben war und seine Frau auf einer probeweisen Trennung bestanden hatte.

»Dann ist ja alles klar«, freute sich Vanderdecker. »Sebastian, Jan und Christian: Ihr sucht einen Stein oder ein Stück Holz, irgendwas, das wir als Rammbock benutzen können. Dirk, kannst du mal eben die Katze halten? Aber paß auf, die kratzt, wenn du dich nicht vorsiehst. Also, Leute, kommt schon, wir haben nicht den ganzen Tag Zeit.«

Ungefähr zwanzig Minuten später kamen Vanderdekker und die Mannschaft der *Verdomde* wieder aus dem Kunstgewerbegeschäft heraus. Sie trugen alle mehr oder weniger die gleichen Kleidungsstücke: Pullover aus Shetlandwolle, fusselige Tweedjacketts, Mützen und Kilts. Der einzige Unterschied bestand in den Mustern der Pullover; die der Mannschaft waren mit kleinen weißen Schafen geschmückt, während auf Vanderdekkers Pullover ein schwarz-weißer Pandabär wie eine Art militärisches Rangabzeichen prangte.

»Das wäre also erledigt«, stellte Vanderdecker fest. »Jetzt müssen wir nur noch Antonius finden.«

»Das ist leichter gesagt als getan«, brummelte Sebastian. Er hatte sich eigentlich den Pandapullover unter den Nagel reißen wollen und war jetzt offensichtlich eingeschnappt.

»Das ist schon richtig«, räumte Vanderdecker ein, »aber wir brauchen uns nur vorzustellen, wir wären ebenfalls Idioten, und schon können wir seine Gedankengänge irgendwie nachvollziehen.«

Im selben Augenblick tauchte Antonius wie aus dem Nichts höchstpersönlich auf. Unter einem Dufflecoat trug er einen schlichten grauen Anzug und starrte nun seine Kameraden mit großen Augen an.

»Hallo, Käpt'n!« begrüßte er Vanderdecker freudig. »Ich bin wieder zum Kraftwerk zurückgegangen, aber da wart ihr schon alle weg. Wieso habt ihr denn diese komischen ...«

»Hallo, Antonius«, unterbracht ihn Vanderdecker. »Prima, dann machen wir uns doch jetzt mal auf die Socken und gehen einen trinken, was?« Doch dann seufzte er und ging zu der Haustreppe hinüber, auf der noch immer der Polizist saß. »Entschuldigen Sie ...«

Der Polizist öffnete die Augen und begann zu zittern.

»Tut mir leid, daß ich Sie noch mal belästigen muß«, entschuldigte sich Vanderdecker, »aber wissen Sie vielleicht, wo man hier in der Nähe was zu trinken bekommt?«

Der Polizist deutete die Straße hinunter auf ein Haus mit der Aufschrift ›Hotel‹. Vanderdecker bedankte sich. »Vielleicht haben Sie ja Lust mitzukommen«, schlug er vor. »Sie sehen aus, als ob Sie 'n Bier gebrauchen könnten.«

»Nein«, lehnte der Polizist energisch ab. »Nie wieder.« Dann stand er auf und fing an zu rennen.

Vanderdecker zuckte die Achseln. »Wie Sie wollen!« rief er ihm hinterher. »Okay, Jungs, die Getränke gehen auf meine Rechnung.«

Die Besatzung der *Verdomde* hastete die Straße entlang und ließ sie vollkommen menschenleer zurück. Ungefähr fünf Minuten lang herrschte absolute Ruhe, bis das entfernte Zuschlagen einer Hoteltür die Stille zerriß, und danach traten wieder jene Friedlichkeit und unendliche Ruhe ein, für die das schottische Hochland so berühmt ist. Aber schon bald näherten sich ein Rattern und Dröhnen, als ein Hubschrauber in geringer Höhe seine Kreise über dem Dorf zog, einen Moment lang in der Luft stehenblieb und dann in Richtung des Dounreayer Kraftwerks davonflog.

Äußerst vorsichtig rappelte sich Professor Montalban vom Boden auf und strengte seinen Kopf an.

Als Wissenschaftler ging er systematisch und methodisch vor. Deshalb begann er mit der Kontrolle beim Kopf: Ja, der war noch da, und er schien auch richtig zu funktionieren. Dann überprüfte er die Arme, danach den Rumpf und schließlich erst Beine und Füße. Alles noch vorhanden und in Ordnung. Gut.

Gut, aber höchst erstaunlich. Schließlich war die Wucht der Explosion so gewaltig gewesen, daß er sich in der zehntel Mikrosekunde, die ihm zum Nachdenken zur Verfügung gestanden hatte, absolut sicher war, daß nichts auf der Welt sie überlebt haben konnte. Tja, das zeigt mal wieder, wie gefährlich es ist, vorschnell rein intuitive Schlüsse zu ziehen.

Weiterhin war es merkwürdig, daß das Gebäude nicht beschädigt war. Jedenfalls zum größten Teil nicht. Der riesige Stahlträger, der ihm, wie er sich erinnerte, auf den Kopf gefallen war, deutete darauf hin, daß sich tatsächlich einige Gebäudeteile gelöst hatten, aber was kann man von Bauunternehmern schon erwarten? Heutzutage ist anscheinend niemand mehr auf seine Arbeit stolz.

Ach, sagte sich der Professor, jetzt eine schöne Tasse Tee und ein Stück selbstgebackenen Rührkuchen nach viktorianischem Rezept.

Er wischte sich die Asche von den Augen und blickte sich aufmerksam um. Kein Feuer zu sehen. Kein Rauch. Keine Anzeichen für irgend etwas Ungewöhnliches. Sehr eigenartig. Montalban machte sich auf den Weg zum Computerraum. Die plötzliche heftige Explosion verblüffte ihn, aber er hatte eine Theorie parat, die er überprüfen wollte.

Genau, wie ich's mir gedacht hab, sagte er sich mit einer gewissen Selbstgefälligkeit, als er die Trümmer der Plutoniumkammer unter die Lupe nahm. Sie war seine eigene Konstruktion, einst eine äußerst revolutionäre und streng geheime, jetzt aber hauptsächlich zerstörte Erfindung. Doch scherte das den Professor überhaupt nicht mehr.

Die Frage, die ihn beschäftigt hatte, lautete, weshalb das Plutonium mit einer derartigen Wucht explodiert war, und hier, so schien es, lag die Antwort. Einer der Idioten von dem Schiff hatte die Tür geöffnet und hatte die Kammer betreten. Dadurch hatte ihn (oder, um genau zu sein, den Geruch) nichts mehr vom Plutonium selbst getrennt. Daraufhin war das Plutonium mit den einzigartigen Kohlenstoffverbindungen, die nur in den Gasen vorkommen, aus denen der Geruch besteht, eine rasche chemische Reaktion eingegangen und hatte sich dabei in ein gänzlich harmloses Plutoniumisotop verwandelt. Da es auf jede Wirkung sowohl eine gleichwertige als auch eine entgegengesetzte Gegenwirkung gibt (einer seiner eher glücklichen Aussprüche, dachte der Professor immer), war es nur logisch, daß auch mit den Geruchsträgern irgend etwas passiert war.

Montalban blickte sich um. Da war nichts, kein Knochensplitter, kein Stückchen verkohlte Kopfhaut. Nichts. Die Besatzung der *Verdomde* hatte sich offensichtlich einfach aufgelöst, sich in Kohlenstoff-, Wasserstoff- und Sauerstoffwolken zurückverwandelt. Finito.

Ach, du meine Güte! schimpfte Montalban. Er dachte an die Vanderdecker-Police. Was für eine furchtbar unangenehme Geschichte.

»Hören Sie hier bei uns auf Radio Three«, kündigte die schrecklich sonore Stimme an, die Jane langsam zum Hals raushing, »als nächstes Werk Richard Wagners Oper *Der Fliegende Holländer* in der Aufnahme der Deutschen Grammophon von 1956 mit ...«

Die Sendung gerade dieses Werks stellte sich natürlich als bloßer Zufall heraus. Jane hatte nämlich den Ersatzdecoder des Professors im Badezimmer gefunden (das war ganz leicht gewesen: sie war einfach mit dem Kofferradio im Haus herumgegangen und hatte gewartet, bis eine Antwort kam, in diesem Fall von der Klappe des Klopapierhalters), und alles, was er aus Wagners frühem Meisterwerk machen konnte, war ein Wirrwarr aus unzusammenhängenden Geräuschen, über das sich ein gelegentliches Zufallswort erhob, wie zum Beispiel Hippopotamus oder Canasta. Sie schaltete beide Geräte aus, versuchte es noch einmal mit dem Videotext (Adelaide — Darwin 6:5) und gab schließlich das Ganze als hoffnungslosen Fall auf.

Je länger sie wartete, desto besser, sagte ihr die Stimme der Vernunft. Bis jetzt war die Ruhe eines Regentags in Cotswold noch nicht von radioaktiven Staubwolken oder riesigen sengenden Hitzewellen unterbrochen worden, ein Indiz dafür, daß der Reaktor in Dounreay nicht explodiert war, wenigstens bis jetzt noch nicht. Aber — Jane konnte nichts gegen diese Gedankengänge tun, obwohl sie weiß Gott nicht besonders angenehm waren — darum ging es doch eigentlich gar nicht, oder? Alles in allem machte sie sich überhaupt keine Sorgen um Dounreay oder das Schicksal Nordenglands oder Europas. Nicht, daß sie irgend etwas gegen diese Landstriche gehabt hätte, und natürlich wäre es ihr viel lieber gewesen, wenn es dort keine Katastrophen geben würde, aber was ihr wirklich Kopfzerbrechen bereitete, war das Schicksal eines einzigen Mannes.

Verrückt. Nur mal angenommen, er kommt zurück, was dann? Sie war immer der Meinung gewesen, die beste Methode, sich von einer Sehnsucht zu befreien, sei die Vorstellung, wie es wohl wäre, wenn der Traum Wirklichkeit würde. Wenn man sich das nämlich erst einmal richtig ausmalt, stellt man normalerweise bald fest, daß man das glückliche Ende eigentlich überhaupt nicht will, um gar keinen Preis. Dieses Verfahren war Janes Erfahrung nach besonders verläßlich, wenn es um Männer ging. Wenn sie früher einmal bei einem Mann dieses widerwärtig süße Ich-habe-zuviel-Schwarzwälder-Kirschtorte-gegessen-Gefühl hatte, beschwor sie einfach die Vision eines gemeinsamen Lebens herauf, in dem sie für ihn bügeln, ihm irgendwelche Werkzeuge halten und sich von ihm beim Anbringen der Küchenregale beschimpfen lassen mußte. Aber aus irgendeinem Grund schien das in diesem Fall nicht zu funktionieren. Vielleicht lag es daran, daß ihr derzeitiges Gefühl überhaupt nichts mit zu reichhaltigem Genuß von Torte zu tun hatte. Es war mehr wie eine Art Verständnis für all die Dinge, um die sich ihr Leben in den ganzen Jahren gedreht hatte. Das Schicksal hatte einfach auf seine tolpatschige Art sichergestellt, daß sie zur richtigen Zeit am richtigen Ort war, um Julius Vanderdecker, dem Fliegenden Holländer, zu begegnen. Und warum, Miß Doland, ist das so eine angenehme Vorstellung? Darum. Es gibt keinen anderen Grund dafür, einfach nur: darum. Wenn er lediglich gutaussehend oder charmant oder ganz allgemein in einer anderen augenfälligen Weise ein anziehender Mann wäre, dann wäre das eine völlig andere Geschichte. Wenn nämlich erst einmal die anfängliche Anziehungskraft nachließ und man von Wolke sieben wieder langsam zur Erde schwebte, blieb nicht viel mehr übrig, außer einer gehörigen Portion wirklichen Alltagslebens. Was Jane an Vanderdecker mochte, war die Art, wie sie ihn mochte.

Jedenfalls, Miß Doland, kommt dein Vanderdecker möglicherweise nicht wieder. Na gut, das war es ja schließlich auch, was er wollte, daran führt kein Weg vorbei. Anscheinend ist er nicht der Meinung, daß es sich meinetwegen hierzubleiben lohnt, und wer kann ihm das verübeln? Also, reiß dich zusammen und iß was.

Jane hatte den kalten Geflügelsalat bereits halb aufgegessen, als das Geräusch von Rotorblättern draußen vor dem Haus ihr Herz vor Freude beinahe zerspringen ließ. Sie warf Messer und Gabel hin und rannte zur Tür hinaus, wobei sie überhaupt nicht daran dachte, daß sie ja gar keine Schuhe anhatte, bis sie den Fuß auf den Kiesweg setzte.

Doch aus dem Hubschrauber stieg nur ein einziger Mann; ein Mann zwar, den sie schon einmal gesehen hatte, der aber irgendwie nicht mehr ganz derselbe zu sein schien.

»Professor!« schrie sie. »Was ist passiert?«

Der Professor kam unter den Rotorblättern geduckt auf sie zu. Er warf Jane einen ziemlich seltsamen Blick zu, aber sie war zusehr in Gedanken, um das zu bemerken.

»O Miß Doland. Freut mich, daß Sie immer noch ...«

»Geht es ihm gut?«

»Ihm?« der Professor zog eine Augenbraue hoch.

»Vanderdecker!« brüllte Jane. »Geht es ihm ...?«

»Ach!« unterbrach sie der Professor. »Ich fürchte, nicht. Das ist wirklich ein großer Verlust. Aber ich bin mir sicher, Sie ...«

Jane schien wie ein Ballon zusammenzufallen, aus dem man die Luft herausließ. Hätte ihre Kleidung sie nicht zusammengehalten, wäre sie vermutlich wie geschmolzenes Kerzenwachs auf den Boden getropft.

Der Professor lächelte mitleidig. »Na, na, ist ja gut.«

»Waren Sie dabei, als er ...?«

»Nicht direkt«, antwortete Montalban. »Aber ich glaube, da gibt's keinen Zweifel mehr. Es ist einfach nichts von ihm übriggeblieben. Aber schließlich wollte er es so, und zweifellos hat er durch seinen Tod das Leben Tausender von Menschen gerettet, wenn nicht sogar ...«

»Ach, zur Hölle mit Ihnen!« fauchte ihn Jane an. »Das ist doch sowieso alles Ihre verdammte Schuld.«

Montalbans onkelhafte Art schien ein wenig wackelig zu werden, so wie das Fernsehbild, wenn mal wieder eine Taube auf der Antenne sitzt. »Darf ich Sie vielleicht daran erinnern, daß er ohne mein Elixier vermutlich schon in den siebziger Jahren des sechzehnten Jahrhunderts gestorben wäre? Ich glaube nicht, daß er ...«

Aber Jane hörte ihm überhaupt nicht zu. Das war schade, fand der Professor, denn es gab einen äußerst wichtigen Punkt, über den sie sich hätten unterhalten sollen. Obwohl er alle Dinge im Universum, vom Aufbau der Materie bis zur Sphärenmusik, ziemlich gut verstand, hatte der Professor nicht die geringste Ahnung, was er von Frauen halten sollte — und er selbst wäre der erste gewesen, der das zugegeben hätte. Er zuckte also nur leicht die Achseln, lächelte noch einmal und machte sich auf die Suche nach Nußplätzchen.

Jane sammelte sich langsam wieder. So fühlen sich wahrscheinlich Quallen, dachte sie, die haben keine Knochen, kommen aber trotzdem zurecht. Also müßte ich das wohl auch schaffen, glaube ich. Das ist zwar lästig, aber das läßt sich nun mal nicht ändern. Morgen früh fängt die Arbeit wieder an, und damit ist dein Urlaub dann zu Ende.

Als sie auf das Haus zuging, eilte der Hubschrauberpilot zu ihr herüber und drückte ihr etwas in die Hand.

»Hier«, keuchte er. »Das ist für Sie. Der andere Mann, der so furchtbar gestunken hat, hat mich gebeten, Ihnen das zu geben. Ich hab zwar keine Ahnung, was es damit auf sich hat, aber der Professor da drüben war geradezu versessen darauf, das Ding in die Finger zu kriegen. Ein Glück, daß ich den Hubschrauber geflogen hab, sonst hätte er womöglich noch versucht, mir das Ding abzuknöpfen.«

Jane starrte die zerschlissene braune Brieftasche an, die sie vom Piloten in die Hand gedrückt bekommen hatte. Sie erkannte sie wieder und spürte in ihren Eingeweiden ein Ziehen und Würgen, das alle möglichen Nerven- und Muskelschäden hervorrief. Dennoch brachte sie es fertig, sich beim Piloten zu bedanken.

Die Police! Na klar, jetzt erinnerte sie sich wieder. Er hatte doch gewollt, daß sie die Police nahm und sicher für ihn aufbewahrte. Na ja, aber wem nützte das jetzt noch was? Jane öffnete die Brieftasche und entdeckte das harte gefaltete Blatt Pergamentpapier, und auf einmal fiel ihr das Atmen sehr schwer. Unter der Lampe des Vordachs faltete sie das Blatt auseinander und sah es sich an, wobei ihr Blick auf den Kasten auf der Rückseite fiel. Sie las ihren eigenen Namen und darunter Vanderdeckers Unterschrift, und das reichte vollkommen, um ihr den Rest zu geben. Seltsamerweise genügte das aber nicht, sie davon abzuhalten, dem Hubschrauberpiloten hinterherzulaufen und mit ihm darüber zu sprechen.

Im Haus telefonierte gerade der Professor mit vollem Mund, denn er hatte ihn sich bis zum Rand mit Nußplätzchen vollgestopft. Er war in der Zwischenzeit nicht untätig gewesen. Unmengen von Leuten wollten benachrichtigt, Regierungen informiert und Evakuierungen abgeblasen werden, all solche Dinge eben. Aber jetzt mußte er sich wieder um seine eigenen Angelegenheiten kümmern, die sonst bald nur noch ein einziges heilloses Durcheinander sein würden.

Er hörte die Tür zuschlagen und legte den Hörer auf, wobei er vom Minister am anderen Ende der Leitung einfach keine Notiz nahm; der konnte schließlich warten, Miß Doland aber nicht. Es war unbedingt notwendig, daß sie sich sofort einmal in aller Ruhe miteinander unterhielten.

»Miß Doland!« rief der Professor. »Sind Sie es?«

»Ja«, bestätigte Jane und betrat kurz darauf den Raum. »Ich nehme an, Sie wollen mit mir sprechen. Oh, Sie haben ja noch eine Pistole, wie schön für Sie. Ich will nur noch eben schnell meinen Salat fertigmachen.«

Sie übersah den Lauf des 38er Colts, der drohend auf sie gerichtet war, ging in die Küche und machte ihren Salat mit einem Dressing an. Nach ein paar Happen merkte sie, daß sie nicht mehr allein war.

»Wären Sie vielleicht so freundlich, Ihre Pistole auf was anderes zu richten?« bat sie. »Es ist furchtbar unhöflich, Leute beim Essen mit Mord zu drohen.«

»Miß Doland«, erwiderte der Professor, »diesmal mein ich's leider ernst. Wenn Sie mir nicht sofort die Versicherungspolice geben, bleibt mir nichts anderes übrig, als Sie zu erschießen.« Er spannte den Hahn der Pistole und wartete auf eine Reaktion. Doch die einzige Antwort, die er erhielt, war das Knacken eines zerbissenen Radieschens.

»Das täte ich nicht, wenn ich Sie wäre«, sagte Jane schließlich.

»Tut mir leid, aber meine Geduld ist wirklich am Ende, Miß Doland«, drohte der Professor mit grimmiger Miene. »Diesmal werde ich ...«

»Sie verstehen überhaupt nicht, worum es geht«, unterbrach ihn Jane, wobei sie eine halb abgenagte Keule auf ihn richtete. »Wenn Sie mich erschießen, kostet Sie das einen ganz schönen Batzen Geld.«

»Was?«

»Ist doch logisch«, fuhr Jane fort und öffnete ein Glas rote Bete. »Also, ich bin zwar — Gott bewahre — keine

Rechtsanwältin, aber ich glaube, wenn ich sterbe, ist die Versicherungsprämie Teil meines Nachlasses. Soweit alles klar? Gut. Da ich jedoch keinen letzten Willen aufgesetzt habe, geht nach meinem Tod mein gesamtes Vermögen auf meine nächsten Verwandten über, und das sind wahrscheinlich meine Eltern. Wenn Sie die auch töten, erben wiederum deren Eltern mein Vermögen. Ich habe eine große Familie, Professor Montalban. Früher oder später fällt das sowieso irgend jemandem auf, wenn Sie durch die Gegend ziehen und alle meine Angehörigen umlegen, und dann verbringen Sie den Rest Ihres Lebens hinter Gittern. Angesichts der ziemlich merkwürdigen Verhältnisse, in denen Sie leben, ergibt das alles zusammen ein heilloses Durcheinander. Probieren Sie doch mal 'ne eingelegte Walnuß, die sind ganz hervorragend.«

»Nein, danke«, lehnte der Professor ab. »Von so was bekomm ich immer Verdauungsstörungen. Aber sie übersehen dabei, daß außer Ihnen und mir niemand etwas von der Übertragung der Versicherung weiß, geschweige denn von der Existenz der Police selbst.«

»Darauf verließe ich mich nicht«, entgegnete Jane, den Mund voll eingelegter Walnüsse. »Ich meine, da ist zum Beispiel der Hubschrauberpilot.«

»Der Hubschrauberpilot?«

»Ja, der mir die Police gegeben hat. Ein wirklich netter Mann, kann ich Ihnen sagen. Er hat sich die Versicherungsnummer und so weiter notiert. Außerdem hab ich einen kurzen Brief mit sämtlichen Einzelheiten an meine Eltern geschrieben, den er für mich einwirft, sowie er in Yeovilton gelandet ist. Inzwischen müßte er fast da sein. Tut mir leid, Professor, Ihren Plan können Sie sich an den Hut stecken. Nehmen Sie sich doch eine Olive.«

»Ich will aber keine Olive, Miß Doland.«

»Sie sind vielleicht ein Dummkopf!« erwiderte Jane. »In der heutigen Zeit braucht man einfach hin und wieder 'ne Olive, damit man aus den Vorgängen überhaupt noch schlau wird. Aber ich nehme an, Sie haben sich mit Keksen und Biskuits vollgestopft. Die sind allerdings gar nicht gut für Sie.«

Der Professor seufzte und legte die Pistole auf die Arbeitsplatte. Dann setzte er Wasser auf, um sich einen Tee zu machen.

»Tee ist übrigens auch nicht gut für Sie«, belehrte ihn Jane. »Stellen Sie sich bloß mal vor, was die ganzen Gerbstoffe mit Ihrer Magenschleimhaut anstellen.«

»Das ist Theorie, Miß Doland«, antwortete der Professor, »reine Theorie. Sie vergessen, daß ich ...«

»Moment mal«, unterbrach ihn Jane und legte die Gabel hin. »Ich hab nicht vergessen, daß Sie genauso unsterblich sind wie Vanderdecker. Aber überlebt haben nur Sie.«

»Er war näher an der Explosion dran als ich«, erklärte der Professor.

»Sie sind weggelaufen, was?«

»Ja.« Der Professor schien nicht besonders stolz auf sich zu sein.

»Vielleicht könnten wir ein Geschäft machen«, schlug Jane vor.

Ein kleiner Teil von ihr, der über diesen Vorschlag ziemlich überrascht war, protestierte, aber Jane brachte ihn schnell zum Schweigen. Warum hat mir Vanderdekker denn sonst die Police gegeben? dachte sie. Also kann ich es genausogut gleich hinter mich bringen.

»Sicher«, antwortete der Professor gelassen. »Woran hatten Sie denn gedacht?«

»Gut«, sagte Jane, »fangen wir bei den Regenwäldern an ...«

Simon Courtenay suchte in der Tasche nach den Schlüsseln, stellte dann jedoch fest, daß er sie gar nicht brauchte. Die Tür seines Hotels war offen. Nicht nur einen Spaltbreit, ja, nicht einmal sperrangelweit. Sie war nichts anderes als offen, jedenfalls das, was von ihr übrig war.

Simon fluchte. Seit er sein Haus in Surbiton verkauft hatte, um in den Highlands das Hotel seiner wirklichkeitsfremden Träume zu erwerben, hatte er auf den Moment gewartet, in dem die äußerst merkwürdigen Einheimischen dieser Gegend schließlich doch noch die Kontrolle über sich verlören und überschnappten. Er hatte oft aus den Augenwinkeln heraus bemerkt, wie sie ihn anstarrten und dabei irgendwas auf Gälisch murmelten, aber immer gehofft, daß sie von offener Gewaltanwendung und Beschädigung fremden Eigentums absähen. Tja, das hätte er besser wissen müssen.

Von der Bar hörte er die Gesänge Betrunkener und das Klirren zerbrechenden Glases. Simon überlegte, ob er die Polizei rufen sollte, aber dann fiel ihm ein, daß es sich dabei ja auch um Schotten gehandelt hätte, die sich wahrscheinlich ihren Landsleuten anschließen und ihnen helfen würden. Also mußte er die Geschichte selbst in die Hand nehmen. Er hob ein Stuhlbein auf — aus irgendeinem Grund lagen in den Räumlichkeiten heute abend eine Menge Stuhlbeine herum, von denen nur sehr wenige mit Stühlen verbunden waren — und betrat die Bar.

»We are sailing, we are sailing, home again, across the sea«, sangen die mit Kilts bekleideten Betrunkenen, die in der ausgeräumten Bar herumlagen. Bis auf einen Besoffenen, der bei dem Versuch, seinen Mund zu finden, jede Menge Bier verschüttete, hatte sich jeder seine eigene Flasche aus Simons äußerst kostspieligem und erlesenem Malzwhiskyvorrat besorgt. Die hatten den Kanal bis obenhin voll, allesamt. Widerlich.

»We are sailing, stormy waters, to be ...«

»Das reicht jetzt!« fuhr Simon in bestem südenglischen Dialekt dazwischen. »Raus, alle Mann!«

Der Biertrinker sah auf seine Uhr — leider trug er sie an der Hand, in der er das Glas hielt — und wunderte sich: »Ach du heiliger Bimbam, ist es wirklich schon so spät?« Er sprach einen Dialekt, den Simon nicht genau einordnen konnte, der aber ganz sicher keine schottische Mundart war.

»Einen Augenblick«, sagte der Mann mit dem biergetränkten Kilt. »Es ist ja erst Viertel nach zehn. Also noch Zeit auszutrinken«, fügte er hinzu. »Geben Sie mir noch ein großes Guinness, und nehmen Sie sich doch auch eins.«

»Wenn Ihr nicht alle in einer Minute von hier verschwunden seid, ruf ich die Polizei!« drohte Simon.

»Diese verdammten britischen Ausschankgesetze«, schimpfte einer der anderen Betrunkenen. »Mein Gott, was für ein Land!«

»Kommt schon«, beschwichtigte der Biertrinker die anderen, »laßt uns gehen! Ich glaub, wir sind sowieso schon länger geblieben als ... Mein Gott, so spät ist das schon? Hören Sie mal«, fragte er, an Simon gewandt, »gibt es hier irgendwo ein Telefon?«

Simon deutete auf ein umgefallenes Regal. »Da drunter«, erwiderte er grimmig.

Der Biertrinker grinste verlegen. »Ich fürchte, wir haben hier ziemliche Unordnung gemacht«, entschuldigte er sich. »Das tut mir wirklich leid, aber, wissen Sie, wir haben gerade die Welt gerettet, und ich hatte Antonius versprochen, daß wir hinterher einen trinken gehen.«

»Sieh mal einer an«, entgegnete Simon. »Sie sind wohl James Bond, was?«

»Nein«, antwortete der Biertrinker. »Vanderdecker. Julius Vanderdecker.«

»Und Sie haben gerade die Welt ...«

»Großes Pfadfinderehrenwort. Also, ich muß nur mal ganz kurz telefonieren und dann ...«

In diesem Moment hörten sie über sich den Lärm von Rotorblättern, der das ganze Gebäude erschütterte. Anscheinend ging dieser Krach noch eine lange Zeit so weiter, aber das konnte Simon einfach nicht mehr ertragen — nicht das auch noch! Er setzte sich auf einen umgekippten Space-Invaders-Automaten und weinte.

In der Zwischenzeit brüllte Vanderdecker ins Telefon. »Jane? Ach, Sie sind's. Ist Jane da? Sie ist nicht weggegangen? Ja, ich bin's. Ja, natürlich bin ich noch am Leben, es gibt ja wohl kaum Telefone im ... Dann holen Sie sie. Danke ... Jane? Ich bin's. Tut mir leid, wenn ich dich aus'm Bett geholt hab oder ... Ja, *ich* bin's, ich bin *nicht* ... Du hast was? Kannst du das noch mal wiederholen? Ach, das ist ja toll. Hör mal, ich muß nur noch einen Hubschrauber auftreiben und ... Wart mal 'ne Sekunde. Ja?« fragte er und drehte den Kopf, um zu sehen, wer ihm auf die Schulter getippt hatte. Nachdem er den Störenfried erkannt hatte, wandte sich wieder dem Telefon zu. »Ist alles in Ordnung«, sagte er. »Das ist dieser Fernsehfuzi, weißt du, Danny Soundso. Bennett? Ja, genau. Weiß Gott, was der hier zu suchen hat.« Er wandte den Kopf erneut vom Hörer ab. »He, haben Sie einen ... Das ist doch Ihr Hubschrauber da draußen, oder? Könnten Sie nicht den verdammten Motor abstellen lassen? Ich versuch hier zu telefonieren ... Bist du noch dran? Gut. Hör mal, Danny hat einen Hubschrauber, damit sind wir bald bei dir. Ja, ja, du auch. Nein, da hören 'n paar Leute zu. Okay, bis bald!«

Vanderdecker legte den Hörer auf und erhob sich.

»Ich hab Sie gesucht«, sagte Danny.

»Ach, wirklich?«

»Ich dachte, Sie wären tot.«

»Wie bitte?«

»Ich dachte, Sie wären ...«

»Sie müssen lauter sprechen.«

»ICH DACHTE, Sie wären TOT.«

Vanderdecker lachte, und zwar sehr laut. »Sie also auch«, entgegnete er. »Nein, keine Chance! Kommen Sie, gehen wir.« Er blickte sich im Raum um. »He, Jungs«, rief er, »der Typ hier nimmt uns nach Cirencester mit!«

»Wieso wollen wir denn nach Cirencester?« fragte Pieter Pretorius. »Da bin ich schon mal gewesen, das ist 'n absolut stinklangweiliges Kaff.«

»Das war sechzehnhundertsiebenundvierzig«, gab Vanderdecker zu bedenken. »Diesmal gefällt's dir wahrscheinlich. Kommt schon, Leute, auf geht's!«

Zwar erhob sich ein allgemeines Gemurre, aber dann kam die Mannschaft doch langsam auf die Beine und strömte hinaus. Danny fiel etwas auf.

»He«, sagte er, »Sie stinken ja gar nicht mehr.«

»Danke«, erwiderte Vanderdecker. »Das ist das Netteste, was mir jemals gesagt wurde. Na ja, fast das Netteste«, fügte er nach kurzem Nachdenken hinzu: »Hören Sie, könnten Sie mir einen Gefallen tun?«

»Klar«, antwortete Danny. »Was soll ich machen?«

Vanderdecker deutete auf Simon und sagte: »Schreiben Sie dem Burschen einen Scheck aus. Tausend Pfund müßten für den Schaden reichen.«

»Tausend Pfund!« rief Danny aus. »Also, einen Moment mal ...«

»Ach, das geht schon in Ordnung«, beruhigte ihn Vanderdecker. »Ich zahl's Ihnen zurück, sowie wir in Cirencester sind. Ich hab das Gefühl, daß ich einen Haufen Geld besitzen werde, wenn wir erst einmal dort sind. Pieter, schnapp dir diese dämliche Katze!«

Danny zuckte die Achseln und schrieb einen Scheck über eintausend Pfund aus, den er Simon überreichte. Der Hotelbesitzer starrte den Scheck mit großen Augen an. Sie klebten auch noch eine Viertelstunde später an dem Papier, als der Hubschrauber schon längst wieder fortgeflogen war und er mutterseelenallein mit einem Haufen zerbrochener Stühle, einem Scheck über tausend Pfund sowie einem Geigerzähler in Form eines Fabergé-Eies in einer kurz und klein geschlagenen Bar saß.

15. KAPITEL

Im Hubschrauber ging die Party weiter. Er war zwar ein bißchen eng und schaukelte (objektiv betrachtet) wesentlich stärker als das Hotel in Dounreay, aber nach der ernsthaften Meinung der Besatzung der *Verdomde* konnte man, solange es Mondschein und Gelächter, Scotch und Romantik gab, genausogut das Opfer bringen und sich bis obenhin vollaufen lassen. Schließlich wird man nicht alle Tage von einem vierhundertjährigen Fluch befreit.

»He!« sagte Sebastian zu seinem Vordersitz. »Erinnerst du dich noch an die Zeit in Nijmegen?«

»Das war nicht Nijmegen«, antwortete Pieter. »Das war Antwerpen.«

»Nein, war es nicht«, gab Sebastian in scharfem Ton zurück. »Antwerpen war, wo du und ich und Wilhelmus *vollkommen* besoffen rumgerannt sind und die Läden sämtlicher Uhrmacher kurz und klein geschlagen haben.«

»Genau«, stimmte ihm mit energischem Kopfnicken Pieter zu. »Das war Antwerpen, nicht Nijmegen.«

»Das hab ich doch gerade gesagt.«

»Du hast Nijmegen gesagt.«

»Moment mal«, unterbrach sie Wilhelmus. »Nijmegen ... *Nijmegen*, das war doch die Stadt, in der wir der Alten den Esel geklaut haben und Jan van Hoosemyr ...«

»Das *weiß* ich doch!« unterbrach ihn Sebastian wütend. »Das versuch ich schon die ganze Zeit zu sagen.

Das war Nijmegen. Antwerpen war, wo wir die ganzen Uhrmacherläden ...«

»Aber du hast doch gerade gesagt ...«

Die Technikercrew blickte sich vielsagend an.

»Das erinnert mich an dieses eine Mal in Tripolis«, bemerkte der Kameraassistent.

Eigentlich war der einzige nüchterne Holländer im Hubschrauber Vanderdecker, und der fragte sich allmählich, ob Nüchternheit und ein klarer Kopf letztendlich eine gute Idee waren. Danny versuchte, ein Interview mit ihm zu führen, doch das war eine ziemlich anstrengende Sache.

»Wann hatten Sie zum erstenmal den Verdacht, daß etwas vertuscht worden war?« fragte Danny gerade.

Vanderdecker zwang sich zur Konzentration auf Dannys Fragen. »Vertuscht? Ach, Sie müssen schon entschuldigen, aber ich war eben mit meinen Gedanken ganz woanders. Was für 'ne Vertuschung?«

»Na, *die* Vertuschung«, erklärte Danny. »Wann haben Sie die zum erstenmal bemerkt?«

»Gerade eben, als Sie davon gesprochen haben«, antwortete Vanderdecker. »Das beweist doch, wie gut die Vertuschung war, oder etwa nicht?«

Danny knirschte mit den Zähnen. »Okay, das machen wir noch mal«, sagte er und spulte das Band zurück. »Hören Sie, würden Sie bitte versuchen, sich auf meine Fragen konzentrieren?«

»Tut mir leid«, entgegnete Vanderdecker, wobei er sich klarmachte, daß er wenigstens ein paar Antworten geben sollte, wenn Danny schon so nett war, ihn nach Cirencester mitzunehmen. »Ach so! *Die* Vertuschung meinen Sie.«

Danny standen die Haare zu Berge. »Sie meinen, es gab noch mehr als eine?« Vanderdecker lachte.

»Und ob!« erwiderte er.

»Zum Beispiel?«

»Tja, wo soll ich da bloß anfangen?« fragte Vanderdecker. »Ich meine, das sind doch alte Kamellen.« Er beugte sich verschwörerisch zu Danny vor und flüsterte: »Zum Beispiel möchte ich wetten, Sie glauben immer noch, Kolumbus hätte Amerika entdeckt, stimmt's?«

Danny traute seinen Ohren nicht. »Und? Hat er das etwa nicht?«

Vanderdecker setzte ein zynisches Lächeln auf. »Wer's glaubt, wird selig«, entgegnete er. »Die Portugiesen landeten schon siebzig Jahre vor Kolumbus' Aufbruch aus Spanien an der Küste, die heute zu Florida gehört. Aber dieses historische Ereignis wurde Opfer einer ...«

»Vertuschung?«

»Genau«, bestätigte Vanderdecker. »Das Wort lag mir auf der Zunge, ja, einer Vertuschung.«

»Was war der Grund?«

»Die Handelsgeschäfte«, antwortete Vanderdecker. »Ich meine, denken Sie doch bitte mal kurz nach. Stellen Sie sich nur die ganzen Nebenprodukte vor, die durch die Entdeckung eines neuen Kontinents anfallen: amerikanische Aufkleber für die Stoßstangen von Lastkarren, amerikanische Wamse, der offizielle amerikanische Kuschelbison. Nein, sobald den Portugiesen klar wurde, was sie da in die Finger bekommen hatten, erkannten sie, daß es — absatzpolitisch gesehen — ein hoffnungsloses Chaos geben würde, wenn sie sich vor dem Bekanntwerden der Geschichte nicht das Alleinverkaufsrecht sicherten. Doch solange die Rechtsanwälte die Vertragsgrundlagen ausarbeiteten, blieben die Portugiesen erst mal auf ihren Waren sitzen. Sie wissen ja, wie Rechtsanwälte sind. Als es endlich zu einem Vorabentwurf einer Vereinbarung über ein Joint-venture-Geschäft kam, war bereits Kolumbus gelandet und die ganze Sache damit gegessen.«

Danny schwirrte der Kopf. »Woher wissen Sie das denn alles?« fragte er. »Das war doch vor Ihrer Zeit, oder?«

»Oder nehmen Sie die Pulververschwörung vom fünften November sechzehnhundertfünf«, fuhr Vanderdecker schnell fort. »Darüber könnte ich Ihnen vielleicht was erzählen.«

»Erzählen Sie weiter«, forderte Danny den Fliegenden Holländer auf und legte ein neues Band ein. »Ich dachte immer ...«

»Ich meine, die haben einfach Guy Fawkes den Anschlag in die Schuhe geschoben«, erzählte Vanderdekker. »Damit war er der größte Sündenbock aller Zeiten. In Nationalarchiv werden Sie darüber natürlich nichts finden, aber schon bei dieser Sache spielte das große Geld eine Rolle. O ja.«

»Und?«

»In Wirklichkeit handelte es sich lediglich um eine Verschwörung von George Villiers, dem Herzog von Buckingham, und Robert Cecil, dem ersten Grafen von Salisbury, durch die sie das größte aller Monopole in die Finger kriegen wollten. Ich meine das ganz große. Nicht so was wie der Blödsinn, den sie heutzutage mit dem Rheinwein veranstalten. Ich spreche von« — er hielt inne und suchte nach dem richtigen Wort — »Millionen von Silbermünzen.«

»Um welches Monopol ging's denn?«

Vanderdecker warf einen Blick über die Schulter hinweg. »Um Milch«, zischte er. »Die beiden waren hinter dem Milchmonopol her. Sie wollten diese Dachgesellschaft gründen — ähnlich der Ostindischen Kompanie oder so was in der Richtung —, hinter der sie selbst mit ihrem Geld standen, und diese Gesellschaft sollte das alleinige Recht erhalten, sämtliche Milch in England zu kaufen und auf dem Endverbrauchermarkt abzusetzen.«

»Sie meinen, wie die Milchvermarktungsbehörde?« krächzte Danny.

»Schreien Sie doch bitte nicht so. Ja, genau wie die Milchvermarktungsbehörde. Verstehen Sie jetzt, warum Guy den Kopf hinhalten mußte?«

»Ist mir klar«, flüsterte Danny. »Mein Gott, das erklärt auch ... Aber warum wollten die denn König Jakob den Ersten in die Luft sprengen?«

Vanderdecker grinste spöttisch. »Die wollten den König doch gar nicht in die Luft blasen. Glauben Sie, die hätten die Sache so angepackt, wenn sie Big Jim wirklich loswerden wollten? Schießpulver, Verrat und Verschwörung? Seien Sie doch nicht so naiv. Stellen Sie sich doch mal folgende Frage: Warum stieg wohl, kurz nachdem Guy seinen Teil für den besagten fünften November getan hatte, der Sahnepreis in fast ganz Südengland um vierundsiebzig Komma sechs Prozent?«

Danny stieß einen kurzen Pfiff aus. »Soviel?«

»Damit hatten sie natürlich einen folgenschweren Fehler begangen«, fuhr Vanderdecker fort. »Die wollten einfach zuviel auf einmal, und das auch noch zu früh. Und als John Hampden und John Pym herausfanden ...«

»Sie meinen jetzt den Ersten Bürgerkrieg der Puritanischen Revolution?«

»Tun Sie sich doch selbst einen Gefallen«, entgegnete Vanderdecker, »und werfen Sie einen Blick in die Debatten von Putney, die gegen Ende der Revolution stattfanden, als sich alle parlamentarischen Führer zusammensetzten und eine neue Verfassung auszuarbeiten versuchten. Wird darin auch nur mit einem einzigen Wort eine Strategie der Gesamtmilchwirtschaft für die sechziger Jahre des siebzehnten Jahrhunderts erwähnt? Nichts. Finden Sie das nicht ein bißchen verwunderlich?«

Dannys Mund stand offen wie ein aufgebrochener Briefkasten. »Dann war die Restauration also ...«

»Sie haben's erfaßt«, bestätigte Vanderdecker. »Die ganze Geschichte mit der Eiche, in der sich Karl der Zweite vor Cromwell verstecken mußte, diente nur zur Tarnung. Und wenn Sie sich die Glorious Revolution von sechzehnhundertsechzig ansehen, und danach die

Jakobiten, dann paßt plötzlich alles zusammen. Warum glauben Sie denn wohl, daß man König Georg den Dritten ›Bauer Georg‹ nannte? Der war geistig genauso gesund wie« — Vanderdecker überlegte kurz —, »wie Sie, hat aber ... Na, auf jeden Fall ist das die Story für Sie, wenn Sie wirklich 'ne große Sache in die Finger kriegen wollen.«

Vanderdeckers Mund war vom vielen Reden schon ganz trocken, und er wandte sich zur anderen Seite ab, um nach einer Flasche Whisky zu suchen. Aber Danny packte ihn am Arm.

»Hören Sie, eine Frage müssen Sie mir unbedingt noch beantworten!« flehte er ihn an. »Hat etwa die Milchvermarktungsbehörde hinter dem Attentat auf Präsident Kennedy gesteckt?«

Vanderdecker zog eine Augenbraue hoch. »Wie bitte?« fragte er.

»Das Attentat auf Präsident Kennedy. War die Milchvermarktungsbehörde das?«

»Reden Sie doch keinen solchen Unsinn«, ermahnte ihn Vanderdecker. »Der Attentäter war Lee Harvey Oswald.« Er beugte sich vor, rupfte Pieter eine Flasche Famous Grouse aus der Hand und nahm einen ausgiebigen Zug. Danny kniff die Augen zusammen. Sagte Vanderdecker die Wahrheit? Oder war er etwa auch an der Sache beteiligt?

Unter dem Hubschrauber flimmerten schwach die Lichter von Cirencester, und Vanderdecker wischte sich heruntergetropften Whisky aus dem Bart. Die folgenden knapp sechzig Minuten versprachen recht interessant zu werden, und er hatte das Gefühl, es wäre wahrscheinlich besser, wenigstens einigermaßen nüchtern zu bleiben. Er blickte kurz zu Danny hinüber, der mit einem dieser Vierfarbkugelschreiber, die man bei Woolworth bekommt, komplizierte graphische Darstellungen auf die leeren Seiten am Schluß seines Tagebuchs zeichnete. Der arme Kerl war glücklich.

Die Mannschaft sang gerade wieder:

»Vierhundertachtzig Jahre segeln wir gemeinsam schon,
Und nicht einen Tag bereuen wir.
Und unsern lieben alten Holländer
Behalten wir für immer hier.«

Vanderdecker zuckte zusammen. Von dieser Seite hatte er die Sache noch gar nicht betrachtet — na ja, wenn er ganz ehrlich war, hatte er die Angelegenheit noch von überhaupt keiner Seite betrachtet. Was würde es für ihn und seine Besatzung bedeuten, wenn sie den Geruch endlich los wären? Was passierte jetzt? Letztendlich leben sich alle Mitglieder einer Gemeinschaft und Gruppierung einmal auseinander und gehen fortan ihre eigenen Wege (das gilt natürlich nicht für die Rolling Stones).

Ab jetzt gab es nichts mehr, was die Besatzung der *Verdomde* zusammenhielt — weiß Gott, sie waren sich gegenseitig ja auch genug auf die Nerven gegangen. Aber sich wirklich voneinander zu verabschieden — ein Abschied nach so vielen Jahren ...?

»He«, protestierte Sebastian, »gib die her!«

»Entschuldigung«, erwiderte Vanderdecker und gab ihm die Flasche zurück.

»Leute gibt's!« beschwerte sich Sebastian. »Erinnre dich doch mal, durch so was sind wir schließlich alle erst in diesen ganzen Schlamassel geraten, weil du jemandem die Flasche geklaut hast. Man sollte eigentlich erwarten, daß du deine Lektion gelernt hast.«

»Aber es hat doch trotzdem Spaß gemacht, oder?« fragte Vanderdecker.

»Nein«, antwortete Sebastian. »Das war 'ne saumäßige Zeit.«

»Aber wir haben doch auch 'n paarmal gelacht, oder? Und 'n bißchen Spaß gehabt in der ganzen Zeit.«

»Wann?«

»Na ja ...« Vanderdecker zuckte die Achseln. »Ach,

vergiß es. Übrigens, was hast du eigentlich mit der Katze gemacht?«

»Mit welcher Katze?«

»Na, Montalbans Kater.«

»Ach so! *Der* Kater«, antwortete Sebastian. »Der liegt da drüben auf den Schwimmwesten und macht ein Nikkerchen. Ich hab vorhin 'n bißchen Whisky verschüttet, und den hat er aufgeleckt.«

»Gut«, entgegnete Vanderdecker. Er rieb sich mit beiden Händen das Gesicht und versuchte, sich seinen nächsten Schritt zu überlegen. Jetzt hatte er schon mehr als vierhundert Jahre lang allein die ganze Gedankenarbeit erledigt. Langsam hing ihm das ein bißchen zum Hals raus. Jeder neue Tag hatte neue Schwierigkeiten gebracht, aber auch noch mehr von dem ganzen altbekannten Blödsinn. Und Kapitän Vanderdecker hatte auf dem Achterdeck gestanden und mit seinem bewährten Talent mit den Problemen fertig zu werden versucht. Laß das doch Julius machen — das pflegte vor vielen, vielen Jahren seine Mutter zu sagen: »Mach dir doch nicht solche Umstände, Liebling! Laß das doch Julius machen! Julius, pack das da mal weg und geh ...«

Der Hubschrauber flog nicht mehr vorwärts, sondern schwebte jetzt brummend und etwas zögerlich über dem Rasen. Dann sackte er mit einem plötzlichen Ruck, der nur wenig Flugtalent verriet, auf den Boden. Auf einmal hatte Vanderdecker keine Lust mehr auszusteigen.

Er wollte einfach sitzenbleiben und zur Abwechslung mal jemand anderem die Bewältigung der Schwierigkeiten überlassen, aber ihm blieb wohl keine andere Wahl.

»He, Käpt'n!« O nein, nicht du schon wieder, Antonius! Hau ab, ich bin unterwegs gestorben, irgendwo in den Wolken über Smethwick. Frag doch Danny Bennett oder sonstwen. »Steigen wir hier aus?«

»Genau«, antwortete Vanderdecker müde. »Okay,

Jungs, aussteigen! Wir sind da. Sebastian, nimm den Kater mit.«

»Warum muß ausgerechnet immer ich ...?« Der Rest der Beschwerde ging im Lärm unter, als sich die Hubschraubertür öffnete und Vanderdecker (Geh-du-voran-Vanderdecker) nach draußen auf den Rasen sprang. Vielleicht war er einfach nur müde, jedenfalls vergaß er, sich zu ducken, und das Rotorblatt traf ihn direkt unterhalb des Ohrs. Danny, der zufällig gerade hinsah, schrie gleich los, aber es gab gar keinen Grund zu schreien: Der Holländer schwankte nur, fluchte laut auf holländisch, rieb sich den Hals und ging einfach weiter.

»Na also«, sagte er zu Sebastian. »Damit wär zumindest schon mal eine Sache bewiesen.«

»Was denn?« fragte Sebastian. »Daß du nie guckst, wo du hintrittst?«

Vanderdecker stieß ein freudloses Lachen aus, zuckte mit den Achseln und ging auf das Haus zu. Dann bemerkte er eine ziemlich kleine menschliche Gestalt, die über den Rasen auf ihn zustürmte. Er zog die Augenbrauen herunter und fragte sich, was hier vorging.

»Julius!« rief die kleine menschliche Gestalt, wobei sie wie ein Autoskooter gegen ihn knallte und ihm fast einen so heftigen Stoß versetzte wie das Rotorblatt.

»Entschuldigung«, sagte er unwillkürlich und half der kleinen Gestalt wieder auf die Beine. Die kleine Gestalt war natürlich Jane, und Jane hatte ihre Arme um ihn geschlungen. Er erinnerte sich wieder.

»Hallo, Jane«, begrüßte er sie.

»Julius, du bist gesund und munter!« rief Jane aus. Aber in ihrer Stimme lag schon ein leiser Anflug von Zweifel. Diese Nuance im Tonfall war so fein, daß man sie ohne eine qualitativ hochwertige wissenschaftliche Apparatur oder das Gehör einer Fledermaus gar nicht hätte wahrnehmen können, aber sie war trotzdem vorhanden.

»Ich glaube, wir sollten uns mal in aller Ruhe unterhalten«, schlug Vanderdecker vor und schob sie sanft von sich weg. »Ich muß nur vorher noch 'n paar Sachen erledigen, aber dann …«

»Julius?« Die skeptische Nuance im Tonfall war jetzt schon wesentlich ausgeprägter. Vanderdecker schaltete bestimmte Gehirnströme, die ihm in die Quere kommen wollten, einfach ab und nickte.

»Es dauert wirklich nicht lange«, beruhigte er Jane. »Ich muß mich nur noch vorher um einige Sachen kümmern, dann stehe ich dir ganz zur Verfügung.« Irgend etwas lag in seiner Stimme, das die gerade geäußerten Worte Lügen strafte, und Jane ließ ihn los. Sie fühlte sich vollkommen ausgehöhlt, so leer wie ein ausgeblasenes Ei.

»Zum Beispiel muß ich noch einem gewissen Professor in den Hintern treten. Hast du die Police bekommen?«

»Ja, hab ich«, antwortete Jane. »Danke.«

»Wofür? Ach so, ja klar. Wo ist sie jetzt?«

»Ich hab sie dem Piloten gegeben, der den Professor hierhergeflogen hat«, berichtete Jane. »Er schickt sie für mich an meinen Vater ab, sobald er in …«

»Sehr vernünftig«, lobte Vanderdecker sie und nickte. »Vielleicht könntest du gleich mal deinen Vater anrufen und ihn bitten, sie an meine Adresse in Bridport zu schicken.«

»Bridport?« rief Jane erstaunt aus.

»Ja«, antwortete Vanderdecker. »Das verfallene alte Kaff, wo du die ganzen Kontoauszüge gefunden hast. Da ist die Police jedenfalls sicher.«

Jane wollte etwas sagen, hatte jedoch vergessen, was es war, also konnte es nicht so furchtbar wichtig gewesen sein. »Okay, dann geh ich mal gleich los und ruf meinen Vater an.«

»Danke, Jane. Also dann.« Vanderdecker machte sich schnell auf dem Weg zum Haus.

Wenn es die Umstände erlaubten, stand der Fliegende Holländer uneingeschränkt zu seinem Wort. Und wenn er sagte, er werde einem Professor in den Hintern treten, dann hielt er das Versprechen auch.

»Autsch!« rief Montalban erschrocken. »Mein lieber Freund, was soll denn …? Aua!«

Vanderdecker trat noch einmal zu, diesmal kräftiger. Das war keine meiner schlechtesten Ideen, sagte er bei sich. Er versuchte, noch einen Tritt anzubringen, trat diesmal jedoch daneben und stieß mit dem Fuß in ein kompliziertes wissenschaftliches Gerät, das zur Tarnung wie eine mit kleinen japanischen Figuren gefüllte Glasvitrine aussah. Natürlich hatte er davon keine Ahnung, aber in diesem Moment flackerten in Montreal, in Genf und in dem radioastronomischen Observatorium Jodrell Bank die Lichter.

»Käpt'n!« rief der Professor, während er zurückwich und dabei seine Würde zu bewahren versuchte. »Was ist bloß in Sie gefahren?«

»Damit, daß Sie mich in diesen Schlamassel gebracht haben, kann ich mich ja noch abfinden«, fuhr Vanderdecker ihn an. »Ich werde auch spielend damit fertig, daß ich Ihretwegen fast fünfhundert Jahre lang um die Welt segeln mußte. Aber einfach abzuhauen und mich unter einer herabgestürzten Betondecke liegenzulassen, nur um hierher zurückzukehren und sich mit Makronen vollzustopfen, das ist ein bißchen viel, finden Sie nicht?« Er wollte dem Professor erneut einen gezielten Tritt geben, sein Fuß glitt jedoch vom Schlüsselbund in der Hosentasche des Professors ab und fuhr mit voller Wucht ins Leere, wodurch der Fliegende Holländer selbst leicht ins Wanken geriet. Er gewann das Gleichgewicht und die Selbstbeherrschung fast gleichzeitig zurück.

»Na ja«, fuhr er in ruhigerem Ton fort, »wie dem auch sei, nun sind wir jedenfalls hier. Sie werden sicherlich mit Freuden hören, daß Ihr billig zusammengeschustertes Kraftwerk jetzt wieder sicher ist, und das haben wir keinesfalls Ihnen zu verdanken. Außerdem schulden Sie mir und meinen Jungs je eine komplette Kleidergarnitur. Ist das klar?«

»Ja, sonnenklar«, erwiderte Montalban. »Mein lieber Freund, bin ich froh, Sie putzmunter wiederzusehen. Ich kann …«

»Das glaub ich Ihnen gern!« unterbrach ihn Vanderdecker wütend. »Wenn ich nämlich nicht mehr putzmunter wäre, hätte Sie das ganz schön was gekostet. Also, ich kann Ihnen sagen …«

»Noch froher bin ich aber über die Feststellung, daß die Behandlung gewirkt hat«, erklärte der Professor mit so viel Sanftheit, wie er aufbringen konnte.

Vanderdecker machte große Augen. *»Behandlung?«*

»Ja«, antwortete der Professor. »Genau, wie ich es gehofft hatte. Die radioaktive Strahlung hat den Geruch spurlos beseitigt. Meine Versuche waren also nicht umsonst. Darüber müssen Sie sich doch sehr freuen.«

Und dankbar müßten Sie mir dafür auch sein, deutete Montalbans Tonfall an. Eigentlich müßten Sie mir sogar so dankbar sein, daß Sie mir als Gegenleistung wirklich einen kleinen Gefallen tun sollten.

Vanderdecker nahm die Andeutung des Professors auf, wie Rodney Marsh einen langen langsamen Baseball auffängt und zurückwirft. »Wenn Sie glauben, daß ich Ihnen die verdammte Police übertrage, nach allem, was Sie mir gerade angetan haben …«

»Und was habe ich Ihnen angetan?«

»Mich einfach im Kraftwerk liegenzulassen!« brüllte Vanderdecker. »Außerdem haben Sie mir noch ganz andere Sachen angetan, aber im Moment hauptsächlich das.«

»Mein lieber Freund«, erwiderte Montalban, »ich dachte, Sie wären … na ja, tot, um es geradeheraus zu sagen. Ich konnte keine Spur von Ihnen entdecken. Ich hatte befürchtet, Sie und Ihre Kameraden wären durch die Wucht der Explosion einfach atomisiert worden. Ich konnte nichts mehr für Sie tun, deshalb bin ich gegangen. Schließlich wurde ich hier gebraucht ...«

Vanderdecker knurrte leise, aber seine Entrüstung versickerte im Sand wie Benzin aus einem lecken Kanister. Der Professor lächelte ihn freundlich an.

»Und so hat sich doch noch alles zum Besten gewendet«, stellte er fest. »Sie haben gar keine Vorstellung, wieviel Vergnügen mir dieser Moment bereitet. Die unangenehme Nebenwirkung meines Elixiers ist erfolgreich beseitigt worden. Meine Arbeit ist vollendet ...«

Die Worte erstarrten ihm auf den Lippen, und Vanderdecker blickte ihn verdutzt an, während der Professor den letzten Satz leise wiederholte.

»Montalban?« fragte Vanderdecker. »Ist mit Ihnen alles in Ordnung?«

Der Professor stand einen Augenblick lang wie ein abgestorbener Weihnachtsbaum da und packte dann den Fliegenden Holländer heftig bei den Schultern. »Vanderdecker«, rief er, »haben Sie gehört, was ich gerade gesagt habe? Meinen Arbeit ist *vollendet!* Ich bin damit fertig! Ich brauche sie nicht mehr zu tun, sie ist abgeschlossen!«

Vanderdecker trat einen Schritt zurück und fragte sich, ob die Tritte das Gehirn des Professors in Mitleidenschaft gezogen haben mochten. »Das ist ja bestimmt ganz toll für Sie, da bin ich mir sicher. Vielleicht können Sie sich jetzt mal am Wochenende richtig ausschlafen, die Zeitung lesen und so was ...«

Montalban holte tief Luft und stieß den lautesten und würdelosesten Schrei aus, den man jemals außerhalb eines Navajolagers gehört hatte. »Die Arbeit ist vorbei!« kreischte er. »Juchhu! Keine Arbeit mehr! Keine Arbeit mehr!« Er tanzte — er tanzte wirklich — im Zimmer umher und versetzte dabei verschiedenen Gegenständen einen Tritt.

»Hören Sie mal, Professor«, meldete sich Vanderdekker zu Wort, »ich freue mich natürlich sehr für Sie, aber könnten wir uns mal kurz über meine Police unterhalten? Danach können Sie ja herumtanzen, soviel Sie wollen, aber ...«

»Die Police?« Montalban blieb abrupt stehen, wandte sich um und blickte Vanderdecker in die Augen. »Ihre Police können Sie sich *an den Hut stecken!*« schrie er. »Ja, genau, *stecken Sie sich die Police an den Hut!* Mir ist das ab sofort völlig egal, ich bin frei!«

In Vanderdeckers Kopf fügte sich etwas ziemlich Unwahrscheinliches zusammen, so wie die Bolzen eines Kombinationsschlosses einschnappen. »Professor, wollen Sie mir etwa erzählen, daß es Ihnen überhaupt nicht *gefällt,* Wissenschaftler zu sein?«

»Mein lieber Freund«, schnatterte der Professor. »Diesen Beruf kann ich nicht ausstehen! Ich kann ihn nicht ausstehen, hören Sie? Das ist ein furchtbarer Beruf. Der *stinkt zum Himmel.* Ich konnte die Wissenschaft noch nie ausstehen, schon als ich noch ein Junge war und mir meine Mutter immer gesagt hat, ich würde mit dem Komponieren von Madrigalen nur meine Zeit verschwenden und sollte lieber endlich erwachsen werden und Alchimie lernen wie mein Vater. Ich konnte die Wissenschaft noch nie ausstehen und ... und mußte trotzdem *fünfhundert Jahre* lang als Wissenschaftler arbeiten. Mein Gott!« rief Montalban wütend aus. »Sie glauben wirklich, Sie seien schon hart damit gestraft gewesen, ständig um die Welt zu segeln und den ganzen Tag nichts zu tun zu haben? Sie wissen überhaupt nicht, wie gut Sie es hatten. Stellen Sie sich mal vor, stellen Sie sich nur ein einziges Mal vor, was ich alles ertragen mußte. Ich hätte wie der Blitz mit Ihnen getauscht. Tag für Tag für Tag das Herumgepansche in einem verfaulten, stinkenden Labor mit einem Sulfat hiervon und einem Nitrat davon, das Aufstellen von Gleichungen und das Ziehen von Quadratwurzeln und ... und jetzt bin ich frei. Ich brauch das alles nicht mehr zu machen. Ich muß nie wieder Verbrennungsstoffe entdecken und

Atome spalten. Nie wieder Elektronen. Nie wieder das Gesetz von der Erhaltung der Materie. Nie wieder diese dämliche Brownsche Molekularbewegung. Mein Gott, Vanderdecker, Sie können sich ja gar nicht vorstellen, wie ausgesprochen deprimierend das alles war, diese nie enden wollenden Probleme, fünfhundert Jahre lang ... Ich mußte alles *selbst* machen, niemand, absolut niemand, hat mir geholfen, alles ist an mir hängengeblieben, diese ganze verdammte, verfluchte *Arbeit!* Ich *hasse ... Arbeit!*«

»Ja, ist ja gut«, beruhigte ihn Vanderdecker mit sanfter Stimme. »Das alles brauchen Sie ja nie wieder zu tun.«

»Nein«, sagte der Professor ruhig und grinste, »nein, tu ich auch nicht. Jetzt brauch ich was zu trinken. Trinken Sie auch ein Glas mit?«

»Und die Police?« fragte Vanderdecker.

»Ach, die kann mich mal«, winkte Montalban energisch ab. »Jetzt, da alles erledigt ist, brauche ich die Bank nicht mehr. Solange ich keinen einzigen Tag meines Lebens mehr mit Arbeit verbringen muß, kann die Bank von mir aus pleite gehen oder sonstwas. Soll sich doch ausnahmsweise mal jemand anderes darum kümmern.«

»Ich weiß, wie Ihnen zumute ist«, entgegnete Vanderdecker freundlich. »Das können Sie mir glauben.«

»Haben Sie Durst?«

Vanderdecker nickte. »Ja, auch. Hören Sie, ich muß nur noch schnell etwas erledigen, aber dann komm ich sofort wieder.«

»Sie sollten sich besser beeilen«, riet ihm der Professor, der sich bereits ein großes Glas mit Whisky füllte. »Ich warte nämlich nicht auf Sie. Tee!« spottete er. »Zum Teufel mit dem Tee! Ab sofort brauche ich keinen klaren Kopf mehr zu behalten, ich kann mir jetzt dermaßen den Ballon zuknallen ...«

»Die Birne.«

»Genau, mein lieber Freund, die Birne. Beeilen Sie sich!«

»Das wäre wohl wirklich besser«, erwiderte Vanderdecker und lief wieder in die Gartenanlagen hinaus.

Einige Zeit später fuhr ein Wagen — mehr als ein Wagen, der dickste Mercedes, den man jemals gesehen hatte — vor der Haustür vor. Er war bis unters Dach mit Buchhaltern vollgestopft.

Mr. Gleeson stieg aus. Er klingelte. Nach sehr langer Zeit öffnete ein betrunkener Herr in einem Kilt die Tür. Im Hintergrund spielte jemand auf dem Cembalo ›My Very Good Friend The Milkman Says‹.

»Was wollen Sie?« fragte er.

»Ich will zu Miß Doland«, antwortete Mr. Gleeson.

Der Herr im Kilt kicherte. »Da sind Sie nicht der einzige«, erklärte er in etwas undeutlicher Artikulation.

»Holen Sie Miß Doland doch einfach an die Tür«, schlug Mr. Gleeson vor. Wie es sich für einen risikofreudigen Buchhalter gehört, verfügte Mr. Gleeson über Autorität und Ausstrahlung. Er war es gewohnt, daß man ihm gehorchte.

»Ach, hau ab!« erwiderte der Herr im Kilt und knallte die Tür zu.

Mr. Gleeson war überrascht. Nach den neuesten Gebührensatzrichtlinien kostet es mindestens fünfzehn Pfund plus Mehrwertsteuer, einem Buchhalter im Rang eines Seniorpartners die Tür vor der Nase zuzuschlagen. Er klingelte erneut.

»Ich hab doch gesagt, Sie sollen verschwinden«, antwortete eine Stimme durch den Briefschlitz.

Mr. Gleeson murmelte etwas mit leiser Stimme, und nun klingelten zwei andere Buchhalter für ihn. So was nennt man die Kunst des Delegierens.

Schließlich wurde die Tür erneut geöffnet.

»Tut mir leid wegen eben. Kann ich Ihnen helfen?«

Dieses Mal war es ein bärtiger Herr in einem Kilt. Er

schien bei klarem Verstand zu sein, und Mr. Gleeson trat vor. In weiter Ferne sang eine Nachtigall.

»Mein Name ist Gleeson«, stellte er sich vor. »Ich arbeite bei Moss Berwick, als Buchhalter. Wo ist Miss Doland?«

»Die ist drinnen«, antwortete der bärtige Herr. »Aber zu der wollen Sie eigentlich gar nicht. In Wirklichkeit wollen Sie zu mir. Ich heiße Vanderdecker.«

Einen Moment lang stand Mr. Gleeson einfach nur da und starrte ihn an. Dann riß er sich zusammen. »Wir müssen uns unterhalten.«

Vanderdecker schüttelte den Kopf. »Kann sein, daß Sie sich unterhalten müssen«, erwiderte er. »Wenn das so eine Art Zwangsvorstellung von Ihnen ist, könnte Ihnen vielleicht ein Psychiater helfen. Ich hab mal einen Mann gekannt, der immer ...«

»Bitte«, unterbrach ihn Mr. Gleeson. »Das ist nun wirklich nicht der richtige Zeitpunkt für dummes Gerede. Haben Sie auch nur die leiseste Ahnung, was derzeit mit den Marktpreisen passiert?«

»Gibt's einen tiefen Preissturz bei Termingeschäften mit Jute?«

»Wir müssen uns unterhalten«, drängte Mr. Gleeson.

»Wir unterhalten uns doch gerade«, antwortete Vanderdecker.

Gleeson atmete tief durch und wollte einfach am Fliegenden Holländer vorbei das Haus betreten. Doch Vanderdecker drückte mit der Hand gegen Mr. Gleesons Brust und schob ihn zurück. Unter den übrigen Buchhaltern machte sich eine gewisse Verwunderung breit.

Vanderdecker lächelte. »Also, was passiert denn nun mit den Marktpreisen?« hakte er nach.

»Die klettern in den Himmel«, erwiderte Gleeson. »Die Situation ist vollkommen außer Kontrolle geraten. Es ist unbedingt erforderlich, daß wir uns ...«

»Warten Sie mal kurz«, bat Vanderdecker. Er ging zurück in der Flur und rief: »Sebastian! Sorg doch mal dafür, daß der Professor mit diesem verfluchten Krach aufhört, ja?« Dann kam er wieder zu Mr. Gleeson an die Tür. Aus dem Flur drang gedämpftes Schimpfen, woraufhin die Cembalomusik verstummte.

»Tut mir leid«, entschuldigte sich der Fliegende Holländer, »aber ich glaube, in ein paar Minuten sind Ihre geliebten Marktpreise wieder ganz normal. Der Professor ist nämlich sturzbesoffen und hat verschiedene Stücke auf dem Cembalo gespielt, ohne daran zu denken, daß das gleichzeitig auch ein Computer ist. Das begreifen Sie jetzt natürlich überhaupt nicht, aber was soll's, Sie sind eben nichts weiter als ein besserer Zahlenjongleur. Schreiber hat man so was zu meiner Zeit genannt. Die haben sich oben auf dem Kopf 'ne Tonsur geschoren und Latein mit einem gesprochen. Wie ich sehe, rasieren Sie sich den Kopf auch, oder ist das nur vorzeitiger Haarausfall?«

»Also schön«, antwortete Mr. Gleeson. »Das reicht jetzt. Wo ist Miß ...?«

Aber bevor er noch ein weiteres Wort über die Lippen bringen konnte, hatte ihn Vanderdecker schon an den verschiedensten Ecken der Kleidung gepackt, vom Boden hochgehoben und mitten in ein Blumenbeet geworfen.

»Jetzt hören Sie mir mal alle gut zu!« rief Vanderdekker. »Der Ausdruck ›Neuer Inhaber‹ leuchtete doch wohl sofort ein, genauso wie ›Der König ist tot, lang lebe der König‹. Wenn Sie in Zukunft Miß Doland sprechen wollen, müssen Sie einen Termin vereinbaren. Miß Doland hat nämlich ihren Beruf als Buchhalterin aufgegeben und ist ins Bankgeschäft eingestiegen. Sie ist jetzt die Inhaberin der First Lombard Bank.«

Es trat ein sehr langes Schweigen ein — im Wert von ungefähr zwölfhundert Pfund plus Mehrwertsteuer, hätten die Buchhalter ihre Stoppuhren laufen lassen —, und dann fragte Mr. Gleeson: »Was haben Sie da grade gesagt?«

»Miß Doland«, erklärte Vanderdecker, »hat ihre Ansprüche als Alleinbegünstigte, die sie durch die Übertragung der Versicherung erworben hat, die ihr Dumpfbakken, glaub ich, die Vanderdecker-Police nennt, gegen einen einundfünfzigprozentigen Aktienanteil an der Quicksilver Limited eingetauscht. Diese Gesellschaft — hoffentlich sag ich jetzt nichts Falsches, das ist nämlich nicht unbedingt mein Gebiet — ist die Dachgesellschaft der First Lombard Bank, der Lombard Versicherungen, der Lombard Investmentgesellschaft mbH und aller möglicher anderer Geldgeschichten, in denen das Wort ›Lombard‹ auftaucht. Die verbleibenden neunundvierzig Prozent halte ich. Wir haben gerade eine sehr nette halbe Stunde mit dem früheren Inhaber und der Unterzeichnung von Anteilübertragungsformularen verbracht, wobei wir uns Apfelkorn zu Gemüte geführt und ›Sah ein Knab ein Röslein stehn‹ auf holländisch gesungen haben. Wenn vielleicht einer von Ihnen Lust hat, morgen früh gegen halb zwölf vorbeizukommen, dann könnte er uns bei der Kapitalertragssteuer helfen. Aber jetzt sind Sie bitte so freundlich und schieben ab, bevor ich den Kater auf Sie hetze. Gute Nacht.«

Die Tür flog wieder zu, und die Buchhalter hörten, wie die Kette vorgehängt wurde. Mr. Gleeson stand auf, strich sich das Laub von der Hose und öffnete die Klappe des Briefschlitzes.

»Miß Doland, Sie sind gefeuert!« rief er. Dann stieg er in den Wagen und fuhr davon.

Als das Motorengeräusch des sich entfernenden Mercedes verstummt war, öffnete sich die Tür erneut, aber nur einen Spaltbreit.

»Ist er weg?« fragte eine leise weibliche Stimme.

»Ja«, antwortete Vanderdecker.

»Wirklich?«

»Wirklich und wahrhaftig.«

Vanderdecker schloß die Tür wieder. »Aber es ist mir ein Rätsel, warum du vor dem Angst hast«, sagte er.

»Oder vielmehr vor denen. Das sind doch nichts als bessere, völlig überbezahlte Zahlenjongleure.«

»Weiß ich auch nicht«, antwortete Jane. »Wahrscheinlich aus Gewohnheit. Weißt du, ich hab immer mit offenen Augen davon geträumt, ich erhalte den Brief mit der Nachricht, meine verloren geglaubte Tante in Australien sei gestorben und habe mir eine Million Pfund hinterlassen, woraufhin ich einfach in Mister Peters Büro gehe und ihm sage: ›Peters, Sie sind ein Trottel, stekken Sie sich Ihren Job sonstwohin ...‹ Aber selbst, wenn sie eine ...«

»Wer?«

»Meine Tante in Australien.«

»Du hast 'ne Tante in Australien?«

»Nein.«

»Entschuldigung«, entgegnete Vanderdecker. »Vergiß es, erzähl weiter.«

»Selbst, wenn ich 'ne Tante gehabt hätte und die wiederum 'ne Million, hätte ich sowas trotzdem nicht gesagt.«

»Wieso? Aus Gewohnheit?«

»Wegen meiner Denkgewohnheit«, antwortete Jane. »Aus Unterwürfigkeit oder angeborener atavistisch-feudaler Einstellung. Man sagt seinem Lehnsherrn einfach nicht, daß er sich seinen Job sonstwohin stecken kann, selbst dann nicht, wenn man auszieht, um am Zweiten Kreuzzug teilzunehmen. Aber das ist ja sowieso reine Theorie.«

»Jetzt nicht mehr«, entgegnete Vanderdecker. »Dank meines Weitblicks, den ich vor langer Zeit beim Abschluß der Lebensversicherung bewiesen hab, befindest du dich doch in genau dieser Situation. Meine Mutter wär übrigens absolut sprachlos. Die hat immer behauptet, in Geldfragen sei ich ein ausgemachter Esel. Aber trotzdem gönnst du dir nicht einen Moment lang dieses seltene Vergnügen, nur wegen deiner Denkgewohnheit. Also, ich find dein Verhalten schon recht merkwürdig.«

»Ach, ich bin einfach ein Feigling«, erwiderte Jane. »Jedenfalls vielen Dank, daß du das für mich geregelt hast. Das hast du sehr gut gemacht.«

»Wirklich?« freute sich Vanderdecker. »Pures Anfängerglück.«

Jane und der Fliegende Holländer standen im Flur. Aus dem Wohnzimmer drangen Trinkgeräusche. »Also ...«, sagte Jane.

»Also was?«

»Ach, ich weiß nicht, Julius ...«

»Weißt du, Jane, ich kann mich einfach nicht daran gewöhnen, daß man mich wieder so nennt. Dieser Bennett nennt mich dauernd Julius, aber ich weiß nicht, was ich davon halten soll. Der einzige Mensch, der mich jemals Julius genannt hat, war meine Mutter. Mein Vater hat einfach Sohn zu mir gesagt, mein Meister hat während meiner Lehre ›He, du‹ gerufen, und danach war ich rund vierhundert Jahre lang nur noch der Käpt'n. Plötzlich wieder Julius zu heißen, verunsichert mich doch ein wenig. Ich hab den Namen sowieso nie gemocht.«

»Ehrlich nicht?«

»Nein.«

»Hast du noch einen anderen Namen? Einen zweiten Vornamen oder so?«

»Ja.«

»Welchen denn?«

»Albert.«

Durch diese Antwort schien das Gespräch vorübergehend ins Stocken zu geraten. Dann fragte Vanderdecker: »Albert gefällt dir wohl nicht, was?«

»Na ja«, druckste Jane herum. »Nicht besonders.«

»Mir auch nicht. Das ist natürlich ein guter alter holländischer Name, der schon seit Generationen in meiner Familie geführt wird. Ich glaub, er bedeutet Elfenbart, was wahnsinnig hilfreich ist. Na ja, ich nehme an, jetzt ist es zu spät, daran noch was zu ändern.«

»Ja.«

Sie hatten eigentlich keinen bestimmten Grund, weiterhin im Flur zu stehen, aber keiner von beiden machte Anstalten zu gehen. Schließlich fragte Jane: »Was willst du denn als nächstes unternehmen?«

Vanderdecker zog eine Augenbraue hoch. »Als nächstes?«

»Na ja, ich meine, du bleibst doch nicht bis zum Ende der Zeit hier, um mit Professor Montalban einen zu heben, oder?«

Vanderdecker überlegte. »Wahrscheinlich nicht«, antwortete er. »Auf der anderen Seite könnte ich jetzt durchaus ein wenig Urlaub vertragen.«

»Urlaub? Wovon?«

»Na, von dem, was ich demnächst machen muß.«

»Hör mal«, ermahnte ihn Jane in scharfem Ton. »Demnächst brauchst du überhaupt nichts zu machen. Und später auch nicht.«

Vanderdecker schüttelte den Kopf. »So einfach ist das nicht. Ich wollte wirklich, es wäre so, aber so ist es nun mal nicht. Und zwar wegen denen da.« Er nickte mit dem Kopf in Richtung Wohnzimmertür.

Jane starrte ihn an. »Was, wegen denen? Wegen Johannes und Antonius und Sebastian und ...«

»Ja, leider.«

»Aber was haben denn die damit zu tun?«

Vanderdecker lächelte gequält. »Ich bin nun mal ihr Käpt'n. Ich bin für meine Jungs verantwortlich.«

Jane blickte ihn mit großen Augen an. »Mach keine Witze. Ich hab gedacht, ihr könnt euch nicht mehr ausstehen und daß ihr nach all den Jahren, die ihr auf diesem kleinen Schiff zusammengepfercht wart ...«

»Ja und nein«, antwortete Vanderdecker. »Das stimmt, wir gehen uns gegenseitig reichlich auf die Nerven, und diese Spannungen können wir nicht mal durch Mord oder andere Formen von Gewalt abbauen. Aber ich bin und bleibe schließlich ihr Kapitän. Ich nehme meinen Jungs das Denken ab. Das mußte ich in den vergangenen vier Jahrhunderten einfach tun. Die Jungs haben völlig verlernt, wie man den eigenen Denkapparat benutzt. Na ja, gut, wir müssen vielleicht nie wieder auf diesen verdammten, stinklangweiligen Kahn zurück, aber ich kann meine Mannschaft doch nicht alleinlassen. Das bring ich einfach nicht fertig.«

»Wieso nicht?«

Vanderdeckers Schweigen auf diese Frage schien kein Ende zu nehmen, doch dann wandte er sich Jane zu, blickte ihr in die Augen und antwortete: »Aus Gewohnheit.«

»Ach so.«

»Auf unsere Verhältnisse übertragen heißt das nichts anderes als: ›Der Mensch ist ein Gewohnheitstier‹«, erläuterte Vanderdecker.

»Gut«, antwortete Jane. »Also, war sehr nett, dich kennengelernt zu haben.«

»Gleichfalls.«

»Vielleicht laufen wir uns ja eines Tages mal wieder über den Weg.«

»Bestimmt«, entgegnete Vanderdecker. »Bei Vorstandstreffen oder so was in der Richtung.«

Jane zuckte die Achseln. »Kann sein. Ich glaub, ich mach auch erst mal Urlaub. Nur ...« Nur das ist jetzt nicht mehr dasselbe, jetzt nicht mehr. Diese Freiheit, die du mir verschaffst hast, Mister Vanderdecker, ist nämlich reine Täuschung. Vielleicht bin ich jetzt von Mister Gleeson, von der Buchhaltung und diesem ganzen furchtbaren Quatsch befreit, aber von dir kann ich mich nicht befreien, nie. Jeden Mann, der mir auf der Straße begegnet, werde ich mir zweimal anschauen, um festzustellen, ob nicht du es bist. Doch das sagte Jane natürlich nicht, sondern sie lächelte nur und ließ den Satz unvollendet.

»Eigentlich hatte ich vor, mir ein neues Schiff zuzulegen«, verriet Vanderdecker.

»Was?«

»Ein neues Schiff«, wiederholte Vanderdecker. »Das soll diesmal aber nicht *Verdomde* heißen, sondern einen etwas vergnüglicheren Namen haben. Und groß muß es sein. Riesig. Vielleicht einer von diesen Öltankern oder ein gebrauchter Flugzeugträger. Allerdings würden wir den gesamten Innenausbau rausreißen und das Schiff wie einen gewaltigen schwimmenden Gesellschaftsklub einrichten. Jeder kriegt sein eigenes Stockwerk, voll automatisiert und computergesteuert. Totaler Komfort. Wir könnten einfach über die sieben Meere fahren, an Land gehen, wo und wann wir wollen, und es uns einfach nur gutgehen lassen. Ich meine«, Vanderdeckers Stimme klang ein wenig gezwungen, »ich glaub, wir sind alle schon ein bißchen zu alt, um jetzt noch ein geregeltes Leben anzufangen. Findest du nicht auch?«

»Das weißt du wohl selbst am besten«, antwortete Jane. »Egal. Ich halte das für eine ausgezeichnete Idee, ehrlich. Hast du das schon den Jungs erzählt?«

»Nein, bis jetzt noch nicht. Ich dachte, ich hör mir lieber erst mal an, was du dazu meinst.«

»Schön, das hast du ja jetzt«, entgegnete Jane. »Komm, gehen wir einen trinken!«

Sie begaben sich zu den anderen ins Wohnzimmer. Das erste, was sie sahen, war Professor Montalban, der in tiefem Schlaf auf dem Sofa lag — und schnarchte.

»Hat einen über den Durst getrunken«, bemerkte Sebastian überflüssigerweise. »Kann nichts vertragen.«

»Na gut«, sagte Vanderdecker. »Hört mal alle her. Ich hab nachgedacht ...«

Er klärte sie über die Idee mit dem Öltanker auf. Dieser Einfall wurde gut aufgenommen, besonders von Antonius, der sich schon gefragt hatte, wie es wohl weitergehen werde. Dann stießen sie alle gemeinsam an, um den Beschluß zu begießen, und tranken Whisky, Wein, Gin, Brandy, Cherry Brandy, den Rest des Apfelkorns und Sherry. Kurz darauf schieden Danny und seine Kameraleute leider wegen Ohnmacht aus und überließen

Jane, dem Fliegenden Holländer und seiner Besatzung das Feld; also Wermut, Ouzo, Portwein, Bourbon, Wodka, Bacardi, Schnaps und Bier mit Ingwerlimonade.

»Das scheint alles gewesen zu sein«, stellte Vanderdecker irgendwann enttäuscht fest. »Und kein Tropfen Bier mehr im ganzen Haus.«

»Was ist denn das hier, Käpt'n?« fragte Antonius und hielt eine Karaffe aus geschliffenem Glas hoch. Sie trug keine Aufschrift, aber der Inhalt war von einer angenehmen tiefgoldenen Farbe.

»Wo hast du die denn gefunden, Antonius?« fragte Vanderdecker.

»In dem kleinen Vitrinending.«

Vanderdecker schnüffelte an dem Inhalt der Karaffe. »Riecht wie Rum«, sagte er. »Hat jemand Lust auf 'n Schlückchen Rum?«

Wie sich nach und nach herausstellte, hatten alle Lust auf ein Schlückchen Rum. Es mußte guter Rum gewesen sein, denn sie wurden davon alle sehr müde.

Als sie wieder aufwachten, hatte die ganze Mannschaft, einschließlich Jane, Kopfschmerzen. Aus der Küche drang der Geruch von gebratenem Schinkenspeck, wovon ihnen schlecht wurde. Vanderdecker arbeitete sich langsam hoch, blickte sich um, ob irgendwo sein am gestrigen Abend abgelegter Kopf zu entdecken war, und ging dann in die Küche, um denjenigen umzubringen, der diesen furchtbaren Gestank verbreitete.

Der Schuldige war Montalban, der eine gestreifte Schürze trug und in einer Pfanne Schinkenspeck briet. Er hatte außerdem eine große Kanne Kaffee gekocht, den Vanderdecker in Riesenmengen direkt aus dem Ausgießer trank.

»Warum geht es Ihnen denn nicht so schlecht wie uns?« fragte er den Professor.

»Ich krieg nie einen Kater«, antwortete der Professor.

Vanderdecker machte ein finsteres Gesicht. »Sie sind wohl solide, was?«

»Nein«, entgegnete der Professor. »Ich hab dagegen ein nettes kleines Rezept.«

»Her damit!«

Der Professor lächelte und deutete auf einen halbvollen Krug auf der Arbeitsplatte. »Das ist Tomatensaft mit rohem Ei«, sagte er, »außerdem Quecksilber, Salpetersäure, Bleiweiß und schweres Wasser. Und Worcestersauce«, fügte er hinzu, »damit's schmeckt.«

Vanderdecker nahm einen Schluck und fühlte sich gleich viel besser. »Danke. Daran ist der Rum schuld.«

»Rum?«

»Übles Zeug, dieser Rum. Was der mit einem veranstaltet, ist grauenhaft.«

»Ich hab gar keinen Rum im Haus«, sagte Montalban.

»Jetzt nicht mehr.«

Montalban blickte ihn an. »Nein, ich habe nie welchen im Haus. Sind Sie sich ganz sicher, daß das Rum war?«

»Na ja. Auf der Karaffe stand nichts drauf, aber das Zeug hat genau wie Rum geschmeckt. Glaub ich jedenfalls.«

»Welche Karaffe?«

»Die stand in so 'ner kleinen Glasvitrine direkt neben dem Telefontisch. Wenn ich so drüber nachdenke, kann's auch Calvados gewesen sein. Allerdings bekomm ich von Calvados immer Sodbrennen, und Sodbrennen war so ziemlich das einzige, das ich gerade eben beim Aufwachen nicht hatte.«

Montalbans Blick wurde starr, war aber nicht auf den gerade anbrennenden Schinkenspeck gerichtet. »Eine große Karaffe aus geschliffenem Glas in einer kleinen Glasvitrine?« fragte er.

»Genau. Tut mir leid, war die Karaffe was Besonderes oder so? Uns ist daran nichts aufgefallen ...«

»Das war leider kein Rum«, klärte Montalban ihn auf. »Das war ein Elixier.«

Vanderdeckers Augen wurden groß wie Fußbälle, und

die Hände sackten ihm schlaff nach unten. »Was sagen Sie da?« fragte er.

»Das war ein Elixier«, wiederholte Montalban.

»Ach, du SCHEISSE!« fluchte Vanderdecker. »Nicht schon wieder!«

»Leider doch«, erwiderte der Professor. »Tut mir leid.«

Vanderdeckers Rückgrat schien sich völlig aufzulösen. Er rutschte gegen die Arbeitsplatte und stieß dabei ein Glas mit Perlgraupen um. »Sie blöder ...«

»Das ist doch nicht meine Schuld«, protestierte Montalban aufgeregt. »Du lieber Himmel, man sollte doch wohl meinen, Sie und Ihre Freunde hätten ihre Lektion inzwischen gelernt, also wirklich ...«

Vanderdecker richtete sich auf, drehte den Kopf zur Wand und schlug ihn wütend gegen die Ecke eines Regals. »Das ist nicht Ihre Schuld«, rief er. »Ich bin schuld. Nein, Antonius. Nein, ich. O Gott!«

»Das ist nicht genau dasselbe Elixier wie ... na ja, wie beim letztenmal«, beruhigte ihn der Professor.

Vanderdecker hörte auf, den Kopf gegen das Regal zu schlagen, und blickte ihn an. »Ehrlich?«

»Na ja«, antwortete der Professor, »im Grunde ist es schon das gleiche, aber ich hab gewisse Veränderungen an der molekularen ...«

Er verstummte plötzlich, weil ihm Vanderdeckers Hände die Luftröhre zudrückten und damit das Sprechen erschwerten. »Fängt man davon an zu riechen?« knurrte er, aber Montalban gab keine Antwort — das lag keineswegs an mangelndem Bemühen —, doch seine Lippen vollführten immerhin die notwendigen Bewegungen, um ein Nein zu formen.

»Sind Sie sicher?« Montalban nickte eifrig, und Vanderdecker ließ ihn los.

»Aber es hat auch Nebenwirkungen«, fügte er hinzu, sobald er wieder genügend Atem dafür hatte.

»Wirklich?«

»Leider ja.«

Vanderdecker stöhnte. »Reden Sie weiter«, bat er. »Los, erzählen Sie!«

»Sie haben doch sicher Verständnis dafür«, entgegnete Montalban und stellte zunächst sicher, daß sich die massige Tiefkühltruhe zwischen ihm und seinem Gesprächspartner befand, »daß die Ergebnisse auf notgedrungen oberflächlichen und unvollständigen Versuchen beruhen, die sich ausschließlich auf nichtmenschliche Versuchstiere beschränkt haben, und meine folgenden Aussagen deshalb vollkommen unverbindlich sind.«

»Los, erzählen Sie!«

»Sie müssen wirklich verstehen, daß ich noch nichts unter hohen Anforderungen überprüft ...«

»Los, erzählen Sie!« wiederholte Vanderdecker.

»Man wird von dem Elixier leuchtendgrün.«

»Grün?«

Montalban nickte abermals. »Grün«, bestätigte er. »Und man leuchtet im Dunkeln. Außerdem fängt man schaurig zu brummen an. Hin und wieder kommt es zur Bildung zusätzlicher Glieder, das ist aber nicht unweigerlich so. Das hängt vom jeweiligen Stoffwechsel des Versuchstiers ab und davon, ob es sich zum Beispiel um ein Wirbeltier handelt oder nicht. Die Wirkung des Elixiers ist aber zeitlich stark begrenzt«, fügte Montalban schnell hinzu, als Vanderdecker eine Keksdose nahm und mit dem Arm weit ausholte.

»Was?«

»Die Phänomene, die ich gerade beschrieben hab«, erklärte Montalban, »treten nur für kurze Zeit auf, nie länger als ein paar Wochen am Stück. Sie kehren jedoch immer wieder, wie Malaria, denke ich, allerdings mit einer faszinierenden Regelmäßigkeit.«

»Wie oft?«

Montalban zuckte zurückhaltend mit den Achseln, und Vanderdecker warf mit der Keksdose nach ihm.

Während der Professor umhertaumelte und sich Keramiksplitter und Käseplätzchen aus dem Haar pflückte, hatte Vanderdecker Zeit, ein Spaghettiglas aufzutreiben und damit bedrohlich in der Luft herumzufuchteln.

»Nach meiner momentan genauesten Schätzung treten die Symptome durchschnittlich zweimal pro Kalenderjahr für jeweils einen Monat auf«, erläuterte Montalban. »Aber ich muß betonen«, fuhr er fort, ohne das Spaghettiglas zu beachten, »daß diese Angabe lediglich auf der Beobachtung einer kleinen Brut von Feldmäusen beruht, von denen mir auch noch zwei entwischt waren. Außerdem haben sich die Tests nur über einen Zeitraum von drei Jahren erstreckt, was in jeder Hinsicht ...«

»Wieso das?«

»Meine Haushälterin hat schreckliche Angst vor Mäusen«, gestand Montalban. »Besonders vor leuchtenden grünen Mäusen. Deshalb mußte ich sie loswerden. Da sie aber unsterblich und unverwundbar waren ...«

»Ach, der Teil wirkt trotzdem noch, was?«

»Auf jeden Fall, ja«, antwortete der Professor. »Da die Mäuse also unsterblich und unverwundbar waren, ich sie aber nicht im Haus behalten konnte, befinden sie sich jetzt auf einer kleinen Raumstation im Orbit dreihunderttausend Kilometer über der Marsoberfläche und liefern mir unschätzbare Informationen über das ...«

»Ah ja, ich verstehe«, unterbrach ihn Vanderdecker. »Man wird also grün, leuchtet und gibt Geräusche von sich. Obendrein wächst einem vielleicht auch noch der eine oder andere Arm. Nebenbei, was passiert denn eigentlich mit diesen Armen?«

»Die zusätzlichen Glieder sind auch nur vorübergehend vorhanden«, antwortete der Professor.

»Sie meinen, die fallen einfach wieder ab?«

»Ja.«

»Wie die Mauser? Wie Tannennadeln vom Weihnachtsbaum? So was in der Richtung?«

»Ja, so ungefähr.«

»Ah ja«, erwiderte Vanderdecker. »Dann brauch ich in Zukunft wohl 'ne Hose mit einem abtrennbaren dritten Bein, was? Damit ich nicht für alle Zeiten wie 'ne menschliche Manx-Katze rumlaufe. Also, ich will Ihnen mal was sagen ...«

Vanderdecker verstummte plötzlich und ließ das Spaghettiglas sinken, wobei er den Inhalt ausschüttete. Er runzelte die Stirn und grinste dann.

»Montalban«, sagte er schließlich, »das ist phantastisch!«

»Wirklich?« Montalban zog eine Braue hoch. »Also, freut mich, daß Sie ...«

»Kapieren Sie das denn nicht?« fragte Vanderdecker. »Jane hat auch was vom Elixier getrunken. Fast einen guten Doppelten. Verstehen Sie, Jane ist jetzt auch unsterblich. Damit gehört sie zu uns! Montalban ... ehm, hören Sie, bleiben Sie mal kurz hier stehen, ja?«

Vanderdecker ließ das Spaghettiglas ins Spülbecken fallen und rannte durch die Küche ins Wohnzimmer. Dort saß Jane zusammengekauert am Rand einer Couch und stöhnte schwach. In einem Rutsch hob Vanderdekker sie hoch, gab ihr einen schallenden Kuß auf den Mund und rief: »Stell dir vor!«

»Aua«, antwortete Jane.

»Bald bist du knallgrün, leuchtest im Dunkeln, fängst leicht zu brummen an und bekommst einen dritten Arm«, berichtete er ihr vergnügt. »Na, wie findest du das?«

»Ich glaub, das hab ich schon hinter mir«, entgegnete Jane. »Kannst du mich bitte runterlassen, bevor mir der Kopf abfällt?«

»Tut mir leid«, entschuldigte sich Vanderdecker. »Also, hör dir das mal an. Nein, trink lieber erst mal einen Schluck von der Quecksilberbrühe des Professors und hör mir dann zu.«

Jane ging also mit ihm in die Küche, trank etwas von dem Quecksilbertrunk und lauschte dann Vanderdekkers Schilderung. Während ihr der Fliegende Holländer den Sachverhalt erklärte und dabei den Professor durch gelegentliche Püffe mit einem Nudelholz zur Bestätigung des Berichts ermahnte, drängte sich ihm langsam die Frage auf, ob sich Jane eigentlich über diese Neuigkeiten freute. Er hatte keinen blassen Schimmer. Er wußte nur, daß er sich freute, sogar sehr freute.

»So, das wär alles«, schloß er den Bericht. »Was sagst du dazu?«

Merkwürdigerweise fiel Jane mehrere Minuten lang nichts anderes ein als die Redensart ›Tote zahlen keine Steuern‹, an die sie sich aus ihrem Steuerplanungskurs erinnerte.

»Jane? Was sagst du dazu?«

»Tote zahlen keine Steuern«, antwortete sie.

»Wie bitte?«

»Im Todesjahr werden persönliche Einkommensteuerfreibeträge für das ganze laufende Jahr bewilligt, egal, zu welchem Zeitpunkt im Steuerjahr der Tod eingetreten ist«, erläuterte Jane. »Es besteht jedoch kein Anspruch auf Auszahlung überschüssiger Freibeträge. Der Tote zahlt auf jeden Fall keine Steuern. Daher kann man den Tod als Steuervorteil bezeichnen.«

»Was?«

»Entschuldigung«, erwiderte Jane. »Ich war mit meinen Gedanken meilenweit weg. Ich lebe also ewig, oder?«

»Ja.«

»Mhm. Ja, ich glaub, das hast du gesagt. Ich ...«

»Jane.« Vanderdecker packte sie an den Schultern. »Soll ich dir mal einen Rat geben?«

»Ja, bitte.«

»Denk nicht mehr daran. Glaub mir, es ist nicht gut, darüber nachzudenken.«

»So? Na gut, einverstanden.«

»Zweitens«, fuhr Vanderdecker fort, wobei er sich dem Professor zuwandte, »verschwinden Sie.«

»Wie bitte?« fragte der Professor.

»Ich sagte, Sie sollen verschwinden. *Vamos.*«

»Natürlich, mein lieber Freund, natürlich.«

»Also gut.« Vanderdecker machte ein ernstes Gesicht und blickte Jane direkt in die Augen. »Miß Doland«, sagte er, »da wir nun alle ...«

»Im selben Boot sitzen?« schlug Jane vor.

»Genau«, bestätigte Vanderdecker. »Da uns beiden zufällig ein gemeinsames schweres Los beschieden ist ... ehm, verstehst du, worauf ich hinauswill? Das ist ziemlich schwierig in Worte zu fassen.«

»Ja«, sagte Jane.

»Heißt das, ja, du verstehst, worauf ich hinauswill, oder ja, du findest ...?«

»Beides«, antwortete Jane. »Ich hätte gern ein offenes Eßzimmer in so einem hellen Blau, in dem die Wedgwoodware glasiert ist, mit ...«

»Jane.«

»Entschuldigung.«

»Gut. Also ...«

»Und ein Ankleidezimmer«, fügte Jane schnell hinzu. »Ich wollte schon immer ein eigenes Ankleidezimmer haben, in so rosa ...«

»Genau«, schnitt ihr Vanderdecker das Wort ab. »Kannst du Cembalo spielen?«

»Nein.«

»Schade. Es ist nämlich Jahre her, daß ich Cembalo spielen gelernt hab, und mittlerweile haben die Dinger zusätzliche Pedale und so was.«

»Könnten wir uns nicht statt dessen eine Stereoanlage zulegen?«

»Ein Cembalo, das mit dem Computer verbunden ist« fuhr Vanderdecker fort. »Damit könnte man die Marktpreise kontrollieren, was immer das verdammt noch mal auch ist.«

»Ach ja«, seufzte Jane. »Mein Gott, du bist so tüchtig! Ich hatte völlig vergessen, was ...«

»Reine Gewohnheit. Wie du weißt, hab ich mir nun mal angewöhnt, mich um andere Leute zu kümmern und dafür zu sorgen, daß sie nicht in Schwierigkeiten geraten oder sich gegenseitig bekämpfen. Und wenn ich schon mal dabei bin, kann ich auch gleich Montalbans Computer benutzen, da der Professor ja offensichtlich mit der ganzen Angelegenheit nichts mehr zu tun haben will.«

In diesem Moment öffnete sich die Küchentür, und Sebastian kam herein. Er sah recht zufrieden mit sich aus.

»He, Käpt'n«, sagte er. »Ist alles geregelt.«

»Weiß ich«, antwortete Vanderdecker.

»Was?«

»Oh, tut mir leid«, entschuldigte sich Vanderdecker. »Was ist geregelt, Sebastian?«

»Das mit dem Schiff.«

»Was für ein Schiff?«

»Der Supertanker«, erklärte Sebastian. »Wir haben einen bestellt.«

Vanderdecker gingen die Augen über. »Ihr habt einen Supertanker bestellt?«

»Ja, genau«, bestätigte Sebastian. »Zuerst haben wir's bei Harland and Wolf probiert, aber die dachten, wir würden Scheiß machen, und haben einfach aufgelegt. Dann haben wir diese koreanische Firma angerufen, Kamamoto soundso. Pieter hat sich den Namen aufgeschrieben, und die haben gesagt, sie hätten einen günstigen ausrangierten Vorführtanker da — niedriger Tachostand, bis April besteuert, in Metallic Grau, mit Kopfstützen —, und zu wann wir ihn denn geliefert haben wollten. Also haben wir gefragt, könnten Sie ihn nach Bristol bringen, und da haben die gefragt, würde es Ihnen Donnerstag passen, also haben wir gesagt, prima ...«

Vanderdecker lächelte. »Sebastian?«

»Ja?«

»Für eure Initiative bekommt ihr die Traumnote Zehn«, sagte der Fliegende Holländer. »Aber für euer Urteilsvermögen gibt's höchstens, sagen wir mal, vier von zehn Punkten. Mensch, die haben euch auf den Arm genommen.«

»Was?«

»Die haben euch an der Nase rumgeführt«, klärte ihn Vanderdecker auf. »Sich einen Spaß mit euch gemacht. Euch einen Bären aufgebunden. Sich über euch lustig gemacht.«

»Woher weißt du das?«

Vanderdeckers Lächeln wurde etwas breiter. »Glaub's mir einfach. Ich weiß es eben. Warum laßt ihr mich nicht einfach ...«

Sebastian zuckte die Achseln. »Wie du willst«, maulte er leicht gekränkt. »Wir haben ja nur versucht ...«

»Ja, das macht ihr ja immer. Und jetzt hau endlich ab! Sei ein braver Junge, ja?«

Sebastian zottelte davon, und Vanderdecker wandte sich wieder Jane zu. »Verstehst du nun?« fragte er. Jane nickte. »Und du willst trotzdem mitkommen?«

»Ja, bitte.«

Vierzehn Monate später rollte morgens um halb fünf der größte Supertanker, der jemals gebaut worden war, in das kalte Wasser der Nordsee und trat die Jungfernfahrt an.

Merkwürdigerweise fanden keine Feiern zum Stapellauf dieses großartigen Schiffs statt (das aus vernünftigen steuerlichen Gründen auf den Namen *Lombard Venturer ID* getauft worden war). Es waren keine Zuschauer da, keine Band spielte auf, noch nicht einmal eine Pikkoloflasche brach an dem ehrfurchtsgebietenden Schiffsbug entzwei. Nur eine Kameracrew filmte die Abfahrt des Tankers, und das auch nur, weil es die Eigner nicht übers Herz gebracht hatten, Danny Bennett einen Knüller abzuschlagen, mit dem er den Schaden wieder wettmachen wollte, den der Reinfall seiner letzten Dokumentation ›Schließt die Molkereien, Leute! Da drinnen ist Blut‹ seiner Laufbahn zugefügt hatte.

Diese Sehnsucht nach Abgeschiedenheit war verständlich, denn die Eigner sahen nicht gerade wie das blühende Leben aus.

»Ich finde trotzdem, daß es dir steht«, beteuerte Vanderdecker.

»Die Leute müssen mich doch für seekrank halten«, antwortete Jane.

»Laß sie doch«, erwiderte Vanderdecker. Er warf einen kurzen Blick auf das Steuerpult vor sich, eine Kreuzung aus einer gewaltigen Computertastatur, dem Cockpit eines Flugzeuges und einer Yamaha-Orgel.

»Ich frage mich, wie du dieses Ding bloß steuerst«, sagte Jane bewundernd und fügte hinzu:

»Übrigens hab ich Antonius das Handbuch geliehen, durfte ich das? Er hat mich nämlich gefragt, was ein ›Gyroskop‹ ist.«

»Nun, ehm ...«, erwiderte Vanderdecker und blieb eine Antwort schuldig. »Ist egal. Auf jeden Fall ist so was hier um Längen besser als dieses ewige Einziehen der Taue. Wo wollen wir als erstes hinfahren?«

»Nach Reykjavík«, schlug Jane vor.

»Wieso denn gerade nach Reykjavík?«

»Weil wir alle Zeit der Welt haben, und ich mir die guten Sachen für später aufheben will.«

»Gute Idee, mein Schatz. Wie ich sehe, kriegst du langsam den richtigen Dreh raus.«

Durch das getönte Doppelglasfenster sahen sie zu, wie die Küste langsam in der Ferne verschwand. Nur kurz spürte Jane, wie sie unter ihr altes Leben einen endgültigen Schlußstrich zog, und sie fragte sich, ob sie ihm nachtrauern sollte. Sie trat jetzt unwiderruflich in einen neuen zeitlichen Rahmen, und wenn sie das nächstemal nach England zurückkehrte, würden vielleicht alle ihre Bekannten tot sein. Aber das war ein sehr großer Gedanke, für den sie in ihrem Kopf keinen Platz hatte, zumal sie von einer stillen, bewußten Zufriedenheit erfüllt war.

»Eine andere tolle Sache an diesem Schiff ist, daß man nicht jedesmal, wenn was kaputtgeht, zur Reparatur nach Bridport fahren muß«, freute sich Vanderdekker. »Mein Gott, wie ich Bridport hasse!«

»Das hab ich mir schon gedacht«, meinte Jane. »Es ist bestimmt nicht schön gewesen, dort immer wieder seinen Landurlaub verbringen zu müssen, oder?«

»Das kann man wohl sagen!« seufzte der Fliegende Holländer. »Wenn man allerdings oft genug an einen bestimmten Ort fährt, dann fängt man nach gewisser Zeit bestimmt an, irgendwie daran zu hängen. Selbst an Bridport«, fügte er hinzu.

»Ist das wirklich wahr?«

»Nein«, gestand Vanderdecker. »Bei jedem neuen Besuch hatte sich Bridport wieder ein ganz klein wenig verändert, natürlich zum Schlechten. Ein neuer Parkplatz hier, die Verwandlung eines Fischladen in das Büro eines Immobilienmaklers dort. Ich hatte wirklich gedacht, Bridport hätte 1837 den absoluten Tiefpunkt erreicht, aber zu der Zeit hatten sie noch nicht den Busbahnhof gebaut.«

»Macht es denn Spaß, die historische Entwicklung zu verfolgen?« fragte Jane voller Zweifel. »Zeuge des langen Wegs der Menschheit zu werden? Ich nehme an, das ist wohl wirklich so, als wäre man ein Gott, nur daß man nicht die Macht hat, unmittelbar in das Geschehen einzugreifen.«

»Was Miß Doland nicht so alles vermutet ...«, antwortete Vanderdecker. »Das alles ist kein bißchen so. Man merkt überhaupt nicht, wie die Zeit vergeht, dazu schreitet sie viel zu langsam voran. Sonst könnte man ja glatt behaupten, daß einem von der Erddrehung schon schwindlig würde. Um ehrlich zu sein, fühl ich mich nicht mal besonders anders. Ich glaub, ich hab bereits mit Neunzehn aufgehört, mich anders zu fühlen, und seitdem war ich immer derselbe. Etwas anderes wäre es natürlich gewesen, wenn ich eingeschlafen und erst Jahrhunderte später wieder aufgewacht wäre, aber ... so etwa muß eine Fahrt auf einem Hovercraft sein.«

»Bist du noch nie damit gefahren?«

»Was, mit einem Hovercraft? Nie im Leben! Die Dinger sind mir zu gefährlich.«

Jane kicherte. »Aber Julius, du bist doch unverwundbar und unsterblich! Für dich gibt's überhaupt keine Gefahr. Du kannst doch unmöglich Angst vor einem Hovercraft haben.«

»Wetten doch?«

Jane lächelte und schüttelte den Kopf. Ob sie wohl in vierhundert Jahren genauso wäre wie er? Oder würde er immer diesen Vorsprung vor ihr halten?

»Es war nett vom Professor, daß er noch mal gekommen ist, um sich von uns zu verabschieden, findest du nicht, Julius?«

»Ich denke, schon.«

»Glaubst du, daß es ihm jemals gelingen wird, ein Gegenmittel zu finden?«

Vanderdecker grinste. »Zu guter Letzt vielleicht doch«, antwortete er. »Eilt das?«

»Nein, überhaupt nicht.«

In weiter Ferne nahm das Motorschiff *Erdenkrieger*, Flaggschiff der Umweltschutzorganisation Green Machine, eine scharfe Kursänderung vor. Der bordeigene Geigerzähler hatte plötzlich angefangen, wild zu piepen und das Lied ›Jerusalem‹ zu spielen, und von jemandem war die Ansicht geäußert worden, das riesige Schiff am Horizont könnte etwas damit zu tun haben.

Man ließ ein Schlauchboot zu Wasser und fuhr los, um der Sache auf den Grund zu gehen. Die Geschäfte gingen wegen der neuen Initiative zur weltweiten Abschaffung der Atomkraft (niemand wußte, wo diese Initiative eigentlich gegründet worden war) in letzter Zeit schlecht, weshalb ausnahmsweise einmal kein Mangel an Freiwilligen herrschte.

»Ahoi, ihr da auf dem Tanker!« rief der Kapitän der *Erdenkrieger*.

Er schaute durchs Fernglas und erblickte ein bekanntes Gesicht.

»Toll, euch mal wieder zu begegnen«, erwiderte Vanderdecker durchs Megaphon. »Wie geht's mit der Rettung der Erde voran?«

»Sehr gut«, antwortete der Deutsche. »Stammt diese radioaktive Strahlung von deinem Schiff?«

»Das ist keine radioaktive Strahlung«, antwortete Vanderdecker. »Also, an sich nicht. Die ist völlig harmlos.«

»Wenn das so ist, warum bist du dann knallgrün und glühst so komisch?«

»Zuviel Limburger Käse!« rief Vanderdecker zurück. »Na, kommt schon, ihr kennt mich doch. Ich bin doch auch ein Freund der Erde. Ich und die Erde sind sogar dicke Freunde.«

»Okay«, erwiderte der Deutsche. »Entschuldige die Störung. Auf Wiedersehen!«

»Auf Wiedersehen!« rief Vanderdecker auf deutsch zurück und fügte flüsternd »Du Idiot« hinzu. Er verließ die Brücke und ging in die Bibliothek hinunter. Jane war im Wohnzimmer und verglich Teppichmuster. Im Moment war sie ganz verrückt nach einer Art Beigepink mit leichter Textur im Flor. Schon bei dem Gedanken an solche Auslegware lief Vanderdecker — wenn auch ein schwacher — Schauer über den Rücken, bis ihm einfiel, daß sich selbst die besten Teppiche letztendlich einmal abnutzen; alles eine Frage der Zeit.

Während er die Leiter hinunterstieg, blieb Vanderdecker kurz stehen und blickte aufs Meer hinaus. Die See ist unendlich weit — genau wie die Geschichte — und Wasser ist Leben. Ach, zur Hölle mit diesen krausen Gedanken.

»Käpt'n«, fragte eine Stimme über seinem Kopf, »hast du 'n Moment Zeit?«

Vanderdecker seufzte. »Natürlich hab ich Zeit, Antonius.« Er stieg die Leiter wieder hinauf.

»Käpt'n«, klagte Antonius, »ich kann den Hauptmast nicht finden.«

»Es gibt auch keinen.«

»Keinen Hauptmast?«

»Keinen Hauptmast. Aber dafür hat das Schiff Schrauben.«

Antonius dachte nach. »Käpt'n«, sagte er.

»Ja?«

»Wie setzt man denn 'n Segel an 'ner Schraube?«

»Gar nicht«, antwortete Vanderdecker. »Die Schraube sitzt nämlich im Wasser und dreht sich immer im Kreis rum.«

Antonius runzelte die Stirn. »Und so was nennt man nun Fortschritt«, spottete er.

Vanderdecker lächelte ihn an, nickte und stieg wieder nach unten, wobei er mit dem Kopf gegen einen niedrigen Träger knallte. Ich werd mich mit der Zeit schon noch daran gewöhnen, dachte er.

Und das gelang ihm auch. Und wenn sie nicht gestorben sind, dann leben sie noch heute.